HEYNE <

JANA LUKAS

Die alte Schule am See

WO DIE LIEBE
DICH KÜSST

ROMAN

WILHELM HEYNE VERLAG
MÜNCHEN

MIX
Papier | Fördert gute Waldnutzung
FSC® C014496
FSC www.fsc.org

Penguin Random House Verlagsgruppe FSC® N001967

Originalausgabe 02/2023

Redaktion: Diana Mantel
Umschlaggestaltung: zero-media.net, München,
unter Verwendung von Trevillion Images (Drunaa, Sandra Cunningham); Stocksy (Jacqui Miller); FinePic®, München
Satz: Uhl + Massopust, Aalen
Druck und Bindung: GGP Media GmbH, Pößneck
Printed in Germany
ISBN: 978-3-453-42639-9

www.heyne.de

Prolog

Flyer im Kindergarten Zwergenland:

Die Nanny für alle Fälle

Konzentriertes Arbeiten, Me-Time, ein Dinner-Date oder einfach nur eine schlichte Dusche, ohne gestört zu werden?

Fehlt Ihnen auch manchmal die Zeit dafür? Dann geht es Ihnen wie den meisten Eltern da draußen.

Die gute Nachricht: Lina Kirchleitners Nanny-Service ist in allen Lebenslagen für Sie und Ihre Kids da, damit Sie in Ruhe und ohne den Hauch eines schlechten Gewissens die Dinge tun können, die nötig sind. Oder die Ihnen Spaß machen. Denn glückliche und entspannte Eltern sind gute Eltern!

Mein Team und ich halten Ihnen den Rücken frei, unterstützen Sie gern zu festen Terminen oder auch spontan. Weil wir unseren Job und Kinder lieben … und Sie uns bald auch – garantiert! ;-)

1

Die Wolken hingen wie dunkelgraue Zuckerwatte über den Gipfeln der Alpen. Dort, wo der Wind kleine Lücken in die dicke Schicht gerissen hatte, blitzte das verwaschene Blau des Himmels durch. Die frische Brise wirbelte Wellen über die bleifarbene Oberfläche des Starnberger Sees. Nicht unbedingt das Wetter, das man im Hochsommer erwartete, aber Lina Kirchleitner machte das nichts aus. Die vergangenen Tage waren drückend heiß gewesen, und das Sommergewitter, das sich an diesem Morgen über Starnberg entladen hatte, war genau das, was die Stadt gebraucht hatte, um aufatmen zu können. Jetzt war die Luft wieder klar wie Glas. Und die Sonne würde sicher auch bald wieder über die Bergkämme der Alpen schauen.

Gut gelaunt schob Lina den Zwillingskinderwagen, in dem die sechs Wochen alten Mädchen Evi und Franzi friedlich schliefen, über den Gehweg. An der nächsten Kreuzung würde sie mit den Geschwistern der beiden, Paul und Gustav – vier Jahre alt und ebenfalls Zwillinge –, die Straße überqueren und zur Uferpromenade des Sees hinunterlaufen. Die Jungen hielten sich an den Händen, hüpften in einem mehr oder weniger gleichen Rhythmus vor dem Kinderwagen her und sangen laut und glücklich ein Lied, das sie sich offensichtlich erst während des Singens ausdachten. Sie waren anbetungswürdig, genau wie ihre kleinen Schwestern. Mitunter brachten sie allerdings auch die Energie einer kleinen Bisonherde auf. Es war also egal, wie das Wetter war: Sogar ein verregneter Morgen war draußen besser, als diese kleinen Rabauken in geschlossenen Räumen beaufsichtigen zu müssen.

Lina seufzte. Da war er wieder, dieser Gedanke an eigene Kinder, den sie während ihrer Arbeit normalerweise nicht zuließ. Sie schob ihn in die Schublade in ihrem Kopf zurück, wo er hingehörte. Es war das eine, sich bei ihren Freundinnen auszuheulen, dass es mit ihrer Familienplanung einfach nicht so klappte, wie sie sich das vorgestellt hatte – an ihrem Arbeitsplatz hatten solche Gedanken allerdings nichts verloren. Sie betrieb ihren Nanny-Service schließlich nicht, um sich mit Kindern zu umgeben, weil sie selbst noch keine bekommen hatte. Nein, sie wollte für die Kleinen da sein, ihnen die Aufmerksamkeit und Zuneigung schenken, die sie von ihren manchmal viel zu sehr mit ihrer Karriere oder sich selbst beschäftigten Eltern nicht bekamen. Sie wollte Familien helfen, die in stressigen Situationen ein wenig Unterstützung gebrauchen konnten. So wie Nora, die Mutter dieser beiden Zwillingspärchen, die gar nicht mehr wusste, wie sich mehr als zwei Stunden Schlaf am Stück anfühlten, mit ihren kleinen Mädchen und den aufgeweckten Jungs, die vor ihr her zur Fußgängerampel rannten und gerade lautstark darüber stritten, wer auf den Signalknopf drücken durfte. »Langsam, ihr zwei«, rief sie Paul und Gustav hinterher. »Einer kann jetzt drücken, einer auf dem Rückweg.«

Lina würde einen Spaziergang am See entlang machen

und dann dafür sorgen, dass Paul und Gustav sich auf dem Spielplatz ordentlich austobten, während ihre Mutter ein ausgedehntes Mittagsschläfchen hielt und sich dann eine ausgiebige Dusche gönnen würde, bei der sie von niemandem unterbrochen wurde. Dieser Auftrag hatte sich spontan ergeben, weshalb Lina gar nicht erst eine ihrer Mitarbeiterinnen damit beauftragt, sondern sich gleich selbst darum gekümmert hatte. Im Kopf ging sie bereits das Angebot für ein bisschen Entlastung durch, das sie der Familie machen würde. Rosa wäre eine gute Nanny für die Kinder. Außerdem passte ihr löchriger Stundenplan an der Uni gut zu Noras Tagesablauf. An den Abenden war schließlich Noras Mann zu Hause, um sie zu unterstützen.

Lina hörte den Wagen hinter sich, während sie im Kopf die Details ihres Angebots kalkulierte. Ganz automatisch ging ihr Blick zu Paul und Gustav, um sicherzugehen, dass sie auf dem Gehweg geblieben waren. Die beiden Jungen standen an der Ampel und drückten abwechselnd enthusiastisch auf das Fußgängersignal.

Drei Vormittage pro Woche würden Nora auf jeden Fall sehr … Lina machte instinktiv einen Satz zur Seite, als der alte Geländewagen an ihr vorbeifuhr und eine Pfütze erwischte. Eine riesige Pfütze – die Lina in einer zwei Meter hohen Regenwasserfontäne verschwinden ließ. »Verdammte Schafscheiße!«

Paul und Gustav drehten sich zu ihr um und starrten sie mit weit aufgerissenen Augen an. Der alte, abgerissene Geländewagen hielt am Straßenrand. Und ihr wurde plötzlich bewusst, dass sie vor den Kindern geflucht hatte wie ein Bauarbeiter. Hoffentlich ging das …

»Schaf…«, brüllte Paul in diesem Moment begeistert.

»… Scheiße«, ergänzte Gustav mit funkelnden Augen.

Die Fahrertür des Geländewagens wurde aufgeschoben. Lina warf einen Blick in den Kinderwagen. Die Mädchen hatten den Pfützenangriff seelenruhig verschlafen, und der Wagen selbst hatte Gott sei Dank nur ein paar Spritzer des dreckigen Wassers abbekommen.

»Schaf…«

»… Scheiße.«

Die Jungen entschieden, dass das offenbar der richtige Moment war, ihre Optik der Linas anzupassen und sprangen im gleichen Moment in eine Pfütze auf dem Gehweg, in dem die Gestalt des Fahrers am Heck des Wagens auftauchte. Ein Waldschrat, das war das Erste, was Lina beim Anblick des Mannes einfiel. Haare, die in ungekämmten Locken über den Kragen eines verschlissenen Flanellhemdes fielen. Ein dichter Bart, der alles andere als gepflegt wirkte. Jeans voller Risse und Löcher und dazu abgetragene Stiefel. Optisch passte dieser Mann perfekt zu seinem rostigen alten Wagen.

Lina wischte sich wütend die braune Brühe aus dem Gesicht. Ein Waldschrat hatte ihre Klamotten ruiniert. Ihre Schuhe. Und – verdammt noch mal – ihr korrektes Verhalten Kindern gegenüber.

»Schaf…«

»… Scheiße.«

Wütend funkelte sie den Typen an.

*

»Mist!« Eric Fuchs hatte weder die Pfütze am Fahrbahnrand noch die Frau und ihre Kinder auf dem Gehsteig wirklich wahrgenommen. Er war die Nacht durchgefahren und inzwischen seit zehn Stunden unterwegs. Ihm fehlten nur noch ein paar Kilometer, bis er endlich zu Hause war und das Schlafdefizit der vergangenen Nacht – und der vergangenen Monate – aufholen konnte. Als die Wasserfontäne unter den Reifen seines alten Defenders aufspritzte, zuckte er erschrocken zusammen. Er hatte die Frau voll erwischt.

Eric bremste und fuhr vorsichtig an den Straßenrand, um nicht auch noch die beiden kleinen Jungen, die offenbar zu der Frau mit dem Kinderwagen gehörten, nass zu spritzen. Er stieg aus und ging um den Wagen herum. Die Frau sah wirklich erbärmlich aus. Die leuchtend bunten Streifen, die ihr Kleid noch vor ein paar Sekunden geziert hatten, waren von einem gedämpften Braunton überzogen, genau wie ihre weißen Chucks. Die Klamotten klebten an ihrem Körper und die blonden Haare an ihrem Kopf. Sie sah aus wie der sprichwörtliche begossene Pudel. Wenn sie ihn nicht so wütend anfunkeln würde, wäre das fast witzig.

Gerade öffnete er den Mund, um sich zu entschuldigen, als die Frau ihn auch schon anbrüllte. »Sind Sie von allen guten Geistern verlassen? Oder vielleicht blind?«

»Es tut mir wirklich leid, dass ich …«, versuchte Eric die Pause, in der sie empört Atem holte, zu nutzen.

»Es tut Ihnen leid?« Sie wischte sich Schmutzwasser aus dem Gesicht. »Mir tut es leid, dass Ihr hässliches Auto nicht in diesem Schlagloch versunken ist!«, fauchte sie.

Eric hob die Hände. »Ich habe die Pfütze wirklich nicht gesehen.«

»Dann sollten Sie es mal mit einem Augenarzt probieren«, konterte sie umgehend, was ihre Jungs, die bis gerade eben einen »Schafscheiße«-Singsang von sich gegeben hatten, während sie durch die Pfützen auf dem Gehweg hopsten, dazu veranlasste, zu »Augen…« und »… Arzt« zu wechseln. Besonders gut schien ihnen das Wort nicht zu gefallen, denn sie wechselten ruckzuck zu »Schafscheiße« zurück.

Die Frau blickte zu ihnen hinüber und presste die Lippen zu einer schmalen Linie zusammen. »Das ist Ihre Schuld«, fauchte sie.

Langsam platzte Eric der Kragen. Gerade war er nur noch müde und wollte endlich nach Hause. Er hatte ihr doch gesagt, dass es ihm leidtat. »Gibt es noch etwas, wofür Sie mich verantwortlich machen wollen? Den Klimawandel vielleicht? Oder für das Bienensterben? Tun Sie sich keinen Zwang an.« Er drehte sich zu seinem Wagen um. »Aber vielleicht liegt das Verhalten Ihrer Kinder einfach nur daran, dass Sie sie schlecht erzogen haben«, knurrte er über seine Schulter. Dann riss er die Fahrertür auf, kletterte auf den Sitz und zog die Tür dann mit einem lauten Knall zu. Wütend startete er den Defender und gab Gas.

Die Frau blieb mit geballten Fäusten, eingehüllt in die Abgaswolke des Geländewagens, am Straßenrand zurück. Den Blick aus den zusammengekniffenen blauen Augen spürte er noch in seinem Nacken, als er kurz darauf vor seinem künftigen Heim vorfuhr.

Sein Elternhaus – oder die Villa Rabenstein, wie seine Schwester Charlotte sie lieber nannte – sah noch genauso aus wie an dem Tag, an dem er sie vor fünfzehn Jahren verlassen hatte. Und bei jedem seiner kurzen Heimatbesuche danach.

Er ließ den Defender auf das abschüssige Grundstück rollen. Die dreistöckige Villa war am Ufer des Starnberger Sees in den Hang gebaut worden, sodass man von allen Stockwerken einen spektakulären Blick über den See und die Kette der Alpen dahinter hatte. Zumindest wenn das Wetter besser war als heute und die Wolken und der aufgewühlte See nicht einem einzigen Wirbel aus Grautönen glichen.

Aber nach einem dreiviertel Jahr im Permafrost Alaskas hatte er keinen Grund, sich über dieses Wetter zu beschweren. Er drehte den Zündschlüssel und stieg aus. Im Untergeschoss, aber immerhin mit Zugang zum Garten, lag die ehemalige Haushälterinnen-Wohnung, die seine Schwester vor Jahren in ein Gästeapartment hatte umbauen lassen und die jetzt sogar über eine ziemlich schicke Holzterrasse verfügte.

Seine Schwester hatte ihn offenbar gehört, denn ihr Gesicht erschien an einem der Fenster im Erdgeschoss. Missbilligend, wenn er das richtig deutete, wanderte ihr Blick zwischen seinem Wagen und ihm hin und her, bevor sie sich abwandte.

Eric seufzte. »Und los geht's«, sagte er leise zu sich selbst.

Doch schon im nächsten Moment spürte er das Grinsen, das sich in seinem Gesicht ausbreitete, als seine Nichte Annabelle aus der Einliegerwohnung geschossen kam und in seine Arme sprang. »Onkel Eric! Da bist du ja endlich!« Sie schlang ihre Arme um seinen Hals, drückte ihn und schien ihn gar nicht mehr loslassen zu wollen. »Ich habe schon die ganze Zeit auf dich gewartet.«

»Hey Pochemuchka«, begrüßte Eric seine Nichte mit dem Spitznamen, den er ihr schon vor ein paar Jahren gegeben hatte. Das russische Wort stand für jemanden, der viele Fragen stellte. Und Erics Nichte war nicht nur ein kleiner Schlaumeier, sie hatte praktisch in dem Moment angefangen, ihr Umfeld mit Fragen zu löchern, in dem sie ihre ersten Worte gesagt hatte.

»Annabelle, lass deinen Onkel in Ruhe«, befahl Charlotte, die mit säuerlicher Miene hinter ihrer Tochter aus dem Haus trat.

Erics Nichte gehorchte, sprang vor ihm auf den Rasen und schenkte ihm ein zahnlückiges Grinsen. Sie war heute offenbar das einzige weibliche Wesen, das ihn leiden konnte.

Charlotte hatte ihm die Gästewohnung angeboten, nachdem ihm klar geworden war, dass er in München so schnell keine bezahlbare Wohnung finden würde, aber ihr Blick zeigte ihm deutlich, dass sie dieses Angebot bereits bereute. »Hallo, große Schwester.« Er grinste sie breit an.

Mit einem Seufzer überwand Charlotte sich dazu, einen Luftkuss neben seine Wange zu hauchen. »Hallo, Eric. Willkommen zu Hause.« Es war nicht so, dass seine Schwester ihn nicht mochte – sie konnte nur einfach nichts mit ihm anfangen. Eric passte eben nicht in ihre Welt. Und zu den warmen, fürsorglichen Menschen hatte sie ebenfalls noch nie gehört. Es überraschte Eric immer wieder, was für eine wundervolle, warmherzige Tochter ein Ehepaar wie Charlotte und Vincent von Rabenstein hatte in die Welt setzen können.

Charlotte ließ ihren Blick mit hochgezogenen Augenbrauen über seine Erscheinung wandern. Von oben nach unten. Und wieder zurück. »So wie du aussiehst, willst du dich vermutlich erst einmal frisch machen.« Mit einer diffusen Bewegung wies sie in Richtung seines Bartes und der zu langen Haare. »Duschen, rasieren und so. Frische Kleidung hast du wahrscheinlich dabei. Ansonsten hat die Wohnung auch eine Waschmaschine.«

Eric konnte sich ein Grinsen nicht verkneifen. Seine Schwester war so ein unglaublicher Snob. Seine Klamotten waren vielleicht etwas ausgebleicht und zerknittert, aber sie waren sauber. Im Gegensatz zu denen der Frau, die er vorhin mit Pfützenwasser eingedeckt hatte. Schuldbewusst schob er den Gedanken zur Seite. »Ich bin schon ganz gespannt, was du in der Wohnung alles verändert hast.«

»Hmm.« Seine Schwester machte auf dem Absatz kehrt und kehrte ins Innere des Hauses zurück. »Zieh die Schuhe aus«, sagte sie über die Schulter. »Und dann wäre es super, wenn du diesen Schrotthaufen«, sie nickte in Richtung seines Defenders, »hinter den Garagen parken könntest.«

Eric verdrehte die Augen und streckte Charlotte hinter ihrem Rücken die Zunge raus. »Und da wundert sich noch jemand, warum ich Steine lieber mag als Menschen.«

Seine Nichte kicherte neben ihm. Sie schob ihre kleine Hand in seine und zog ihn hinter ihrer Mutter her in sein künftiges Zuhause. Eric trat über die Schwelle. Und vergaß, natürlich ganz aus Versehen (und höchstens mit einem winzigen bisschen Absicht), seine Bergstiefel auszuziehen. Weil das Charlotte rasend machen würde. Und weil das hier seine Wohnung war – und seine Schwester schlicht nichts anging.

*

Lina hatte sich nach ihrer unfreiwilligen Dusche am Straßenrand noch einmal unter ihre eigene Dusche gestellt und die bräunliche Brühe von ihrem Körper gespült. Dann war sie in Shorts, ein Top und Flip-Flops geschlüpft, hatte ihre noch feuchten Haare auf ihrem Kopf zu einem Knoten zusammengebunden und sich ihren Laptop unter den Arm geklemmt.

Die Sonne war tatsächlich zurückgekehrt und ließ die feuchte Luft um Lina herum dampfen, als sie sich im Garten der alten Schule – in der sie wohnte – auf ihren Lieblingsplatz zurückzog: eine kleine Steinbank unter einer großen Tanne. Vor dem Sitzplatz blühten niedrige Pflanzen, die sauber in den Rindenmulch eingesetzt waren, dahinter schufen Gräser und Hortensien eine Wand, die die Sitzecke fast wie einen Kokon wirken ließ, der Lina vom Rest der Welt trennte. Weil sie nicht anders konnte, hatte sie eine LED-Lichterkette in die Äste über sich gehängt und ein paar Feenlichter um ihren Platz herum verteilt, die diesen Ort in der Dämmerung in Magie verwandelten – jedenfalls aus ihrem Blickwinkel. Die Hüllen für die Sitzkissen der Bank, die das Grün der Gräser und das Blasslila der Blüten um sie herum aufnahmen, hatte sie selbst genäht. Von hier aus konnte sie den See zwar nur zwischen den Bäumen hindurchblitzen sehen, aber der Platz erinnerte sie an den Wald hinter ihrem Elternhaus, in dem sie früher gemeinsam mit ihren Geschwistern jede freie Minute verbracht hatte.

Sie machte es sich auf der Bank bequem, lehnte den Rücken gegen den warmen Stamm der Tanne und legte die Füße hoch. Dann klappte sie ihren Laptop auf und begann, Mails zu beantworten und Angebote zu angefragten Dienstleistungen zu verschicken.

Als sie den Blick hob, sah sie ihre Freundinnen Felicia und Jule auf sich zukommen. Begleitet von der orange getigerten Katze Elfriede, der heimlichen Herrscherin der alten Schule, die majestätisch durch das hohe Gras streifte, und ihrem Verehrer, Schäferhundmischling Poldi.

Felicia setzte sich zu ihr auf die Bank, als Lina den Laptop zuklappte und die Beine anzog, und reichte ihr eines der beiden Gläser Zauberwasser – Linas Lieblingslimonade –, die die Freundin in ihrer Kochschule nach einem Geheimrezept herstellte.

Jule ließ sich im Schneidersitz zu ihren Füßen nieder. »Cheers«, sagte sie und hob ihr Glas.

Lina hob ihr Glas ebenfalls zum Toast und nippte an dem eiskalten, erfrischenden Getränk. »Danke«, sagte sie in die Runde. »Das ist genau der richtige Moment für eine Pause.«

Jule trank ebenfalls einen Schluck und stellte ihr Glas zur Seite. »Was war vorhin los?«, fragte sie. »Du hast ausgesehen, als wärst du in eine Pfütze gesprungen, als du nach Hause gekommen bist. Von Kopf bis Fuß voller Schlamm.«

Lina verdrehte die Augen. »Frag nicht. Mein Vormittag war eine Katastrophe.« Sie streckte die Hand aus, um Poldi, der es sich neben ihr auf dem sonnenwarmen Mulch gemütlich gemacht hatte, durch das Fell zu streichen. »So ein Verkehrsrowdy hat mich voll erwischt.«

Lina genoss es, mit ihren Freundinnen hier zu sitzen. Jule und sie waren im Frühling in das alte Schulhaus, das Felicia gehörte und das eher an eine Villa im Stil von Xaver Knittl erinnerte, gezogen. Ein paar Monate war das erst her, aber Lina konnte schon jetzt sagen, dass das eine der besten Entscheidungen ihres Lebens gewesen war. Nicht nur, weil die Wohnung, die sie hier gefunden hatte, günstig genug war, um zum schmalen Geldbeutel einer Jungunternehmerin zu passen, die ihr Geschäft gerade erst gestartet hatte. Ihr kleines Apartment im ersten Stock hatte mit seinen nicht ganz geraden Böden, dem Stuck an der Decke und dem wundervollen Erkerfenster jede Menge Charme. Sie konnte außerdem die Bücherei, die sie in den vergangenen Wochen renoviert hatten, für ihr kürzlich begonnenes Projekt *Mäuse und Dachse* nutzen, das Kinder und Senioren zusammenführte. Aber vor allem hatte Lina hier neue Freunde gefunden. Felicia, die Inhaberin einer Kochschule und eines fantastischen Caterings war. Und Jule, die als Privat-Concierge die Träume der Schönen und Reichen am Starnberger See erfüllte. Blieb noch Poldis Herrchen, Ben, ein Landschaftsarchitekt, der gemeinsam mit ihnen hier eingezogen war und der den zugewucherten Park der alten Schule in einen verwunschenen Garten verwandelt hatte.

»Dummerweise war ich gerade mit den Kindern von Nora Berghammer unterwegs.« Lina verzog das Gesicht bei der Erinnerung an den Moment, als die eisige Wasserfontäne sie getroffen hatte. »Ich bin so erschrocken, dass ich mich zu einem kleinen Fluch habe hinreißen lassen, den die Jungs natürlich sofort aufgeschnappt und nach Hause getragen haben. Ganz abgesehen davon, dass sie nach diesem Zwischenfall der Meinung waren, dass sie ebenfalls in einer Pfütze herumtanzen dürften, bis sie von oben bis unten aussahen wie ich.« Ein Blick in die Gesichter ihrer Freundinnen verriet ihr, dass sie sich beherrschen mussten, um nicht zu lachen. Felicia hatte ihre Brauen konzentriert zusammengezogen und starrte neben Linas Kopf in den Garten. Jules Mundwinkel zuckten. »Das ist nicht witzig.« Lina wies mit dem Glas in der Hand nacheinander auf ihre Freundinnen. »Ich musste mich bei der sowieso schon total gestressten Mutter für die kleinen Schmutzfinken entschuldigen. Und für das Schimpfwort, das sie heute gelernt – und definitiv nicht mehr vergessen haben. Ganz im Gegensatz zu der Regel, dass sie nicht mit ihren dreckigen Gummistiefeln ins Haus rennen und auf die Couch springen dürfen.«

Jule und Felicia konnten nicht mehr an sich halten und brachen wie auf Kommando in prustendes Lachen aus. Lina kannte diese Heiterkeitsanfälle. Oft genug war sie ihnen selbst erlegen. Nur … eben nicht heute. Wenn es um ihren Nanny-Service ging, verstand sie keinen Spaß.

»Wasser hat nun mal eine magische Anziehungskraft. Besonders, wenn es vom Himmel fällt«, sagte Felicia, nachdem sie sich wieder ein bisschen beruhigt hatte. »Ich finde es immer toll, wenn Ben mit mir im Regen tanzt.«

»Pff.« Lina trank einen Schluck Zauberwasser. »Ben und du, ihr tanzt überall und ständig miteinander. Das hat rein gar nichts mit Regen oder Wasser zu tun«, brachte sie die Tatsachen auf den Punkt. Denn der Landschaftsarchitekt, der mit Jule und ihr zusammen in die alte Schule eingezogen war, hatte das Herz ihrer Vermieterin im Sturm erobert.

Lina blickte zu Jule hinüber, die noch immer breit grinste. Auch sie schwebte seit ein paar Wochen auf Wolken. Sie hatte erst für Christian Thalbach, den Besitzer einer exklusiven Werbeagentur aus München, gearbeitet und sich dann in ihn verliebt.

Blieb nur Lina selbst, die sich zwar nach der großen Liebe sehnte, sich aber nicht einfach mit dem erstbesten Mann zufriedengab, der ihr über den Weg lief. Sonst könnte sie ja zum Beispiel die Einladungen von Sebastian Kufer annehmen, einem der geschiedenen Väter unter ihren Kunden, dessen Sohn Lennard sie regelmäßig betreute. Und der es nicht müde wurde, sie um eine Verabredung zu bitten. Dafür war ihm jede Schmeichelei recht, weshalb Lina inzwischen wusste, wie groß sein Haus und sein Pool waren, wie viele Autos er besaß und dass er ohne Probleme jederzeit einen Privatjet ordern könnte, um eine Verabredung mit ihr in Paris mit Blick auf den Eiffelturm stattfinden zu lassen – oder wo auch immer. Aber wenn Lina den Mann ansah, der zugegebenermaßen wirklich attraktiv war, passierte nichts mit ihr. Keiner der Schmetterlinge, die irgendwo tief in ihrem Bauch schlummerten, erwachte. Bei dem Gedanken, ihn zu küssen, zog sich kein aufgeregtes Kribbeln über ihre Haut. Es passierte einfach gar nichts. Und Lina würde keine Beziehung führen nur um einer Beziehung willen. Sie wollte das wilde Herzklopfen, das mit dem Verliebtsein einherging. Die großen Gefühle und Gesten, wie sie in den Filmen vorkamen, die sie für ihr Leben gern sah. Sie seufzte. »Ich habe zwar keine Lust, wie Ben und du im Regen zu tanzen. Oder mich überhaupt Regenwasser auszusetzen«, konkretisierte sie. »Aber ich würde mich so gern mal wieder Hals über Kopf verlieben. So richtig albern sein vor Glück.«

Felicia griff nach ihrer Hand und drückte sie leicht. »Mit einer tollen Beziehung auf Augenhöhe«, ergänzte sie.

»Und spektakulärem Sex.« Jule prostete ihr von ihrer Position auf dem Boden noch einmal zu.

Lina nickte. »Genau. All diese Dinge würde ich gern mal wieder spüren. Ihr wisst schon. So ein richtiger Bähm-Moment.«

»Kommt jetzt wieder ein Filmzitat?« Jule grinste sie an.

Lina lachte. Sie war zugegebenermaßen ein echter Filmfreak, und obwohl sie es nicht darauf anlegte, vergaß sie viele Sätze, die in Filmen gesprochen wurden, nicht mehr. Besonders, wenn sie sie beschäftigten. »Zu diesem Thema? Dutzende.« Sie überlegte kurz. »Wie wäre es zum Beispiel mit ›Die Geschichte prägt nur einen Moment, die Liebe dagegen ein ganzes Leben‹.«

Felicia seufzte und legte sich die Hand auf das Herz. »Das ist wundervoll. Aus welchem Film ist das?«

»*Wie ein einziger Tag*«, antwortete Lina.

»Ah.« Jule gab einen Laut von sich, der an ein zufriedenes Schnurren erinnerte. »Ryan Gosling.« Jetzt legte auch sie die Hand auf ihr Herz und ließ sie flattern. »Wenn ich einen Film mit ihm schaue, kann ich mich danach auf keinen Fall mehr an irgendwelche Zitate erinnern.«

»Aber im Ernst«, sagte Felicia. »Dieses Jahr hat uns ja gelehrt, dass aus den merkwürdigsten Begegnungen die besten Freundschaften und manchmal sogar die große Liebe werden kann«, spielte sie auf ihre Beziehung mit Ben an, die sie sich noch vor ein paar Monaten nicht im Traum hätte vorstellen können.

Jule nickte. »Vielleicht ist dieser Pfützenraser ja …«

»Auf keinen Fall«, unterbrach Lina sie. »Dieser Typ war ein schrecklicher Waldschrat mit zerzaustem Vollbart.«

»Vollbart ist in«, sagten Felicia und Jule gleichzeitig und mussten lachen.

Lina verdrehte die Augen. »Ja, hipstermäßige Vollbärte. Und bei Männern, denen das steht. Aber dieser Typ sah aus wie ein kanadischer Holzfäller … oder … Bärenjäger. So, als hätte er die letzten drei Jahre allein im Wald verbracht.« Er hatte ein bisschen aus der Welt gefallen gewirkt. Zumindest aus ihrer. Und das war ganz sicher nicht das Partnermaterial, nach dem sie suchte.

2

Eric erwachte langsam. Er lauschte dem Konzert der Vögel vor seinem gekippten Fenster, ohne auch nur die Augen zu öffnen, und atmete die frische Luft tief ein, die vom See bis in sein Schlafzimmer wehte. Es roch nach Blüten, dem Gras, das der Gärtner seiner Schwester am Vortag gemäht hatte, und einfach nach – Zuhause.

Um ihn herum herrschte Dämmerung, als er schließlich die Augen aufschlug. Sein Körper protestierte, als er sich aufsetzte. Er hätte gut und gerne noch ein paar Stunden schlafen können, aber sein Kopf war hellwach. Also schob Eric sich aus dem Bett und ging barfuß, nur in seinen Boxershorts, in den Wohnbereich des Apartments, an dessen hinterem Ende sich eine Küchenzeile mit hochmodernen Geräten befand, die fast ein wenig beängstigend waren. Den Kaffeeautomaten hatte er bereits gestern ausprobiert, sodass er es ohne große Mühe schaffte, eine Ladung Bohnen zu mahlen und sich eine große Tasse Kaffee zuzubereiten.

Mit der Tasse in der Hand bahnte er sich einen Weg durch die Kartons, die er aus seinem Apartment in Hamburg hatte hierher transportieren lassen. Viele Möbel waren nicht dabei. Das Meiste hatte er seinem Nachmieter hinterlassen, der am Alfred-Wegner-Institut arbeiten würde, genau wie Eric es bis jetzt getan hatte. Aber jede Menge Unterlagen, Bücher, Forschungsmaterial, das er auch in München brauchen würde und deshalb nicht zurücklassen wollte oder an denen sein Herz hing, standen kreuz und quer in seinem Wohnzimmer verteilt. Er hatte seine Sachen bereits gepackt, bevor er auf seine letzte Expedition gegangen war, weshalb sie inzwischen seit neun Monaten hier herumstanden und Staub ansetzten.

Er öffnete die breite Balkontür und trat auf die Terrasse hinaus. Der glatte, warme Holzboden fühlte sich wundervoll an. Eric presste seine Füße fest auf den Untergrund und hob den Blick zum Horizont. Er trank den ersten Schluck Kaffee, als sich die Sonne in einem Meer aus Rosa-, Orange- und Lilatönen hinter dem Bergmassiv der Alpen erhob. Sein Herz schlug in einem ruhigen, steten Rhythmus. Auf diesen Moment freute er sich am meisten, je länger eine Expedition dauerte. Auf diesen Moment und auf Popcorn. Denn beides bedeutete, dass er zu Hause war, wonach er sich je nach Länge eines Forschungsaufenthaltes unweigerlich zu sehnen begann. In seiner jetzigen Situation bedeutete seine ganz persönliche Art des Sonnengrußes sogar, dass ein neuer Teil seines Lebens begann.

Die Terrasse, die seine Schwester hatte bauen lassen, während er in Alaska gewesen war, war so perfekt wie alles, das sie in Angriff nahm. Coole Holzbänke im Lounge-Stil zogen sich über Eck um zwei Seiten der Sitzecke. Sie waren aus dem gleichen Material wie der Boden. In der Mitte der Plattform war das Holz ausgespart, durch große, weiße Kiesel ersetzt und mit einer beachtlichen Feuerschale versehen. Er konnte sich schon jetzt vorstellen, wie er hier abends gemütlich sitzen und bei einem kalten Bier dem Prasseln des Feuers zusehen würde. Das bedeutete echten Sommer. Er hatte seine bisherige Arbeit gern gemacht, aber vom Permafrost-Sommer, der bestenfalls aus Temperaturen um die fünf Grad, Unmengen von Schlamm und Milliarden Mücken bestand, hatte er inzwischen durchaus genug.

Eric bemerkte eine grau getigerte Katze, die sich an die Holzbänke anschlich, weil auf einer der Sitzflächen ein Spatz gelandet war. Besonders schlau stellte sich die Katze allerdings nicht an. Denn der Vogel hatte bereits schimpfend das Weite gesucht, bevor sie auch nur in seiner Nähe gewesen war.

Eric trank grinsend noch einen Schluck Kaffee und lief durch das taufeuchte Gras zum See hinunter, um die Füße ins Wasser zu halten. Wer nie Winter mit minus dreißig Grad und jene kurzen, matschigen Sommer erlebt hatte, konnte gar nicht verstehen, wie wundervoll seine Heimat war.

Die Umzugskartons packten sich allerdings nicht von allein aus, also ergab er sich schließlich in sein Schicksal, als er in die Wohnung zurückkehrte, und begann, einen Karton nach dem anderen zu öffnen und zu sichten. Einen Teil seiner wissenschaftlichen Unterlagen würde er in seinem Büro in der Uni aufbewahren, wo er auch noch die Auswertung der Permafrost-Forschungen vornehmen musste. Anderes würde er hier in dem kleinen Arbeitszimmer unterbringen, das nach Charlottes Vorstellungen vermutlich als Gästeschlafzimmer genutzt werden sollte. Aber so weit Eric sich erinnern konnte, hatte die Haushälterin, die früher für seine Eltern gearbeitet hatte, hier ihr Nähzimmer gehabt. Hell genug zum Arbeiten war es aufgrund der großen, bodentiefen Sprossenfenster, die ebenfalls über den See blickten, allemal. Sobald sein Schreibtisch und die Regale aufgebaut waren, hätte er hier einen wunderschönen, inspirierenden Arbeitsplatz.

Er war gerade dabei, ein paar alte Exemplare der *Nature Geo Science* zu sichten, nicht sicher, ob sich darin Artikel befanden, die er interessant fand, oder ob er sie nur aus sentimentalen Gründen aufgehoben hatte, als er die schnellen, klackernden Schritte seiner Schwester auf der Treppe hörte, die den oberen Teil der Villa mit seinem Apartment verband.

Eric legte die Zeitschriften zur Seite und richtete sich auf. Die Wohnung, die sie gerade betrat, befand sich zwar in ihrem Haus, dennoch gehörte sie ihm, und er war nicht gerade begeistert davon, dass Charlotte sich nicht die Mühe machte anzuklopfen. Ganz so, als gehöre sie ihr. Wie auch alles andere in diesem Haus. Dabei hatte Eric ihr bereits den größten Teil des Anwesens überlassen. Es wäre also nur anständig von ihr, ein wenig Rücksicht auf ihn zu nehmen. Er trat aus dem Arbeitszimmer, um ihr zu sagen, was er von dem morgendlichen Überfall hielt, als sein Blick nicht nur auf seine perfekte Schwester im perfekten Hosenanzug und mit perfektem Haarknoten fiel, sondern auch auf seine Nichte, die Charlotte hinter sich herzog.

»Was ist los?«, fragte Eric, statt seiner Schwester zu sagen, dass sie nicht einfach so bei ihm reinschneien konnte, als er Annabelles zusammengezogene Augenbrauen und den Schmollmund sah.

»Ich brauche kurz deine Hilfe«, sagte Charlotte mit einem gepressten Lächeln und hielt sich ebenfalls nicht mit einem Guten Morgen auf. »Ich muss dringend zu einer Besprechung nach München, und du hast ja sowieso nichts zu tun.«

Eric ließ seinen Blick über die geöffneten Umzugskisten schweifen. »Also, wenn das für dich nach ›nichts zu tun‹ aussieht …«

Charlotte winkte ab. »Ich meinte richtige Arbeit.«

»Ah …« Das altbewährte Problem zwischen ihnen. Eric griff nach seiner Kaffeetasse, die er auf einem Sideboard abgestellt hatte, und trank einen Schluck der fast kalten Brühe.

»Jedenfalls wäre es super, wenn du Annabelle in den Kindergarten bringen könntest.« Sie ließ die Hand ihrer Tochter los, winkte ihr kurz zu und verließ Erics Wohnung durch seine Tür zum Garten.

Eric strich seiner Nichte über die Haare. Er liebte seine Schwester. Einfach deshalb, weil sie seine Schwester war. Aber manchmal hatte er ein wirklich heftiges Bedürfnis, ihr den Hals umzudrehen. Sie behandelte ihre Tochter genauso kalt und lieblos, wie ihre Mutter damals mit ihnen umgegangen war. »Okay«, sagte er und schenkte Annabelle ein warmes Lächeln. »Bringen wir dich in den Kindergarten, Pochemuchka.«

»Meine Schuhe«, sagte Annabelle und wies auf die Schuhbänder der Sneaker, die sie trug.

»Alles klar.« Eric hockte sich vor sie hin und half ihr beim Binden. Zufrieden richtete er sich wieder auf. »Können wir jetzt?«

»Was ist mit meiner Jacke?«, wollte seine Nichte wissen.

»Ja … ähm … Jacke.« Eric erspähte sie auf einem Stapel Aktenordner, auf denen Charlotte sie offenbar vorhin abgelegt hatte. »Bitte schön, die Dame«, sagte er und hielt sie mit einer kleinen Verbeugung so, dass Annabelle hineinschlüpfen konnte. »Sonst noch was?«, fragte er unsicher. »Oder können wir jetzt los?«

Niemand konnte die Augenbrauen so klugscheißerisch hochziehen und dabei so süß aussehen wie Annabelle. »Was ist mit meiner Brotzeit?«

Eric seufzte und rieb sich über den Nacken. »Würde eine Brezn, die wir unterwegs besorgen, als Brotzeit durchgehen?«

Annabelle grinste von einem Ohr zum anderen. »Wir dürfen es nur Mama nicht verraten.«

*

Lina war spontan eingesprungen. Eine der Leistungen, die ihr Nanny-Service anbot, war es, Eltern den Druck zu nehmen, wenn sie von unvorhergesehenen Ereignissen überrollt wurden. Wie zum Beispiel einer Magen-Darm-Grippe, die der dreijährige Marcel aus dem Kindergarten mit nach Hause gebracht hatte, um sie an Mama und Papa weiterzugeben. Während seine Eltern jetzt also abwechselnd über der Kloschüssel hingen, hatte Lina den Jungen angezogen, ihm Frühstück gemacht, eine Brotzeit gerichtet und ihn ins *Zwergenland* gebracht.

Sie parkte ihren bunt gestreiften VW Sharan in der Schlange all der Eltern, die ihre Kinder ablieferten, direkt hinter einem riesigen, schlammbespritzten Land Rover Defender. Lina blinzelte. Das war doch der Wagen, der sie gestern mit dieser Pfütze erwischt hatte. Was hatte der Fahrer im Kindergarten verloren? Musste ein Baum gefällt werden, oder so was? Ihr Blick glitt zu dem wundervollen Garten hinter dem Gebäude, der von ihrem Freund und Nachbarn Ben gepflegt wurde. Wenn hier etwas gemacht werden müsste, hätte er doch sicher davon erzählt.

»Das geht mich gar nichts an«, murmelte sie und öffnete den Sicherheitsgurt. Dann stieg sie aus und befreite Marcel aus seinem Kindersitz. Sie griff nach seinem Rucksack und wartete, bis er aus dem Wagen geklettert war und seine kleine Hand in ihre schob. Gemeinsam gingen sie auf den Eingang des Kindergartens zu.

Anne, mit der Lina hier zusammengearbeitet hatte, bevor sie ihre eigene Firma gegründet hatte, stand an der Eingangstür und begrüßte die Kinder und ihre Eltern. Sie winkte Lina zu.

Als sie die Tür erreichten, umarmte sie Lina mit einem fröhlichen »Hey«, bevor sie sich vor Marcel hockte, um ihm ebenfalls Hallo zu sagen. »Hab schon gehört, dass es seine Eltern erwischt hat«, sagte sie, als sie sich wieder aufrichtete. »Willst du ihn gleich bei mir lassen?«

»Nein.« Lina wich einer Mutter aus, die ihr Kind abgegeben hatte und gerade wieder aus der Tür trat. »Ich habe genügend Zeit für den kleinen Mann.« Sie lächelte Marcel an, der schon aufgeregt an ihrem Arm zog, um zu seinen Freunden zu kommen. »Bis später.« Sie ließ sich von dem Jungen durch die Tür ziehen und folgte ihm in die Garderobe.

Obwohl es hier vor Kindern und ihren Eltern nur so wuselte, bemerkte Lina den Waldschrat sofort. Und er war ganz offensichtlich nicht hier, um einen Baum zu fällen. Er lieferte, genau wie sie, ein Kind ab. Was sie überrascht blinzeln ließ, war die Tatsache, dass es sich bei dem Kind, vor dem er kniete, um ihm die Jacke auszuziehen, um Annabelle von Rabenstein handelte. Verstohlen schob er dem Mädchen eine Bäckertüte zu, die verdächtig danach aussah, als enthalte sie eine Brezn. Offenbar Annabelles Brotzeit. Etwas, was Annabelles Mutter Charlotte, die sehr genau auf ihre Ernährung achtete, niemals zugelassen hätte.

Lina mochte Annabelle sehr und hatte sich in der Vergangenheit schon öfter um sie gekümmert, wenn ihre Eltern, die beruflich viel unterwegs waren, einen Notfall gehabt hatten. Die Verbindung zu diesem Typen, der aussah, als käme er direkt aus einem kanadischen Holzfäller-Camp oder von der Bärenjagd, konnte sie allerdings nicht herstellen.

Sie überlegte, sich an den beiden vorbeizuschleichen, doch in diesem Moment entdeckte Annabelle sie und winkte ihr mit einem lauten »Lina!« voller Enthusiasmus zu.

Der Typ wollte offenbar wissen, wen die Kleine begrüßte, und blickte über seine Schulter. Seine Augen weiteten sich für den Bruchteil einer Sekunde, als er Lina erkannte. Dann ließ er den Blick an ihrem Körper hinuntergleiten und wieder hinauf, als prüfe er, ob sie wieder trocken und alle Schlammspuren verschwunden waren. Er blieb schließlich an Marcel hängen, der noch immer ungeduldig an ihrer Hand zog, und runzelte die Stirn. Offenbar bemerkte er, dass es sich nicht um eines der Kinder von gestern handelte. Als sich ihre Blicke wieder trafen, zog er den rechten Mundwinkel in einer Geste nach oben, die Lina nur als Ironie deuten konnte. Ironie, weil sie sich schon wieder über den Weg liefen? Sie war sich nicht sicher. Und durch das Gewächs in seinem Gesicht hatte sie sowieso keine Ahnung, ob sie seine Mimik überhaupt richtig deutete.

Statt den Typen weiter anzustarren, der kein bisschen hierher zu passen schien, folgte sie Marcel zu seinem kleinen blauen Kleiderhaken und half ihm, seine Jacke auszuziehen. Sie hängte sie ordentlich auf und ging noch einmal vor dem Jungen in die Hocke. »Bis später, Marci. Ich hole dich heute Mittag wieder ab.« Je nachdem, wie es seinen Eltern dann ging, würde sie ihn nach Hause bringen oder noch etwas mit ihm unternehmen.

Marcel nickte eifrig und schlang ihr für einen Moment seine kleinen Arme um den Hals. Es fühlte sich an wie der Bruchteil einer Sekunde, aber lang genug, um den Duft seines Kindershampoos einzuatmen. Ein Augenblick, bei dem sich Linas Magen immer ein wenig zusammenzog. »Servus, Lina«, rief er und stürmte davon.

Lina blieb hocken und sah ihm dabei zu, wie er auf seine Freunde traf und sofort mit großen Gesten zu erzählen anfing. Sie vermutete, dass es darum ging, wie seine Eltern sich gleichzeitig übergeben hatten, denn die Kinder, die sich um ihn scharten, starrten ihn mit fasziniert leuchtenden Augen an.

»Schön, Sie hier zu treffen«, holte eine männliche Stimme Lina aus ihren Beobachtungen.

Lina blickte auf. »Herr Kufer.« Langsam richtete sie sich auf. »Wie geht es Ihnen?«

Sebastian Kufer schenkte ihr sein blendend weißes Lächeln, das perfekt zu seinen hellbraunen Augen und den dunkelblonden Haaren passte, die der aktuellen Mode entsprechend gestylt waren. »Es würde mir besser gehen, wenn Sie mich endlich erhören würden«, sagte er und legte in einer theatralischen Geste die Hand auf seinen Brustkorb.

Lina lachte. Die meisten Eltern hatten die Garderobe inzwischen verlassen. Nur ein paar vereinzelte Mütter schwirrten noch um ihre Kinder herum und steckten tuschelnd die Köpfe zusammen. Und der Typ, der Annabelle gebracht hatte, hockte noch immer vor dem Mädchen und redete leise mit ihm. Lina konzentrierte sich wieder auf Sebastian Kufer, der bei jeder sich bietenden Gelegenheit mit ihr flirtete und versuchte, sie zu einem Date zu überreden. »Ich weiß«, sagte sie lächelnd. Sie würde sich zwar weder heute noch nächste Woche noch in einem Jahr mit ihm verabreden, aber das hieß ja nicht, dass sie unhöflich werden musste. »Von der Terrasse Ihrer Villa hat man einen fantastischen Blick über den Starnberger See. Und ja, Ihre Segeljacht ist wunderschön, und im Sonnenuntergang an Deck Champagner zu schlürfen hört sich sehr verlockend an. Aber sind wir mal ehrlich: Solange Ihre Kinder in der Nähe sind, wäre ich doch nur mit den beiden beschäftigt.«

»Die Kinder? Die könnte man gut wegorganisieren.« Er zwinkerte ihr zu. »Ich kenne da eine fantastische Firma, die sich um so was kümmert.«

Lina war klar, dass er damit ihren Nanny-Service meinte. Sie zwinkerte zurück. »Das wäre natürlich eine Möglichkeit«, sagte sie und sah Kufer an, als ziehe sie diese Alternative tatsächlich in Betracht. »Aber das wird nicht passieren.

Sie wissen, dass die Kinder für mich immer an erster Stelle stehen. Ich muss jetzt los.« Sie wies mit dem Daumen über die Schulter zur Tür.

»Kann ich Sie nicht wenigstens zu einer Tasse Kaffee überreden? Ohne Terrasse und Jacht«, schlug er vor.

»Tut mir leid, Herr Kufer. Ich wünsche Ihnen einen schönen Tag.«

»Ich gebe nicht auf«, sagte er leise genug, dass nur Lina es hören konnte, und schenkte ihr noch einmal sein strahlendes Lächeln.

»Das glaube ich Ihnen sogar.« Lina wandte sich zur Tür um. »Servus.« Sie konnte das Lächeln nicht unterdrücken, das sich in ihren Mundwinkeln festsetzte. Auch wenn sie keinerlei Interesse an diesem Mann hatte, tat es einfach gut, ein wenig umschwärmt und umworben zu werden. Ganz abgesehen davon, dass es ihr gar nichts bringen würde, ihn zu vergraulen. Schließlich beauftragte er ihre Firma oft genug, wenn er Unterstützung mit seinen Kindern brauchte.

*

Eric war ziemlich überrascht, die Frau im Kindergarten zu sehen, die er gestern mit der Pfütze erwischt hatte. Sie war wieder ziemlich farbenfroh gekleidet, mit einem langen Rock, von dem einen die bunten Blumen regelrecht ansprangen. Ihre Haare, die ohne Schlammspritzer blond waren, wurden von Haarspangen zurückgehalten, auf die ebenfalls Blumen gedruckt waren – die glitzerten. An der Hand hielt sie einen kleinen Jungen. Einen anderen als am

Vortag. Wie viele Kinder hatte diese Frau denn? Lina, erinnerte Eric sich, hatte seine Nichte sie gerufen. »Kennst du die Frau?«, fragte er Annabelle.

»Klar.« Sie strahlte ihn zahnlückig an. »Das ist Lina. Sie ist Nanny. Um mich hat sie sich auch schon ein paar Mal gekümmert. Sie denkt sich immer echt coole Spiele aus. Nicht so Babykram, wie Nannys das sonst immer machen.«

»Aha.« Eric hatte keine Ahnung, was Babysitter taten, wenn sie auf Kinder aufpassten. Er konzentrierte sich auf Annabelle, die sich darüber beklagt hatte, dass ihr linker Zopf irgendwie schief saß und der Gummi an ihren Haaren ziepte. Er könnte das Problem einer der Erzieherinnen überlassen, aber Annabelle hatte nun einmal ihn gebeten. Auch wenn das definitiv nicht seine Kernkompetenz war, fummelte er an ihrer Frisur herum. Und kam dabei nicht umhin, das Gespräch dieser Lina-Nanny und des Strahlemanns, der ihr regelrecht aufgelauert zu haben schien und sie anbaggerte, mitzuhören.

Der Typ wollte, dass sie ihn *erhörte*. Was diese Lina mit einem Lächeln quittierte, das sich in Nichts mit dem mörderischen Blick vergleichen ließ, den sie ihm am Vortag zugeworfen hatte.

»Von der Terrasse Ihrer Villa hat man einen fantastischen Blick über den Starnberger See«, säuselte sie. »Und ja, Ihre Segeljacht ist wunderschön, und im Sonnenuntergang an Deck Champagner zu schlürfen hört sich sehr verlockend an.« Eric hatte ihr nach einem kurzen Blick in ihre Richtung wieder den Rücken zugedreht. Er konnte sich allerdings gut vorstellen, wie sie mit den Wimpern klimperte. Was war das hier? Ein Kindergarten oder eine Partnerbörse?

»Aber sind wir mal ehrlich«, redete sie weiter. »Solange Ihre Kinder in der Nähe sind, wäre ich doch nur mit den beiden beschäftigt.«

Das Zahnpasta-Lächeln sprach davon, die Kinder ›wegzuorganisieren‹, was sie für eine gute Idee zu halten schien. Oder warum sonst sollte sie sagen: »Das wäre natürlich eine Möglichkeit«?

Zwei Mütter, die neben Eric die Jacken ihrer Kinder an die winzigen Haken hängten, warfen sich einen Blick zu. Die eine verdrehte die Augen und gab einen zischenden Laut von sich, während die andere ein »das ist doch jedes Mal das Gleiche« murmelte und zu dieser Lina hinüberblickte.

Eric musste sich bemühen, nicht zu der Nanny herumzufahren, um sie mit genau dem gleichen Blick zu bedenken, wie sie am Vortag ihn. Bei ihrem kleinen Zwischenfall hatte er sie nur für eine schlecht gelaunte Mutter gehalten. Eine Zicke, die seine Entschuldigung nicht hatte akzeptieren wollen. Der Versuch, sich auf Kosten der Kinder einen reichen Typen zu angeln, war blanker Opportunismus. Mitten in der Garderobe des *Zwergenlandes*. Und wenn er die Mütter neben sich richtig verstand, passierte das gerade nicht zum ersten Mal.

Lina sagte noch etwas, das Eric nicht richtig mitbekam, weil Annabelle in diesem Moment der Meinung war, dass ihre Zöpfe jetzt richtig saßen. »So können wir es lassen, Onkel Eric. Und«, sie beugte sich vertrauensvoll gegen ihn, »wir erzählen Mama nichts von der Brezn.«

»Auf keinen Fall.« Er küsste seine Nichte auf den Scheitel. »Ich wünsch dir einen schönen Tag, Pochemuchka.«

»Ich dir auch«, antwortete sie, als Eric sich aufrichtete – und mit der Schulter gegen diese Lina-Nanny stieß, die sich gerade, noch immer breit lächelnd, an ihm vorbeidrückte. Als sich ihre Blicke trafen, kühlte ihr Blick allerdings merklich ab, und ihr Lächeln wirkte aufgesetzt. *Genau*, dachte er. Nur keine Szene vor dem künftigen Lover, der noch immer mit der Jacke seines Kindes in der Hand dastand und ihr sehnsüchtige Blicke nachwarf. Ihr Verhalten legte in Erics Kopf einen Schalter um. »Na, erfolgreich gewesen?«, konnte er sich nicht zurückhalten.

Sie erstarrte in ihrer Bewegung und drehte sich langsam zu ihm um. »Wie bitte?« Ihr Gesicht hatte sich in eine ausdruckslose Maske verwandelt.

»Sie wissen schon.« Eric vollführte mit der Hand eine kreisende Bewegung. »Im Erfüllen der Klischees. Kinder benutzen, um an ihre reichen Daddys ranzukommen, zum Beispiel.«

Immerhin schrie sie ihn nicht an, wie sie es am Vortag getan hatte. Sie tat nicht mehr, als die Lippen zu einem geringschätzigen Lächeln zu verziehen. Ihre Augen waren himmelblau, bemerkte Eric, bevor sie sie wütend zusammenkniff. Dann beugte sie sich ein Stück weiter zu ihm herüber, und ihr leichter Duft, der ihn irgendwie an Sommerfrüchte erinnerte, traf ihn mit voller Wucht. Doch bevor er das irgendwie verarbeiten konnte, zischte sie: »Sie scheinen überhaupt keine Ahnung von Menschen zu haben. Und von mir schon gar nicht.«

»Ach ja?«, konnte er sich eine Erwiderung nicht verkneifen. »Menschen wie Sie sind der Grund, warum ich meine Zeit lieber in Alaska verbringe als in einem Ort wie Starnberg.«

»Wie schön für Sie.« Ihr Lächeln erschien wieder. Strahlend und falsch. »Sie sollten vielleicht so schnell wie möglich dorthin zurückkehren. Alaska vermisst jemanden wie Sie sicher sehr.« Dann senkte sie den Blick. »Annabelle, Liebes. Es war schön, dich zu sehen. Ich wünsch dir einen schönen Tag.«

Scheiße! Eric hatte seine Nichte völlig vergessen. Und die Tatsache, dass sie neugierig neben ihm stand und ihren Schlagabtausch mit großen Augen verfolgte. »Das wünsch ich dir auch, Lina«, antwortete die Kleine. »Und das, was Onkel Eric sagt, darfst du nicht so genau nehmen. Er mag Steine einfach lieber als Menschen.«

Eric schluckte. Dieser Satz war definitiv nicht dafür gedacht, aus dem Mund seiner Nichte zu kommen. Wenn sie das sagte, kam das völlig anders rüber, als wenn er das selbst von sich behauptete.

Die Nanny strich Annabelle über die Wange und lächelte sie an. »Das glaube ich«, sagte sie und wandte sich zum Gehen. Eric war sich sicher, sie ein »und umgekehrt mögen die Steine ihn wahrscheinlich auch mehr als die Menschen« murmeln zu hören, als sie durch die Eingangstür nach draußen trat.

3

Eric ärgerte sich über sich selbst. Warum hatte er sich von dieser Nanny – Lina – nur so reizen lassen? So sehr, dass er die ganze Fahrt nach München darüber nachgedacht hatte. Was ging es ihn an, ob sie mit irgendwelchen Typen flirtete? Mit einem frustrierten Laut schlug er auf das Lenkrad seines Defenders. Er wusste ganz genau, warum er ein Problem damit hatte. Weil es ihn grundsätzlich wütend machte, wenn Kinder zum Spielball Erwachsener wurden. So wie Annabelle es oft war, wenn Charlotte und Vincent Termine ausmachten, ohne an ihre Tochter zu denken, und sie dann hin und her schoben, weil sie beide keine Zeit hatten, sich um sie zu kümmern. Und so wie seine Schwester und er es ihre ganze Kindheit hindurch gewesen waren. Bei Eltern, die vermutlich die meiste Zeit überhaupt vergessen hatten, dass es da noch zwei Kinder gab, die darauf warteten, dass Mama und Papa abends nach Hause kamen, und bei denen sie nur von Wert waren, wenn sie auf irgendwelchen Partys und Bällen herausgeputzt und vorgezeigt worden waren.

Er bremste ab, als er sah, dass direkt vor ihm ein BMW vor dem Geowissenschaftlichen Institut der Ludwig-Maximilians-Universität ausparkte. Immerhin, das hatte etwas von einem guten Omen. Er schnappte sich den Parkplatz und schaltete den Motor aus. Dann atmete er einmal tief durch und schob die Gedanken an die Nanny zur Seite. Er war nach München gefahren, um sich mit seinem neuen Arbeitsplatz vertraut zu machen, um sich einzurichten und anzukommen. Das hier war ein großer Schritt für ihn. Er würde ihn sich weder von den Meckereien seiner Schwester verderben lassen noch von den Erinnerungen an eine wirklich lieblose Kindheit, ausgelöst von dieser Lina. Eine Kindheit, in der er für seine Eltern meistens gar nicht existiert hatte, in der sie ihn nicht einmal im Krankenhaus … Eric schob den Gedanken zur Seite und schüttelte über sich selbst den Kopf, als er ausstieg. Das hier war sein Moment. Sein Neubeginn. Und darauf würde er sich konzentrieren.

Er betrachtete den weiß gestrichenen Fünfzigerjahre-Bau. Die Fakultät der Geowissenschaften gehörte zwar streng genommen noch zum Campus am Geschwister-Scholl-Platz, war aber weit genug entfernt von den erhabenen, historischen Gebäuden mit ihren berühmten Hörsälen und der Gedenkstätte Weiße Rose im Lichthof, die an die Festnahme der Geschwister Scholl erinnerte, um wie ein eigenes kleines Universum zu wirken.

Als er beschlossen hatte, Geologie zu studieren, hatte er gar nicht weit genug von Starnberg wegkommen können und war erst in Greifswald und dann in Hamburg gelandet. Sehnsucht nach Hause hatte er in den ersten Jahren nie gehabt, dazu war die Welt der Geologie viel zu spannend gewesen. Außerdem hatte er den Expeditionen nicht widerstehen können. Keiner einzelnen, die ihm angeboten worden war. Bis all das zuletzt den schalen Geschmack eines immer wiederkehrenden Kreislaufes bekommen hatte. Eric würde nicht behaupten, dass er nie wieder eine Forschungsreise unternehmen würde, aber er wollte wenigstens eine Zeit lang sesshaft werden. Als ihm ausgerechnet die Ludwig-Maximilians-Universität einen Lehrstuhl angeboten hatte, der ihm genug Freiraum gab, die Forschungsergebnisse der letzten Expedition auszuwerten und an seinem Herzensprojekt, der Entwicklung einer seismischen Messtechnik zur Erdrutsch-Vorhersage, zu arbeiten, hatte er nicht lange überlegt. So eine Chance bekam man nicht oft im Leben. Zumindest nicht in seiner Welt. Und er würde sie nutzen.

Eric betrat das T-förmige Gebäude. In dem hellen, lichtdurchfluteten Treppenhaus hallten seine Schritte wider. Während der Semesterferien wirkte das Institut wie ausgestorben. Nur wenige Leute kamen ihm entgegen und nickten grüßend. Eric schlug den Weg zum Büro seiner Dekanin, Professor Dr. Evelin Meilinger, ein und klopfte an ihre angelehnte Tür.

»Herein«, forderte sie ihn auf und erhob sich hinter ihrem Schreibtisch, als er das Büro betrat. »Herr Fuchs, ich freue mich, Sie zu sehen.« Die große, energisch wirkende Frau, die vermutlich noch keine fünfzig war, kam mit ausgestreckter Hand auf ihn zu. »Wie geht es Ihnen? Wie war die Rückreise aus Alaska?«

»Danke, gut.« Eric schüttelte die dargebotene Hand. Das Lächeln der Dekanin war warm, und er fühlte sich sofort willkommen.

»Nehmen Sie Platz«, bat sie ihn und wies auf eine kleine Sitzecke. »Kann ich Ihnen einen Kaffee anbieten?«

»Gerne.« Eric wartete, bis Frau Meilinger ihnen beiden

aus einer Thermoskanne eingeschenkt hatte, bevor er fortfuhr: »Danke, dass Sie mir ein paar der Ferienkurse angeboten haben. So gewöhne ich mich vermutlich schneller an die Dozententätigkeit.«

Die Dekanin lachte und strich sich die Haare ihres kinnlangen Bobs hinter das Ohr. »Machen Sie sich darum keine Sorgen. Zum einen sind Ihnen Ihre Kollegen sehr dankbar dafür, dass Sie ihnen einen Teil der Arbeit abnehmen. Und Ihre Qualitäten als Dozent haben sich hier längst herumgesprochen.« Sie stand auf und nahm einen Stapel Papier von ihrem Schreibtisch. »Sie wissen, wie die Studenten sind. Sie entscheiden sich für den Professor, der sie begeistert. Ihre Vorlesungen werden voll sein, Herr Fuchs. Das Interesse für Seismologie ist sprunghaft gestiegen, seit das Gerücht die Runde macht, dass wir Sie für unsere Fakultät gewinnen konnten. Die Sommerkurse sind bereits ausgebucht, und das hier«, sie hielt ihm die Blätter hin, »sind Bewerbungen für die Stellen als studentische Hilfskraft und wissenschaftliche Mitarbeiter, die zu Ihrem Lehrstuhl gehören. Sie können wählen.«

»Oh. Danke.« Eric griff nach den Bewerbungen. Er fühlte sich ein bisschen überrumpelt. Das Prinzip, das seine Chefin angesprochen hatte, kannte er selbst aus seiner Studentenzeit. Man ging nach Möglichkeit immer zu dem Dozenten, den man spannend fand. Womit sich die Richtung, die das Studium nahm, ganz von selbst entwickelte. Aber er verstand nicht ganz, warum ausgerechnet er den Ruf haben sollte, die Studenten begeistern zu können. Abgesehen davon, dass die Seismologie an sich faszinierend war. »Ich habe nur eine Vorlesung gehalten«, sagte er. Zur Bewerbung auf eine Professur war das Halten einer Probevorlesung unerlässlich gewesen. Und er hatte bereits auf vielen Symposien gesprochen, jede Menge Vorträge gehalten und zu der Zeit, als er selbst noch wissenschaftlicher Mitarbeiter gewesen war, auch Vorlesungen für seinen Dozenten. Trotzdem hatte er das vor dieser Professur nicht unbedingt als seine Kernkompetenz gesehen. In der Forschung fühlte er sich viel mehr zu Hause.

Frau Meilinger lachte wieder. »Ihr ungläubiges Gesicht ist sehr erfrischend. Aber glauben Sie mir, die Studenten sind verrückt nach«, sie malte mit den Fingern Gänsefüßchen in die Luft, »frischem Blut. Ihre Publikationen sind bemerkenswert, und Ihr seismisches Messgerät sorgt für jede Menge glänzende Augen. Bei so einem Forschungsprojekt wäre jeder gern dabei.« Sie erhob sich. »Aber Sie sind sicher nicht hier, um mit mir ein Kaffeekränzchen abzuhalten, sondern wollen Ihre neue Wirkungsstätte und Ihr Büro sehen. Ich führe Sie herum und lasse Sie dann in Ruhe ankommen.«

Eric war die Fakultät schon bei seinem Vorstellungsgespräch vor ein paar Monaten gezeigt worden. Und besonders die Labore, die erst vor ein paar Jahren komplett modernisiert worden waren, hatten sein Herz höherschlagen lassen. Jetzt wurde ihm bewusst, dass es ein Unterschied war, ob man als potenzieller Bewerber durch diese Gänge lief, oder ob man einen Hörsaal mit den Worten »das ist ab jetzt Ihrer« präsentiert bekam.

Frau Meilinger zeigte ihm alles, stellte ihn den wenigen Kollegen vor, die sie trafen, und verabschiedete sich schließlich an seinem neuen Büro von ihm.

Eric wartete, bis ihre Schritte den Gang hinunter verhallt waren, bevor er die Tür hinter sich ins Schloss zog und sich von innen dagegen lehnte. Langsam atmete er aus und betrachtete die leeren weißen Regale, die saubere Schreibtischoberfläche, den ergonomischen Drehstuhl. So viele Jahre war er auf Expedition gewesen, hatte die ganze Welt kennengelernt. Jetzt würde er zum ersten Mal sesshaft werden. Er wollte nicht ausschließen, dass es ihn irgendwann wieder in die Welt hinauszog. Aber im Moment war er mit seiner Wahl zufrieden. Blieb zu hoffen, dass seine Kollegen und die Studenten genauso angenehm waren wie seine neue Dekanin.

*

Lina klappte genervt ihren Laptop zu. Nachdem an diesem Morgen alle ausgeflogen waren und sie die alte Schule ganz für sich allein gehabt hatte, hatte sie beschlossen, auf der kleinen Terrasse zu arbeiten, die sich an Felicias Wohnung und ihre Kochschule *Küchennachhilfe* anschloss. Es gab in diesem Haus neben Linas eigener Wohnung und der Bücherei, in der sie viel Zeit verbrachte, noch jede Menge Räume, die sie nutzen konnte. Das Lehrerzimmer zum Beispiel, das irgendwie zum Treffpunkt ihrer Wohngemeinschaft geworden war. Aber bei diesem Wetter wollte sie draußen sein – was sie inzwischen bereute. Denn während sie versucht hatte, einen Arbeitsplan ihrer Nannys für die nächste Woche aufzustellen, hatte sie bereits eine Fuhre Kartoffeln für Felicia entgegengenommen und ein riesiges, schweres Paket mit irgendwelchen Materialmustern für Ben.

Das war allerdings nichts im Vergleich zu den Unterbrechungen des Jule-Hansen-Fanclubs. Denn Linas Freundin führte nicht nur eine wundervolle Beziehung mit Chris Thalbach, sie hatte auch eine ganze Schar – harmloser – Verehrer, die Puderzucker über ihr Leben streuten. Was hauptsächlich daran lag, dass Jule jeden reparierungsbedürftigen Gegenstand, der ihr unter die Finger kam, wieder zum Leben erweckte. So wurde der *Starnberger Merkur* nicht einfach in den Briefkasten geworfen, sondern bis zu ihrer Sitzecke hinter das Haus getragen, weil Jule dem Zeitungsboten mal die Kette am Fahrrad repariert hatte. Natürlich wollte er ein kleines Schwätzchen halten. Genau wie Carlo, der Besitzer einer kleinen Espressobar am Anleger für die Touristenschiffe, der unterwegs gewesen war und ebenfalls gehofft hatte, Jule anzutreffen. Wenn er sie schon unterbrach, hatte Lina entschieden, würde sie den geeisten doppelten Espresso ihrer Freundin einfach trinken. Weil das Eis sonst sowieso schmelzen würde. Und weil er einfach der beste in der Stadt war.

Sogar Blumen waren an diesem Morgen geliefert worden. Von einem Blumenhändler, mit dem Jule regelmäßig zusammenarbeitete, um die extravaganten Wünsche ihrer Kunden zu erfüllen, zu denen irgendwie immer Blumen zu gehören schienen. Das zweite Bouquet stammte von Chris, der auf Geschäftsreise war. Verdammt, war das süß. Wieder dachte Lina darüber nach, wie es wäre, einen Mann in ihrem Leben zu haben, der an sie dachte. Und wollte, dass sie an ihn dachte, selbst wenn er unterwegs war.

Lina seufzte und schob den Gedanken zur Seite. Sie stellte die Blumen ins Wasser und klappte ihren Laptop wieder auf, um doch noch mit ihrer Liste fertig zu werden. Wenn sie ihre Planung nicht bald aufstellte, würde der neue Monat beginnen, ohne dass eine ihrer Mitarbeiterinnen eine Ahnung hatte, wann sie arbeitete.

Der Eingang einer Nachricht auf ihrem Handy lenkte sie das nächste Mal von ihrer Excel-Tabelle ab. Lina warf einen Blick auf das Display. Jule hatte in die Gruppe der alten Schule geschrieben: NOTFALL!

Line öffnete die App, um auch den Rest der Nachricht zu lesen, der daraus bestand, dass Jule wissen wollte, ob heute noch jemand einkaufen ging.

Bevor Lina antworten konnte, begannen bereits die drei Punkte hinter Bens Namen zu tanzen, und er hatte mit einem schlichten *ich* geantwortet.

Jule:
Wunderbar. Kannst du mir Gleitgel mitbringen?

Die Punkte hinter Bens Namen erschienen wieder. Erstarrten. Tanzten weiter. Stoppten. Schließlich erschien das Emoji, das erschrocken die Augen aufriss und gleich darauf ein Text:

Ben:
Sorry, falsch kommuniziert. Ich gehe einkaufen. Aber im Baumarkt.

»Feigling«, flüsterte Lina und konnte sich ein Grinsen nicht verkneifen. *Ich habe auch noch Einkäufe zu erledigen*, tippte sie. *Ich bring dir das Zeug mit.* Schließlich wusste sie, wofür ihre Freundin das Gleitgel brauchte: als Geheimwaffe gegen eine ganze Anzahl von Problemen, zum Beispiel das Schmieren von Fahrradketten. Als Wundermittel gegen Blasen, wenn die neuen Schuhe zu eng waren, oder gleich als Notfalllösung, wenn keine Schuhcreme zur Hand war. Sogar als Raumduft in einem etwas merkwürdig riechenden Hotelzimmer hatte ihre Freundin es schon eingesetzt. Wahrscheinlich gab es noch unzählige Möglichkeiten mehr, das Gel außerhalb seiner ursprünglichen Bestimmung zum Einsatz zu bringen. Deshalb hatte Jule einfach immer eine Tube in ihrer riesigen Wunderhandtasche – und Lina kein Problem damit, Nachschub zu besorgen.

Ben:
Hoffentlich triffst du niemanden, den du kennst.

Offenbar konnte Ben sich einen letzten Kommentar nicht verkneifen, jetzt, da er aus dem Schneider war, und schickte ein Zwinker-Emoji hinterher.

In jeder Arbeit, die erledigt werden muss, steckt ein gewisses Maß an Spaß, konterte Lina mit einem Filmzitat aus *Mary Poppins* und ergänzte die Nachricht mit einem angewinkelten Bizeps und einem Kussmund. Sie klappte ihren Laptop abermals zu. Es sah im Moment wirklich nicht so aus, als würde sie in absehbarer Zeit in Ruhe arbeiten können. Also konnte sie ihre Einkäufe auch gleich erledigen und ihre Listen heute Abend schreiben. Sie notierte das Gleitgel auf der Einkaufsliste in ihrem Handy und trank den letzten Schluck von Jules geeistem Espresso.

Lina hatte sich noch nie Gedanken über das Einkaufen gemacht, bis sie zum ersten Mal gemeinsam mit ihren beiden Freundinnen in einem Supermarkt gewesen war. Jeder Mensch hatte so seine Marotten, aber jener Nachmittag hatte in einem ziemlichen Einkaufschaos geendet. Und damit, dass sie in der nächsten Bar einen Gin Tonic hatten trinken müssen.

Felicia gehörte zu den Menschen, die nicht nur eine Einkaufsliste schrieben, sondern diese auch noch nach Reihenfolge der Gänge strukturierten. Obst und Gemüse kamen vor Müsli und Milch, Putzmittel und Wein erst ganz am Ende, nach dem Joghurt und Käse. Jule hingegen war pures Chaos, so kleinlich sie sonst ihre Arbeit in ihrem Geheimniskrämer-Tablet dokumentierte. Wenn sie einkaufen ging, raste sie mit ihrem Einkaufswagen kreuz und quer durch den Supermarkt und sammelte alles ein, von dem sie dachte, dass es einen tollen Namen hatte oder eine hübsche Verpackung. Nur um dann an der Kasse zu merken, dass sie die Sachen, wegen denen sie eigentlich gekommen war – und die selbstverständlich auf keiner Einkaufsliste standen – vergessen hatte, und rannte abermals los.

Lina hingegen hatte eine Liste. Nicht ganz so zwanghaft wie Felicia, die die Lebensmittelkategorien wahrscheinlich nach Farben sortieren würde, wenn das ginge. Ihre Taktik war es, den Einkaufswagen strategisch günstig mitten im Markt zu positionieren, und dann von dort aus sternförmig loszuziehen, um alles einzusammeln, was sie brauchte.

Da die Freundinnen nicht nach jedem Wocheneinkauf einen Gin Tonic trinken konnten, um ihre Nerven zu beruhigen, hatten sie beschlossen, künftig wieder allein zu gehen.

Oft genug hatte Lina nur wenig Zeit für ihren Einkauf und hastete durch den Laden. Aber heute, nachdem sie beschlossen hatte, ihre Listen auf den Abend zu verschieben, genoss sie ihren Bummel durch den Supermarkt fast so sehr wie einen Ausflug in ihre Lieblingsboutique oder einen Schuhladen. Sie stellte ihren Einkaufswagen neben den Truhen mit der Tiefkühlkost ab und sah sich dann in Ruhe die Artikel an, die sie aus der Werbung und diversen Fernsehshows kannte.

Ob sie so ein Gestell kaufen sollte, mit dem man Fisch und Rippchen aufrecht stehend grillen konnte? In einer Gründershow waren die Dinger hoch gepriesen worden. Sie hatte das Ding schon fast bis zu ihrem Einkaufswagen getragen, als sie wieder umdrehte und es zurückstellte. »Was für ein Quatsch«, murmelte sie. Sie besaß noch nicht einmal einen Grill. Und wenn Ben oder sein Cousin Sam das Monsterding anwarfen, das sie neben der Terrasse hinter dem Haus aufgebaut hatten, legten sie viel Wert darauf, dass ihnen niemand reinredete. Denn Grillen war ihrer Meinung nach eine Wissenschaft für sich. Und die beiden hatten auf diesem Gebiet ganz eindeutig einen Doktortitel. Wenn sie ihre Rippchen oder eine Renke vertikal grillen wollten, würden sie sich vermutlich selbst die entsprechenden Hilfsmittel besorgen.

Stolz darauf, dem Werbeangebot nicht erlegen zu sein (wer brauchte schon noch ein Küchengerät, das unbenutzt neben jeder Menge anderer unbenutzter Fehlkäufe im Schrank stand und Platz wegnahm?), kehrte sie zu ihrem Wagen zurück und schob ihn ein Stück weiter, um das Eisangebot unter die Lupe zu nehmen. Irgendjemand hatte neulich etwas von einer neuen *Ben & Jerry's*-Sorte erzählt, die sie …

»Entschuldigung. Das ist mein Wagen.« Eine große, kräftige Hand schloss sich neben ihrer um den Griff des Einkaufswagens und bremste sie.

Lina fuhr erschrocken herum. Ihr Blick traf auf ein fadenscheiniges, kariertes Flanellhemd, als sie ganz automatisch erwiderte: »Nein, das ist mein Wagen.« Langsam ließ sie ihren Blick an dem Hemd, das offen über einem ebenfalls ziemlich ausgebleichten T-Shirt lag, hinaufgleiten. Über einen zerzausten Vollbart. Eine gerade Nase. Bis zu einem Paar schlecht gelaunt zusammengekniffener blaugrüner Augen. Eine tiefe Falte beherrschte den Platz zwischen den Brauen. Lina schluckte den resignierten Seufzer herunter, der in ihrer Kehle feststeckte.

»Sie schon wieder«, sprach Annabelles Onkel genau den Satz aus, der Lina durch den Kopf ging.

»Dem gibt es wohl nichts hinzuzufügen.« Lina bedachte den Mann mit einem süßen Lächeln, das so falsch war wie die Zähne ihrer Urgroßmutter. Sie ruckelte am Griff des Einkaufswagens, damit er losließ. »Wenn Sie mich entschuldigen würden? Ich würde gern weiter einkaufen.«

Er kam ihrer Bitte natürlich nicht nach und hielt den Griff weiter fest. »Nicht mit meinem Wagen, wenn's geht.«

Jetzt war es an Lina, die Augen zusammenzukneifen. Mit einem Blick vergewisserte sie sich, dass sie im Recht war. Popcorn, Äpfel, Gummibärchen. Dazu Toastbrot und ihre Lieblingskaffeeröstung. »Das ist mein Wagen«, fauchte sie und versuchte, ihn einfach vorwärtszuschieben, obwohl er weiter festhielt.

Die ersten Kunden warfen ihnen bereits Seitenblicke zu. Der Supermarktmitarbeiter, der am Ende des Ganges eine Pyramide aus Doseneintöpfen aufstapelte, richtete sich mit je einer Dose in jeder Hand neben seinem architektonischen Meisterwerk auf, als wolle er notfalls eingreifen, falls das zwischen ihnen, was auch immer das war, eskalieren würde.

Annabelles Onkel ließ nicht los, zog aber mit der anderen Hand einen zweiten Einkaufswagen heran, in dem … Lina blinzelte … fast die gleichen Dinge lagen wie in dem, den sie endlich in Richtung *Ben § Jerry's* schieben wollte. Offenbar mochte dieser Kerl nicht nur Popcorn und Gummibärchen, sondern sogar den gleichen Kaffee wie sie. Das Einzige, was sich in seinem Einkauf vermutlich nicht finden lassen würde, war Jules Bestellung. Hoffentlich fiel ihm das nicht …

Mit Schrecken sah Lina dabei zu, wie der Typ zielsicher ausgerechnet die Tube Gleitgel aus dem Wagen angelte und sich jede Menge Zeit ließ, das Etikett zu studieren, bevor er den Blick wieder hob und Linas traf. »Also, das hier brauche ich ganz sicher nicht«, bemerkte er ironisch und wedelte mit der Packung vor ihrem Gesicht herum.

Lina spürte die Hitze, die an ihrem Hals hinaufkroch und sich wie ein Flächenbrand über ihr Gesicht legte. Mit einer hektischen Bewegung riss sie ihm die Packung aus der Hand und versteckte sie hinter ihrem Rücken. So viel zu Mary Poppins fröhlichem Slogan, dass hinter jeder Arbeit, die erledigt werden musste, ein gewisses Maß an Spaß steckte. Ben würde sich kaputtlachen, wenn er sie jetzt sehen könnte. Sie warf einen schnellen Blick in den Einkaufswagen, an den sie sich noch immer klammerte und von dem er behauptete, dass es seiner war. Die Packung dort, die sie für das Gleitgel gehalten hatte, war Rasiercreme.

Annabelles Onkel war ihrem Blick gefolgt. Jetzt trat er einen Schritt näher an sie heran. Er kam ihr damit so nahe, dass sie die kleinen Fältchen sehen konnte, die sein sarkastisches Lächeln in seine Augenwinkel grub. »Geben Sie mir meinen Wagen jetzt wieder?«, fragte er leise. »Oder wollen Sie ihn weiter als Geisel halten, bis ich Ihnen und Ihrem Gleitgel eine Szene mache?«

Linas Gesicht glühte. Gott, dieser Typ verstand es wirklich, auf diesem peinlichen Moment herumzureiten. »Selbstverständlich können Sie Ihren Einkaufswagen zurückhaben. Ich bedaure die Verwechslung«, *und die Tatsache, Ihnen jemals über den Weg gelaufen zu sein*, fügte sie in Gedanken hinzu.

Gedanken, die der Mann offenbar lesen konnte. Denn das sarkastische Grinsen in seinem Gesicht vertiefte sich. Er ließ ihren Einkaufswagen erst los, als sie die Finger von seinem gleiten ließ. Im nächsten Moment hatte er seinen Wagen bereits zwei Schritte weitergeschoben, blieb dann aber plötzlich stehen und beugte sich über die Einkäufe. »Übrigens«, sagte er und drehte sich noch einmal halb zu Lina um. »Ihr Popcorn ist was für Anfänger.«

»Was?« Irritiert blickte Lina auf das klassische Popcorn in ihrem Einkaufswagen.

Mit einem »Profis nehmen Salted Caramel« warf er eine Packung in ihren Wagen, drehte sich um und schob seine Einkäufe leise vor sich hin pfeifend in Richtung Fischtheke.

Lina stand neben ihrem Wagen und starrte ihm hinterher. Was für ein verdammter, arroganter, ungehobelter … »Waldschrat«, murmelte sie, was ihr einen skeptischen Blick der alten Dame einbrachte, die sich mit einem Rollator an ihr vorbeischob, in dessen Korb eine Flasche Wodka und vier Dosen Red Bull aufgereiht waren. Noch ein Beispiel dafür, dass man nicht aufgrund eines Einkaufskorbes auf den Menschen dahinter schließen konnte.

Selbst wenn dieser Holzfäller fast die gleichen Dinge wie sie in seinem Wagen liegen hatte, war er trotzdem ein unverschämter Klugscheißer. Und Lina stellte sich einmal mehr die Frage, wie ein wundervolles Mädchen wie Annabelle an einen solchen Onkel kam.

Sie würde keine Antwort darauf finden. Aber an der Eistheke konnte sie zumindest ihr brennendes Gesicht kühlen. Und das Eis, das sie mitnehmen würde, würde sie definitiv Jule auf die Rechnung setzen.

4

Eric lehnte in der offenen Tür und sah dem geschäftigen Treiben im Garten zu. Seine Schwester dirigierte eine ganze Armada von Aufbauhelfern und Eventplanern durch die Gegend. Für eine Gartenparty, die sie an diesem Abend geplant hatte. Vor seiner Tür. Und ohne ihm vorher etwas davon zu sagen.

Er nippte an dem Starnberger Hofbräu, das er erst in seinen Einkaufswagen geladen hatte, nachdem er diesen von der Nanny zurückerobert hatte und von der er inzwischen wusste, dass sie Lina Kirchleitner hieß. Annabelle hatte es sich nicht nehmen lassen, ihm alles über diese Frau zu erzählen, was sie wusste. Und ein paar Sachen hatte er heute selbst herausgefunden. Er grinste in sein Bier, als er noch einen Schluck trank. Mit ihrem Gleitgel hatte er sie wirklich eiskalt erwischt. Ihm war es grundsätzlich völlig egal, was Leute in ihre Einkaufswagen luden und dann damit veranstalteten. Aber diese Lina ein bisschen aus dem Konzept zu bringen, hatte ihm eine diebische Freude bereitet – schließlich hatte die es bisher geschafft, von oben auf ihn herabzusehen, obwohl sie ihm gerade mal bis zur Schulter ging, und bei jeder sich bietenden Gelegenheit die Nase über ihn zu rümpfen. Als sie im Supermarkt aufeinandergetroffen waren, hätte er sie fast nicht erkannt. Kein bunter Fummel, der sich in die Netzhaut brannte, sondern ein schlichter, kurzer Jeansrock, ein weißes T-Shirt, das sie vorn in den Bund geschoben hatte, und Flip-Flops. Die Haare hatte sie zu einem lockeren Knoten zusammengebunden und ihre Sonnenbrille auf den Kopf geschoben. Da hatte doch die Art, wie ihr Gesicht knallrot angelaufen war, wenigstens noch für etwas Farbe gesorgt. Er hatte diesen Moment genossen. Vielleicht ein bisschen mehr, als anständig war.

Aus den Augenwinkeln entdeckte er die Katze, die ihm morgens schon aufgefallen war, als sie ziemlich erfolglos versucht hatte, sich an einen Vogel anzupirschen. Sie betrachtete die Partyvorbereitungen genau wie Eric mit missbilligendem Blick. Dann fixierte sie ihn und kam direkt auf ihn zu. Neben der Tür hielt sie einen Moment inne und starrte ihn an. Es wirkte fast, als rümpfte sie die Nase – genau wie Lina Kirchleitner –, falls das bei Katzen anatomisch überhaupt möglich war. Im nächsten Moment war sie mit einem Satz an ihm vorbei und in seiner Wohnung verschwunden.

»Hey.« Eric fuhr herum und folgte dem Tier. »Raus hier.« Er wedelte mit den Armen, um es wieder in Richtung Garten zu dirigieren.

»Rocky!«, hörte er im nächsten Moment die Stimme seiner Nichte hinter sich.

»Kennst du dieses Vieh etwa?«, wollte er wissen und drehte sich zu Annabelle um, die, eine kleine Schüssel in der Hand, auf die Knie sank.

Schnurstracks marschierte die Katze abermals an Eric

vorbei und stürzte sich auf das Schälchen mit Hackfleisch, das seine Nichte vermutlich aus dem Kühlschrank ihrer Eltern geklaut hatte. »Das ist kein Vieh«, erklärte Annabelle, ohne aufzusehen. Sie strich dem Tier hingebungsvoll über den grau getigerten Rücken. »Das ist Rocky. Er hat schon vor dir in der Villa Rabenstein gewohnt.«

Eric trank einen großen Schluck Bier und stemmte dann die Hände in die Hüften. »Sag mir, dass du keine fremde Katze angelockt und angefüttert hast.«

Annabelle blickte noch immer nicht auf, sondern zuckte nur mit den Achseln. »Ich darf ja keine Haustiere haben«, murmelte sie. »Ich habe Rocky meistens vor der Tür gefüttert, außer wenn es geregnet hat. Und manchmal haben wir auf deinem Sofa gekuschelt«, gab sie zu.

Eric blickte zur Designercouch aus hellbraunem Leder hinüber, die seine Schwester in diese Wohnung gestellt hatte. Charlotte würde mit Sicherheit ausflippen, wenn sie davon wüsste. Dieser Gedanke gefiel ihm tatsächlich ein kleines bisschen.

Annabelle schien sein halbes Lächeln bemerkt zu haben, denn jetzt sah sie mit großen hoffnungsvollen Augen zu ihm auf. Auch wenn er wusste, dass das eine Masche war, die die Kleine perfektioniert hatte, um ihn zu manipulieren, zog sich bei diesem Anblick sein Herz zusammen. »Rocky hat vor dir hier gewohnt«, erklärte sie ihm noch einmal. »Also ist er jetzt dein Kater. Oder du bist Rockys Mensch«, ergänzte sie nachdenklich.

»Ich werde nicht der Besitzer dieses Katers.« Eric warf erst seiner Nichte und dann dem Tier einen strengen Blick zu.

»Aber ich habe ihm extra einen Namen gegeben, der zu dir passt.« Annabelle schob die Unterlippe vor. Verdammt, das konnte sie echt gut. »Wir haben doch schon Englisch im Kindi. Ich habe gelernt, dass Rock Felsen heißt. Und weil du doch Seisologe bist …«

»Seismologe«, korrigierte Eric sie. Er musste zugeben, dass der Name wirklich gut zu der Katze passte. Als er gesehen hatte, wie das Tier versucht hatte, den Vogel zu erwischen, hatte die Bewegung seiner Pfote tatsächlich ein wenig ausgesehen, als würde Rocky Balboa ein paar Trockenübungen machen.

»Ich glaube, Rocky fühlt sich, als wäre er dein Kater«, gab Annabelle immer noch nicht auf.

Diesen Moment wählte der Kater, um mit hoch erhobenem Schwanz zum Sofa zu stolzieren und hinaufzuspringen. Er knetete mit den Pfoten das Polster, bevor er Eric den Hintern zudrehte, sich zusammenrollte und die Welt um sich herum ignorierte.

»Er muss sich erst an dich gewöhnen«, erklärte Annabelle sein Verhalten, als wäre sie eine der führenden Katzenforscherinnen und kein fünfjähriger Naseweis. »Und er wohnt wirklich schon viel länger als du hier. Du kannst ihn nicht einfach rauswerfen.« Sie ging zur Couch hinüber und streichelte den Kater ausgiebig. »Rocky muss man einfach liebhaben«, stellte sie unumwunden für sich als Tatsache fest.

»Ich mag keine Katzen«, brummte Eric.

Annabelle klimperte mit den Wimpern. »Du magst vielleicht Steine lieber als Menschen. Aber Katzen musst du doch mindestens so gern haben wie Steine.«

»Nein, tue ich nicht.«

Annabelle ignorierte ihn genauso wie der Kater. Sie kletterte zu Rocky auf das Sofa, um mit ihm zu kuscheln.

Der Kater machte ein Nickerchen von etwa einer Stunde, während Annabelle ihn kraulte, und beschloss dann, dass es draußen spannender war als in Erics Wohnung. Kurz nachdem er in den Garten zurückstolziert war, verschwand auch Erics Nichte aus seiner Wohnung.

Keine halbe Stunde später tauchte seine Schwester auf. Heute ließen die Frauen ihm wirklich keine Ruhe. »Du hast gemerkt, dass ich heute Abend eine Gartenparty gebe?«, fragte sie Eric statt einer Begrüßung unter hochgezogenen Augenbrauen.

»Ist ja nicht zu übersehen.« Er stieß sich vom Küchentresen ab und nahm sich eine Cola aus dem Kühlschrank, mit der er in Richtung der Tür wies, die in den Garten führte. »Findet ja direkt vor meiner Tür statt.«

Charlotte ignorierte seinen sarkastischen Unterton einfach. So, wie sie es schon immer gemacht hatte. Stattdessen warf sie ihm einen erwartungsvollen Blick zu. »Könntest du dich diesem Ereignis ein wenig anpassen? Das ist doch nicht zu viel verlangt, oder?«

Seine Schwester wollte auf diese Frage ganz bestimmt keine Antwort, und Eric wusste genau, was sie damit meinte. Sie hatte nur vergessen – oder sich einfach nicht die Mühe gemacht –, ihn zu fragen, ob ihm diese Party direkt vor seiner Haustür überhaupt recht war. Genauso wie ihr entfallen zu sein schien, dass das hier auch sein Zuhause war. Er hatte nie großen Wert auf Status und Wohnraum gelegt, weshalb ihm die Einliegerwohnung durchaus genügte. Aber genau genommen gehörte ihm die Hälfte der Villa Rabenstein. Und das war, verdammt noch mal, auch sein Garten. Er hatte keine Lust, sich von seiner Schwester gängeln zu lassen.

»Ich meine«, Charlotte wedelte mit ihrer manikürten Hand vor ihm auf und ab, sodass die Ringe an ihren Fingern funkelten, »es muss doch machbar sein, sich etwas anderes anzuziehen.«

Eric folgte dem Wedeln ihrer Hand und blickte an sich herunter. Klar, das waren noch Klamotten, die er mit auf der letzten Expedition gehabt hatte, wo niemand auf die Idee gekommen wäre, einen modischen Kodex aufzustellen. Er hatte alles in die Waschmaschine geschmissen. Seine restlichen Klamotten waren … irgendwo. Er blickte zu dem Chaos aus Umzugskisten hinüber. Eigentlich müsste alles in einem dieser Kartons stecken, aber er hatte sie noch nicht finden können. »Natürlich kann ich etwas anderes anziehen«, versprach er seiner Schwester, weil er keine Lust auf ihren Vortrag über die Stellung in der Gesellschaft und die Pflicht und Verantwortung der Familie Fuchs/von Rabenstein hatte.

Und tatsächlich atmete sie bei der Aussicht, dass er sich fügte, auf. Für einen Moment huschte sogar so etwas ähnliches wie ein Lächeln über ihr Gesicht. »Wenn du schon dabei bist, rasiere dich!« Zack, der Kommandoton war zurück. »Und lass dir die Haare schneiden.« Sie hielt ihm einen Zettel hin. »Ich habe es tatsächlich geschafft, dir für heute noch einen Termin zu organisieren. Glaub mir, das war nicht einfach.« Sie wartete Erics Erwiderung nicht ab, sondern legte die Notiz auf den Küchentresen, machte auf dem Absatz kehrt und schwebte durch seine Wohnung in den Garten hinaus, um die Partyplaner herumzuscheuchen.

Eric nahm den Zettel und warf einen Blick auf den Namen und die Telefonnummer. Seine Schwester hatte natürlich recht: Ein Friseurbesuch war überfällig. In Alaska hatte es nicht nur keine Rolle gespielt, wie lang seine Haare waren, das Rasieren wurde auf einer Expedition sowieso schnell zur Nebensache. So schweinekalt, wie es die meiste Zeit war, leistete ein wenig mehr Körperbehaarung sogar ganz gute Dienste. Aber jetzt musste der Bart natürlich weg, auch wenn er sich längst an ihn gewöhnt hatte. Aber er war erst seit ein paar Tagen zurück in Deutschland, und das hatte auf seiner Prioritätenliste definitiv nicht ganz oben gestanden.

Er zog sein Handy aus der Gesäßtasche seiner Jeans, wählte die Nummer auf dem Zettel und wartete eine gefühlte Ewigkeit, bis jemand ranging.

»*Die Welle*, was kann ich für sie tun«, meldete sich eine weibliche Stimme, die klang, als wäre sie gerannt, als Eric bereits darüber nachdachte, wieder aufzulegen.

»Fuchs. Meine Schwester, Charlotte von Rabenstein, hat einen Termin für mich vereinbart.«

»Fuchs? Eric Fuchs?« Die Frauenstimme quietschte ein bisschen, sodass er das Handy ein Stück vom Ohr weghalten musste. »Das bist du doch, oder?«

»Ja«, antwortete Eric langsam.

»Kati Müller«, klärte sie ihn über ihre Begeisterung auf. »Wir sind zusammen zur Schule gegangen. Erinnerst du dich noch an mich?«

Eric konnte sich erinnern. Ein immer fröhliches Mädchen mit einem wippenden Pferdeschwanz, einem breiten Lächeln und einer Vorliebe für Heftchenromane, die sie im Matheunterricht heimlich unter der Bank gelesen hatte, statt aufzupassen, was fast dafür gesorgt hatte, dass sie zweimal beinahe durchgefallen wäre.

»Ich habe vor einer Weile *Die Welle* übernommen«, erzählte sie weiter, ohne seine Antwort abzuwarten. »Und du bist Forscher oder so was geworden. Reist durch die ganze Welt und so. Jedenfalls hat das mal jemand bei einem Klassentreffen erzählt, bei dem du nicht gewesen bist.«

»So was Ähnliches«, quetschte Eric dazwischen, als Kati kurz Luft holte.

Aber dann sprach sie bereits weiter. »Ich freue mich, dass deine Schwester den Termin ausgerechnet bei uns vereinbart hat. Dann können wir uns auf den neuesten Stand bringen. Das wird cool!« Sie lachte, und Eric konnte nicht anders, als ebenfalls die Lippen zu einem Lächeln zu verziehen. Wo Kati war, war immer gute Laune. Das war früher zumindest so gewesen – und hatte sich offenbar nicht verändert.

Eric warf einen Blick in den Garten, wo seine Schwester wild gestikulierend auf einen der Helfer einredete. »Was das angeht«, sagte er und lehnte sich wieder entspannt gegen den Küchentresen. »Lässt sich das auf morgen verschieben?«

*

Lina hatte alle Männer ausgesperrt. Abgesehen von Poldi, der allerdings freiwillig das Feld geräumt hatte, nachdem Felicia ein paar Mal zu oft erschrocken aufgeschrien hatte. Was wahrscheinlich ziemlich schmerzhaft für seine empfindlichen Hundeohren gewesen war. Schließlich hatten diese spitzen Schreie auch Linas und Jules Ohren zum Klingeln gebracht.

»Ich habe nicht gewusst, dass du so hoch kreischen kannst, Licie«, zog Lina ihre Freundin auf.

»Und du hast mich unter Vorspiegelung falscher Tatsachen zu diesem Filmabend überredet«, jammerte Felicia, offenbar sehr erleichtert, dass der Abspann lief. Zumindest sagte das ihr Gesichtsausdruck, als sie vorsichtig über das Kissen spähte, das sie sich den Großteil der Zeit vors Gesicht gehalten hatte.

»Auf jeden Fall eine interessante Filmwahl«, stimmte Jule ihr zu und nippte an ihrem Gin Tonic.

Sie hatten es sich im Lehrerzimmer gemütlich gemacht. Die Leinwand, die sie aufgestellt hatten, verdeckte das Herzstück des Raumes: eine große Weltkarte aus dem vergangenen Jahrtausend, die noch ein paar Grenzlinien bereithielt, die es definitiv nicht mehr gab. Lina jedenfalls musste jedes Mal schmunzeln, wenn sie die DDR betrachtete. Alle Bewohner der alten Schule hatten auf dieser Karte mit Pinnadeln verewigt, wo auf der Welt sie schon gewesen waren. Sogar Jules kleiner Bruder, der sie in diesem Sommer ein paar Wochen besucht hatte, hatte seine Reisen hier markiert. Der Raum, der früher den Lehrern zum Austausch gedient hatte und in dem sicher sehr viele Aufsätze korrigiert und Unmengen von Noten verteilt worden waren, hatte sich schon vom Zeitpunkt ihres Einzuges an in den Treffpunkt verwandelt, an dem Lina und ihre Nachbarn und Freunde zusammenkamen, wenn ihnen nach Gesellschaft war. Sie hatte Überdecken genäht, die das hässliche Achtzigerjahre-Muster der durchgesessenen Sofas verdeckten. Lava-Lampen, die sie im Keller gefunden hatten und die vielleicht nicht mehr in, dafür aber irgendwie kultig waren, schufen eine gemütliche Atmosphäre, die durch den leicht eingedellten, beleuchteten Globus ergänzt wurde, der sich auf einem ehemaligen Pult gemütlich um sich selbst drehte. Auf die Schiefertafel hatte Lina mit kunstvollem Kreide-Handlettering den Spruch der Woche geschrieben: *Manchmal will man einfach nicht aufstehen. Dann pupst der Hund ins Schlafzimmer, und schon geht es ums nackte Überleben.* Zwei Sätze, die ihren Weg nicht zufällig ins Lehrerzimmer gefunden hatten, nachdem Poldi am Wochenende mit wirklich schlimmen Verdauungsproblemen zu kämpfen gehabt hatte und sie alle daran hatte teilhaben lassen. Es war schon fast witzig gewesen, wie sie zusammengesessen und plötzlich alle mit lautem Stöhnen aufgesprungen und in alle Richtungen davon gerannt waren, wenn der Hund wieder einmal mit unschuldigem Blick mitten in ihre Runde gefurzt hatte.

Schlimmer als diese Angriffe auf ihre Geruchsnerven war der Film, den sie für diesen Abend ausgewählt hatte, auch nicht. Fand zumindest Lina. »Was denn?«, fragte sie. »Wir müssen doch nicht immer eine Schmonzette gucken.«

»Ja«, sagte Jule gedehnt. Sie hatte es sich neben Felicia auf einem der beiden Sofas bequem gemacht, die Füße auf den Couchtisch gelegt. »Gegen einen Actionfilm oder einen Marvel-Blockbuster spricht ja auch gar nichts.«

»*Roadkill* ist ein Klassiker«, verteidigte Lina ihre Filmauswahl. Sie saß auf ihrem Lieblingsplatz, einem ausrangierten Turnbock, dem die Beine ein wenig gestutzt worden waren, und stemmte die Füße gegen die Lehne der zweiten Couch. Im Sportunterricht hatte sie es gehasst, über diese Dinger springen zu müssen. Dass er jetzt eingekürzt hier stand und zu ihrem liebsten Sitzmöbel mutiert war, hatte für sie etwas von einer späten Rache.

»Es ist ein verdammter Horrorfilm«, widersprach Felicia. »Mein Herz rast immer noch.«

Lina biss sich auf die Innenseite ihrer Wange, um bei Felicias Empörung nicht laut zu lachen, bevor sie die Augenbrauen hochzog und sagte: »Du hast die meiste Zeit überhaupt nicht hingesehen.«

»Aber ich habe es gehört.« Weil Felicia inzwischen offenbar sicher war, dass die Gefahr tatsächlich gebannt war, ließ sie das Kissen neben sich fallen und griff nach ihrem Weinglas. »Bei so was mache ich jedenfalls nicht mehr mit«, sagte sie entschieden. »Ich bin wirklich froh, dass Ben da ist.« Sie wies mit ihrem Glas in der Hand auf Lina. »Sonst wäre ich heute Nacht mit Sicherheit in dein Bett gekrochen. Ich bin ab jetzt nur noch dabei, wenn wir Rosamunde Pilcher gucken.« Nachdenklich biss sie sich auf die Unterlippe. »Oder Bridgerton.«

»Ich glaube, das liegt alles an Linas Holzfäller-Stalker«, stellte Jule fest.

»Er ist nicht mein Stalker«, sagte Lina. Sie wollte ebenfalls einen Schluck Wein trinken, hielt aber kurz inne. »Hoffe ich zumindest.« Sie ignorierte die Gänsehaut, die sich über ihre Arme zog und die definitiv dem Film geschuldet war. Bevor sie auf Play gedrückt hatte, hatte sie ihren Freundinnen erzählt, dass sie im Supermarkt schon wieder auf Annabelles Onkel getroffen – und prompt mit ihm aneinandergeraten war.

»Ohne ihn je gesehen zu haben, finde ich diesen Typen irgendwie spannend«, sagte Jule.

Felicia nickte. »Das ist ja schon fast Schicksal, dass ihr ständig aufeinandertrefft.« Ihre Augen leuchteten bei dem Gedanken. Das Horrorszenario des Films war vergessen.

»Dass wir ständig aufeinandertreffen liegt daran, dass wir in einer Kleinstadt wohnen.« Lina hatte gar keine Lust, sich schon wieder mit diesem Thema und den romantischen Ideen ihrer Freundinnen zu beschäftigen. Sie hatte den Film schließlich nicht umsonst ausgewählt.

Jule schob sich noch eine Hand voll Salted Caramel Popcorn in den Mund. »Bei Popcorn hat er jedenfalls einen besseren Geschmack als du.«

»Danke. Wirklich. Genau das, was ich gebraucht habe.« Lina hatte das Popcorn nicht wieder aus ihrem Wagen geräumt, als sie zur Kasse gegangen war. Sie hatte diese Geschmacksrichtung tatsächlich probieren wollen. Vermutlich nur, um sich selbst zu bestätigen, dass ihre Popcorn-Variante tausendmal besser schmeckte. Jetzt stand sie auf. »Ich gehe ins Bett und sehe mir noch einen Horrorfilm an.« Mit einer blitzschnellen Bewegung – die man perfektionierte, wenn man vier jüngere Geschwister hatte und nicht zu kurz kommen wollte, ganz egal, um was es ging – schnappte sie sich die Popcorn-Schüssel. »Die nehme ich mit.« Denn insgeheim musste auch sie dem Holzfäller recht geben: Das Popcorn schmeckte verdammt gut.

»Hey.« Jule schnappte sich noch eine Handvoll, bevor Lina die Schüssel außer ihrer Reichweite bringen konnte.

Felicia sprang ebenfalls auf und hielt Lina am Arm zurück. »Warte doch. Wir können doch auch noch was zusammen anschauen. Etwas anderes. Was Lustiges vielleicht?«, fragte sie vorsichtig.

Lina ließ sich mit einem Seufzen auf ihren Platz zurückfallen. »Aber wenn ich schon den Film nicht aussuchen darf, dann macht das wenigstens Jule. Du nicht«, sagte sie in Felicias Richtung, die eine Schnute zog. »Sonst sehen wir uns am Ende wieder so ein Nicholas-Sparks-Ding an und heulen alle drei. Deprimiert bin ich, weiß Gott, heute schon genug.«

*

Eric zog sich um. Wie er es seiner Schwester versprochen hatte. Aber vermutlich nicht, wie sie es erwartete. Denn statt der abgewetzten Jeans und dem verblichenen Karohemd hatte er sich für knielange, sandfarbene Cargo-Shorts und ein schwarzes T-Shirt mit dem Aufdruck *Geologist – the other kind of Rock Star* entschieden, das er einmal von zwei Doktoranden nach einer Expedition geschenkt bekommen hatte. Dann schlüpfte er in seine Flip-Flops und holte sich ein Starnberger aus dem Kühlschrank.

Er musste seiner Schwester zugestehen, dass sie diese Party wirklich perfekt organisiert hatte. Überall verteilt brannten Fackeln. In der Feuerschale, die sich auf seiner Terrasse befand, waren ein paar Holzscheite angezündet worden und funkelten mit den Lichterketten, die überall angebracht waren, um die Wette. Auf den weiß eingehüllten Stehtischen, an denen kleine Grüppchen von Leuten standen, erhellten Windlichter die Gesichter der Gäste in der Abenddämmerung.

Eric lehnte sich einen Moment in den Türrahmen und betrachtete das bunte Treiben. Lauschte den leisen Violinklängen aus irgendwelchen versteckten Lautsprechern, die sich mit dem Gesang der Grillen mischten. Er nippte an seinem Bier und stieß sich aus dem Türrahmen ab. Bis jetzt hatte noch niemand Anspruch auf seine Terrasse erhoben, also würde er das tun. Langsam schlenderte er die wenigen Meter zu der Holzplattform hinüber und ließ sich auf eine der Bänke fallen.

Er spürte den Moment genau, in dem seine Schwester, die mit ihrem Mann und zwei anderen Paaren auf der Terrasse über ihm stand, ihn bemerkte. Gut gelaunt prostete er ihr zu, als sie mit erschrocken aufgerissenen Augen zu ihm herunterstarrte. Eric war sich sicher, dass sie losstürmen und ihn persönlich in seine Höhle zurückschleifen wollte. Doch dann fiel ihr Blick auf zwei Frauen in einer Art Abendgarderobe, die irgendwie gleichzeitig schick und lässig aussah. Die beiden hielten, Cocktailgläser in den Händen, neugierig auf ihn zu – und in Charlottes Blick spiegelte sich blankes Entsetzen.

Eric mochte es nicht, dass seine Schwester sich verhielt wie ein oberflächlicher Snob. Er mochte es nicht, dass sie sich für etwas Besseres hielt und seinen Beruf nicht ernst nahm. Aber am wenigsten mochte er es, dass sie all diese Dinge Annabelle vorlebte. Blieb nur zu hoffen, dass seine Nichte sich trotz allem zu einem offenen, toleranten Menschen entwickeln würde, der die Menschen um sich herum nicht nach ihren Äußerlichkeiten und ihrem Job beurteilte. Er würde seinen Beitrag dazu auf jeden Fall leisten.

Gelassen trank er einen Schluck Bier und legte dann die Ellenbogen auf die Kante der Bank hinter sich. »Guten Abend«, sagte er, als die beiden neugierigen Frauen näherkamen.

»Hallo.« Sie sahen aus wie Schwestern. Vielleicht Ende Zwanzig, Anfang Dreißig. Ihre Augen glitzerten regelrecht vor Sensationsgier. »Was machen Sie hier?«, wollte die wissen, die die Haare zu einer komplizierten Zopffrisur zusammengefasst hatte.

Eric wackelte mit der Flasche, die zwischen seinen Fingern baumelte. »Ein Bier trinken. Und Sie?«, stellte er die Gegenfrage, als wüsste er nicht, dass um ihn herum eine Party stattfand.

»Wir … ähm …« Sie wies mit dem Daumen hinter sich und dann mit dem Zeigefinger auf ihn. »Dürfen Sie hier sein?«, fragte sie.

»Hmm.« Eric trank einen Schluck. »Was glauben Sie denn, wer ich bin?«

»Das wissen wir nicht.« Die Frau, deren Haare offen über den Rücken fielen, kam näher und setzte sich auf die Bank, die im rechten Winkel zu seiner stand. »Man weiß ja allgemein so wenig. Vielleicht verraten Sie es uns ja.« Sie zwinkerte ihm zu und wartete, bis sich die andere Frau neben sie gesetzt hatte.

Eric musste lächeln. Ein schlauer Schachzug. Nachdem er bei ihrem Auftauchen nicht abgehauen war, versuchten sie erst einmal herauszufinden, wer er eigentlich war, um nicht aus Versehen irgendjemanden zu beleidigen, der vielleicht wichtig war – auch wenn er optisch nicht in die Gesellschaft der Gastgeber passte. »Ich bin Eric. Und kein Gast dieser Party.« Er nickte mit dem Kinn in Richtung seiner Einliegerwohnung. »Ich bin der Bruder von Frau von Rabenstein und wohne hier.«

»Oh.« Die Schwestern sahen ihn mit einer Spur Enttäuschung im Blick an. Diese Story war offenbar langweilig. Doch dann wies die mit dem Zopf auf sein Shirt. »Sie sind Geologe?«, wollte sie wissen.

»Ja.«

»Wie Indiana Jones?« Die andere riss begeistert die Augen auf.

»Nein. Indiana Jones ist Archäologe und Schatzjäger. Ich finde Steine auch dann spannend, wenn sie nicht ganz so sehr glitzern.«

Die Frauen lachten. »Waren Sie schon mal in einem Dschungel oder so was? Irgendwas total Gefährliches?«, wollte die mit den offenen Haaren wissen.

Es war nicht Erics Absicht gewesen, aber irgendwie hatte er sich – ganz aus Versehen – zum Mittelpunkt der Party entwickelt. Nach den beiden Frauen kamen ein paar jüngere Typen im Anzug, die vermutlich wissen wollten, was so lustig war, weil die Ladys so laut über Erics Geschichten lachten. Als dann auch noch Annabelle in ihrem hübschen Partykleidchen auftauchte und sich neben ihn fläzte, war er aus der Nummer einfach nicht mehr rausgekommen. Denn seine Nichte hatte eine ganz eigene Art, die Aufmerksamkeit auf ihn zu richten, in dem sie Sätze wie »Onkel Eric, erzähl noch die Geschichte, wo du in der Erde gebohrt hast und einem Bären begegnet bist« oder »Onkel Eric, erzähl noch von dem einen Mal, als dich eine Million Mücken auf einmal gestochen hat.«

In dieser Tour ging es weiter und weiter. Die Personengruppe, die sich um das kleine Holzpodest scharte, wurde größer und größer. Irgendjemand drückte ihm ein frisches Bier in die Hand, als seines leer war, und die Menge lechzte nach mehr und mehr seiner Expeditions-Storys. Vielleicht weil sie es genossen, einmal von Dingen zu hören, die sich so weit außerhalb ihres üblichen Aktionsradius befanden. Vielleicht hielten sie ihn auch für eine Art exotisches Wesen, das man bewunderte wie ein Tier im Zoo. Aber ihm war das egal. Er ließ immer wieder unauffällig den Hinweis einfließen, dass auch Forschung von Spenden abhängig war. Und selbst wenn nur ein oder zwei der Umstehenden ihr Herz für die Wissenschaft entdeckten und einer Forschungseinrichtung einen Scheck ausstellten, war verdammt viel gewonnen.

Dann aber bemerkte er den mörderischen Blick seiner Schwester, die hinter zwei Herren gesetzteren Alters stand, die so aussahen, als seien sie ursprünglich hier aufgetaucht, um Geschäfte zu machen und Kontakte zu pflegen, sich dann aber zu ihrer Überraschung königlich amüsierten. Also befand er, dass er ihre Party genug gecrasht hatte. Er erklärte seinem Publikum, dass Annabelle und er jetzt eine Verabredung mit der *Eiskönigin* hatten und erhob sich.

Die Menge zerstreute sich langsam, und Eric zuckte zusammen, als er jemanden zu Charlotte sagen hörte, dass sie ihren Bruder wieder einladen solle, weil er unterhaltsamer sei, als solche gähnend langweiligen Partys es normalerweise waren. Was ihr eigenes Gartenfest wohl leider mit einschloss.

»Wir sprechen uns noch«, zischte seine Schwester, als sie mit einem fröhlichen Lächeln, das sie sich mühsam über ihre Wut getackert hatte, an ihm vorbeirauschte, um die Leute zurück auf die obere Terrasse zu lotsen.

»Ist Mama sauer auf uns?«, fragte Annabelle, als sie sich neben ihm auf seine Couch fallen ließ.

»Auf dich kein bisschen«, erwiderte er und küsste seine Nichte auf den Scheitel. »Auf mich … hmm, vielleicht ein wenig, weil ich nicht beim Friseur war und nicht so schick angezogen bin wie du.«

Annabelle kicherte. Doch als sie den Kopf hob und ihn mit ernsten Augen ansah, zog sich Erics Magen zusammen. »Und weil du nichts über Geld und Aktien und diese Sachen gesagt hast, über die sonst immer alle reden.« Für ein fünfjähriges Mädchen bekam sie bereits viel zu viel mit.

»Na komm«, sagte er und zog sie an seine Seite, woraufhin Annabelle sich sofort an ihn kuschelte. »Schauen wir mal, wie Anna und Kristof sich diesmal schlagen.«

»Und Olaf«, ergänzte die Kleine.

Eine halbe Stunde später war Annabelle an seiner Schulter eingeschlafen, den Kater – Rocky – auf ihrem Schoß, von dem Eric nicht sicher wusste, wie seine Nichte es geschafft hatte, ihn davon zu überzeugen, dass das arme Tier seine Ruhe vor der Party im Garten brauchte. Das Lachen und die Musik drangen inzwischen nur noch gedämpft durch seine offen stehende Tür. Das Holz in der Feuerschale auf seiner Terrasse war zu einem kleinen Häufchen

Glut heruntergebrannt, und Anna war noch schwer damit beschäftigt, Elsa zu retten.

Eric griff in die Popcorn-Schüssel neben sich und warf sich eine Hand der Salted Caramel Mischung in den Mund. Neben Salted Butterscotch seine Lieblingssorte. Als Zucker und Salz sich auf seiner Zunge mischten, wanderten seine Gedanken aus den winterlichen Wäldern Arendelles zu Lina und ihrer Begegnung im Supermarkt. Sie war auch ein bisschen wie dieses Popcorn. Zuckersüß, wenn sie es wollte – und zu wem sie wollte, in seiner Gegenwart verzog sie allerdings das Gesicht, als werde sie gezwungen, einen ganzen Löffel Salz zu schlucken. Er mochte diese Frau kein bisschen, deshalb verstand er nicht, warum er sich von ihr so herausgefordert gefühlt hatte. Er hatte ihr das Popcorn in den Einkaufswagen geworfen, als könne er es nicht ertragen, nicht das letzte Wort zu haben. Ein bisschen war das vermutlich wie der stille Machtkampf mit seiner Schwester. Es gab einfach Menschen, die bei ihm Knöpfe drückten, die dafür sorgten, dass er sich in einen zwölfjährigen Sturschädel zurückverwandelte, der nichts auf sich sitzen lassen konnte. Nicht seine beste Charaktereigenschaft. Egal. Sein Job begann in ein paar Tagen. Er würde diese Frau vielleicht noch das eine oder andere Mal sehen, wenn er Annabelle in den Kindergarten brachte oder abholte. Aber dann wäre sie wieder aus seinem Leben verschwunden, und er musste sich nur noch mit seiner Schwester herumärgern.

Eric konzentrierte sich wieder auf den Film, den er schon tausendmal mit seiner Nichte angesehen hatte. Ein bisschen erinnerte Elsa ihn an Lina, zumindest wenn sie wütend wurde. Die zusammengezogenen Brauen, die Lippen zu einem Strich zusammengepresst. Fast konnte er sich vorstellen, wie die zornige Energie Linas blonde Haare um ihr Gesicht wehen ließ. Verdammt! »Jetzt reicht's aber«, brummte er und schob diesen völlig abstrusen Gedanken zur Seite.

»Hmm«, murmelte Annabella an seiner Seite.

»Nichts«, flüsterte er und strich ihr über das Haar. »Schlaf weiter.«

5

Eric musste sich selbst eingestehen, dass er sich ein bisschen wie ein neuer Mensch fühlte. Auch wenn er das seiner Schwester gegenüber, die heute Morgen fuchsteufelswild in seinem Schlafzimmer gestanden hatte (Privatsphäre war wirklich nicht ihre Stärke, und die Türen, an die man klopfen konnte, ignorierte sie geflissentlich), niemals zugeben würde.

Es war nicht nur angenehmer als in seiner Erinnerung, den Bart losgeworden zu sein und wieder eine richtige Frisur zu tragen. Er hatte auch Spaß daran gehabt, mit Kati zu tratschen und zu erfahren, was aus seinen Mitschülern geworden war, von denen er die meisten nach seinem Abschluss nicht mehr gesehen hatte. Nach dieser amüsanten Stunde beim Friseur hatte er sich der nicht ganz so entspannten Aufgabe des Klamotten-Shoppings gewidmet. Einkaufen war wirklich nicht seine Lieblingsbeschäftigung. Aber egal, welchen seiner Umzugskartons er geöffnet hatte, nirgends war Kleidung zu finden gewesen. Er würde sich also auf die Suche nach mindestens zwei fehlenden Kisten machen müssen. Vor allem brauchte er ein paar Hemden ohne Karomuster. Und Jeans, die keine Löcher aufwiesen. Meistens waren die Vorlesungen und Seminare an der Uni zwar eher entspannte Veranstaltungen, aber er hatte noch ein paar Termine beim Fachbereich und mit dem Planungsteam, das über sein seismologisches Projekt entscheiden würde. Ein paar formellere Outfits waren also kein Fehler.

Sich wie ein neuer Mensch zu fühlen, konnte durchaus auch erschöpfend sein, änderte Eric seine Meinung, als er sich, beladen mit seinen Einkäufen, zu dem kleinen Kaffeestand an der Strandpromenade schleppte. Er stellte die Tüten neben sich auf die Bank, streckte die Beine aus und genoss einen Schluck des Kaffees, den er sich wirklich verdient hatte, mit Blick auf das Wasser und die Touristen, die in Scharen zu den Ausflugsdampfern strömten, um sich über den See schippern zu lassen.

»Eric? Eric Fuchs?«

Eric blickte auf, als ein Mann vor ihm stehen blieb und seinen Namen sagte. »Ben Lindner.« Er richtete sich auf und schirmte seine Augen mit der Hand gegen die Sonne ab, die hinter seinem früheren Kumpel stand und ihn in eine scharfkantige schwarze Silhouette verwandelte. »Schön, dich zu sehen.«

»Gleichfalls.« Bevor Eric aufstehen konnte, hatte Ben ihm bereits freundschaftlich auf die Schulter geschlagen und sich auf die Bank neben ihn fallen lassen. »Wie geht es dir? Bist du zu Besuch bei deiner Schwester?«

»Gut. Und nein.« Eric grinste den Mann an, mit dem er früher Fußball gespielt hatte. Ben war nicht in Starnberg zur Schule gegangen, aber er hatte hier so viel Zeit wie nur möglich verbracht. Sein Cousin Sam und er hätten genauso gut siamesische Zwillinge sein können. »Ich bin wieder hergezogen und fange demnächst an der LMU an.«

Ben zog die Augenbrauen hoch. »So richtig? Als Professor?«

Eric lachte und trank einen Schluck Kaffee. »So richtig«, benutzte er Bens Worte. »Aber anscheinend kann man sich nicht einmal als Professor an einer der renommiertesten Universitäten Deutschlands eine anständige Wohnung in München leisten. Deshalb wohne ich jetzt wieder in der Villa Rabenstein.«

Ben verzog das Gesicht mitfühlend. »Ich hoffe, deine Schwester treibt dich nicht in den Wahnsinn. Aber ich weiß, wovon du redest. Ich wohne jetzt auch hier. Gleiches Problem. Wohnen in München war nicht möglich.« Er zog sein Handy aus der Hosentasche, als es vibrierte, und warf einen Blick auf das Display. »Mist, ich muss los.« Ben stand auf, zögerte aber. »Wäre voll gut, mal wieder zu quatschen«, sagte er. »Wenn du heute Abend noch nichts vorhast, könnten wir uns auf ein Bier treffen. Ich frage Sam, ob er Zeit hat.«

»Klingt gut.« Eric war tatsächlich neugierig, was seinen alten Kumpel nach Starnberg verschlagen hatte und was er inzwischen machte. Soweit er sich erinnerte, war Ben genau wie er selbst gleich nach der Schule abgehauen, um sein Glück in der großen weiten Welt zu suchen. Gartenbau oder so was, fiel ihm vage ein.

»Super. Sagen wir um acht? Im *Bootshaus*? Die Kneipe dort drüben.« Er zeigte auf die Reihe von Bootsschuppen, die sich wie auf einer bunten Perlenschnur an der Uferpromenade entlangzogen. »Die Bar gehört Lorenz, dem Bruder von Marie Wolfstetter.«

*

»Marie?« Lina klemmte sich das Handy zwischen Schulter und Ohr und verschickte die Datei, die sie an eine Mail gehängt hatte, während ihre Freundin ihren Anruf annahm. »Ich habe dir soeben alles geschickt, was wir für das *Mäuse-und-Dachse*-Treffen brauchen. Wirf doch bitte so schnell wie möglich einen Blick darauf, und sag mir dann Bescheid.« Sie zuckte zusammen, als eine Abfolge lauter, nicht zueinanderpassender Töne durch das Handy klang.

»Warte kurz.« Lina hörte, wie Marie sich von dem Lärm entfernte und eine Tür schloss. »Da bin ich wieder.«

»Puh, da muss aber jemand noch ganz schön üben«, kommentierte Lina den Krach.

Marie lachte. »Oder man nennt es einfach ›experimentelle Instrumentalkunst‹. Wenn man es auf TikTok stellt, könnte noch ein Hit draus werden. Wenn ich dich gerade richtig verstanden habe, hast du mir deine Liste geschickt?«, fragte sie.

»Genau. Ich bin gespannt, was du von den Ideen hältst und wo du noch etwas ändern würdest.« Lina war vor ein paar Monaten gefragt worden, ob sie sich vorstellen könnte, ein ehrenamtliches Projekt, das Senioren und Kinder zusammenbrachte, auf die Beine zu stellen. Natürlich hatte sie gekonnt. Und darin eine der erfüllendsten Aufgaben gefunden, die sie sich vorstellen konnte. Sie selbst war nicht nur mit vier Geschwistern auf einem Bauernhof aufgewachsen, ihr Zuhause war schon immer ein Mehrgenerationenhaus gewesen, in dem von den Großeltern bis zum in der Windel herumwatschelnden Kleinkind alle unter einem Dach gelebt hatten. Ein Zuhause, dass sie noch heute manchmal schmerzlich vermisste, obwohl es nur ein Stück den See hinunter lag und sie ihre Familie noch immer oft besuchte. Sie kannte die Geschichten von Senioren, die, vergessen von ihren Angehörigen, die über die ganze Welt verstreut lebten, in ihren Heimen vereinsamten. Und Kinder, die ohne Großeltern aufwuchsen, weil diese bereits nicht mehr lebten oder ihre Eltern mit ihnen ans andere Ende Deutschlands gezogen waren.

Lina hatte eine Verbindung zwischen diesen Altersgruppen geschaffen, und das Projekt war eingeschlagen wie eine Bombe. Sie hatten vorsichtig begonnen, mit einem Schnuppernachmittag bei Keksen und Kakao, bei dem sie die künftigen *Maus-und-Dachs*-Pärchen festgelegt hatten. Seitdem hatten sie bereits ein paar Ausflüge gemacht. Einen Tanztee abgehalten. Die Vorlesetreffen in der Bücherei waren bereits zu einem festen Bestandteil ihres Projektes geworden. Als Nächstes stand ein kleines Konzert auf dem Plan, das die Kinder und Senioren zusammen einstudieren und aufführen wollten. »Ich habe schon ein Signal vom *Starnberger Merkur* bekommen. Sie wollen eine Serie über die *Mäuse und Dachse* machen. Ich bin mir sicher, wenn sie über das Konzert berichten, wird uns das viel positive Resonanz bringen. Es kommt deiner Musikschule auf jeden Fall zugute.«

»Darum mache ich es nicht, Lina«, widersprach die Freundin. »Das weißt du genau. Ich finde dieses Projekt fantastisch. Und wenn ich helfen kann, tue ich das gerne.«

»Aber ich weiß, wieviel du bereits um die Ohren hast. Deshalb mach dir keinen Stress, und sieh dir die Liste in Ruhe an«, schlug Lina noch einmal vor.

»Das mach ich. Wie wäre es, wenn du heute Abend in der Musikschule vorbeikommst und wir das Ganze durchsprechen?« Marie lachte leise. »Ich könnte den Jungs von der Metal-Band, die im Keller ihren Probenraum haben, zwei Bier aus dem Kühlschrank klauen.«

»Klingt gut. Ich komme vorbei. Aber ich kann uns auch einfach zwei Bier mitbringen.«

»Auf keinen Fall. Geklautes Bier schmeckt viel besser.«

Lina musste grinsen. In der Leiterin der Musikschule steckte noch immer die Sängerin der Punkband *Die Scheißwürste*, in der auch Ben und sein Cousin Sam früher gespielt hatten. »Also dann: geklautes Bier.« Sie erwähnte nicht, dass sie das Bier, das sie mitgebracht hätte, vermutlich ebenfalls aus Bens Vorräten stibitzt hätte.

*

Das *Bootshaus* sah von außen genauso aus wie alle anderen dieser Gebäude, die auf Stelzen vor der Uferpromenade standen und den Touristen alle Arten von Bootstouren, Paddle Boards und geräuchertem Fisch anboten. Eric lief über den breiten Steg, der die Hütte mit dem Gehweg verband, und zog die Tür auf. Überrascht blieb er stehen und betrachtete den Raum vor sich. Da, wo früher Fischerboote überwintert hatten, fand sich jetzt nur ein einziges dieser Holzboote. Es schwebte unter der Decke des Raumes und wirkte durch die indirekte Beleuchtung ein bisschen wie ein Geisterschiff. Es hätte aber auch keine Chance mehr, hier noch zu Wasser gelassen zu werden. Denn dort, wo Ben an einem hohen Tisch auf einem Barhocker saß, war der Bereich, der eigentlich offen war, um einen besseren Zugang zum See zu haben, durch einen Glasboden abgedeckt, der nur als spektakulär bezeichnet werden konnte. Erics alter Kumpel saß direkt über dem Wasser. Hinter ihm waren die großen Tore, die ebenfalls fester Bestandteil eines Bootshauses waren, durch Glaswände ersetzt, die aufgeschoben waren und die angenehme Abendbrise vom See hereinwehen ließen. Eric betrachtete den Steg, auf dem es sich jede Menge Leute auf bunten Sitzkissen bequem gemacht hatten und an dem sogar ein paar Boote vertäut waren. Dahinter erhob sich das Panorama der Alpen.

Eric ging zu Ben hinüber und schlug ihm zur Begrüßung auf die Schulter, wie der Kumpel ihm vor ein paar Stunden. »Ganz schön cooler Laden«, sagte er.

»Ja, oder? Wir kommen gerne mal auf ein Bier vorbei. Oder zwei.« Ben lachte. »Das *Bootshaus* ist bei den Einheimischen genauso beliebt wie bei den Touris. Und kein bisschen Schickimicki.«

Eric sah sich weiter um und blickte zu der Bar hinüber, die aus alten, rustikalen Buffetschränken bestand. Die Barkeeperin … Eric kniff die Augen zusammen. »Ist das etwa Marie?«, fragte er.

»Hmm?« Ben folgte seinem Blick. »Stimmt ja, ihr seid in eine Klasse gegangen.«

Eric grinste. »Ich wusste gar nicht, dass Grün nicht ihre Naturhaarfarbe ist«, sagte er.

»Sind wir nicht alle ein bisschen erwachsen geworden? Ich hatte damals vier Haarfarben gleichzeitig, wenn ich mich richtig erinnere. Das Einzige, was sich nicht verändert hat, ist die Tatsache, dass mein Cousin Sam und Marie noch immer wie Hund und Katze sind.« Ben grinste und gab Marie ein Zeichen, ein zweites Bier zu bringen.

Natürlich erkannte seine alte Klassenkameradin ihn ebenfalls sofort wieder, und er musste ein wenig Small Talk halten, bis sie zum nächsten Gast unterwegs war und Ben und er anstoßen konnten. »Wie kommt es, dass du hier gelandet bist?«, fragte Eric, nachdem er einen Schluck getrunken hatte. »Ich dachte, dich hätte es auch in die Welt hinausgezogen.«

»Hat es ja. Und jetzt hält mich die Liebe hier.« Das Grinsen, mit dem Ben das sagte, müsste ihn wie einen verliebten Trottel aussehen lassen, aber irgendwie wirkte es so … glücklich und aufrichtig, dass Eric schlucken musste. »Ich habe ziemlich lange für eine Firma gearbeitet, die alle möglichen Arten von Gebäuden, aber hauptsächlich Hotels, in der ganzen Welt begrünt hat. Irgendwann wollte ich aber trotzdem mein eigener Herr sein und habe Landschaftsarchitektur studiert. Ein bisschen später als die meisten anderen. Bin erst letztes Jahr fertig geworden.« Sein Grinsen wurde noch breiter. »Am Anfang war ich so erfolglos, dass ich auf Sams Couch gelebt habe. Die übrigens noch immer bei seinen Eltern steht. Aber im Frühjahr habe ich dann eine Wohnung in einem alten Schulhaus gefunden. Und mich in die Besitzerin – Felicia – verliebt. Und mein Hund liebt ihre Katze. Der Rest ist Geschichte. Inzwischen läuft die Firma ganz gut, und ich bin sogar wieder ein bisschen mehr in der Welt unterwegs. Aber meine Basis ist Starnberg.«

»Klingt gut.« Eric trank einen Schluck von seinem Bier. »Nach Hause kommen ist gar nicht so einfach.«

Ben nickte. »Ist deine Schwester noch genauso wie früher?«

Eric entschied sich, noch einen Schluck zu trinken und währenddessen die Augen zu verdrehen, statt die Beziehung zu Charlotte in Worte zu fassen.

Ben lachte. »Ja, sie war schon eine Herausforderung. Ich hatte allerdings ein paar Mal mit deiner Nichte zu tun. Sie scheint nicht viel mit ihrer Mutter gemeinsam zu haben.«

»Ach.« Eric beugte sich vor. »Woher kennst du Annabelle?«

»Aus dem *Zwergenland*. Ich mache dort nebenher den Garten. Ich muss sagen«, er grinste, bevor er weitersprach, »sie hat weder ein Problem damit, sich mit weißen Strumpfhosen in ein frisch ausgehobenes Beet zu knien, noch damit, mir ein Loch in den Bauch zu fragen. Ich wette, wenn du das Wort ›Lebkuchenbaum‹ erwähnst, hält sie dir einen Vortrag dazu.«

Stolz keimte in Eric auf. Genau so war seine Nichte. Seine Pochemuchka. Er hoffte, dass sie ihre Neugier nie verlieren würde.

Während er Ben eine kurze Zusammenfassung der vergangenen Jahre gab und sie sich ein zweites Bier bestellten, füllte sich die Bar. Marie wirbelte zwischen den Tischen hin und her, sammelte leere Gläser ein, ersetzte sie durch volle. All das mit einem Lächeln und einem gut gelaunten Spruch, wenn sie an ihnen vorbeikam.

»Marie gehört eigentlich die Musikschule im Ort. Aber sie hilft so oft im *Bootshaus* aus, dass ich mir manchmal gar nicht sicher bin, ob ihr der Laden nicht insgeheim auch gehört«, erklärte Ben ihm, als sie mit ihrem frischen Bier anstießen. »Hey!« Er winkte jemandem, den er hinter Eric entdeckt hatte. Da er mit dem Rücken zur Tür saß, konnte er nicht sehen, wer die Bar betrat, aber auf Bens fröhliches Grinsen und die Handbewegung hin, mit der er den Neuankömmling heranwinkte, drehte Eric sich um – und erstarrte.

Das durfte doch nicht wahr sein! Was hatte die Nanny hier verloren? Wurde er diese Frau denn nie mehr los? Und wieso kannte Ben sie? War das am Ende seine Freundin? Nein. Er kramte in seinem Gedächtnis nach dem Namen. Felicia. Sein Kumpel hatte von einer Felicia gesprochen, und die Nanny hieß Lina. Eric sah dabei zu, wie sie Ben kurz zuwinkte, mit dem Handy in der Hand an den Tresen trat und Marie umarmte. Die beiden sprachen kurz miteinander, dann nickte Marie zu ihrem Tisch herüber und griff wieder nach ihrem Tablett.

Für einen Moment runzelte die Nanny die Stirn, dann schob sie ihr Handy in die Gesäßtasche ihrer Jeans und kam zu ihnen herüber. Ein Lächeln erhellte ihr Gesicht und erlosch auch nicht, als ihr Blick ihn streifte. Sie trat an den Tisch und umarmte Ben. »Was für eine Überraschung, dich zu sehen«, sagte sie.

»Ich treffe mich mit einem alten Kumpel. Eric, darf ich dir meine Nachbarin und gute Freundin Lina vorstellen?«, sagte er, den Arm noch immer freundschaftlich um ihre Schulter gelegt.

»Hallo.« Lina lächelte noch immer. »Schön, dich kennenzulernen.« Sie streckte ihm die Hand entgegen.

War das ihr Ernst? Verarschte die Frau ihn? Er zögerte einen Moment, dann begriff er: Sie erkannte ihn schlicht nicht. Was für eine Ironie. Mit einem breiten Lächeln griff er nach ihrer Hand und schüttelte sie. »Ganz meinerseits«, erwiderte er. »Es ist immer eine Freude, so gut gelaunte

Menschen kennenzulernen.« Er war sich sicher, dass es nicht mehr lange dauern würde, bis sie begriff, wer hier vor ihr saß. Allerdings hatte er gar keine Lust, noch so lange hier zu sitzen. Das Letzte, was er brauchte, war freiwillig Zeit mit der Zicke der Nation zu verbringen.

Marie wirbelte einmal mehr durch den Raum und stellte im Vorbeigehen ein Bier für Lina ab.

»Setz dich doch«, lud Ben sie ein. »Was treibt dich her?«

Lina seufzte und zog sich einen Barhocker vom Nachbartisch heran. »Ich war eigentlich mit Marie verabredet. Aber sie musste hier einspringen und hat vielleicht später ein paar Minuten Zeit für mich. Ich will euch aber gar nicht stören«, sagte sie.

»Ach was«, sagte Ben.

Während Eric im gleichen Moment sagte: »Vielleicht sollte ich lieber gehen.«

Ben und Lina sahen ihn an. Sein Kumpel mit nachdenklich schief gelegtem Kopf, die Nanny schon wieder mit gerunzelter Stirn, so als halte sie ein Puzzleteil in der Hand und wisse nicht so richtig, wo es hinpasste. »Auf keinen Fall.« Ben hob sein Bier, um mit ihnen beiden anzustoßen. »Wir machen uns jetzt einen gemütlichen Abend. Lina, du kennst Eric noch nicht. Aber seine Nichte, Annabelle.«

Lina, die gerade einen Schluck trinken wollte, erstarrte, die Bierflasche kurz vor ihren Lippen, bevor sie sie im Zeitlupentempo sinken ließ. »Von Rabenstein?«, fragte sie, und Eric konnte genau sehen, wie das Puzzleteil seinen Platz fand und einrastete. Ihre Gesichtszüge froren ein, und sie starrte ihn an. Mit Entsetzen im Blick. Und irgendetwas anderem, das er nicht einordnen konnte.

Also schenkte er ihr sein breitestes, sarkastischstes Lächeln. »Genau so ist es. Ich bin der Onkel von Annabelle von Rabenstein.«

»Eric ist Geologe«, ergänzte Ben.

»Tatsächlich?« Mit einem Ruck löste Lina sich aus ihrer Erstarrung und trank einen großen Schluck Bier. »Dann mag er Steine wahrscheinlich mehr als Menschen«, wiederholte sie die Worte seiner Nichte im Kindergarten murmelnd.

Ben starrte sie einen Moment an, dann schlug er mit der flachen Hand auf den Tisch und brach in lautes Lachen aus.

*

Lina war schon fast an der Musikschule, als Maries Nachricht sie erreichte. Die Freundin hatte spontan im *Bootshaus*, der Bar ihres Bruders Lorenz, einspringen müssen, weil ein Barkeeper und gleich zwei Bedienungen ausgefallen waren. Lina wusste, dass Marie ihrem Bruder unter die Arme griff, wo es ging. Also drehte sie um und lief die Uferpromenade zu Lorenz Wolfstetters Bar hinunter.

Lina mochte das *Bootshaus*. Die Kneipe war urig und gemütlich, aber trotzdem so originell, dass sich in der Gegend nichts Vergleichbares finden ließ. Vor ein paar Wochen war sie mit Felicia und Jule mit dem Paddle Board von der alten Schule herübergepaddelt und hatten ihre Cocktails draußen am Steg getrunken. Einfach indem sie auf ihren Boards sitzen geblieben waren, die Füße im Wasser, und sich vor der Bar auf den sanften Wellen hatten treiben lassen. Das war der coolste Kneipenbesuch seit langer Zeit gewesen – wenn nicht überhaupt – fand Lina. Sie musste ihre Freundinnen unbedingt dazu überreden, diesen Ausflug noch einmal zu wiederholen, bevor der Sommer sich verabschiedete, als sie die Tür zum *Bootshaus* aufzog.

Der Laden war gut gefüllt, trotzdem entdeckte sie Ben, der mit jemandem an einem der Bartische saß, die auf dem Glasboden über dem Wasser zu schweben schienen. Er hob grüßend die Hand, und Lina winkte zurück, bevor sie Marie umarmte, die mit einem leicht gehetzten »Hi« ihr volles Tablett auf der Bar abstellte.

»Tut mir wirklich leid, dass ich das dazwischenschieben musste. Aber ich konnte meinen Bruder nicht hängen lassen«, entschuldigte Marie sich.

»Das verstehe ich doch.« Beruhigend strich Lina der Freundin über den Arm. Sie würde es schließlich ganz genauso machen, wenn jemand aus ihrer Familie oder von ihren Freunden um Hilfe bat.

»Hast du Ben gesehen?«, fragte Marie und nickte in Richtung ihres Freundes und Nachbarn. »Möchtest du dich zu ihm setzen? Ich bring dir gleich ein Bier vorbei und schaue später, ob ich noch ein wenig Zeit für unsere Besprechung rausschinden kann.«

Lina umarmte die Freundin noch einmal. »Das mache ich.« Sie ging zu Ben hinüber und begrüßte ihn ebenfalls mit einer Umarmung. Er stellte ihr Eric vor, einen scheinbar echt netten Typen, den er noch aus seiner Jugendzeit kannte, in der er und sein Cousin Sam nicht viel Gutes im Sinn gehabt hatten. Vielleicht konnte sie seinem Freund ja ein paar Geheimnisse aus dem Kreuz leiern, die sie bei der nächsten Grillparty am See oder einem Mädelsabend zum Besten geben konnte.

Sie wollte gerade einen Schluck Bier trinken, als Bens Worte sie wie eine Faust in den Magen trafen. Sein Kumpel war der Onkel von Annabelle von Rabenstein? Wenn es nicht noch einen Onkel gab ... Nein. Er war Geologe, ergänzte Ben gerade. Langsam ließ Lina ihre Flasche sinken, dankbar, noch nicht getrunken zu haben, weil sie sich vermutlich mörderisch verschluckt hätte. Wie erstarrt saß sie da. Einen Herzschlag lang. Zwei. Hitze kroch in ihre Wangen, und sie konnte einfach nicht aufhören, Bens Kumpel anzustarren. Beim dritten Herzschlag löste sie sich aus ihrer Erstarrung und sagte das Erste, was ihr durch den Kopf ging, während sie ihn weiter fixierte: »Dann mag er Steine wahrscheinlich lieber als Menschen.« Was Ben ziemlich witzig zu finden schien. Auch wenn es einfach nur die verdammte Wahrheit war.

Um Erics Lippen kräuselte sich nur ein feines, ironisches Lächeln. Verdammt. Verdammt, verdammt, verdammt. Wie hatte Lina ihn nicht erkennen können? Wie hatte sie ihn sogar attraktiv finden können? Das plötzlich so gepflegte Äußere hatte sie getäuscht. Natürlich erkannte sie ihn ohne Bart und mit einer echten Haarfrisur nicht auf Anhieb. Ganz zu schweigen von den Jeans ohne Löchern und einem dunkelblauen Hemd, an dem sich kein einziges Karo befand. Lina schluckte. Allein ihre Gedanken klangen, als wäre sie ein oberflächliches Miststück. Aber abgesehen davon, dass sie sein Gesicht, das – zugegeben – nicht unattraktiv war, unter dem Bartgestrüpp schlicht nicht hatte erkennen können, war es seine unhöfliche Arroganz gewesen, die sie auf die Palme gebracht hatte. Es war sein Charakter gewesen, der sie wütend machte. Seine Unterstellung, dass sie Kinder benutzen würde, um sich an deren reiche Daddys ranzuschmeißen. Und diese Art hatte er vermutlich nicht zusammen mit seinen Haaren und dem Bart beim Friseur zurückgelassen.

Das Grinsen ihres Gegenübers ging ihr auch jetzt schon wieder gegen den Strich. Am liebsten hätte sie ... langsam atmete sie aus. Sie würde ihm selbstverständlich kein Glas Wasser ins Gesicht schütten. Weil sie über diesen Dingen stand. Und weil sie kein Wasser zur Hand hatte.

»Was treibt dich her?«, lenkte Ben ihre Aufmerksamkeit wieder auf sich. »Kommt der Rest der Gang auch noch?«

Lina schüttelte den Kopf. Wahrscheinlich war es am besten, den Steineliebhaber einfach zu ignorieren (Ben zuliebe würde sie das hinbekommen) und so schnell wie möglich von hier zu verschwinden. »Ich war mit Marie verabredet, wegen der *Mäuse und Dachse*. Aber sie musste hier einspringen.« Es sah allerdings nicht so aus, als könne Marie heute noch ein wenig Zeit für sie erübrigen.

»Ihr habt Tiere im Garten?«, wandte sich Eric an Ben. Klar, dass er sie nicht direkt ansprach. Er ignorierte sie genau wie sie ihn.

Ben lachte wieder. »Nur eine Katze, die sich für Kaiserin Sisi hält, und einen Schäferhundmischling. Die *Mäuse und Dachse* sind Linas Kinder- und Seniorenprojekt«, erklärte er. »Lina hat einen Nanny-Service und rettet permanent den Eltern der halben Stadt den Arsch, indem sie sich um ihre Kinder kümmert. Und nebenbei engagiert sie sich für soziale Projekte.«

Lina spürte, wie ihr abermals die Röte in die Wangen kroch. Das klang, als preise ihr Freund ihre Vorzüge an. Wie bei einer Laudatio. Oder eher ... wie bei einer Viehauktion.

»Aha«, sagte Eric und trank einen Schluck Bier, ohne sie aus den Augen zu lassen. Was Lina auf die Nerven ging.

»Ich glaube, ich sollte jetzt gehen«, sagte sie und rutschte vom Barhocker. »Ihr habt euch sicher viel zu erzählen, und so wie es aussieht, wird das mit Marie und mir heute nichts mehr.«

»Bleib hier.« Ben hielt sie am Arm zurück. »Ich habe gerade eine neue Runde bestellt. Und Eric wollte von seiner Expedition nach Alaska erzählen. Permafrost«, ergänzte er, als wäre das irgendetwas ganz Besonderes. Okay, war es vielleicht auch. Aber es interessierte Lina nicht. Kein bisschen.

Bens bittendem Blick zu widerstehen war allerdings nicht gerade einfach. Ihm zuliebe konnte sie sich noch ein bisschen zusammenreißen. Mit einem Seufzen setzte sie sich wieder und hob ihre Flasche, die noch halb voll war. »Ich bleibe für dieses Bier, dann muss ich aber wirklich los.«

Im nächsten Moment stellte Marie drei neue Flaschen auf den Tisch, während gleichzeitig Bens Handy anfing zu vibrieren. Er zog es aus der Tasche und runzelte die Stirn, als er auf das Display blickte. »Das ist Sam«, sagte er und nahm den Anruf an. »Hey, was ist los? Ich bin im *Bootshaus*. Du glaubst nicht, wen ich ... Oh, hmm, verdammt.« Er rieb sich über den Nacken. »Natürlich, das ist gar kein Problem«, sagte er, als er noch ein wenig weiter zugehört hatte. »Schick mir deinen Standort. Ich finde dich dann schon.« Ben legte auf und verzog entschuldigend das Gesicht, als er das Handy zurück in die Tasche schob. »Sam ist mit seinem Transporter voller Pflanzen liegen geblieben. Entweder muss ich ihn zur Gärtnerei schleppen, oder wir müssen alles umladen.«

Lina zwang sich zu einem Lächeln. »Natürlich kannst du deinen Cousin nicht hängen lassen. Mach dir keine Sorgen. Ich trink mein Bier aus, und dein Kumpel«, sie blickte aus den Augenwinkeln zu Eric hinüber, »hat sicher auch kein Problem damit, euren Abend zu verschieben.«

»Ach was.« Ben schob die Flasche, die er neu geordert hatte, in ihre Richtung. »Ihr haltet hier einfach die Stellung. Ich bin so schnell wie möglich wieder da. Sam hat nach der Aktion wahrscheinlich auch Lust auf ein kaltes Bier.«

Aber nicht darauf, auf Marie zu treffen, dachte Lina. Genauso wenig wie sie Lust hatte, hier mit dem Permafrost-Holzfäller festzuhängen, bis Ben wiederkam. »Ich sollte wirklich …«

»Tu mir den Gefallen«, unterbrach Ben sie und sprang von seinem Hocker. »Eric war so lange weg, dass es fast ein bisschen ist, als wäre er neu in der Stadt. Wir müssen ihn ein wenig unter unsere Fittiche nehmen.«

»Ich bin nicht …«, begann der Waldschrat zu protestieren.

Aber Ben hörte ihm gar nicht zu. »Bis später«, sagte er, umarmte Lina kurz. Und weg war er.

6

Na wunderbar. Eric konnte nicht fassen, wie sich diese Verabredung gerade entwickelte. Er hatte sich echt gefreut, Ben wiederzusehen. Der Abend war unterhaltsam gewesen. Bis Lina aufgetaucht war. Okay, das stimmte nicht ganz. Als ihr die Gesichtszüge entgleist waren, weil sie plötzlich begriffen hatte, wer da vor ihr saß, das hatte durchaus Unterhaltungspotenzial gehabt. Aber mit einer Opportunistin hier herumzusitzen, die ihn genauso wenig ausstehen konnte wie er sie, das war nichts, womit er seine Zeit totschlagen wollte.

Und er war nicht der Einzige, der keinen Bock auf diese Abendunterhaltung hatte. Lina sah Ben nach, als wolle sie ihn mit Telepathie dazu bewegen, seine Meinung zu ändern und zurückzukommen. Oder sie mitzunehmen.

»Alles okay bei euch?« Maries Frage ließ Eric und Lina gleichermaßen zusammenzucken. »Möchtet ihr noch was?«

»Danke.« Lina schüttelte den Kopf. Sie zog ihr halb leeres Bier zu sich heran, drehte die Flasche zwischen ihren Fingern. Dreimal. Dann begann sie, das Etikett vom Glas zu pulen.

Eric hatte keine Ahnung, wie lange sie sich in diesem unangenehmen Schweigen gegenübersaßen. Er blickte über ihre Schulter nach draußen und sah dem Treiben auf dem Steg zu. Das war auf jeden Fall amüsanter, als Lina dabei zuzusehen, wie sie Etikettfetzchen auf dem Tisch stapelte. Eigentlich musste er doch nicht hier sitzen. Er konnte sagen, dass er noch etwas zu tun hatte. Genau genommen war er ihr gar keine Rechenschaft schuldig. Er könnte einfach …

»Permafrost also?«, unterbrach Lina seine Gedanken.

»Hmm?« Er sah sie überrascht an.

Sie hatte den Blick von ihrem Bier gehoben und sah ihn an, schob die Flasche aber weiter hin und her, als wäre sie nervös. »Du warst im Permafrost?«, wiederholte sie ihre Frage.

»Genau.«

Wieder breitete sich Schweigen zwischen ihnen aus, und Eric hatte das Gefühl, Lina zermartere sich das Gehirn nach der nächsten Frage, so sehr runzelte sie die Stirn. »Und was macht man da so in seiner Freizeit?«, brachte sie schließlich lahm heraus.

Dieses Gespräch war wirklich furchtbar. Noch schlimmer als der Small Talk auf den Empfängen seiner Schwester oder früher seiner Eltern. Dabei hatte er immer gedacht, dass sich diese dämlichen Unterhaltungen nicht toppen ließen. »Netflix«, gab er zurück.

Offenbar war sie noch nicht bereit, diese Farce zu beenden. »Und was?«, wollte sie wissen.

Eric zuckte die Schultern und trank einen Schluck Bier. Als ob sie das wirklich interessierte. »Alles Mögliche. *Blacklist*. *Game of Thrones*. Zuletzt habe ich *For Life* gesehen.«

Ein Funkeln blitzte durch ihre Augen, doch im nächsten

Moment hatte sie wieder ihre gelangweilte Miene aufgesetzt. »Aha«, meinte sie und spielte weiter mit ihrer Flasche herum. »Ich höre ja lieber gute Musik.«

Was ihm wirklich egal … Moment mal! Dieses Funkeln in ihren Augen. »Tatsächlich?« Wenn diese Frau nicht genau wusste, wovon er gesprochen hatte, würde er einen Besen fressen. »Du hörst Musik und isst dabei Popcorn?«

Damit hatte er sie. Einen Augenblick lang starrte sie ihn ausdruckslos an. Dann legte sie den Kopf in den Nacken und lachte. Laut und fröhlich. Und irgendwie so, dass es Eric unter die Haut ging. »O Gott«, japste sie und rieb sich über das Gesicht, bevor sie die Ellenbogen auf den Tisch stützte, ihren Kopf auf die Hände legte und ihn wieder ansah. »Ich liebe Netflix«, gab sie zu. »Nein, das trifft es wahrscheinlich nicht ganz. Ich bin süchtig danach. Und ich finde *For Life* wundervoll. *In the end, no matter what you do, everyone will judge you*", zitierte sie einen von Aaron Wallace's Sätzen aus der Serie.

Am Ende ist es egal, was du tust, es wird so oder so jeder über dich urteilen. Ein Satz, den er nur zu gut kannte.

»Das betrifft übrigens auch mich«, sagte sie leise. Sie senkte den Blick für einen Moment auf die Tischplatte, dann sah sie ihn wieder an. »Du hast mich verurteilt, ohne mich zu kennen.«

Eric räusperte sich. Sie war eine Freundin von Ben. Einem Kerl, der früher absolut in Ordnung gewesen war und das immer noch zu sein schien. Wäre er mit einer Frau befreundet, die versuchte, sich irgendwo ins gemachte Nest zu setzen? Wahrscheinlich nicht. Es sei denn, sie hatte zwei Gesichter. Aber wenn man zusammen wohnte, konnte man so eine trügerische Fassade wahrscheinlich nur schwer aufrecht erhalten. »Dann lässt du dich nicht von den Vätern der Kinder, für die du verantwortlich bist, einladen?«

»Bis jetzt habe ich das noch nicht gemacht. Was allerdings unter anderem daran liegt, dass ich noch keinen, wohlgemerkt unverheirateten, Vater getroffen habe, der mich genug interessiert hätte, um mit ihm auszugehen. Das bedeutet nicht, dass ich es nicht tun würde, wenn es zwischen mir und einem Mann funkt. Nur würde ich die Kinder aus dieser Geschichte raushalten, solange ich keine ernsthafte Beziehung führe.« Sie nippte an ihrem Bier. »Immer noch Grund genug, mich zu verurteilen?«, fragte sie dann.

Eric lehnte sich auf seinem Hocker zurück und betrachtete sie. »Du warst ganz schön zickig zu mir«, sagte er. »Als ich dich mit der Pfütze erwischt habe, wollte ich mich bei dir entschuldigen. Das tat mir wirklich leid.« Wenn sie die Wahrheit sagte, konnte er das genauso. »Du hast mich nur nicht zu Wort kommen lassen, um dir das auch zu sagen.« Er zog den Mundwinkel zu einem halben Grinsen hoch. »Könnte sein, dass ich mir in dem Moment eine Meinung gebildet habe, die sich nicht mehr so ohne weiteres geraderücken ließ.«

Lina legte den Kopf schräg. Ihre Blicke trafen sich, verhakten sich für einen Moment ineinander. Dann funkelte ein Lächeln in ihren Augen. Ihre Mundwinkel wanderten nach oben. *»Ich könnte ihm seine Eitelkeit leichter verzeihen, hätte er die meine nicht verletzt«*, murmelte sie. »Ein ganzer Berg voller Missverständnisse und Vorurteile. Und ich habe dich für einen Waldschrat gehalten.« Sie hob ihr Bier.

»Vielleicht sollten wir einfach noch einmal von vorn beginnen. Hi, ich bin Lina«, sagte sie und stieß mit ihm an, als er seine Flasche ebenfalls hob.

Einen Moment musste er überlegen, woher er den Satz mit der Eitelkeit kannte. Dann fiel es ihm wieder ein und er beantwortete ihn mit einem Zitat aus dem gleichen Film. »*Männer sind entweder von Dummheit zerfressen oder von Arroganz*. Eric. Schön, dich kennenzulernen«, stellte er sich schmunzelnd vor. »Und Waldschrat, hmm?« Sein Grinsen wurde breiter. »Ich hatte schon schlimmere Spitznamen.«

Lina blinzelte ihn mit offenem Mund an. Dann fing sie sich wieder. »Du kannst Jane Austen zitieren?«, fragte sie überrascht.

Eric zwinkerte ihr zu. »Nur die Stellen, an denen die Männer nicht so gut wegkommen. Auf einer Expedition, die schon eine ganze Weile zurücklag und wir kein Netflix hatten, war die Filmauswahl so schlecht, dass wir *Stolz und Vorurteil* ziemlich oft gesehen haben und von den weiblichen Teammitgliedern bei jeder passenden Gelegenheit einen entsprechenden Satz um die Ohren gehauen bekommen haben.«

Lina lachte. »Das kann ich mir vorstellen. Und wie ist das so als Geologe?«, fuhr sie fort. »Wie ist denn deine Einstellung zu Steinen so?«

»Mag ich mehr als Menschen.« Er hielt ihren Blick. »Meistens.« Damit brachte er Lina erneut zum Lachen.

»Gut, dass für uns Menschen noch eine Chance bleibt.« Sie lehnte sich vor. »Ben sagte, ihr kennt euch von früher. Bist du nur zu Besuch hier oder lebst du in Starnberg?«

»Ich habe einen neuen Job in München, deshalb bin

ich wieder hergezogen«, erzählte er ihr. Und ehe Eric sich versah, entspann sich zwischen ihnen eine interessante, humorvolle Unterhaltung, wie er sie vor fünf Minuten noch nicht für möglich gehalten hätte. Sie leerten ihr Bier und griffen nach den neuen Flaschen, die Ben noch geordert hatte, bevor er verschwunden war. Eric hatte auf einmal Mühe, den Blick von seinem lächelnden Gegenüber mit den himmelblauen Augen abzuwenden. Und während die Sonne hinter die Gipfel der Alpen sank und den See in pastelliges orange-rosafarbenes Licht tauchte, das hinter Lina schimmerte und sie in eine ganz besondere leuchtende Aura einhüllte, unterhielten sie sich über Gott und die Welt.

*

Lina nippte an ihrem zweiten Bier. Sie fühlte sich ein bisschen beschwipst. Was gar nicht unbedingt am Bier lag, sondern an ihrer Gesellschaft. Die so viel angenehmer war, als sie es sich jemals hätte vorstellen können. Zumindest nicht nach ihrer Begegnung an Starnbergs größter Pfütze und den Gelegenheiten, bei denen sie danach noch aufeinandergetroffen waren.

Eric sah wirklich gut aus. Dieses kantige Kinn. Die dunklen Haare, in denen kupferfarbene Strähnen schimmerten, wenn das Licht im richtigen Winkel darauf fiel. Die Jeans und das Hemd, dessen Ärmel er bis zu den Ellenbogen hochgekrempelt hatte. Aber vor allem diese Augen, die irgendwo zwischen Blau und Grün lagen und sie mit einem intensiven Blick fixierten. Was sie aber wirklich faszinierte, war die Art, wie Eric und sie miteinander reden konnten. Er war vielleicht nicht der Typ für Small Talk, aber eine richtige Unterhaltung konnte man mit ihm führen. Er hatte kein Problem, seine Meinung zu sagen. Und er hatte kein Problem, sich die Meinung seines Gegenübers anzuhören. Lina konnte sich vorstellen, dass es Spaß machen würde, mit ihm zu diskutieren. Oder vielleicht sogar zu streiten.

Von einer Diskussion oder einem Streit waren sie allerdings so weit entfernt wie Ben von einem gemeinsamen Abend mit ihnen. Es hatte ewig gebraucht, bis Sam und er das Problem mit dem Lieferwagen in den Griff bekommen hatten. Und als er dann angerufen hatte, waren Lina und Eric der Meinung gewesen, dass er sich nicht die Mühe machen musste, extra noch mal in die Bar zu kommen. Die Männer würden ihr Treffen einfach bei Gelegenheit nachholen. Und Marie war inzwischen ebenfalls gegangen, nachdem es im *Bootshaus* ein wenig ruhiger geworden war. Sie war an ihren Tisch gekommen, und im ersten Moment hatte Lina die Freundin nur am Rande wahrgenommen, weil sie so in ihr Gespräch mit Eric vertieft war. Doch dann hatte Marie ihr vorgeschlagen, am nächsten Tag zu telefonieren und behauptet, dass sie müde war. In ihrem Blick hatte allerdings etwas gefunkelt, das Lina ganz eindeutig als ein ›zwischen euch läuft doch was‹ interpretierte. Und sie musste Marie recht geben. Irgendetwas lief da zwischen Eric und ihr. Etwas Verrücktes. Denn noch vor einer Stunde hatte Lina den Mann, der ihr gegenübersaß, kein bisschen ausstehen können. Doch kaum hatte sie sich von ihrer Freundin verabschiedet, ließ sie sich schon wieder in seinen Bann ziehen.

Eric zeigte lachend mit seiner Bierflasche in der Hand auf sie. »Du kannst das echt aussprechen? Sag den Namen noch mal.«

»Eyjafjallajökull. Ich schwöre dir, diesen Vulkan werde ich niemals vergessen. Ich bin damals einen Monat in Island gestrandet. Na ja.« Sie grinste. »So schrecklich war das natürlich nicht. Außer für meinen studentischen Geldbeutel.«

»Ich bin damals gerade auf einer Expedition in Spitzbergen gewesen«, erzählte Eric. »Wir haben zwar kein Problem mit der Aschewolke gehabt. Aber bei uns saßen auch ein paar Leute fest, die gerne nach Hause geflogen wären. Eyjafjölki ...« Er winkte ab. »Ich gebe auf. Diesen Namen bekomme ich wirklich nicht raus. Aber ich finde, man muss aus jedem Land irgendein verrücktes Wort mitnehmen.«

Lina nahm einen mit Käse überbackenen Nacho aus dem Korb, den sie geordert hatten, und kratzte mit der anderen Hand gleichzeitig über den juckenden Mückenstich an ihrem Unterarm. »Ich hab noch eins. Aus Finnland: *Kaskarikännit*.«

»Ah.« Eric schnipste mit den Fingern. »Das ist das mit dem ›nackig trinken‹, oder?«

»Fast.« Lina lachte. »Sich alleine in der Unterhose betrinken.«

»Stimmt. Ich kenne auch noch eins«, sagte Eric und griff nach einem Nacho, mit dem er durch die Luft wedelte. »Aus Japan. *Kuchisabishii*. Wenn du keinen Hunger hast, aber isst, weil dein Mund einsam ist.«

Wieder prusteten sie los. Und Lina musste zugeben, dass es schön war, gemeinsam zu lachen.

Eric griff nach einem weiteren Nacho und brach ihn in zwei Teile. »Wie hat dir eigentlich das Popcorn geschmeckt?«, fragte er, bevor er sich eine Hälfte in den Mund schob.

Lina kratzte über den Mückenstich, der sie zusehends nervte. »Ich muss gestehen, du bist ein Experte. Die Geschmacksrichtung war fantastisch. Nur der Popcorn begleitende Film hat ein bisschen für Probleme gesorgt.«

»Ja?« Eric schob auch die zweite Hälfte des Nachos in den Mund. »Was hast du angesehen?«

»*Roadkill*.«

Er nickte. »Ein Klassiker, würde ich sagen.«

Lina grinste. »Ich auch. Aber meine Freundinnen haben das anders gesehen.«

Wie von einem Filmfan zu erwarten verdrehte Eric die Augen. »Banausen«, sagte er.

»Das habe ich auch gesagt.« Dieser verdammte Mückenstich! Sie versuchte, sich wieder auf Eric zu konzentrieren. »Dann ist auf deinen Expeditionen Netflix also deine einzige Freizeitbeschäftigung?«, fragte sie.

»Und verrückte Begriffe googeln. Auch wenn ich sie nicht alle aussprechen kann.« Er griff nach ihrer Hand und drehte sie so um, dass er ihren Unterarm sehen konnte. »Was hast du da?«

Lina starrte einen Moment auf seine Hand, die sich warm um ihr Handgelenk schloss und ihren Arm festhielt. Seine Handfläche war rau. Auf die angenehme Art. Seine Finger stark. Und doch war diese Berührung, die Art, wie er sie hielt, sanft. Ihr Blick wanderte zu seinen Haaren, in denen sich im Licht wieder diese kupferfarbenen Schattierungen spiegelten, während er den Kopf gesenkt hatte, um ihren Arm zu betrachten. »Ist das ein Mückenstich?«, wollte er wissen.

»Hmm?« Als Eric den Blick wieder hob und sie ansah, stieg Lina Hitze in die Wangen. »Ähm …« Seine Frage kam ein wenig versetzt in ihrem Gehirn an. »O ja. Mückenstich«, brachte sie lahm heraus.

»Ich habe eine Geheimwaffe dagegen. Soll ich dir den Trick zeigen?« Eric wartete ihre Antwort gar nicht ab, sondern sprang von seinem Hocker und lief zur Bar hinüber.

*

Eric hatte Linas Arm nur widerstrebend losgelassen. Es wäre albern, ihn die ganze Zeit festzuhalten, nur weil es sich gut anfühlte, ihre zarte, glatte Haut zu berühren. Stattdessen lehnte er sich über die Bar, um mit Lorenz zu reden. »Kannst du uns zwei Moskitos mixen und mit zwei Wodka rüberbringen?«, fragte er den Freund.

»Wodka im Cocktail oder extra?«, fragte Lorenz.

»Extra. Danke.« Er grinste, als er wieder zu ihrem Tisch zurückkehrte.

Lina hatte den Kopf schief gelegt und schenkte ihm einmal mehr dieses flirtende Lächeln, das er an diesem Abend schon ziemlich oft gesehen hatte und das jedes Mal wieder ein wenig wirkte, als hätte jemand die Sonne angeknipst.

»Das ist wirklich die beste Medizin gegen Mückenstiche«, sagte er, als Lorenz kurz darauf die Cocktails und die Schnäpse vor ihnen abstellte. Er hielt ihr seine offene Hand hin, und Lina legte ihren Arm ohne zu zögern hinein.

»Und diesen Trick kennst du, weil …?«, wollte sie wissen.

»Weil ich den Sommer in der Tundra kenne. Und überlebt habe«, ergänzte er und zwinkerte ihr zu. Dann tauchte er den Zeigefinger in sein Wodkaglas und strich mit der Fingerspitze über den Mückenstich. Er spürte, wie Lina die Luft anhielt, sah die Gänsehaut, die unter seinem Finger auf ihrem Arm erblühte. Auch wenn die Reaktion mit Sicherheit seiner unorthodoxen Therapie geschuldet war, erlaubte er sich für eine Sekunde den Gedanken, dass es vielleicht seine Berührung war, auf die sie so reagierte.

Es gab keinen Grund mehr, sie festzuhalten, also ließ er zögernd los, und Lina zog ihren Arm zurück, um den Mückenstich aus der Nähe zu betrachten. »Juckt tatsächlich schon nicht mehr so«, stellte sie fest.

Eric schob ihr eines der beiden Wodkagläser hin und hob seines zu einem Toast. »Der Alkohol desinfiziert den Stich. Und er kühlt, wenn er auf der Haut verdampft. Den Rest musst du trinken, um den Juckreiz von innen zu bekämpfen. Die beste Variante ist, ihn in den Cocktail zu kippen. So wird aus einem harmlosen alkoholfreien Moskito ein Wild Mosquito.«

Lina kippte ihren Wodka in den Drink, rührte um und sog an ihrem Strohhalm. Sie gab ein zustimmendes Summen von sich. »Das ist wirklich lecker. Wahrscheinlich ist das der wichtigste Teil der Therapie«, sagte sie, als sie ihr Glas wieder absetzte. »Du bist schon in ganz schön vielen Ländern rumgekommen. Du würdest gut auf unsere Weltkarte passen«, nahm sie das Gespräch wieder auf und trank noch einen Schluck. »Deine Reisen sind ganz schön beeindruckend.«

»Eure Weltkarte?« Eric beugte sich interessiert ein wenig vor.

Lina grinste. »Sie hängt in unserem Zuhause. Ben hat dir wahrscheinlich schon erzählt, dass wir in einer alten Schule wohnen. Felicia, die Besitzerin, hat vor ein paar Monaten Wohnungen annonciert. Ich war auf der Suche nach einer zentral gelegenen Wohnung, aber für die Mieten in der Innenstadt hat es für mich als frisch gebackene Jungunternehmerin trotzdem nicht gereicht. Ben mit seiner Landschaftsarchitektur-Firma und unserer Freundin Jule, die einen Concierge-Service betreibt, ging es genauso. Die alte Schule war aber bezahlbar. Sie hat außerdem Charakter. Und wir haben ein echtes Lehrerzimmer. Dort tun wir unser Bestes, den strengen Geist längst vergangener Versetzungskonferenzen zu vertreiben, indem wir es in eine Chill-out-Zone verwandelt haben. Im Sommer verbringen wir die meiste Zeit draußen, weil der Garten und der See einfach wundervoll sind. Aber ganz ehrlich«, Lina beugte sich ebenfalls ein wenig vor, so als wolle sie Eric ein Geheimnis verraten: »Ich freue mich echt schon auf den Winter und die gemütlichen Abende.«

»Mit Geisteraustreibung«, ergänzte Eric.

»Ganz genau.« Lina zeigte mit dem Finger auf ihn. »Du hast es begriffen. Jedenfalls haben wir eine riesengroße Weltkarte, auf der wir alle Orte markiert haben, an denen wir schon waren. Bis jetzt führt Ben, aber ich glaube, du könntest ihm ernsthaft Konkurrenz machen.«

»Du klingst allerdings selbst so, als wärst du schon ein wenig in der Welt herumgekommen«, stellte Eric fest. »Aber du kommst aus Starnberg, oder?«

»Aus Weilheim. Geboren und aufgewachsen.« Lina drehte ihre Flasche zwischen den Händen. »Nach dem Abi war ich für ein Jahr als Au-pair in Kanada. Der Klassiker.« Sie zuckte mit den Schultern. »Vielleicht habe ich damals ein bisschen versucht herauszufinden, ob ich gut mit Kindern umgehen kann.« Sie stieß ein albernes Kichern aus, das Eric einfach nur … süß fand. Eine andere Bezeichnung fiel ihm dafür nicht ein. Lina winkte ab. »Wahrscheinlich war das totaler Quatsch. Ich bin das älteste von fünf Geschwistern. Ich konnte also schon immer mit Kindern umgehen. Aber …«

Eric nickte. Er verstand, was Lina meinte. »Es ist ein Unterschied, ob es die eigene Familie ist oder ob es um fremde Kinder geht.« Mit Annabelle kam er schließlich auch gut zurecht, obwohl er Kindern ansonsten nichts abgewinnen konnte.

»Zum Studieren bin ich dann nach Berlin gegangen und viel gereist«, erzählte Lina weiter. Und dann …« ihr Blick glitt über Erics Schulter ins Leere. So als wäre sie mit ihren Gedanken ganz weit weg. Im nächsten Moment fing sie sich wieder und kehrte ins Hier und Jetzt zurück. »Vor ein paar Jahren bin ich zurückgekommen, habe mein Studium in München abgeschlossen und angefangen, im *Zwergenland* zu arbeiten. Und seit einem halben Jahr bin ich mit dem Nanny-Service selbstständig.«

Hinter dieser Geschichte steckte mehr, vermutete Eric. Doch bevor er nachhaken konnte, lenkte Lina das Gespräch auf ein anderes Thema. »Welche Serie findest du am besten?«, wollte sie wissen.

»Lass mich überlegen.« Eric rieb sich über das Kinn,

während er nachdachte. »Eigentlich meistens die, die ich gerade sehe.«

»Und welche ist das im Moment?«, hakte Lina nach.

»*Ein Teil von ihr*.«

»Ah.« Lina nickte. »Die Karen-Slaughter-Verfilmung. Davon habe ich schon gehört. Die soll gut sein.«

»Du kennst sie nicht?«, fragte Eric überrascht. Er hatte den Eindruck gewonnen, dass Lina schon wesentlich mehr Serien und Filme von ihrer Liste streichen konnte als er, obwohl er bei seinen Expeditionen so ziemlich alles gesehen hatte, was sich streamen ließ.

»Nein.« Lina schüttelte den Kopf. »Noch nicht.«

Eric lag auf der Zunge, sie einzuladen, doch er schluckte diese Idee hinunter. Das ginge vermutlich zu weit. Sie hatten schließlich gerade erst aufgehört, sich gegenseitig richtig bescheuert zu finden. »Dann solltest du das auf jeden Fall schleunigst ändern«, sagte er stattdessen.

»Hey, ihr zwei.« Eric und Lina blickten auf, als Lorenz mit zwei weiteren Wodkagläsern an ihren Tisch trat. »Was haltet ihr davon, einen Absacker zu trinken und euch dann auf den Heimweg zu machen, damit ich ins Bett gehen kann?«

Eric sah sich um. Er hatte sich so auf sein Gespräch mit Lina konzentriert, dass er gar nicht bemerkt hatte, dass die Glaswand zum See hin inzwischen geschlossen war und die bunten Sitzkissen vom Steg geräumt worden waren. Nur die Lichterketten, die die Holzbohlen über dem Wasser beleuchteten, schwankten leicht im Wind. Sie waren die letzten Gäste, und um sie herum waren bereits alle Stühle hochgestellt worden.

»Entschuldige.« Lina lächelte Lorenz an. »Wir haben gar nicht gemerkt, wie die Zeit vergeht.« Sie nahm einen der Wodkas vom Tablett, strich noch einmal ein wenig von dem Alkohol über ihren Mückenstich und stieß dann mit Eric an. »Auf diesen Abend«, sagte sie und kippte den Kurzen.

*

Die Nacht war kühl und die Luft am See feucht. Kaum hatten Lina und Eric die Bar verlassen und die Rampe überquert, die das *Bootshaus* von der Uferpromenade trennte, löschte Lorenz hinter ihnen die Lichter.

Lina blieb auf dem Gehweg stehen und drehte sich zu Eric um. Der Moment machte sie ein wenig befangen, weil sie sich nicht sicher war, wie sie sich am besten von ihm verabschiedete. Dieser Abend war einer der merkwürdigsten gewesen, die sie jemals erlebt hatte. Einen Moment ließ sie die Nacht auf sich wirken. Der Mond war fast voll und stand tief über dem See, der wie unter einer silbernen Decke schimmerte. Nur ein paar Nachtschwärmer waren noch unterwegs, und der Wind raschelte leise in den Bäumen. »Danke für den schönen Abend«, sagte sie, als sich die Stille zwischen ihnen in die Länge zu ziehen begann.

Eric zog den rechten Mundwinkel hoch. »Danke gleichfalls«, sagte er. »Komm«, ergänzte er, als Lina sich nicht von der Stelle bewegte. »Ich bring dich nach Hause.«

Lina stieß ein kleines Lachen aus, das in ihren Ohren ein wenig atemlos klang. »Das ist doch nicht nötig«, widersprach sie. »Du wohnst doch in der entgegengesetzten Richtung.«

»Stimmt.« Eric zuckte mit den Schultern. »Aber ich bringe dich trotzdem nach Hause.«

Lina bemühte sich, diesem Angebot nicht allzu viel Bedeutung beizumessen. Lorenz hätte es sich sicher auch nicht nehmen lassen, sie zu begleiten. Oder Sam, wenn er in der Bar gewesen wäre. Oder … egal, es war einfach viel zu schön, sich mit Eric zu unterhalten, um den Abend jetzt schon zu beenden.

Als sie losliefen, fanden sie mit Leichtigkeit in das Gespräch zurück, dass sie in der Bar hatten unterbrechen müssen. Eric schien genauso wenig wie sie das Bedürfnis zu haben, auf der Strecke zur alten Schule einen Geschwindigkeitsrekord aufzustellen. Langsam schlenderten sie durch die nächtlichen Straßen. Hin und wieder berührten sich ihre Hände, wenn sie sich zu nahe kamen, was Linas Haut jedes Mal kribbeln ließ.

»Da sind wir«, sagte sie, als sie das schmiedeeiserne Tor der alten Villa erreichten, die früher einmal die Volksschule beherbergt hatte.

»Das ist also dein Zuhause.« Eric betrachtete die Firmenschilder, die akkurat untereinander angebracht waren. Lina folgte seinem Blick. Sie war stolz auf das, was ihre Freunde und sie in den letzten Monaten auf die Beine gestellt hatten. *Küchennachhilfe*, Felicias Kochschule und Catering-Service. *Ben Linder – Landschaftsarchitekt*. Jules *Die Gute Fee am See* und ihr *Nanny-Service*. »Ich erinnere mich dunkel an dieses Haus«, sagte Eric. »Aber als ich zur Schule gegangen bin, gab es das neue Schulzentrum schon ein paar Jahre.« Er ließ den Blick an den dunklen Mauern hinaufgleiten. »Ihr habt es euch hier bestimmt sehr gemütlich gemacht.«

Lina schluckte. Was meinte er damit? Erwartete er, dass sie ihn ins Haus, oder besser gesagt: in ihre Wohnung, einlud? Sie war sich nicht sicher, ob sie sich darauf einlassen wollte.

Doch bevor sie überlegen konnte, wie sie Eric sagte, dass er eine solche Einladung nicht bekommen würde – zumindest nicht heute Nacht –, lächelte er wieder und streckte seine Hand aus. »Gib mir mal dein Handy«, bat er sie.

Lina legte skeptisch den Kopf schief, zog das Handy aber aus der Gesäßtasche ihrer Shorts und reichte es ihm.

Eric speicherte seine Nummer ein und tippte dann auf *Anrufen*. Im nächsten Moment vibrierte sein Handy in der Hosentasche. »Wenn du das nächste Mal eine Popcorn-Empfehlung für einen Netflix-Marathon brauchst, melde dich.« Er gab ihr das Handy zurück und trat, als Lina danach griff, einen Schritt vor, um sie auf die Wange zu küssen.

Lina blieb ganz still stehen. Sie spürte Erics warme, feste Lippen, die den Bruchteil einer Sekunde zu lang auf ihrer Haut liegen blieben, fühlte das leichte Kratzen seiner frischen Bartstoppeln. Dabei atmete sie seinen unaufdringlichen, frischen Duft ein. Die Grillen zirpten. Im Garten hinter dem Haus rief irgendein Nachttier. Und über ihnen funkelte das Universum. In einem Film wäre das jetzt der magische Moment.

Dann machte Eric einen Schritt nach hinten, und Lina kehrte blinzelnd in die Realität zurück. In die Nacht vor der alten Schule.

Eric trat noch einen Schritt zurück. Und noch einen. Ohne den Blickkontakt zu unterbrechen. »Bis bald«, sagte er und ging noch ein paar Schritte rückwärts.

»Ja, bis bald«, murmelte Lina, als er sich schließlich umdrehte und langsam die Straße hinunterlief. Es wäre echt peinlich, wenn Eric sich noch einmal umdrehen würde und sie dabei erwischte, wie sie ihm hinterherstarrte. Also drehte sie sich ebenfalls um, öffnete das Gartentürchen und lief über den gekiesten Weg zum Haus. Gerade als sie die Treppe erreicht hatte, gab ihr Handy ein leises Pling von sich. Sie zog es aus der Tasche und stieß ein prustendes Lachen aus, als sie auf das Display blickte. Ja, sie hatte eine WhatsApp von Waldschrat – wie Eric sich zu ihrer absoluten Belustigung in ihr Handy gespeichert hatte. Die Nachricht bestand nur aus dem Wort.

Eric:
Serendipity.

Lina:
Der Film?

Eric:
Nein, der Begriff.

Lina kannte das Wort nur aus einem Film aus den Achtzigern. Oder war das in den Neunzigern gewesen? Aber sie hatte nie darüber nachgedacht, was dieses Wort bedeutete. Wahrscheinlich war es auch einer dieser Begriffe, die sich nicht übersetzen ließen. Sie kopierte ihn in die Suchmaschine und starrte auf die Bedeutung, die auf dem Bildschirm aufleuchtete. Ihr Herzschlag beschleunigte sich ein wenig, und dieses Kribbeln im Bauch, das sie an diesem

Abend bereits ein paar Mal gespürt hatte, setzte wieder ein. *Zufälliges Ereignis von etwas ursprünglich nicht Erwartetem, das sich als neue und überraschende Entdeckung erweist,* stand da. Lina konnte das Grinsen nicht unterdrücken, das sich in ihrem Gesicht ausbreitete. Sie blickte über die Schulter auf die Straße zurück, aber Eric war längst in der Dunkelheit verschwunden. Wieder schaute sie auf ihr Display. Er hatte absolut recht. Ihr Treffen war reiner Zufall gewesen, und die Sympathie, die sie füreinander entdeckt hatten, war mehr als überraschend gewesen. Sie hatte ihren eigenen *Serendipity*-Moment erschaffen.

Lina schloss die Haustür auf und schlüpfte in den dunklen Flur. Auf dem Weg in ihre Wohnung im ersten Stock googelte sie nach einem Wort, das mit diesem Begriff mithalten konnte, fand aber auf die Schnelle nichts, was passte. In ihrer Wohnung schleuderte sie ihre Flip-Flops von sich und setzte sich in ihren kleinen Erker, der vom Mondlicht hell genug beschienen wurde. Sie hob die Füße auf die gepolsterte Bank und zog die Knie an.

Lina:

Ich habe nach einem passenden Begriff für diesen Abend gesucht. Besser als Serendipity kann man es aber nicht zusammenfassen. Dieses Wort ist wundervoll. Mir fällt nur ein Filmzitat ein. Aus La La Land wo Mia sagt: Schon seltsam, dass wir uns ständig über den Weg laufen.

Sie biss sich auf die Unterlippe und schickte die Nachricht ab. Die blauen Häkchen, die signalisierten, dass die Whats-

App gelesen wurde, erschienen nicht einmal eine Sekunde später.

Eric:
Und was sagt Sebastian dazu?

»O mein Gott«, murmelte Lina. Er wusste, wer Sebastian war. Er hatte *La La Land* gesehen. Verdammt, war das sexy. Die meisten Männer, die sie kannte, hätten auf die Erwähnung dieses Films mit einem »Was für ein Land?« geantwortet.

Lina:
Hat vielleicht was zu bedeuten.

Eric:
Da hat er recht ... und weil du kein Wort gefunden hast, das diesen Abend beschreibt, ich habe noch eins: Samar *(das ist Arabisch).*

Lina gab das Wort abermals in die Suchmaschine ein. *Weit bis nach Sonnenuntergang aufbleiben und mit Freunden eine gute Zeit verbringen*. Verdammt. Dieser Kerl hatte es echt drauf. Sie konnte sich ein Grinsen nicht verkneifen. Irgendetwas musste sich doch finden lassen, was zu ihnen passte. Zu diesem unerwarteten Treffen. Oder einfach zu Eric. Nachdem sie eine Weile gesucht hatte, wusste sie, was sie ihm schreiben würde.

Lina:

Ich habe hier eines, das perfekt zu dir passt: Lapidiventatem.

Die blauen Haken tauchten auf, aber diesmal brauchte Eric deutlich länger, bis er eine Erwiderung schickte, und Lina lachte leise, als sie seine Antwort las.

Eric:

Ist das aus Harry Potter?

Lina:

Nee.

Eric:

Jetzt hast du mich erwischt. Ich habe keine Ahnung, was das bedeutet.

Lina:

🙂 *Das bedeutet: Die Ruhe in Steinen finden. Für einen Stein-Fan wie dich das perfekte Wort.*

Eric:

Wow. Wie kann es sein, dass ich dieses Wort nicht kenne?

Lina:

Weil ich es gerade für dich erfunden habe.

Eric:
Beeindruckend. 💪 Wenn ich mir das auf den Oberarm tätowieren lasse, ist das deine Schuld.

Wieder lachte Lina, und das Geräusch prallte von den dunklen Wänden des Zimmers zurück. Die drei Punkte zeigten an, dass er noch etwas schrieb, und sie wartete gespannt.

Eric:
Ein wirklich schönes Wort.

Lina:
Warum ist das eigentlich so? Warum magst du Steine lieber als Menschen?

Sie hatte die Frage geschrieben, ohne darüber nachzudenken. Vielleicht war das ein Fehler. Vielleicht war sie damit zu weit gegangen. Er hatte die Nachricht gelesen, antwortete aber nicht. Ihre Neugier hatte den flirtenden Ton zwischen ihnen zerstört. »Mist«, murmelte sie. Andererseits war es höchste Zeit, endlich ins Bett zu gehen, also nicht schlimm, dass Eric nicht mehr antwortete. Sie rappelte sich von ihrem Platz am Fenster auf, schaltete die Nachttischlampe ein und warf ihr Handy aufs Bett. Dann schlüpfte sie in die Shorts und das Tanktop, in denen sie schlief, und ging ins Bad.

Als sie zurückkam, blinkte eine Nachricht auf dem Handydisplay auf. Sie hatte Eric mit ihrer Frage also doch nicht vertrieben. Mit klopfendem Herzen griff sie nach dem Telefon und wischte über den Bildschirm.

Eric:
Steine faszinieren mich, das stimmt. Aber viel mehr geht es darum, was ich mit meiner Arbeit bewirken kann. Im Moment forsche ich zum Beispiel an einem System, mit dem man Erdrutsche voraussagen kann. Das ist fast so spannend wie ein guter Krimi.

Lina:
Etwa, um Leute vor Erdrutschen zu beschützen? 😮 Huch! Eric Fuchs, liebst du die Menschen am Ende doch?

Eric:
Haha. Erzähl mir lieber, wie du zu deiner Berufung gekommen bist.

Lina:
Bei mir ist es einfach. Im Gegensatz zu den Gerüchten, die so über dich kursieren, mag ich Menschen. Schon immer. Besonders die kleinen. Ich will für sie da sein. Vor allem für die, die nicht all die Liebe bekommen, die sie verdienen.

Eric las die Nachricht, die drei Punkte begannen zu tanzen, stoppten und begannen abermals zu tanzen. Eine Weile passierte nichts. Als der Bildschirm dunkel wurde, legte

Lina das Handy zur Seite und schlug die Decke zurück. Sie krabbelte ins Bett und löschte das Licht. Es dauerte noch ein paar Minuten, bis das WhatsApp-Signal erklang. Langsam griff sie nach dem Handy. Sie redete sich ein, dass sie nicht auf seine nächste Nachricht gewartet hatte. Dass es nicht schlimm gewesen wäre, wenn er nichts mehr geschrieben hätte. Als sie den Chat allerdings aufrief und las, was Eric geschrieben hatte, begann ihr Herz in einem solchen Tempo zu galoppieren, dass es sicher eine Weile dauern würde, bis sie es wieder eingefangen und für diese Nacht beruhigt hatte.

Eric:
Vielleicht habe ich zu viel getrunken ... ich sage das jetzt aber trotzdem. Ich könnte mir in den Hintern treten ... habe ich auf dem Heimweg probiert, hat aber nicht geklappt ... 😉 ... aber ehrlich: ich könnte mir wirklich selbst einen Arschtritt verpassen, weil ich dich nur auf die Wange geküsst habe.

Lina las die Nachricht noch einmal. Und noch einmal. Dann drückte sie das Handy lächelnd gegen ihr Herz. Bevor sie den kurzen Text noch einmal las. Alles, was sie darauf antworten könnte, wäre platt und würde Erics Worten einfach nicht gerecht werden. Sie würde ihm die Antwort schuldig bleiben. Bis sie sich das nächste Mal gegenüberstanden und sie dafür sorgen konnte, dass er sich nicht länger selbst treten musste.

Lina:

Gute Nacht, Eric.

Sie schaltete das Handy aus und legte es auf ihren Nachttisch, damit sie nicht dem Bedürfnis nachgab, auf eine Antwort zu warten. Stattdessen starrte sie an ihre dunkle Decke und ließ sich diesen verrückten Abend noch einmal durch den Kopf gehen. Eric. Dr. Eric Fuchs. Experte für Popcorn, Nerd im Bereich unübersetzbarer Wörter, total süßer Nachrichtenschreiber und wundervoller Wangenküsser. Wenn sie Tagebuch schreiben würde wie Bridget Jones, hätte sie jetzt eine ganze Menge aufzuschreiben.

Ihr fiel eine ihrer Lieblingsstellen dieses Films ein, als Marc Darcy Bridget in seine Arme zog und küsste. »*Moment mal … süße Jungs küssen eigentlich nicht so …!*«, hatte sie gesagt. Und Marc hatte geantwortet: »*O Scheiße, doch! Das tun sie!*«

Mit den Fingerspitzen strich Lina über die Stelle an ihrer Wange, auf die Eric seine Lippen gepresst hatte. Wäre ein richtiger Kuss von ihm genauso eine Überraschung für sie? Würde er sie auch von den Füßen reißen? Ihre Gedanken waren jedenfalls schon lange nicht mehr so intensiv um einen Mann gekreist, wie sie es gerade um Eric taten. Sie wusste, dass sie erst aufhören könnte darüber nachzudenken, wenn sie eine Antwort auf ihre Frage bekäme. Und Eric schien gewillt zu sein, ihr diese Antwort zu geben. Mit einem Lächeln auf den Lippen schloss sie die Augen. Wenn sie schon nicht schlafen konnte, konnte sie wenigstens ein bisschen von ihm träumen. Von ihrem ganz persönlichen Waldschrat.

7

Lapidiventatem. Eric konnte das Grinsen nicht zurückhalten, das sich in seine Mundwinkel schlich. Lina hatte ein Wort für ihn erfunden. Er hatte einen Moment gebraucht, bis er kapiert hatte, dass der Begriff, der wirklich klang wie ein Zauberspruch aus einem Harry-Potter-Film, aus den lateinischen Worten lapides, inveniat und serenitatem zusammengesetzt war. Steine, finden, Gelassenheit.

Eric lehnte sich zurück und trank einen Schluck Kaffee. Der Morgen war viel zu schön gewesen, um sich in sein Büro zu setzen und auf seinem Laptop die Werte durchzugehen, die er von seiner Messstation in Alaska nachgeliefert bekommen hatte. Rocky, der nicht sein Kater war, hatte vorbeigeschaut und sich neben Eric auf der Bank zusammengerollt, nachdem er ihm ein Schälchen Futter hingestellt hatte. Er hatte seinen Rücken gegen Erics Oberschenkel gepresst und schlief den Schlaf eines vierbeinigen Nachtschwärmers.

Im Gegensatz zu ihm war Eric im Morgengrauen erwacht. Und obwohl er verdammt spät ins Bett gekommen war in dieser Nacht, fühlte er sich energiegeladen wie schon lange nicht mehr. Das Treffen mit Lina hatte ihn irgendwie … beflügelt. So sehr, dass er sich dazu hatte hinreißen lassen, ihr zu schreiben, dass er sie am liebsten richtig geküsst hätte. Als er im Mondlicht vor seiner Wohnung stand und auf den See hinausgesehen hatte, war ihm das wie eine gute Idee vorgekommen. Als er später in seinem Bett gelegen und Linas Antwort gelesen hatte, die nur aus einem Kuss-Emoji (den Frauen seines Wissens unter jede Nachricht setzten) und einem *Gute Nacht* bestanden hatte, war er sich da nicht mehr ganz so sicher gewesen.

Doch dann hatte er beschlossen, dass dieses Analysieren Blödsinn war. Er war ein erwachsener Mann. Lina war eine bezaubernde Frau, und er war dankbar, dass er die Chance bekommen hatte, sie kennenzulernen und sein völlig falsches Bild von ihr zu revidieren. Der Abend war fantastisch gewesen. Sie hatten geflirtet. Nicht nur in der Bar, sondern auch noch eine ganze Weile am Handy. Also hatte er einfach die Wahrheit gesagt. Er hätte sie gern geküsst. Verdammt gern. Warum sollte er wie ein Teenager herumdrucksen? Lina interessierte ihn. Und das wusste sie jetzt. Vielleicht hatte er sie verschreckt. Aber eine Frau, die sich extra für ihn einen unübersetzbaren Begriff ausdachte und die halbe Nacht mit ihm flirtete, hatte den Abend garantiert genauso genossen. Er war sich sicher, dass sie sich wiedersehen würden. Dann würden sie ja sehen, ob die Chemie zwischen ihnen wirklich so brodelte, wie sich das angefühlt hatte.

»Leidest du an seniler Bettflucht? Die Typen von der Uni sind doch in der Regel die mit den unstrukturiertesten Tagesabläufen, die ständig bis in die Puppen schlafen.«

Eric blickte auf. Seine Schwester stand auf ihrer Terrasse, ein Stockwerk über ihm, und hatte die Hände auf die steinerne Balustrade gestützt. Dunkelgrauer Hosenanzug, strenger Haarknoten. Wie aus dem Ei gepellt. Im Gegensatz zu den Jogginghosen und dem am Kragen ausgeleierten T-Shirt, die er trug. Ohne Schuhe. »Guten Morgen«, ignorierte er ihre Unhöflichkeit, bevor er ironisch den rechten Mundwinkel nach oben zog. »So war das also in deinem Jurastudium?«, fragte er eine Spur zu freundlich. »Haben da alle Professoren und Studenten ständig den Tag verpennt?«

Sie verdrehte die Augen. »In meinem Studium doch nicht.« Nur in so sinnlosen Fachgebieten wie Geologie, die einfach nur Zeitverschwendung waren, schwangen die ungesagten Worte mit. Charlotte war noch immer sauer auf ihn, weil er ihre Gartenparty gecrasht hatte.

»Kann ich irgendetwas für dich tun?«, fragte Eric, nachdem seine Schwester nichts weiter sagte und nur missmutig auf ihn herunterstarrte. *Lapidiventatem*, erinnerte er sich daran, dass er genug Gelassenheit aus den Steinen zog, um sich von seiner Schwester nicht nerven zu lassen.

»Kannst du tatsächlich«, sagte sie schließlich. »Wo du schon mal auf bist, wäre es super, wenn du Annabelle in den Kindergarten bringen könntest.«

»Na klar. Das mach ich.« Eric würde heute zum ersten Mal ein Seminar geben. Aber bis er in die Uni musste, blieb ihm noch mehr als genug Zeit, seine Nichte für den Kindergarten fertig zu machen und ihr vielleicht wieder heimlich eine Brezn als Brotzeit zu kaufen.

*

Lina fühlte sich, als wäre ein Bulldozer über sie hinweggerollt. Oder als wäre sie für eine ganze Horde schwer erziehbarer Kinder verantwortlich gewesen. Allein.

Sie drückte dreimal Snooze, bevor sie es schaffte, sich aus dem Bett zu quälen. Nicht einmal die Erinnerungen an den vergangenen Abend schafften es, sie wirklich wach zu bekommen. Denn das würde wirklich nur Kaffee schaffen.

Da das Wetter viel zu schön war, um in ihrer Wohnung zu sitzen, beschloss sie, sich in Felicias Küche eine Tasse Cappuccino zu klauen und es sich auf ihrer Bank unter der Tanne gemütlich zu machen. Sie schlich in die Küche und verließ das Haus dann durch die Hintertür. Weit kam sie nicht. Drei Augenpaare starrten sie neugierig an.

»Was macht ihr denn hier?«, fragte sie ihre Freunde und seufzte resigniert. Ben, Felicia und Jule hatten es sich um den Bistrotisch auf der kleinen Terrasse hinter dem Haus gemütlich gemacht.

Jule schob eine Schüssel in Richtung des leeren Platzes und kippte Müsli hinein. »Wir haben auf dich gewartet. Frühstück?«, fragte sie und goss Milch darüber, ohne Linas Antwort abzuwarten.

»Ich wollte in Ruhe meinen Kaffee trinken«, brummte Lina und ließ sich auf ihren Platz sinken.

»Und wir fanden, dass du uns unbedingt erzählen musst, wie dein Date mit dem hinterwäldlerischen Holzfäller ausgegangen ist.« Felicia lächelte sie breit an. Und neugierig.

»Moment mal.« Lina hob die Hand, bevor die Freundin weitersprechen konnte. »Ihr wisst, dass Eric der Waldschrat ist? War«, korrigierte sie sich. Denn auch wenn er sich so in ihrem Handy eingespeichert hatte, sah sie ihn kein bisschen mehr so, wie sie ihn bei ihren ersten Begegnungen wahrgenommen hatte.

Ben griff mit der Linken nach Felicias Hand und mit der Rechten nach seinem Kaffee. »Nachdem ich Felicia erzählt habe, dass ich mich mit einem alten Kumpel treffe und, dass das Annabelle von Rabensteins Onkel ist, haben die Mädels eins und eins zusammengezählt.«

»Und uns schlappgelacht, weil Ben dich in diese unmögliche Situation gebracht hat«, ergänzte Jule.

»Allerdings.« Lina wies mit dem Löffel auf ihn und rührte dann ihr Müsli um. »Mach so was nie wieder.«

»Hey!« Ben zog unschuldig die Augenbrauen hoch. »Wir sind Freunde. Soll ich dich vielleicht einfach ignorieren, wenn du in die Kneipe kommst, in der ich schon sitze? Außerdem …« Er unterbrach sich selbst, um einen Schluck Kaffee zu trinken und die verräterische Röte, die seine Wangen überzog, hinter der Tasse zu verbergen.

Felicia biss sich auf die Unterlippe, um nicht zu lachen, und Jule kaschierte ihren Heiterkeitsausbruch mit einem kleinen Hustenanfall.

»Außerdem … was?«, fragte Lina.

»Nichts.« Ben senkte den Blick in sein Müsli und begann, Rosinen herauszufischen.

»Ben?« Sie wartete, bis er wieder aufsah. »Was?«, wiederholte sie ihre Frage. Sie hatte das Gefühl, gerade irgendetwas zu verpassen.

»Ich … ähm …« Ben blickte hilfesuchend zu Felicia, die nur den Kopf schüttelte, als wollte sie sagen: Da musst du allein durch, mein Freund. »Also, ich dachte, ihr würdet ganz gut zueinander passen.«

»Was?« Lina starrte ihn fassungslos an. »Du hast das eingefädelt?« Sie stand auf und drehte ihren Freunden den Rücken zu. Die Hände auf die kleine Mauer gestützt, die die Terrasse vom Rest des Gartens trennte, atmete sie tief durch. »Und ihr findet das witzig?«, fragte sie, als sie Jules unterdrücktes Prusten hinter sich hörte.

»Witzig ist eigentlich nur, dass Ben keine Ahnung hatte, dass ihr beiden euch schon kennt – und nicht ausstehen könnt.« Felicia räusperte sich. »Oder hat sich das inzwischen geändert?«

»Ich hatte wirklich keine Ahnung«, sagte Ben leise. »Du hast in letzter Zeit öfter davon geredet, dass du dich nach einer Beziehung sehnst. Dass du früher oder später eine Familie gründen und Kinder haben willst. Du hast sogar darüber nachgedacht, dir eine dieser Dating-Apps aufs Handy zu laden.«

Lina fuhr zu ihm herum und stützte die Fäuste in die Hüfte. »Sag das nicht so abfällig. Online-Dating ist inzwischen eine völlig übliche, durchaus angemessene Art, jemanden kennenzulernen.«

»Ja, nur …«, Ben kratzte sich unbehaglich am Kopf, »als du ins *Bootshaus* gekommen bist, habe ich ganz spontan gedacht, dass Eric und du echt gut zueinander passen könntet. Du suchst eine Beziehung. Er ist gerade erst wieder in die Stadt zurückgezogen. Also dachte ich, es kann ja nicht schaden, euch einander vorzustellen.«

»Und den Cupido zu spielen«, fasste Lina seine kleine Rede zusammen.

»Hat es denn funktioniert?«, wollte Jule wissen. »Du bist heute Morgen jedenfalls hundemüde. Entweder, weil der

Abend so schrecklich war, dass du dich bis tief in die Nacht betrinken musstest, um das Ganze zu vergessen«, mutmaßte sie. »Oder es war so gut, dass du im Bett des Waldschrats gelandet bist.«

»Ich tippe auf Letzteres«, sagte Felicia. »Zwischen euch hat die Luft gebrannt.«

»Woher willst du das denn wissen?« Lina ließ sich auf ihren Sitz zurückfallen.

»Ben hat das gesagt«, behauptete Felicia fröhlich.

»Hey!« Unschuldig hob Ben die Hände, als Lina aus zusammengekniffenen Augen einen bösen Blick auf ihn abschoss. »Das nehme ich nicht zurück. Weil es stimmt. Da war was. Deshalb hatte ich auch gar kein schlechtes Gewissen, als ich gehen musste, um Sam zu helfen.«

»Und?«, bohrte Jule noch einmal nach.

Diesmal schaffte Lina es nicht, das Grinsen, das sie bei der Erinnerung an die vergangene Nacht überkam, zurückzuhalten. »Ich muss meine Meinung über Eric revidieren«, gab sie zu. »Nein, ich habe nicht mit ihm geschlafen. Aber …«, sie ließ eine bedeutungsschwere Pause folgen, »ich mag ihn wirklich. Und ich hoffe, ihn bald wiederzusehen. Oder wie es in Casablanca so schön heißt: *Ich glaube, dies ist der Beginn einer wunderbaren Freundschaft!*«

Lina sah Eric allerdings erst mal nicht wieder. In den nächsten Tagen hatte sie viel zu viel um die Ohren, um Zeit für eine Verabredung freizuschaufeln. Ganz abgesehen davon, dass Eric sie auch nicht um eine bat. Aber sie schrieben sich. Jeden Tag. Kleine Anekdoten von ihrer jeweiligen Arbeit. Lustige Sprüche. Lina schickte ihm Filmzitate und

Eric seine unübersetzbaren Wörter, wenn sie zu einer Situation passten. Das Ganze fühlte sich an wie eine fortgesetzte Unterhaltung, die nur unterbrochen wurde, solange sie schliefen. Es fühlte sich an, als wäre Eric die ganze Zeit bei ihr. Was sie irgendwie … hibbelig werden ließ.

Doch für diesen Abend musste Lina ihren Telefonchat ausblenden. Sie war auf dem Weg zum Familienessen bei ihren Eltern. So wie alle ihre vier Geschwister, deren Partner und die drei Kinder der nächsten Generation, die es bereits in der Familie Kirchleitner gab.

Die Anzahl an Autos, die schon auf dem Hof vor ihrem Elternhaus stand, sagte Lina, dass sie die Letzte war. Sie ließ ihren Sharan neben dem Cabrio ihres Bruders Ferdinand ausrollen, dem Einzigen, der neben ihr noch keine Familie hatte und sich diesen kleinen Luxus gönnte, weil er weder einen Kinderwagen noch eine Windeltasche von der Größe eines Flugzeugträgers in seinem Kofferraum verstauen musste.

Lina schnappte sich das Tiramisu vom Beifahrersitz, das sie zum Essen beisteuern würde, weil sie gemeinsam mit ihrer Schwester Elsa für den Nachtisch zuständig war. Elsa hatte mit Sicherheit wieder Muffins gebacken, weil das so ziemlich das Einzige war, was sie zustande brachte, ohne dass etwas anbrannte oder auf sonst eine Art ungenießbar wurde. Sie balancierte die große Kasserole in der hereinbrechenden Dunkelheit über den Hof und hielt auf die warmen gelben Lichter zu, die aus den Fenstern im Erdgeschoss einladend in den Abend strahlten. So wie sie ihre Familie kannte, würde sie die ganze Meute auf der Terrasse hinter dem Haus finden. Sie folgte dem schmalen, gekiesten Weg um das Haus herum und wurde auf der anderen Seite von lauten Stimmen, Gelächter und dem Duft nach Gegrilltem empfangen.

»Lina!«, rief ihre jüngste Schwester, Janina, und fiel ihr um den Hals.

»Du bist zu spät«, brummte Alex, nach ihr der älteste der Geschwister und zog sie in eine bärige Umarmung, die etwas von einem Schwitzkasten hatte.

Und so wurde Lina weitergereicht. An ihre Geschwister, Ehemänner und -frauen und ihre Eltern. Das Tiramisu wurde ihr irgendwann zwischendurch aus der Hand genommen und auf den Tisch mit den Leckereien für diesen Abend gestellt. Nachdem Lina ihren Großvater Alois umarmt und auf die Wange geküsst hatte, drückte ihr Ferdinand ein Bier in die Hand und stieß mit ihr an. »Nachdem du endlich da bist, können wir jetzt hoffentlich anfangen zu essen. Ich verhungere.« Was nicht nur daran lag, dass er Sport studierte und Hummeln im Hintern hatte. Er war einfach schon immer der Verfressenste von ihnen gewesen.

Lina verpasste ihm eine liebevolle Kopfnuss. Wofür sie sich ziemlich strecken musste, denn ihr kleiner Bruder war ihr, so wie alle anderen ihrer Geschwister, schon in seinen frühen Teenagerjahren über den Kopf gewachsen. Unter den Leitner-Kindern war es eine gängige Theorie, dass Lina nur das Testkind war und die Produktion nach ihr einfach besser gelaufen war. »Du hast entweder Mama irgendwas aus ihrer Keksdose abgeschwatzt oder Elsa einen Muffin.« Sie stockte kurz und interpretierte das Grinsen ihres Bruders. »Okay, du hast beides abgegriffen. Also jammere bloß nicht herum.« Lachend ließ sie ihn stehen, um zu ihrem

Vater an den Grill hinüberzugehen. Sie schob ihre Hand um seine Taille, woraufhin er seinen Arm um ihre Schulter legte, ohne das Drehen der Würstchen zu unterbrechen. Lina lehnte ihren Kopf an seine Schulter und genoss für einen Moment die Geborgenheit, die ihr Elternhaus und die Menschen, die hierher gehörten, ausstrahlten. »Wie läuft die Ernte?«, fragte sie.

»Gut. Den Weizen haben wir schon drin. Nächste Woche fangen wir mit dem Futtermais an. Und wie läuft es bei dir?«

»Auch gut. Man sollte meinen, im Sommer gibt es weniger Arbeit, weil alle in den Urlaub fahren. Aber das Gegenteil scheint der Fall zu sein. Umso mehr freue ich mich über die Auszeit heute Abend.«

Elsa tauchte hinter ihnen auf und reichte ihrem Vater einen Teller für das Grillgut. »Pass auf, dass sie nicht zu schwarz werden«, ermahnte sie ihn und beäugte den Grillrost kritisch.

Heiner seufzte. »Ich habe schon gegrillt, da warst du noch nicht einmal geboren«, brummte er gutmütig. »Sag deiner Mutter, dass wir so weit sind.«

»Das wird Ferdi freuen.« Lina ging gemeinsam mit ihrer Schwester zu den beiden Biertischgarnituren zurück, die ihnen als Tafel dienten. Statt eines Tischtuches waren überall Marmeladengläser mit Wildblumen verteilt. Dazwischen standen Windlichter, die eigentlich auch nur ausrangierte Weckgläser waren. Mal mit einem Band verziert, doch meistens ohne jeglichen Schnickschnack. Und das war genau das, was die rustikale Gemütlichkeit ausmachte. In der von Wein umrankten Pergola über ihnen hingen Lichterketten, die Glühbirnen nachempfunden waren, so wie es zurzeit in war. In die Bäume am Waldrand waren ebenfalls ein paar Lichterketten verteilt, an denen kleine bunte Lampions hingen und die sich mit der hereinbrechenden Dunkelheit ebenfalls einschalteten.

Lina stellte ihr Bier auf ihren Platz – zwischen Alex und Janina – und kletterte zwischen ihren Geschwistern auf die Bank. Auch wenn der Haufen laut und wild war, jeder hatte seinen festen Platz. Und daran wurde auch nicht gerüttelt.

Genauso wenig wie die Lautstärke beim Essen sank, während Salate, Dips und die Leckereien vom Grill herumgereicht wurden. Die Geschwister zogen sich gegenseitig auf, verbündeten sich gegen einen, den sie auf die Schippe nahmen, nur um schon ein paar Minuten später neue Allianzen zu schmieden und sich das nächste Ziel zu suchen.

Lina spielte mit Mia, ihrer zweijährigen Nichte, die von Janinas Schoß zu ihr herüberkletterte. Bis es der Kleinen auch bei ihr zu langweilig wurde und sie weiter zu ihrem Onkel Alex krabbelte. Wie üblich bekam Lina irgendwann Bauchschmerzen. Sie nannte es das Glücksbauchweh, weil es sich aus dem ständigen Lachen und viel zu viel von einem viel zu guten Essen zusammensetzte. Dankbar goss sie sich ein Glas Obstler ein, als ihr Vater die Flasche nach dem Essen herumgehen ließ.

»Ich will keinen«, sagte Janina, als Lina die Flasche weiterreichte.

»Dann gib mir dein Glas.« Ferdi angelte sich ihr Glas von der gegenüberliegenden Seite. »Ich brauche auf jeden Fall zwei Schnäpse. Ich bin so vollgefressen, ich glaube, ich platze gleich.«

»Ehrlich?« Lina zog neckend die Augenbrauen hoch. »Dabei hast du doch höchstens ein halbes Schwein und eine viertel Kuh verdrückt.«

»Haha.« Ihr Bruder goss sich zwei Obstler ein und reichte die Flasche dann weiter.

Als alle, die wollten, ihr Verdauungsschnäpschen vor sich hatten, klopfte Janina neben ihr mit dem Löffel gegen ihr Limonadenglas. Nicht, dass das in einer Familie wie der ihren augenblicklich für Ruhe gesorgt hätte. Erst als Linas Schwester sich erhob und energisch weiter gegen das Glas klopfte, wurde es nach und nach still am Tisch. Alle sahen Linas jüngste Schwester erwartungsvoll an.

Große Ankündigungen wurden schon immer im Rahmen eines Familienessens (und wenn man die Nachricht lange genug für sich behalten konnte, beim Obstler nach dem Essen) gemacht. Ganz einfach, weil man dann gleich etwas zum Anstoßen in der Hand hatte. Lina sah, wie Janina auf ihren Mann Lennard herablächelte, nach seiner Hand griff und ihn hochzog, sodass er seinen Arm um sie legen konnte, während sie sich zu ihren Eltern und ihrem Großvater umwandte, die am Kopf der Tafel saßen. Und plötzlich wusste Lina, was kommen würde. Sie schluckte an dem Kloß vorbei, der in ihrem Hals saß, und ließ Mia zurück auf ihren Schoß klettern. Die Kleine schlang ihr die dicken Ärmchen um den Hals und strahlte sie mit ihren großen Augen an, was den Kloß noch ein wenig dicker werden ließ.

»Opa«, begann Janina und kicherte. »Bist du bereit, zum vierten Mal Uropa zu werden? Mama, Papa, im Winter werdet ihr noch einmal Großeltern.« Der Tisch brach in Jubel und Beifall aus. Die Schnäpse wurden gehoben,

Glückwünsche und Toasts auf den Familienzuwachs ausgesprochen und die Kurzen dann gekippt. Linas Vater ließ seinen Selbstgebrannten noch einmal herumgehen, um die Neuigkeiten gebührend zu feiern.

Lina lächelte. Bis ihr die Wangen schmerzten. Sie umarmte ihre Schwester und ihren Schwager und wünschte ihnen alles Gute. Sie war sich bewusst, dass zumindest ihre Mutter in ihre Richtung blickte. Ja, sie war die Älteste. Und ja, ihre jüngste Schwester bekam bereits ihr zweites Kind. Während Lina es in den vergangenen Jahren nicht einmal geschafft hatte, eine ernsthafte Beziehung zu führen. Jeder wusste, wie sehr sie sich eine Familie und eigene Kinder wünschte. Aber das war nun einmal nicht passiert und würde vermutlich auch in nächster Zeit nicht eintreten. Sie würde jedenfalls nicht den Fehler machen, von einer gemeinsamen Zukunft mit einem Mann zu träumen, mit dem sie einen Abend verbracht hatte und mit dem sie seitdem chattete.

Janina und Lennard waren schon seit der Mittelstufe ein Paar und hatten nach dem Abitur nicht mehr lange gewartet, bis sie geheiratet hatten. So ähnlich war es bei Lina auch gewesen. Sie war seit der zehnten Klasse unsterblich in ihren ersten Freund verliebt gewesen. Auch bei ihr hatten alle damit gerechnet, dass sie mit ihm zusammenblieb, heiratete und die Erste wäre, die Kinder bekam. Eine Verbindung für die Ewigkeit – so hatte ihre Großmutter ihre Liebe immer genannt, die aber trotzdem zerbrochen war. Und nun war sie neben ihrem Bruder Ferdi, der es kein bisschen eilig zu haben schien, überhaupt nur in diese Richtung zu denken, der letzte Single am Tisch.

Als sich die Runde langsam wieder beruhigte und die Glückwünsche verebbten, erhob sich Ferdi und klopfte gegen seine Bierflasche. Lina schluckte. Was hatte denn ihr Bruder zu sagen? War jetzt sogar er in festen Händen und sie blieb als Einzige …

Ferdi grinste. Genau genommen grinste er sie direkt an. »Ich habe auch etwas zu erzählen. Beziehungsweise habe ich eine Frage an unsere große Schwester: Wer ist der Typ, mit dem du die halbe Nacht im *Bootshaus* geschäkert hast? Was läuft da? Und wieso hast du ihn nicht mitgebracht?«

»Ferdinand!«, wies Linas Mutter ihn zurecht.

»Ich hasse dich«, ließ Lina ihn im gleichen Moment tonlos wissen. Sie spürte, wie ihr die Röte ins Gesicht schoss. Ferdi zwinkerte ihr zu, und natürlich wusste sie genau, warum ihr Bruder zu dieser Attacke ausgeholt hatte. Solange sich die Familie darauf konzentrierte, dass Lina möglicherweise eine Beziehung hatte, kamen sie nicht auf die Idee, ihm mit diesem Thema auf die Nerven zu gehen. »Das zahle ich dir heim«, flüsterte sie mit einem zuckersüßen Lächeln in seine Richtung.

»Woher weißt du das?«, wollte Alex wissen.

»Sieht er gut aus?«, fragte Elsa im gleichen Moment.

»Ein Kumpel hat die beiden am Montagabend in der Bar gesehen«, gab Ferdi seine Informationsquelle preis.

Jetzt konnte auch der Rest ihrer Familie nicht mehr mit seiner Neugier hinter dem Berg halten. Seid ihr zusammen? Hat er einen ordentlichen Beruf? Wie lange kennt ihr euch schon?

Schließlich hob Lina die Hand, um die Tischrunde zur Ruhe zu bringen. Erstaunlicherweise schwiegen jetzt alle ziemlich schnell. »Er heißt Eric und ist Geologe. Wir sind nur befreundet. Und ich weiß nicht, was für ein Jahreseinkommen er hat. Ich weiß auch nicht, ob er ein Instrument spielt oder ob er auf dem Fußballfeld etwas taugt. Wir sind *Freunde*«, betonte sie das Wort noch einmal überdeutlich. Sie hatten nur einen Abend miteinander verbracht. Und auch wenn Eric sie hatte wissen lassen, dass er sie gern geküsst hätte, und sie sich ständig Nachrichten schickten, so hatte er sie doch nicht gefragt, ob sie noch einmal mit ihm ausgehen wollte. »Und wo wir von Freunden reden«, sie vertiefte ihr falsches Lächeln noch ein wenig mehr und schoss mit den Augen gleichzeitig Blitze auf Ferdi ab, »ihr glaubt nicht, wen ich vor kurzem getroffen habe! Janet!«, schob sie hinterher, ohne ihre Familie raten zu lassen. Alle brachen in lautes Lachen aus, während Ferdinand mit schmerzlich verzogenem Gesicht zusammenzuckte. »Sie hat mich nach deiner Handynummer gefragt.«

»Du hast sie ihr doch nicht gegeben, oder? Linchen? Das hast du doch nicht?« Panik schwang in seiner Stimme mit. Janet Becker war ungefähr seit der dritten Klasse in ihren Bruder verliebt und hatte nichts unversucht gelassen, um ihn dazu zu bringen, sich ebenfalls in sie zu verknallen. Sogar einen Zaubertrank hatte sie ihm einmal heimlich ins Schulessen gekippt, was zu schlimmem Durchfall und Erbrechen geführt hatte. Die Schweißperlen standen also zu Recht auf seiner Stirn.

Einen Moment genoss Lina die Angst noch, die in seinen Augen schimmerte. Dann ersetzte sie ihr falsches Lächeln durch ein echtes. »Keine Sorge«, beruhigte sie ihn. »Ich habe ihr erzählt, dass du nach Australien ausgewandert bist.«

Ferdi ließ sich auf seinen Platz zurückfallen und rieb sich über das Gesicht. »Das ist eine verdammt gute Antwort«, sagte er und trank einen großen Schluck Bier.

Immerhin hatten sie dafür gesorgt, dass sich die Gespräche wieder allen möglichen Themen zuwandten und niemand mehr als üblich in ihrem Beziehungsleben herumstocherte.

8

Nach dem Familienessen fühlte sich Lina seltsam aufgekratzt. Sie wusste, dass das an den Emotionen lag, die diesen Abend überschwemmt hatten. Gefühle, die nur in ihrem Inneren herumschwappten, von denen normalerweise niemand etwas zu sehen bekam. Über die sie nicht sprach. Ja, der Traum ihres Lebens war noch nicht wahr geworden. Sie hatte mit einunddreißig Jahren weder den perfekten Mann gefunden noch eine Familie gegründet. Während ihre dreiundzwanzigjährige Schwester bereits Kind Nummer zwei erwartete.

Aber immerhin hatte sie die Chance, sich mit einem Mann zu treffen. Sie würde Eric nicht zu Mr. Right hochstilisieren, denn bis vor ein paar Tagen war er für sie noch ein Waldschrat gewesen. Sie würde keine Erwartungen in ihn setzen, die er vielleicht nicht erfüllen konnte. Aber sie konnte, verdammt noch mal, den nächsten Schritt machen. Er hatte sie küssen wollen, also musste er doch auch darüber nachdenken, sie noch einmal zu sehen.

Lina fuhr hinter Tutzing rechts ran und schaltete den Motor aus. Der See war eine schwarze Fläche neben ihr, die nur ab und zu schimmernd aufblitzte. Sie war eine emanzipierte Frau im 21. Jahrhundert. Was sprach denn dagegen, wenn sie Eric um ein Date bat? Nichts. Absolut gar nichts sprach dagegen.

Sie griff nach ihrem Handy und rief ihren Chat mit Eric auf. Keine Filmzitate. Keine unübersetzbaren Wörter. Einfach nur die schlichte Frage, ob er sie sehen wollte.

Lina:
Hast du Lust, am Freitag mit mir auszugehen? Wir könnten uns auf ein Bier treffen. Oder ich bring meinen Mückenstich mit, und wir gönnen uns noch einen Wild Mosquito.

Eric hatte ihre Nachricht gesehen, es dauerte aber geschlagene zwei Minuten, bis er antwortete.

Eric:
Hey, ich hoffe, du hattest einen schönen Abend mit deiner Familie. Und was Freitag angeht, sorry, ich kann dich leider nicht treffen.

Er konnte sie nicht treffen? Warum denn …? »O mein Gott«, murmelte Lina. Der erste Gedanke, der ihr durch den Kopf ging, war, dass er eine Beziehung hatte und sich mit ihr nur die Zeit vertrieb. Das konnte doch nicht sein, oder? Verdammt! So etwas wollte sie gar nicht denken. Sie *sollte* es gar nicht denken, aber … hätte er seine Absage sonst nicht einfach begründet? Die drei tanzenden Punkte, die ihr sagten, dass er etwas schrieb, tauchten auf und verschwanden wieder.

Lina stieg aus dem Auto. Sie brauchte frische Luft. Was

hatte sie sich nur dabei gedacht? Sie hatte Eric nicht gefragt, ob er eine Freundin hatte. Oder vielleicht sogar verheiratet war. Ben hatte nichts dergleichen erwähnt – und hätte in diesem Fall auch nicht versucht, sie zu verkuppeln. Im Licht ihrer Handylampe folgte sie dem kurzen Trampelpfad ans Ufer des Sees und trat auf den Steg, der vor ihr ins Wasser ragte. Ihre Schritte klangen dumpf auf dem Holz, als sie bis ganz ans Ende lief und sich im Schneidersitz auf die Planken fallen ließ. Die kleine Plattform strahlte noch die Wärme aus, die sie den Tag über in der Sonne gespeichert hatte. Ein Kontrast zu dem kühlen Wind, der breite Wolkenbänder über den Himmel schob, die die Sterne und den Mond verdeckten und alles um sie herum zu schwarzen Silhouetten verschwimmen ließ.

Noch immer hüpften die drei Punkte auf ihrem Display, stoppten, begannen sich wieder zu bewegen. Aber eine Antwort von Eric tauchte nicht auf. So als fehlten ihm die Worte, seine Situation zu erklären. Also würde sie den Fehler, den sie gerade gemacht hatte, selbst beheben.

Lina:
Entschuldige. War eine blöde Idee. Das Treffen im Bootshaus *war irgendwie … besonders. Aber das lag vermutlich daran, dass es ein verrückter Zufall war, weil ausgerechnet wir beide aufeinandergetroffen sind. So was lässt sich wahrscheinlich gar nicht wiederholen. Vergiss, dass ich gefragt habe.*

Sie drückte auf Senden, bevor die Entschuldigung/Begründung/Ausrede, an der Eric offensichtlich feilte, bei ihr einging. Sie wollte gar nicht hören, welche Geschichte er ihr auftischte. Erschrocken zuckte sie zusammen, als das Handy in ihrer Hand zu klingeln begann.

*

Eric rieb sich über den Nacken. Verdammt. Gerade starrte er auf Linas Nachrichten und zermarterte sich den Kopf darüber, was er falsch gemacht hatte. Er saß noch immer in seinem Büro in der Uni und war eben dabei gewesen, ihr zu erklären, warum er sich am Freitag nicht mit ihr treffen konnte. Und ja, er hatte versucht, den Mut aufzubringen, sie stattdessen für den Samstag zu sich nach Hause einzuladen. Eine Einladung, die sie durchaus falsch verstehen konnte. Also hatte er sich sehr wohl Gedanken gemacht, wie er die Nachricht am besten formulierte. Aber offensichtlich war er nicht schnell genug gewesen, denn kaum hatte sie ihn gefragt, ob sie etwas zusammen unternehmen sollten, hatte sie zurückgerudert und ihm den Mittelfinger gezeigt. »Verstehe einer die Frauen«, brummte er und scrollte durch sein Telefonbuch. So sehr er diesen Chat mit Lina genoss, manchmal war es einfach unerlässlich, miteinander zu reden.

»Eric«, sagte Lina nach dem fünften Klingeln. Sie klang ein wenig atemlos.

»Hey. Ich dachte, ich ruf dich einfach an, weil ich dir … also, ich würde mich wirklich gern mit dir treffen.« Eric räusperte sich, und als Lina schwieg, fuhr er fort. »Aber am

Freitagabend findet ein Fakultätstreffen statt. Ich muss da hin, weil ich als neuer Professor vorgestellt werde. Na ja, du weißt ja, wie das ist, ich muss alle kennenlernen. Schließlich muss ich mit diesen Leuten ja zusammenarbeiten, und da will man so schnell wie möglich herausfinden, wie sie ticken. Ich würde dich bitten, mich zu begleiten, aber ich vermute, du würdest dich zu Tode langweilen. Wir reden bei solchen Veranstaltungen hauptsächlich über …«

»Steine«, beendete Lina seinen Satz trocken.

»Ähm … ja. So kann man es auch sagen.« Eric schnitt sich im Fensterspiegel selbst eine Grimasse. »Jedenfalls … ich möchte nicht, dass du denkst, ich würde mich nicht mit dir verabreden wollen.« Genau genommen hatte er sie längst um ein Date bitten wollen, aber einfach keine Zeit gefunden. Die ersten Tage an der Uni waren für ihn nicht weniger stressig gewesen als für einen Studenten. »Vielleicht hast du ja Lust, am Samstagabend zu mir zu kommen.« Sein Herzschlag beschleunigte sich ein wenig, weil Lina in der Pause, die sich an seinen Vorschlag anschloss, weder zu- noch absagte. »Ich könnte was zu essen zaubern, und wir könnten uns *Ein Teil von ihr* auf Netflix ansehen, falls du inzwischen nicht mit der Serie angefangen hast. Ich habe auch das gute Popcorn.«

Wieder schwieg Lina einen Moment, der sich in die Länge zog wie Kaugummi. »Ich habe noch nicht mit der Serie angefangen«, sagte sie schließlich. »Und bei deiner Popcorn-Auswahl könnte ich mich zu einem Netflix-Abend überreden lassen.«

Eric atmete erleichtert aus, und erst jetzt wurde ihm bewusst, dass er gespannt die Luft angehalten und auf ihre

Antwort gewartet hatte. »Gut. Das klingt doch … toll.« *Und du klingst verdammt lahm, Alter*, wies er sich selbst zurecht und verdrehte die Augen. »Ich meine, ich freue mich. Dann also bis Samstag?«

»Ja. Bis Samstag. Eric?«, fragte sie leise.

»Hmm?«

»Du hast doch keine Beziehung oder so was?« Klang ihre Stimme unsicher? Hatte sie etwa gedacht, er schrieb ihr die ganze Zeit Nachrichten, während er mit einer anderen Frau zusammen war?

Okay, sie hatten nicht darüber geredet, aber … »Selbstverständlich nicht«, erwiderte er. »Wenn dem so wäre, würde ich dich ganz sicher nicht um ein Date bitten.«

»Gut.« Er hörte das Klicken in der Leitung, als Lina das Gespräch beendete.

Okay, er hatte eine Verabredung für Samstagabend. Und seine Wohnung sah noch immer aus, als hätte die Umzugsbombe eingeschlagen. Es wurde höchste Zeit, dass er nach Hause ging und anfing aufzuräumen. Wenn er endlich die Kartons auspackte, die noch immer ungeöffnet in seinem Wohnzimmer herumstanden, wäre er zumindest zu beschäftigt, um sich wegen der Verabredung mit Lina verrückt zu machen. Denn das würde er definitiv tun, wenn seinem Gehirn zu viel Freizeit blieb.

Er schaffte es. Eigentlich müsste er Lina dankbar sein. Ihr Besuch hatte dafür gesorgt, dass er endlich in seiner Wohnung angekommen war. Und als ob das nicht schon genug wäre, waren sogar die verschwundenen Kartons wieder aufgetaucht, die jemand versehentlich ans Alfred-Wegner-Institut, seinen alten Arbeitgeber, geschickt hatte. Damit hatte er sogar seine Klamotten zurück, um sie in den Schrank zu hängen.

Er hatte Popcorn besorgt. Vier Sorten. Er hatte für das Abendessen eingekauft. Wein. Bier. Schließlich wusste er nicht, was Lina lieber war. Im Eisfach lag sogar eine Flasche Wodka, und er hatte die Zutaten besorgt, die er brauchte, um ihr einen Moskito zu mixen. Er hatte sich dazu überwunden, in ein Deko-Geschäft zu gehen und zwei massive, silberne Kerzenständer zu kaufen, die perfekt auf den rustikalen Esstisch passten und mit dicken weißen Kerzen und den Blumen, die er ebenfalls frisch besorgt hatte, genau so aussehen würden, wie sich eine Frau das vorstellte, wenn sie zum Essen eingeladen wurde.

Rocky kam durch die offen stehende Tür herein und inspizierte sein Arrangement, bevor er auf das Sofa sprang und sich auf einem der Kissen, die Eric gerade erst ordentlich drapiert hatte, zusammenrollte, gähnte und die Augen schloss. Dieser Kater betrachtete die Wohnung definitiv als sein Eigentum. Genervt fuhr sich Eric durch die Haare. Er hatte alles geputzt und gesaugt. Katzenhaare waren das Letzte, was er jetzt gebrauchen konnte. Andererseits hatte Lina ihm erzählt, dass sie in der alten Schule ebenfalls einen Stubentiger hatten. Also machte ein bisschen Fell vielleicht nichts aus.

Mit einem letzten Blick zum Esstisch wandte er sich der Küchenzeile zu, um mit den Vorbereitungen für das Essen zu beginnen – und fuhr erschrocken noch einmal herum. »Scheiße!«, fluchte er. Er hatte die Servietten vergessen. Ein Blick auf die Uhr über dem Backofen sagte ihm, dass er keine Zeit mehr haben würde loszufahren, um welche zu besorgen. Hektisch begann er in den Küchenschubladen herumzukramen, fand aber nur ein paar mit Luftballons und Clowns bedruckte Exemplare. Verdammter Mist. Warum war er nicht einfach mit Lina in ein Restaurant gegangen? Das wäre wesentlich weniger Arbeit gewesen.

Er legte die Servietten auf den Tresen. Aber er wusste den Grund, warum ein Restaurant nicht infrage gekommen war: Weil er diese Woche neben der Fakultätsfeier bereits zwei weitere Male zum Abendessen in einem Restaurant gesessen hatte. Einmal, weil ihn zwei seiner neuen Kollegen spontan in eine Kneipe eingeladen hatten, und ein weiteres Mal, als er sich mit einem möglichen Investor für sein seismologisches Projekt getroffen hatte. Er wollte heute einfach einen gemütlichen Abend verbringen. Mit einer fantastischen Frau und der Leidenschaft, die sie beide verband. Natürlich hätte er einen Lieferdienst beauftragen können, insbesondere, weil er nicht unbedingt ein Meisterkoch war. Aber dagegen hatten sein Ehrgeiz und sein Stolz rebelliert.

Jetzt stand er hier und bereitete ein Essen vor, zu dem es Clowns-Servietten geben würde. Fantastisch. Wenn er sich nicht irgendetwas einfallen ließ, wäre das vermutlich Linas erster und letzter Besuch bei ihm. Und wenn es etwas gab, das er sich wünschte, dann dass das hier nicht ihr letzter gemeinsamer Abend war. »Verdammt, Dr. Fuchs, mach dir bloß keinen Druck«, knurrte er und verpasste sich ein ironisches mentales Schulterklopfen. Er hatte definitiv zu lange in der Wildnis gelebt, in der das höchste Maß an sozialen Kontakten ein selten vorkommendes Besäufnis unter Forscherkollegen war, bei dem auch mal zum Laboralkohol gegriffen wurde, wenn der Wodka zu früh zur Neige ging.

*

»Wie findest du es?« Lina drehte sich einmal um die eigene Achse.

Jule nickte und hob den Daumen, um ihre Zustimmung zu signalisieren. »Ich bin immer noch für einen Rock, weil das einfach sexy ist, wenn er dich nicht erst aus deiner Jeans schälen muss, wenn ihr …«

»Jule! Das ist nicht der Plan.« Lina spürte, wie ihr die Hitze ins Gesicht stieg.

»Ach nein?« Die Freundin, die auf Linas Bett lümmelte, legte den Kopf schräg. »Warum hast du denn dann diese weiße Spitzenunterwäsche angezogen, die sagt ›Uhh, Baby, ich trage weiß, aber ich bin trotzdem ein ganz ganz böses Mädchen‹?«

Lina lachte. »Weil man nie wissen kann. Aber es ist nicht mein Ziel für diesen Abend. Und wenn man auf einer fremden Couch sitzt, um eine Serie zu schauen, ist es wahrscheinlich angenehmer, man trägt eine Hose statt einem Rock. Ich will ja schließlich einen entspannten Abend verbringen.«

»Leuchtet ein.« Jule nickte und rappelte sich auf. »Das Top steht dir jedenfalls fantastisch, und die Farbe betont deine Augen. Die Haare würde ich offen lassen, und wenn es lässig sein soll, ziehst du deine Converse an.«

»Genau so habe ich es mir vorgestellt. Danke.«

Jule umarmte sie. »Viel Spaß heute Abend. Und tu alles, was ich auch tun würde.«

Lina lachte, als sie sich von ihrer Freundin löste und nach ihrem Handy und den Autoschlüsseln griff. Sie musste sich eingestehen, dass sie tatsächlich nervös war. Das letzte Treffen mit Eric war so natürlich gewesen. Ohne nachzudenken. Ohne das Bedürfnis, sich von ihrer Schokoladenseite zu zeigen, um ihr Gegenüber zu beeindrucken. Doch das hier war anders. Das war eine Einladung zum Abendessen. In Erics Wohnung. *Ein Abend mit Potenzial*, hatte Jule es genannt.

»Ich bin weg«, rief sie über die Schulter und stürmte die Treppe hinunter. Kaum hatte sie die Haustür hinter sich ins Schloss fallen lassen, gab ihr Handy den Nachrichtenton von sich. Lina blickte aufs Display und sah, dass Eric ihr eine WhatsApp geschickt hatte. Sie klickte den Chat an, und ihr Herz schlug ein wenig schneller. Hoffentlich sagte er die Verabredung nicht noch in letzter Minute ab.

Eric:
Iktsuarpok

Lina setzte sich in ihren Wagen und googelte das unübersetzbare Wort. *Wenn man immer wieder hinausläuft, um nachzusehen, ob Besuch kommt*. Ein Wort aus einem Inuit-Dialekt. Ein Grinsen breitete sich auf ihrem Gesicht aus, als sie sich vorstellte, wie Eric aus seiner Wohnung herauskommt und wieder hineingeht, nur um kurze Zeit später wieder aufzutauchen, um nachzusehen, ob sie endlich um die Hausecke bog. Als ob die Zeit dadurch schneller vergehen würde. Er war ungeduldig und freute sich auf den Abend. Genau wie sie. Also antwortete sie ihm.

Lina:
Es kommt nicht darauf an, wie lange man wartet, sondern auf wen.

Das Zitat stammte aus *Manche mögen's heiß,* und es passte zu dem Film aus dem Jahr 1959 genauso wie zu diesem Abend. Mit einem Lächeln legte sie ihr Handy auf den Beifahrersitz und startete den Wagen.

Eric hatte ihr erklärt, dass sie am besten an der Straße parkte und um das Haus herum in den Garten ging. Die Villa der von Rabensteins lag an einem Hang, und obwohl sie schon hier gewesen war, war ihr nie bewusst gewesen, dass es im Untergeschoss noch eine Wohnung gab. Die fantastisch war, wie sie feststellte, als ihr bewusst wurde, dass man durch die Haustür und die großen Fenstertüren im Wohnzimmer direkt in den Garten mit dieser wunderschönen Holzterrasse treten konnte. Der See lag hinter Weiden versteckt, die ihre langen Äste träge über die Wasseroberfläche gleiten ließen.

Eric schien tatsächlich sehr *Iktsuarpok* zu sein, denn er trat aus dem Haus, sobald sie um die Hausecke bog. Lina winkte ihm zu. »Hallo«, sagte sie. »Schön hast du es hier.«

»Danke.« Er lächelte ihr entgegen. »Schön, dass du da bist.«

Als sie ihn erreichte, entstand ein winziger Moment der Befangenheit zwischen ihnen. Dann beugte sich Eric vor und küsste sie. Nicht wie er es ihr in seiner Nachricht nach ihrem letzten Treffen geschrieben hatte. Sondern so, wie sie sich verabschiedet hatten: ganz gentlemanlike auf die Wange.

»Komm rein«, forderte er sie auf, nachdem er wieder einen Schritt zurückgetreten war.

Lina folgte der einladenden Geste seiner Hand und trat vor ihm ins Haus. Sie wusste nicht so richtig, was sie von der Junggesellenbude eines Geologie-Professors erwartet hatte, aber so stilvoll maskulin hatte sie es sich nicht vorgestellt. »Wow. Du wohnst toll«, sagte sie und musste lachen. »Ich habe mir dein Zuhause ein bisschen chaotischer vorgestellt.«

Eric verzog die Lippen zu einem halben Lächeln. Seine Augen funkelten. »Das Chaos herrscht hinter dieser Tür«, behauptete er und legte die Hand an die Türzarge neben sich.

»Dein Schlafzimmer?«, neckte Lina ihn.

»Mein Arbeitszimmer«, gab er zurück.

Lina zwinkerte ihm zu. Sie waren zurück im Flirtmodus. »Für manche ist das das Gleiche.« Sie sah sich genauer um. Die Wände waren in einem schlichten Grau gestrichen, und das Wohnzimmer neben dem Fernseher an der Wand war von einer tiefen, rehbraunen Ledercouch dominiert, auf der ein paar Zierkissen in Wollweiß und einem hellen Grau verteilt waren. Ein paar große, geschmackvolle Landschaftsfotos in Schwarz-Weiß waren im Raum verteilt, und im hinteren Bereich befand sich ein bereits gedeckter Esstisch vor einem Tresen, der den Blick in eine moderne, offene Küche freigab, in der die Farbe Schwarz vorherrschte.

»Sind die Bilder von dir?«, fragte Lina und betrachtete die Fotos.

»Hmm.« Eric war hinter sie getreten, und seine Nähe prickelte auf ihrer Haut.

»Stammen sie von deinen Expeditionen?«, fragte Lina noch einmal nach und drehte den Kopf zu ihm um. Sie waren sich plötzlich verdammt nahe.

Eric starrte auf ihren Mund und schluckte. Dann kehrte sein Blick zu ihren Augen zurück, und er trat langsam einen Schritt nach hinten. »Ja. Von jedem Kontinent eines.« Er lächelte und brachte noch mehr Abstand zwischen sie.

»Mann.« Lina schüttelte den Kopf. »Du würdest Ben an unserer Weltkarte echt schlagen. Zumindest war er noch nicht in der Antarktis. Da bin ich mir sicher.«

»Gärten würden dort auch nicht lange bestehen.« Eric zwinkerte ihr zu und zog sich hinter den Küchentresen zurück. »Was kann ich dir anbieten? Bier? Weißwein? Rot?«

»Gerne ein Glas Weißwein«, sagte Lina und blickte sich weiter um. »Hey! Du hast ja eine Katze!« Sie hatte das grau getigerte Tier auf den Kissen in der gleichen Farbe im ersten Moment gar nicht bemerkt.

»Rocky ist ein Kater. Und nein, er ist nicht meiner. Ihm gehört diese Wohnung. Vermutlich sogar das ganze Haus, wenn meine Schwester nicht da ist«, erklärte Eric, während er die Weinflasche öffnete. »Ich bin hier mehr oder weniger geduldet.«

»Verstehe.« Lina strich dem Kater über den Kopf, was dazu führte, dass er sofort seinen Kopf in ihre Handfläche schmiegte, ohne überhaupt die Augen zu öffnen. »Ich kenne das. Elfriede, unsere Katze in der alten Schule, behandelt uns auch wie eine Mischung aus Untertanen und Personal. Solange wir sie anbeten, ist alles okay.« Sie ging zur Kücheninsel hinüber und kletterte auf einen der Hocker.

Eric reichte ihr ein Glas und stieß mit ihr an. »Auf einen schönen Abend.«

»Noch einmal danke für die Einladung.« Lina nippte an dem kühlen Wein und ließ den herben Geschmack auf ihrer Zunge entfalten. »Der ist gut.«

»Das freut mich, weil ich ihn gekauft habe, ohne allzu viel über Wein zu wissen.« Eric hatte einen Topf mit Wasser auf den Herd gestellt und begann, wild auf dem Kochfeld herumzudrücken. Er fluchte unterdrückt, als er lediglich Pieptöne in verschiedenen Tonhöhen erzeugte, den Herd aber nicht in Gang brachte.

Lina verbarg ihr Lächeln hinter ihrem Weinglas. »Bist du sicher, dass du das mit dem Kochen hinkriegst?«, zog sie ihn auf. »Hab nicht so ganz den Eindruck, als wüsstest du, was du tust.«

Er blickte auf. Mit finsterem Blick. Die Augenbrauen zusammengezogen. »Mit dem Campingkocher hinter einer Schneewehe würde ich das problemlos hinbekommen. Aber dieser verdammte Herd … das ist mir alles einen Tick zu modern. Warum kann man nicht einfach einen Knopf dranschrauben, den jeder normale Mensch bedienen kann?«

Lina lachte und stellte ihr Glas ab. »Darf ich dir helfen?«

»Bitte.« Er hob ergeben die Arme und trat einen Schritt zurück.

Lina rutschte von ihrem Hocker, ging um den Küchentresen herum und drückte die richtigen Tasten. Dieser Herd war gar nicht so anders als die, die Felicia in ihrer Kochschule hatte.

Wieder spürte sie Eric hinter sich. Er blickte ihr über die Schulter. »Wollte nur sichergehen, ob du das Ding wirklich bedienst oder heimlich Magie benutzt«, murmelte er, als Lina ihn ansah.

Sie schluckte. Sie waren sich nahe genug, dass sie die feinen Linien sehen konnte, die sich in Erics Augenwinkel gegraben hatten. Sie sah das überraschte Aufblitzen in seinen Augen, als sie sich zu ihm umdrehte, ohne den Abstand zwischen ihnen zu verändern. »Wusstest du nicht, dass man Magie nicht anwenden darf, wenn nichtmagische Wesen zugegen sind?«, fragte sie leise und atmete seinen sauberen, unaufdringlichen Duft ein.

»Woher willst du wissen, dass ich keine magischen Fähigkeiten habe?« Seine Stimme klang rau, und sein Blick ruhte auf ihren Lippen.

»Weil du ein Waldschrat bist. Bekanntlich eine sehr beeindruckende Spezies, aber ohne einen Funken Magie«, wisperte sie, als sie ihm noch näher kam. »Eric?«

»Hmm?« Er schaffte es nicht, seinen Blick von ihrem Mund zu heben.

»Ich möchte nicht, dass du noch einmal das Gefühl bekommst, dir selbst in den Hintern treten zu müssen. Vielleicht bringen wir das also einfach hinter uns.« Mit diesen Worten drückte sie ihre Lippen auf seine.

9

Sagten die Leute nicht oft, dass die Dinge in der Fantasie besser waren, als wenn sie Wirklichkeit wurden? Das hier war … eine Million Mal besser, als Eric es sich vorgestellt hatte. Und das hatte er oft getan.

Linas Lippen waren perfekt. Er hatte am Herd gestanden und sie angestarrt, darüber nachgedacht, sie zu küssen, und dann hatte sie sich auf die Zehenspitzen gestellt und die Initiative übernommen. Damit hatte sie ihn für den Bruchteil einer Sekunde überrumpelt, bevor seine Instinkte übernahmen. Er zog sie an sich, ließ seine Lippen über ihre gleiten. Atmete ihren Duft ein und den kleinen Seufzer. Als sie ihre Arme um seinen Nacken legte und ihre Lippen öffnete, vertiefte er den Kuss.

Mit ihr in seinen Armen drehte er sich um und schob ihren Rücken gegen den Kühlschrank. Er spürte sie, ihren Körper an seinem. Ihre Hände, die durch seine Haare fuhren. Das Rauschen des Blutes in seinen Ohren. Als der Kuss endete – Eric wusste nicht, ob Sekunden oder Stunden vergangen waren –, glitt er mit den Lippen über Linas Wange, presste sie auf ihren Hals, wo ihr Puls im gleichen Tempo dahinraste wie sein eigener. Er küsste sie dort, und sie schob ihre Hände um seinen Oberkörper, ließ sie über seinen Rücken gleiten und zog ihn noch enger an sich. Den Kopf legte sie in den Nacken. Eine stumme Bitte nach mehr.

Und Eric wollte ihr mehr geben. Verdammt viel mehr. Doch während er noch immer ihren Hals liebkoste, setzte sein Verstand wieder ein. Er hatte Lina zum Essen eingeladen. Später würden sie es sich auf dem Sofa gemütlich machen, vielleicht … Er schob den Gedanken zur Seite und lehnte seine Stirn gegen ihre. »Ich hätte mir echt in den Hintern treten sollen, dass ich das nicht schon nach unserem Abend im *Bootshaus* gemacht habe«, murmelte er.

Lina stieß ein leises, atemloses Lachen aus. »Die Vorfreude hat es vielleicht noch ein bisschen besser gemacht.« Ihre Hände glitten an seiner Wirbelsäule auf und ab.

»Gut möglich.« Eric stützte sich mit der Hand über ihrem Kopf am Kühlschrank ab und legte die andere Hand an ihre Wange, bevor er sie noch einmal küsste. Langsam. Genüsslich. »Ich glaube, das Wasser kocht«, flüsterte er an ihren Lippen. »Hast du Hunger?«

Sie hob den Blick, und ihr sinnliches Lächeln verwandelte sich in ein freches. »Das war sehr zweideutig, Herr Dr. Fuchs.« Ihre Hände glitten von seinem Rücken über seine Seiten zu seinem Brustkorb. Sie legte sie sanft auf seinen Oberkörper und schob ihn so weit zurück, dass sie unter seinem Arm hindurchschlüpfen und auf die andere Seite der Kücheninsel zurückkehren konnte. Sie nahm ihr Weinglas und prostete ihm zu. »Ich bin gespannt, womit du mich bekochst. Also ja, ich habe auf jeden Fall Hunger.«

»Okay. Essen in zehn Minuten.« Eric holte Spaghetti und ein Glas Pesto aus dem Schrank. Nicht selbst gemacht.

Falls sie das blöd fand, würde er sie einfach mit einem weiteren Kuss ablenken. Und dann mit noch einem.

»Eric?«

»Hmm?« Er blickte von der Pastaverpackung auf. Hatte Lina mit ihm gesprochen, während er schon vom nächsten Kuss geträumt hatte?

»Kann ich dir etwas helfen?«, wiederholte sie. Sie war wieder auf den Barhocker gerutscht, hatte die Ellenbogen auf den Tresen gestützt und ihr Kinn in die Handflächen gelegt.

Wenn sie ihn noch länger so ansah, direkt und mit diesem verträumten Ausdruck in den Augen, würde er sich kein bisschen auf dieses vermutlich einfachste Gericht der Welt konzentrieren können. »Parmesan reiben?«, schlug er vor.

»Bekomme ich hin.« Lina ließ sich von ihm alles geben, was sie brauchte, und rieb in der Zeit, in der die Nudeln kochten, den Käse.

Eric schenkte ihr noch einmal nach und stellte fest, wie angenehm es war, mit ihr hier zu sein. Es fühlte sich natürlich an. Vielleicht hatte der Kuss dazu beigetragen, die Luft zwischen ihnen irgendwie … zu reinigen. Auch wenn er eine ganz andere Art der Spannung zurückgelassen hatte. Aber die schob er erst einmal zur Seite und lauschte den Anekdoten, die Lina aus der Kochschule ihrer Freundin Felicia erzählte.

Als der Timer klingelte, goss er die Nudeln ab, verteilte sie auf zwei Teller und gab Pesto drüber. »Wenn du magst, kannst du den Käse schon auf den Tisch stellen«, schlug er vor. Dann fiel ihm auf, dass er die Kerzen vergessen hatte.

Mist. Mit den Tellern in der Hand hastete er an Lina vorbei, stellte sie auf den Tisch und zog das Feuerzeug aus der Tasche, dass er eigentlich extra eingesteckt hatte, damit er die Kerzen nicht vergaß. Er zündete sie an und kehrte noch einmal zur Kücheninsel zurück, um den Wein zu holen. Als er wieder am Tisch war, zog Lina gerade eine der Kindergeburtstags-Servietten unter ihrem Teller hervor.

Einen Moment lang starrte sie auf die Clowns und Luftballons. Dann hob sie den Blick, sah Eric an – und brach in haltloses Lachen aus. »Du bist unglaublich«, japste sie und wischte sich über die Augenwinkel. *»Seht ihr, alles ist durch die Kanalisation verbunden«*, zitierte sie, was er auf die Servietten gekritzelt hatte. *»Da unten lebt es!«*

Der Trick hatte funktioniert. Also schenkte Eric ihr ein Grinsen und zuckte mit den Schultern. »Ich muss gestehen, dass ich vergessen habe, Servietten zu kaufen. Die sind wahrscheinlich noch von irgendeinem von Annabelles Kindergeburtstagen übrig gewesen.«

»Und da hast du gedacht, du pimpst das ein bisschen mit *Es*.« Lina lachte immer noch. »Es tut mir wirklich leid, Eric, aber diese Idee ist so cool, dass ich diese Serviette leider nicht benutzen kann, weil ich sie mitnehmen und an meine Pinnwand hängen muss. Hast du vielleicht noch eine für mich?«

»Von den Clowns-Dingern? Auf jeden Fall genug, um dich für diesen Abend zu versorgen.« Noch einmal kehrte er zum Tresen zurück, zog die Servietten und einen Stift aus der Schublade.

*

Linas Herz machte einen kleinen Hüpfer. Nicht nur, dass Eric gut küssen konnte. Verdammt gut, korrigierte sie sich im Stillen. Er war auch einfach süß. Wie er mit dem Herd kämpfte. Die kreative Verwandlung einer Kinderserviette in ein Filmfreak-Liebhaberstück. Sie hatte nicht gelogen, als sie gesagt hatte, dass sie dieses Unikat behalten wollte.

Eric hatte eine neue Serviette für sie aus der Schublade gekramt, noch einmal etwas draufgekritzelt und reichte sie ihr jetzt. Kein Filmzitat. Kein unübersetzbares Wort. *Schön, dass du da bist*, stand da zwischen Luftballons und einem Clownsgrinsen. Und Linas Herz konnte nicht anders, als einen kleinen Stepptanz aufzuführen.

»Danke.« Sie reckte sich auf die Zehen, um Eric zu küssen.

Und als sie sich schließlich setzten, um die Pasta zu essen, ging diese nur noch als lauwarm durch. Was Lina nichts ausmachte. Vielmehr genoss sie die Unterhaltung mit Eric. Die Geschichten, die er zu den Fotos an seinen Wänden erzählen konnte.

»Beim Dessert habe ich ein wenig getrickst«, gestand Eric, als sie den Tisch nach dem Essen abgeräumt hatten und mit ihren Weingläsern an die Kücheninsel zurückgekehrt waren. Er holte ein Tablett aus dem Kühlschrank, auf dem Cremes mit Mousse au Chocolat, Crème brûlée und noch ein paar andere Leckereien in kleinen Gläsern angerichtet waren.

»Das sieht aus wie Catering-Essen«, stellte sie mit schräg gelegtem Kopf fest.

»Ja. Das habe ich gestern auf dem Fakultätsempfang mitgehen lassen«, gestand er.

»Weil ich ein selbst zubereitetes Dessert nicht wert bin«, neckte Lina ihn.

»Nein.« Er grinste. »Weil ich so einfach mehr Zeit hatte, an dich zu denken.«

»Gute Antwort.« Lina küsste ihn auf die Wange und griff nach einem Glas, das aussah, als hätte jemand ein Stück Schwarzwälder Kirschtorte hineingequetscht. »Wir machen das ständig. Felicia betreibt mit der Küchennachhilfe auch einen Cateringservice. Die Reste wirft sie in die Kühltruhe – und wir bedienen uns, wann immer wir keine Lust oder Zeit zum Kochen haben.«

»Dann bist du ja Expertin für Catering-Nachtische. Genieß es.« Eric küsste sie ebenfalls auf die Wange. »Ich kümmere mich inzwischen um das Popcorn. Ich kann dir ›Salted Caramel‹ anbieten, ›Butter Scotch‹ oder ›Schokolade‹.«

»Für ›Salted Caramel‹ habe ich eine Schwäche entwickelt«, sagte Lina lachend und tauchte ihren Löffel in ihr Dessert.

Nachdem sie auch die Reste des Nachtischs aufgeräumt hatten, stellte Eric eine große Schüssel Popcorn auf den Couchtisch. »Du solltest jetzt verschwinden«, sagte er zu Rocky, der sich auf den Polstern der Länge nach ausgestreckt hatte.

Lina streichelte den Kater. »Lass ihn doch hier. Er stört bestimmt nicht.«

Eric runzelte die Stirn. »Wenn er sich so streckt, ist er fast einen Meter lang. Kein Wunder, dass er die halbe Couch für sich allein braucht. Und schlecht gelaunt ist er meistens außerdem.«

Lina lachte und strich mit dem Zeigefinger über die Furche, die sich zwischen Erics Brauen in die Haut gegraben hatte. »Ich habe eine Idee. Wo sitzt du normalerweise?«

»Hier.« Eric wies auf die Ecke der Couch, die es ihm erlaubte, seine Füße auf der Ottomane hochzulegen.

»Das ist doch perfekt.« Lina gab ihm einen kleinen Schubs in Richtung seines üblichen Platzes, und Eric ließ sich in die Polster fallen. »Wenn du nichts dagegen hast, dass ich mich zwischen euch zwei quetsche, kann Rocky bleiben. Das Sofa ist definitiv groß genug für uns drei.« Lina war dem Kater dankbar dafür, dass er nicht besonders viel Rücksicht auf die Menschen um ihn herum nahm. Denn das gab ihr die Möglichkeit, sich an Eric zu kuscheln oder sich zwischen die beiden zu quetschen, wie sie es genannt hatte.

Sie setzte sich neben ihn, zog die Füße auf die Couch und rückte die Popcorn-Schüssel in Reichweite, während Eric Netflix startete. Dann lehnte sie sich so an seine Schulter, dass er ganz automatisch den Arm um sie legte und sie näher an sich heranzog. »Macht es dir wirklich nichts aus, die Serie noch mal zu sehen? Du weißt ja schon, wie es ausgeht«, fragte sie.

»Ich fand sie echt gut. Und wenn was gut war und ich noch dazu fantastische Gesellschaft habe, sehe ich mir gerne etwas auch ein zweites Mal an.«

»Okay. Ich bin jedenfalls gespannt.« Während der Vorspann lief, warf Lina Popcorn in die Luft und fing es mit dem Mund auf.

Eric lachte. »Was machst du da?«

»Popcorn essen. Kannst du das nicht?«

Eric versuchte es, fing das aufgeplusterte Maiskorn allerdings nur mit dem Kinn und katapultierte es ins Wohnzimmer. Was wiederum den Kater dazu brachte aufzuspringen, das Kügelchen zu untersuchen und durch das Wohnzimmer zu jagen. »Das war ein guter Trick«, sagte Lina. »Jetzt, wo Rocky weg ist, kann ich mich auch ausstrecken.«

Eric legte den Arm noch ein wenig fester um sie und zog sie näher an sich. Ganz so, als wolle er verhindern, dass sie es sich auf der anderen Couchseite bequem machte. Ohne ihn. »Was kannst du mit dem Mund alles fangen?«, fragte er fasziniert.

Lina schnippte noch ein Popcorn in die Luft und ließ es zwischen ihren Lippen verschwinden. »So ziemlich alles, was essbar, nicht zu groß und nicht zu hart ist.« Sie grinste Eric an. »Wenn man mit Kindern arbeitet, muss man Kunststücke können.«

Eric nickte. »Wirklich beeindruckend. Wenn du meine Erzieherin oder Nanny gewesen wärst, hättest du mich schwer begeistert.«

Lina zwinkerte ihm zu. »Ich hoffe, ich kann dich auch so schwer begeistern.«

»Absolut.« Eric legte den Zeigefinger an ihr Kinn und drehte ihr Gesicht zu einem langen, trägen Kuss zu sich herum. »Der Film«, flüsterte er schließlich und richtete sich wieder auf.

Der Film? Wie konnte er denn jetzt an den Film denken? Lina sah das Funkeln in seinen Augen. Okay, er machte das mit Absicht. Ein Spiel. Reizen und zurückziehen. Sie lächelte Eric unschuldig an und warf noch ein Popcorn in die Luft, um es mit dem Mund zu fangen. Dieses Spiel beherrschte sie mindestens so gut wie er. Wahrscheinlich würde sie als Siegerin aus diesem Duell hervorgehen.

Abgesehen davon war die Serie wirklich spannend. »Uhh«, entfuhr es ihr, als der durchgeknallte Amokläufer in dem Diner die Waffe zog, in dem Andrea und ihre Mutter gerade Lunch hatten. »Irre. Hast du das gesehen? Wie sie ihn kaltgemacht hat? Hot Mommy!« Sie wandte sich zu Eric um. »Hast du das gesehen?«, fragte sie noch mal. »Hat einfach so den Killer ausgeknockt.«

Eric starrte sie einen Moment an, dann ließ er den Kopf gegen die Sofalehne sinken und gab ein gequältes Stöhnen von sich. »Bist du etwa eine von denen?«

»Von welchen?« Lina blickte kurz zum Fernseher zurück, um sicherzugehen, dass Andreas Mutter ins Krankenhaus gebracht wurde. Mit einem Messer, das in ihrer Hand feststeckte. Holy Moly. Dann drehte sie sich wieder zu Eric um.

»Von diesen Kommentierern. Von denen, die nie die Klappe halten und einen Film in Ruhe ansehen können.«

»Sonst macht das doch gar keinen Spaß«, erwiderte sie. »Man muss doch die Handlung besprechen. Nein?« Sie kuschelte sich wieder an Erics Seite, aß Popcorn und bemühte sich, die Szenen nicht weiter zu kommentieren.

Was sie auch schaffte. Zumindest, bis Andrea das Fluchtauto fand, zu dem ihre Mutter sie geschickt hatte. »O mein Gott«, entfuhr es ihr. »Du kennst die Handlung! War Mommy in ihrem früheren Leben eine Auftragskillerin? Nein.« Sie schnippte mit den Fingern. »Sie ist Geheimagentin im Ruhestand.«

»Ich verrate dir doch nicht, wie die Serie ausgeht.« Einigermaßen fassungslos sah Eric sie an. »Und abgesehen davon, wolltest du nicht ruhig sein?«

Lina klapperte unschuldig mit den Wimpern. »Bring mich

doch zum Schweigen«, flüsterte sie ganz dicht an seinen Lippen, nur um sich dann zurückzuziehen, ohne ihn zu küssen.

Doch jetzt schien Eric den Film vergessen zu haben. Er hakte einen Finger in den Ausschnitt ihrer Bluse und zog sie wieder zu sich heran, bis er mit seinen Lippen sanft über ihre streichen konnte. Noch einmal. Sie versanken in einem zarten, weichen Kuss, der ewig zu dauern schien. Als sie sich voneinander lösten, wirkten Erics Augen dunkler. Sein Herz schlug schnell unter ihrer Hand, mit der sie sich auf seinem Brustkorb abstützte. Ein Echo ihres eigenen Herzschlages. Ihre Blicke verhakten sich. Irgendetwas, das wildes Geschrei nach sich zog, passierte hinter ihnen im Fernsehen, aber Lina konnte sich nur noch auf Eric konzentrieren. Die Zeit spannte sich zwischen ihnen in die Endlosigkeit. Es war, als müssten sie beide in sich hineinhorchen, ob sie dem nachgeben wollten, was zwischen ihnen geschah. Und es war, als kamen sie im gleichen Moment zu dem Ergebnis, dass sie nichts davon abhalten konnte.

Eric riss sie abermals an sich, doch diesmal war der Kuss nicht geprägt von dieser sündigen, süßen Langsamkeit. Dieser hier war hart, fordernd. Und verdammt, war das sexy! Ohne seine Lippen von ihren zu lösen, griff Eric um ihre Oberarme und zog sie auf seinen Schoß.

Lina ließ ihre Finger durch seine dichten Haare gleiten, hielt seinen Kopf fest, um ihn weiter zu küssen, diese Verbindung nicht enden zu lassen.

Erics Hände glitten ruhelos über ihren Körper, ihre Arme, ihre Seiten, ihre Oberschenkel, die links und rechts von seinen knieten. Er umfasste ihren Po und zog sie noch näher an sich.

Er gab diesen Laut von sich, der irgendwo zwischen einem Stöhnen und einem Knurren lag, und Linas Körper wurde von einer Gänsehaut überzogen. Verdammt, war dieser Mann heiß! Während sie ihn weiter küsste, begann er, ihre Bluse aufzuknöpfen.

Er schob ihr den Stoff über die Schultern und schob Lina dann ein Stück zurück, fuhr mit den Fingerspitzen über die weiße Spitze ihres BHs. »Ich weiß auch nicht«, murmelte er und küsste die Stelle zwischen ihren Brüsten, »müsste Weiß nicht irgendwie … unschuldig wirken?«

»Hmm.« Lina glitt mit den Lippen an seinem Hals hinauf. »Ich glaube, als du in Alaska warst, hat sich die Frauenwelt heimlich emanzipiert«, flüsterte sie ihm ins Ohr. »Wir sind jetzt gleichzeitig unschuldig und verrucht.«

»Das … gefällt mir.« Eric fasste um sie herum, öffnete den BH und ließ ihn neben sich fallen. Seine Finger glitten über ihren Hals, ihr Dekolleté, liebkosten ihre Brüste, die aufgerichteten Spitzen. Dann folgte sein Mund dem Pfad seiner Hände, hinterließ kribbelnde Hitze auf ihrer Haut. »Lass uns die Jeans loswerden.« Erics Stimme klang rau, als er Linas Hosenknopf öffnete und den Reißverschluss herunterzog.

Sie schälte sich aus der Jeans, während er sein T-Shirt über den Kopf streifte, und befand sich im nächsten Moment bereits wieder über Eric. Er zog sie zu einem weiteren Kuss zu sich herunter und wühlte die Hände in ihre Haare …

»Au, verdammt.« Lina fuhr zurück.

»Was war das denn?« Eric blinzelte, als hätte ihn gerade jemand aus einem sehr erotischen Traum gerissen.

Lina tastete über ihre Haare. Da war es. Sie klippte die Haarspange auf, an der Eric gerade hängen geblieben war. »Die muss von der Kinderbetreuung heute Nachmittag übriggeblieben sein«, erklärte sie und lachte. »Wir haben Friseur gespielt.«

Eric nahm ihr die Spange, die in allen Farben des Regenbogens funkelte und zusätzlich mit Glitzer überzogen war, aus der Hand und glitt damit über ihren Hals, ihr Schlüsselbein. »Ich wette, diese Haarspange verliert heute Nacht ihre Unschuld«, flüsterte er, bevor er sie zwischen ihren Brüsten nach unten gleiten ließ, damit ihren Nabel umkreiste und dann mit ihr am Saum ihres Slips entlangfuhr.

»Sie hat lange auf diesen Moment gewartet.« Lina schloss die Augen, als er mit der Spange über ihren angewinkelten Schenkel fuhr. »Und sie hat hohe Erwartungen. Enttäusche sie nicht.«

Sie spürte Erics Lachen auf ihrer Haut, als er mit seinen Lippen über ihre Schulter glitt. »Ich werde mein Bestes geben«, murmelte er, und sein heißer Atem strich über Linas Hals.

Sie legte den Kopf in den Nacken, als die Spange über ihren Schritt strich. Dann war die Haarklammer plötzlich verschwunden. Stattdessen schob Eric seine Hand unter den Saum ihres Höschens. Er strich über ihre sensibelste Stelle, glitt mit dem Finger in sie und begann, sie in einem unerträglich langsamen Rhythmus zu streicheln.

Linas Gehirn schaltete ab, ihr Körper übernahm die Führung, drängte sich ihm entgegen. Sie trieb Eric an, spürte, wie sich die erlösende Welle immer weiter in ihr aufbaute, bis sie über ihr zusammenbrach und Lina in ihren Höhepunkt stürzte.

Schwer ließ sie sich gegen Erics Oberkörper fallen und vergrub ihr Gesicht in seinem Nacken. »Arme Haarspange«, murmelte sie. »Sie wird nie mehr dieselbe sein.«

Eric gab ein raues Lachen von sich. Seine Hände glitten über ihren Rücken, zogen sie an sich und hielten sie in einer festen Umarmung, bis sich ihr Puls wieder ein wenig beruhigte. »Wir könnten in mein Schlafzimmer gehen, damit sie uns nicht länger zusehen muss«, schlug er leise vor.

Lina spürte Erics Erregung. Aber sie mochte auch das Spiel, das sie spielten. »Hmm.« Nachdenklich lehnte sie sich zurück. »Wäre nur fair. Bevor das arme Ding in Therapie muss.«

»Dann halt dich fest.« Er schob ihre Arme um seinen Nacken, legte dann seine Hände um ihren Po und stand auf. Lina verschränkte ihre Beine hinter seinem Rücken, und mit wenigen Schritten waren sie in seinem Schlafzimmer, wo sie rücklings auf ein Bett fiel, von dem sie in der Dunkelheit nur wahrnahm, dass es groß war.

Eric schaltete die Nachttischlampe an, und Lina sah, dass sie richtig gelegen hatte. »Du hast zu viel an«, sagte sie, richtete sich auf die Knie auf und zog ihn am Hosenbund an die Bettkante. Sie presste ihre Lippen auf seinen Bauch und öffnete seine Jeans. Langsam schob sie sie samt Boxershorts an seinen Beinen hinunter und ließ ihre Hände dann aufreizend langsam an seinen Schenkeln hinaufgleiten.

Sie bewunderte seinen nackten Körper, berührte und küsste ihn. Seine Beine waren muskulös, sein Oberkörper und die Arme waren definiert, aber nicht übertrieben. Hier und da glitten ihre Fingerspitzen und Lippen über kleine Narben, die er sich wahrscheinlich bei seinen Expeditionen zugezogen hatte.

*

Eric genoss Linas Liebkosungen. Doch schließlich fing er ihre Finger ab und brachte sie dazu, sich nach hinten fallen zu lassen. Er stützte sich über ihr ab und rahmte ihr Gesicht mit den Händen ein. Dann strich er ihr die Haare aus der Stirn und ließ seine Lippen über ihre zarte Haut gleiten, bis sie sich zu einem tiefen, warmen Kuss trafen.

»Eric …«, wisperte Lina. »Bitte. Jetzt.« Sie spreizte ihre Schenkel und dirigierte ihn …

»Scheiße.« Wie eine Welle aus Eiswasser spülte die Erkenntnis über ihn hinweg, dass er auf das hier nicht vorbereitet war. Seine Erregung schien das zwar nicht zu interessieren, aber sein Kopf hatte sich plötzlich wieder eingeschaltet.

»Was ist los?« Lina öffnete unter ihm die Augen.

Er lehnte seine Stirn an ihre. »Ich bin der größte Idiot auf diesem Planeten. Ich habe vergessen, Kondome zu kaufen.«

Einen Augenblick lang starrte Lina ihn an. Dann begann ihr Körper zu beben. Und im nächsten Moment brach sie in prustendes Lachen aus. »Du hast die Servietten und die Kondome vergessen?«

Eric spürte, wie ihm Hitze in die Wangen schoss. Er schloss resigniert die Augen. »Ich hatte nicht erwartet, dass du zum Spaghetti-Essen eine Serviette brauchen würdest.«

Dieser Teil war lustig gemeint. »Und ich hätte nie gedacht, dass du heute Nacht wirklich in meinem Bett liegen würdest.« Dieser Teil war todernst. »Ich habe davon geträumt und es gehofft. Aber du weißt ja, wie das ist. Hätte ich welche gekauft, wäre das Ganze heute Abend doch garantiert nach hinten losgegangen«, versuchte er sich noch mal an einem mehr oder weniger schwachen Witz.

»Eric?« Linas Lachen war abgeebbt. Sie strich ihm die Haare aus der Stirn. »Ich habe auch nichts dabei«, sagte sie leise. »Und wir müssen das auch nicht tun. Aber …« Sie biss sich auf die Unterlippe. »Ich nehme die Pille. Und ich war schon seit einer Weile mit keinem Mann mehr zusammen.« Ihre Fingerspitzen glitten über seinen Rücken und hinterließen eine Spur aus Feuer, wo sie ihn berührten.

Er wollte sie. Viel zu sehr. Verdammt. Schutz war seine goldene Regel. Immer. Denn er würde kein Kind in die Welt setzen, auch nicht, weil er sich eine Nacht lang nicht unter Kontrolle hatte. Aber Lina … »In Alaska war niemand, und davor wurde ich durchgecheckt«, brachte er rau heraus.

»Gut.« Lina spreizte ihre Beine noch ein wenig weiter und presste ihre Mitte gegen seine.

Und in diesem Moment verlor Eric tatsächlich die Kontrolle über seinen Körper. Er verschränkte seine Finger mit ihren und glitt in sie, ohne den Blick von ihr abzuwenden.

Linas Augen schlossen sich flatternd. Sie legte den Kopf in den Nacken, was er als Einladung betrachtete, sich an ihrem Hals hinaufzuküssen. *Sie war so wundervoll*, dachte er. *Und das hier so unglaublich*.

Lust raste wie Feuer durch seine Venen, und Eric konnte sich nicht länger zurückhalten. Er begann langsam, sich zu bewegen. Lina kam ihm entgegen. Gemeinsam fanden sie ihren Rhythmus, langsam und sinnlich, so als wären sie stumm übereingekommen, das, was zwischen ihnen war, so weit wie möglich in die Länge zu ziehen. Das Ende dieses Augenblicks hinauszuzögern, so lange sie konnten. Als Eric seinen Höhepunkt nicht mehr aufhalten konnte, ließ er sich in diese überwältigenden Gefühle fallen – und zog Lina mit sich.

*

Lina konnte einen zufriedenen Seufzer nicht unterdrücken. »Du bist also einer von diesen Zusammenbrechern«, stellte sie fest und zog mit dem Zeigefinger träge Kreise auf Erics Rücken.

Er schaffte es, den Kopf so weit zu heben, dass er sie von der Seite ansehen und ihre Schläfe küssen konnte. »Ein was?«, murmelte er.

»Einer von den Typen, die nach dem Sex auf einer Frau zusammenbrechen«, erklärte sie.

»Ich breche nicht auf Frauen zusammen. Normalerweise. Du hast mir die Kraft geraubt.« Er rollte sich mit ihr in den Armen auf die Seite. »Besser so?«

Lina küsste ihn. »Es war auch schön zu wissen, dass ich dir alle Kraft rauben kann. Aber so ist es noch besser.«

Eine Weile lagen sie in der Stille des Schlafzimmers, eingehüllt in den gelben Kegel aus Licht, der alles dahinter zu grauen Schatten verschwimmen ließ. Träge strichen sie über den Körper des anderen, lauschten dem Herzschlag, der sich langsam wieder beruhigte.

»Bleib heute Nacht hier«, murmelte Eric schließlich.

»Hmm.« Lina schob ihn auf den Rücken und legte ihre Hände auf seinen Brustkorb, um dann ihr Kinn darauf abzustützen. »Gut, dass du das ansprichst. Ich muss sogar unbedingt hierbleiben«, sagte sie in dem neckenden Tonfall, von dem sie gemerkt hatte, dass er Eric immer dazu brachte, seinen rechten Mundwinkel halb nach oben zu ziehen.

»Unbedingt?«, fragte er gedehnt.

»Ja. Stell dir vor, ich komme nach Hause und meine Freundinnen wollen etwas über die Serie wissen. Ich kann ihnen absolut nichts erzählen, abgesehen von dem Auftragsmörderinnen-Geheimagentinnen-Einsatz von Andreas Mutter.«

Erics Mundwinkel hob sich noch ein wenig weiter. »Du willst jetzt die Serie weitergucken?«

Lina markierte die Stelle, hinter der sein Herz lag, mit einem kleinen Kreuz und küsste sie dann. »Nein«, korrigierte sie ihn. »Ich will damit sagen, dass wir versuchen sollten, die Serie weiterzuschauen. Wenn wir abgelenkt werden sollten, können wir es danach noch einmal probieren.« Sie ließ die Lippen über seinen Brustkorb gleiten. Küsste sich in Richtung seines Bauchnabels. »Wir haben schließlich die ganze Nacht Zeit.«

10

Eric kniff die Augen zusammen, als er Annabelle seinen Namen rufen hörte. Und gleich danach die schlecht gelaunte Stimme seiner Schwester. Verdammt. Konnten sie ihn nicht einmal an einem Sonntag in Ruhe lassen? Er wollte ausschlafen, sich auf die Seite drehen, Lina in seine Arme ziehen und … »Scheiße!«

Ihm wurde in dem Moment bewusst, dass er nicht allein in seinem Bett lag, in dem Annabelle die Tür aufriss und noch einmal »Onkel Eric!« rief. »Mama glaubt mir nicht, dass Rocky dein Kater ist.« Sie stürmte in ihrem pinkfarbenen Nachthemd ins Zimmer, den Kater wie einen Football unter dem Arm. Die eine Seite ihrer Haare zu einem hübschen Zopf geflochten, während die andere wild um ihren Kopf wehte. Als wären Rocky und sie auf der Flucht.

Mit einem erschrockenen Schrei fuhr Lina neben ihm hoch. Die Decke vor ihre nackten Brüste gepresst, das Haar wild zerzaust und – er musste sich ein Grinsen verkneifen – mit einem Knutschfleck auf ihrem Schlüsselbein.

»Oh, hi, Lina«, sagte seine Nichte und blickte zwischen ihnen hin und her und setzte den Kater auf dem Bett ab. »Hast du hier geschlafen?«

»Ähm …« Lina starrte Annabelle an, dann Rocky und

wieder Annabelle, brachte aber kein weiteres Wort heraus. Eric war sich sicher, dass sie normalerweise in der Lage war, einem Kind altersgerecht zu erklären, was es da gerade zu sehen bekommen hatte. Wenn sie selbst im Mittelpunkt dieser Situation stand, schien ihr Sprachzentrum allerdings schockgefrostet.

»Ähm …«, wiederholte sie und zog die Decke noch höher, als hinter Annabelle Erics Schwester im Türrahmen auftauchte.

»Ich habe dir doch gesagt, du sollst nicht …« Charlotte brach mitten im Satz ab und starrte mindestens so entsetzt wie Lina. »Um Himmels willen«, fauchte sie. »Das darf doch nicht wahr sein!«, als ihr Gehirn wieder zu arbeiten schien. Sie griff nach Annabelles Hand und machte auf dem Absatz kehrt.

Lina war neben ihm noch immer im Schockstarremodus.

»Verdammter Mist.« Eric war zwar froh, dass seine Schwester und seine Nichte aus dem Schlafzimmer verschwunden waren, aber Charlotte schäumte vor Wut. Das war nicht zu übersehen gewesen. Weil Annabelle ihn und Lina im Bett gesehen hatte? Herrgott, noch mal! Es war nicht sein verdammter Fehler, dass sich in diesem Haus niemand an das Gesetz der geschlossenen Türen hielt und seine Privatsphäre keine Rolle zu spielen schien. »Ich muss das kurz klären«, murmelte er und sprang aus dem Bett. Er fischte seine Boxershorts aus dem Klamottenhaufen daneben, zog sie über und folgte seiner Schwester. Lina saß währenddessen noch immer in seinem Bett und hielt mit einem schockierten Ausdruck in den Augen die Bettdecke vor ihrem Oberkörper fest.

Charlotte hatte bereits das halbe Wohnzimmer durchquert, als Eric aus dem Schlafzimmer gerannt kam. Ihre Tochter noch immer an der Hand wirbelte sie wütend zu ihm herum. Annabelle hingegen schien noch immer beeindruckt von dem, was sie gerade gesehen hatte. »War das eine Pyjama-Party? Mama hat gesagt, dass ich an meinem Geburtstag vielleicht auch eine haben darf. Ich glaube, ich lade Paula und Inga und …«, begann sie aufzuzählen.

Aber ihre Mutter schnitt ihr das Wort ab. »Wie kannst du es wagen?«, fuhr sie ihn an. »Du vögelst das Kindermädchen? Mehr Klischee geht wirklich nicht.«

»Mach mal halblang«, versuchte Eric sie zu beruhigen. »Ich bin nicht dein Ehemann. Ich bin dein Bruder, der ins Bett gehen kann, mit wem er will. Das mit Lina und mir …«

»Ich soll halblang machen?« Wütend machte Charlotte einen Schritt auf ihn zu. »Wenn du es vermasselst«, sie stieß mit ihrem Zeigefinger gegen seine nackte Brust, »was du ja gewöhnlich tust, bin ich meine Nanny los. Du lebst in deiner Traumwelt in irgendwelchen Bergen in Alaska. Du hast doch gar keine Ahnung, wie schwer es ist, gutes Personal zu finden.«

»Ich brauch ja auch kein …«

»Weißt du, was das bedeutet?«, fauchte Charlotte, bevor er den Satz zu Ende sprechen konnte. »Es ist heutzutage unmöglich, sich um ein Kind zu kümmern *und* eine erfolgreiche Kanzlei zu leiten. Ich reiß mir jetzt schon ein Bein aus, und wenn du mit der Frau ins Bett steigst, die im Notfall immer erreichbar ist, oder zumindest einen Plan hat, wie Annabelle versorgt werden kann, dann verlange ich von dir so viel Rücksicht, sie nicht in dein Schlafzimmer zu zerren. Annabelle soll jedenfalls nicht darunter leiden.«

»Oder du. Schon verstanden.« Eric blieb ruhig, auch wenn er innerlich kochte. Seine Schwester würde sich nie ändern, sich aufzuregen half also niemandem von ihnen weiter. »Der Punkt ist, dass dein Personal mir egal ist. Ich kann meine Zeit verbringen, mit wem ich will. Und wie ich will. Das Gute daran ist, dass ich niemals Kinder bekommen werde. Ich werde also nie in der Situation sein, eine Nanny zu brauchen.« Er blickte auf seine Nichte hinunter, die, noch immer an Charlottes Hand, mit großen Augen zu ihnen aufsah. Mit einer sanften Bewegung strich er ihr über die Haare und lächelte sie an. »Wie wäre es, wenn du schon mal hochgehst und überlegst, was du heute anziehen willst?«, schlug er ihr vor. Und als sie mit einem Nicken davonsprang, wandte er sich mit einem »Solche Diskussionen solltest du nicht vor deiner Tochter führen« wieder an seine Schwester.

Charlotte blickte ihn von oben herab an, obwohl sie selbst mit ihren Absätzen noch einen halben Kopf kleiner war als er. »Sagt der Mann, der keine Kinder will und deshalb auch keine Ahnung hat.«

»Okay, hier rein.« Er schob Charlotte in sein Arbeitszimmer und schloss die Tür hinter ihnen. Zwar wusste er nicht, ob Lina etwas von der Diskussion mit seiner Schwester mitbekommen hatte, aber Charlottes versnobbtes Verhalten war ihm peinlich genug, Lina kein weiteres Wort davon hören zu lassen.

*

Lina atmete ganz langsam aus. Sie stand an der angelehnten Schlafzimmertür und hörte jedes verdammte Wort, das sich Eric und seine Schwester an den Kopf warfen. Er vögelte das Kindermädchen, obwohl es so schwer war, gutes Personal zu finden. Was ihm egal war, weil er nie eine Nanny brauchen würde. Weil er gar keine eigenen Kinder bekommen würde.

Noch einen Moment stand sie da. Mit wild klopfendem Herzen. Die Bettdecke mit verkrampften Händen vor ihrem Körper festgehalten. Rocky schlich um sie herum und maunzte leise. Wahrscheinlich um sie daran zu erinnern, dass irgendjemand ihn füttern musste.

»Tut mir leid, Kleiner.« Sie beugte sich zu ihm hinunter und streichelte ihn kurz. »Darum muss sich nachher jemand anderer kümmern«, flüsterte sie.

Lina hörte, wie Eric seine Nichte nach oben schickte und dann mit seiner Schwester in einem anderen Raum verschwand und die Tür hinter sich schloss. Wahrscheinlich sein Büro. Und Linas einzige Chance, von hier zu verschwinden, ohne Eric – oder Charlotte von Rabenstein – noch einmal unter die Augen treten zu müssen. Sie huschte aus dem Schlafzimmer und sammelte ihre Klamotten ein, die um die Couch herum verstreut lagen. Dann kehrte sie zurück und zog sich an, so schnell ihre zitternden Finger es zuließen. Sie durfte jetzt nicht nachdenken. Das konnte sie sich alles für zu Hause aufheben. Für später, wenn sie allein war. Jetzt musste sie erst einmal hier raus, ohne ihr Gesicht zu verlieren.

Rocky hatte es sich inzwischen auf dem Kopfkissen gemütlich gemacht, auf dem sie in der vergangenen Nacht geschlafen hatte. Sie strich dem Kater zum Abschied noch einmal durch das Fell, was ihn dazu veranlasste, seine Augen einen Spalt weit zu öffnen, bevor er sie wieder schloss. Dann schlich sich Lina auf Zehenspitzen, ihre Chucks in der Hand, durch das Wohnzimmer. Die Stimmen von Eric und seiner Schwester konnte sie durch die geschlossene Tür seines Arbeitszimmers hören, aber sie verstand nicht, was sie sagten. Besser so, erinnerte sie sich. Sie wollte gar nicht zu genau wissen, was die beiden sich noch alles an den Kopf zu werfen hatten. Leise zog sie die Haustür auf und huschte barfuß durch den Garten. Erst an ihrem Auto schlüpfte sie in ihre Schuhe, sprang in den Wagen und fuhr zur alten Schule, ohne der Villa der von Rabensteins im Rückspiegel auch nur einen Blick zu schenken.

Im Haus war es ganz still, als Lina den kühlen Flur betrat. Es war noch früh, und ihre Mitbewohner schliefen sicher alle noch. Aber für sie war an Schlaf nicht zu denken. Sie ließ Felicias Kaffeewundermaschine einen doppelten Cappuccino produzieren und gelangte durch die Hintertür in den Garten der alten Schule. An der Terrasse trat sie sich die Schuhe von den Füßen und lief barfuß durch das Gras. Hinunter zum See, wo sie eine Weile auf das Wasser hinaussah. Zum Rosenpavillon, der unter den wilden Ranken und schweren Blüten alter Rosensorten den perfekten Rahmen für einen romantischen Moment bot. Aber Romantik war das Letzte, wonach ihr im Moment der Sinn stand. Mit ihrer Tasse in der Hand spazierte sie weiter durch den Garten, an den Blumenbeeten vorbei, die Ben angelegt hatte. Unter den tiefhängenden Ästen uralter Bäume entlang, bis sie ihre kleine Sitzecke erreichte. Sie ließ sich fallen und lehnte sich gegen den Stamm der Tanne. Dann hob sie die Füße auf die Bank, zog die Knie an und stellte den Kaffee darauf ab.

Lina schloss die Augen. Die Blätter der Bäume und Sträucher um sie herum raschelten im warmen Wind. Der Duft unzähliger Blüten wirbelte um sie herum, vermischte sich mit dem Geruch der Nadelbäume. Dieser Platz im Garten war ihr Zen. Sie musste dafür gar nicht meditieren. Sie konnte sich einfach hierher setzen und … sein. Ohne zu denken. Einfach im Moment sein. Eins mit sich und der Natur. Aber in letzter Zeit schien das nicht mehr so gut zu funktionieren. Denn neuerdings geisterte immer Eric durch ihre Gedanken, wenn sie hier saß. Und wie sie mit dem umgehen sollte, was an diesem Morgen geschehen war, wusste sie noch gar nicht. *Du vögelst das Kindermädchen … ja, aber ich brauche sie ja nicht, weil ich niemals Kinder haben werde … wie kannst du es wagen … dein Personal ist mir egal* … Ein Wortfetzen nach dem anderen setzte sich in ihrem Gehirn fest. Drängte an die Oberfläche, nachdem sie während ihrer Flucht aus Erics Wohnung alles zur Seite geschoben hatte. *Musst du alle Klischees erfüllen … ich kann schlafen mit wem* … Das Brechen eines Zweiges holte Lina aus ihren Gedanken. Sie öffnete die Augen und blickte in die Richtung, aus der das Geräusch gekommen war. Dann schloss sie sie wieder und unterdrückte das Seufzen, das in ihrem Hals feststeckte.

»Warum kannst du dich nicht wie jeder andere auf die Terrasse setzen?«, wollte Jule wissen, als sie sich wieder einmal vor ihr auf den Rindenmulch fallen ließ. »Oder auf den Steg. Das hier ist super unbequem.«

»Vielleicht genau aus dem Grund«, sagte Lina, ohne die Augen zu öffnen. »Wo es unbequem ist, hat man seine Ruhe.«

»Normalerweise«, konterte Jule. »Uns hältst du damit nicht ab.«

»Wieso seid ihr überhaupt schon so früh wach?«, wollte Lina wissen. Eigentlich hatte sie gehofft, noch eine Weile für sich zu sein. Sie schlug die Augen wieder auf und sah ihre Freundinnen unter hochgezogenen Augenbrauen an.

»Viel wichtiger ist, wie es dir geht.« Felicia nahm Lina die Kaffeetasse ab und stellte sie neben ihr auf die Bank, bevor sie sich mit ihrem eigenen Milchkaffee neben sie setzte.

»Mit mir ist alles in Ordnung.«

Jule hatte sich anstatt eines Kaffees eine Cola mitgebracht und öffnete die Flasche zischend. »Jemand, der morgens nach Hause geschlichen kommt, noch dieselben Klamotten wie am Vortag trägt und Haare hat wie ein Betthäschen, der tanzt normalerweise lachend durch den Garten. Hmm.« Sie deutete auf Felicia. »Du würdest lachend durch den Garten tanzen. Aber alle anderen würden zumindest nicht so ein Gesicht ziehen wie du, Lina.«

»Was für ein Gesicht ziehe ich denn?«

»Eines, das sagt, dass irgendwas ordentlich schief gegangen ist«, brachte Jule ihre Beobachtungen auf den Punkt.

»War es denn nicht gut mit Eric?« Felicia, wie immer fürsorglich und ein wenig zurückhaltender als Jule, griff nach Linas Hand und drückte sie sanft.

»Doch.« Jetzt konnte Lina das Seufzen doch nicht mehr verhindern. »Ganz im Gegenteil. Es war fantastisch.« Als sie an den Beginn des Abends zurückdachte, spürte sie sogar ein kleines Lächeln, das sich in ihren Mundwinkeln festsetzte. »Eric ist einfach süß. Er hatte Probleme mit seinem Herd, und das Essen waren einfach nur Spaghetti mit Pesto. Den Nachtisch hat er bei einem Empfang geklaut. Es war … perfekt.« Ein anderes Wort fiel ihr dafür nicht ein.

»War die Serie nicht gut, die er vorgeschlagen hatte?«, Lina konnte in Felicias Augen sehen, dass sie das Problem nicht verstand. Wie auch. Eric klang perfekt. Und auf gewisse Weise war er das ja gewesen.

»Ich glaube, die Serie ist wirklich gut. Ich muss gestehen, dass ich nicht allzu viel davon mitbekommen habe«, erzählte Lina.

»O lala.« Jule wackelte mit den Augenbrauen. »Aber wenn es nicht gut gewesen wäre, mit Eric ins Bett zu gehen, dann wärst du schon in der Nacht nach Hause zurückgekommen«, fasste sie mit ihrer bestechenden Logik zusammen. »Dann hättest du nicht bis zum Morgen gewartet, damit er dich vielleicht noch dabei erwischt, wie du abhaust.«

»Außer Lina war so müde, dass sie eingeschlafen ist und deshalb erst heute Morgen nach Hause gekommen ist«, wartete Felicia mit ihrer Theorie auf.

»Gott! Ihr …« Sie zog ihre Hand aus der ihrer Freundin und hob die Arme in einer ergebenen Geste. »Ich erzähle es euch, okay? Wenn ihr dann vielleicht aufhören könntet mit euren Thesen?«

Jule schenkte ihr ein ironisches Grinsen und trank einen Schluck Cola. »Geht doch«, murmelte sie. »Manchmal brauchen die Leute einfach nur einen kleinen Schubs.«

»Halt die Klappe.« Lina rieb sich über das Gesicht. »Wo war ich stehen geblieben?«

»Dabei, dass es echt schön war, du aber nicht besonders viel von der Serie mitbekommen hast.«

»Genau. Jedenfalls …«, sie wedelte mit der Hand, »Eric hat mich gebeten zu bleiben. Was ich getan habe. Und heute Morgen stürmten seine Nichte und seine Schwester in sein Schlafzimmer. Samt Katze.«

»Haben die keine Türen in diesem Haus?«, fragte Jule empört.

»Eric hat eine Katze?«, wollte Felicia im gleichen Moment wissen.

Lina starrte ihre Freundinnen einen Moment an und musste sich tatsächlich das Lachen verkneifen. So unterschiedlich wie ihre Fragen war auch Jules und Felicias Charakter. »Sie haben Türen«, erklärte sie ihnen. »Nur offenbar scheint es die von Rabensteins nicht besonders zu interessieren, ob diese geschlossen sind. Und was die Katze angeht, die eigentlich ein Kater ist, ich habe keine Ahnung, ob sie tatsächlich Eric gehört. Oder vielleicht doch eher Annabelle, die sie wohl heute Morgen in ihr Zimmer geschmuggelt hat, was vermutlich den ganzen Aufruhr verursacht hat, weswegen seine Schwester aufgetaucht ist. Vielleicht gehört das Haus auch der Katze. Was weiß ich schon.«

»Welcher Aufruhr?« Jule zupfte einen Grashalm heraus, der es geschafft hatte, sich zwischen dem Mulch hindurchzuschmuggeln, und schob ihn sich zwischen die Zähne.

»Der Aufruhr, der entsteht, wenn du zwei Leute nackt im Schlafzimmer überraschst.« Lina seufzte. »In dem Fall kam erschwerend hinzu, dass Charlotte von Rabenstein in mir eine Art unersetzbare Super-Nanny sieht, die Eric vertreiben würde, wenn es zwischen uns nicht funktionieren sollte. Und das, wo man doch heutzutage so schwer gutes Personal findet.«

Einen Moment herrschte Schweigen. Felicia, die gerade einen Schluck trinken wollte, erstarrte mit der Tasse auf halbem Weg zum Mund. Selbst Jule, der nichts so schnell die Sprache verschlug, hatte aufgehört, auf ihrem Grashalm zu kauen, und sah sie mit großen Augen an.

»Das hat sie gesagt?« Felicia griff nach ihrer Hand und drückte sie mitfühlend.

»Das und noch ein paar andere unfeine Dinge«, bestätigte Lina. »Ich meine, ja, ich betreibe einen Nanny-Service und springe oft genug noch selbst als Kindermädchen ein. Aber verdammt, ich hasse es, wenn sich jemand so abfällig über mich und meine Arbeit äußert. Wenn ich einfach nur auf eine kleine Babysitterin heruntergebrochen werde. Ich habe einen Hochschulabschluss, verdammt noch mal!« Mit einer wütenden Bewegung schob sie sich die Haare hinters Ohr, die der Wind ihr ins Gesicht geweht hatte. »Ich habe ein erfolgreiches Start-up gegründet und inzwischen fast zwanzig Angestellte«, fuhr sie fort und stach mit dem Zeigefinger in die Luft, um ihren Worten Nachdruck zu verleihen. »Selbst wenn es nicht so wäre und ich ausschließlich als Nanny arbeiten würde, wäre das nichts, worauf jemand wie Annabelles Mutter herabsehen darf. Schon gar nicht, weil ich diesen Job hauptsächlich mache, um mich um die Kinder zu kümmern, die mir manchmal mehr am Herzen liegen als ihren eigenen Eltern. Ich kümmere mich um sie, damit sie jemanden haben, auf den sie sich verlassen, dem sie vertrauen können. Daran ist nichts, was mich kleiner macht als die adelige Rechtsverdreherin. Nichts, wofür ich mich schämen müsste.«

»Aber es hat dich getroffen«, sagte Felicia schlicht.

»Ja, verdammt. Das hat es.«

»Das ist mies.« Jule nickte. »Auch wenn wir das alle drei zur Genüge kennen.«

Lina musste der Freundin recht geben. Natürlich war sie in der Vergangenheit schon in Situationen gewesen, in denen sie von ihren Auftraggebern nicht ernst genommen worden war. Genauso wie Jule als Concierge auf das Unverständnis ihrer Klienten stieß, wenn sie es ablehnte, irgendwelche unmoralischen oder gar gesetzeswidrigen Aufträge auszuführen. Von Felicia ganz zu schweigen. Sie war nicht nur der Situation ausgesetzt, dass manche Leute über ihr Essen die Nase rümpften und herummäkelten, wenn sie ein Catering übernahm. Eine ihrer schlimmsten Kritikerinnen war ihre eigene Mutter, die aus der gleichen Gesellschaftsschicht stammte wie die von Rabensteins. »Ich sollte mich nicht so darüber aufregen, aber …« Sie zuckte mit den Schultern. »Nach einer echt fantastischen Nacht so aufzuwachen, sprengt einfach ein paar der Gehirnzellen, die für Vernunft verantwortlich sind.«

»Das ergibt Sinn. Jule und mir wäre es sicher gleich ergangen. Aber … bist du abgehauen?«, wollte Felicia wissen.

»Hmm.« Lina wich dem Blick ihrer Freundinnen aus. Denn gleich würde die Frage kommen, um die es hier eigentlich ging. Und die sie eigentlich nicht beantworten wollte. Auch wenn sie wusste, dass sie nicht darum herumkommen würde. »Irgendwie schon. Als Eric und seine

Schwester sich in sein Arbeitszimmer zurückgezogen haben, um dort weiterzustreiten, hab ich mich aus dem Staub gemacht.«

»Warum?«, fragte Jule nur.

»Weil …« Lina versuchte an dem Kloß vorbeizuatmen, der in ihrem Hals festsaß.

»Hat Eric nicht Partei für dich ergriffen? Er hat doch bestimmt was gesagt«, versuchte es nun auch Felicia.

»Das hat er tatsächlich. Er hat seine Schwester wissen lassen, dass es sie nichts angeht, mit wem er schläft. Er hat … Verdammt!«, sie legte den Kopf in den Nacken und atmete tief durch, »Er hat gesagt, dass er kein Problem mit dem Personal haben wird, weil er niemals eigene Kinder bekommen will.«

»Nie?«

»Keine Kinder?«

Wieder hatten Jule und Felicia gleichzeitig gesprochen.

»Ja, so sieht es aus. Das hat mir ein wenig«, Lina wedelte mit der Hand, bis sie das richtige Wort fand, »den Boden unter den Füßen weggerissen. Ich kam mir so dumm vor.« Sie gab einen abschätzigen Laut von sich. »Ich bin dumm! Warum habe ich ihn nicht einfach gefragt, bevor ich mit ihm ins Bett gegangen bin? Hey, Eric, bevor wir etwas tun, was wir vielleicht bereuen, lass uns doch kurz klären, was für Ziele wir im Leben haben. Ich will eine Familie gründen. Ach, du nicht? Dann sollten wir es vielleicht lieber nur bei Netflix und Popcorn belassen und uns den Rest sparen.« Sie hob hilflos die Hände. »Irgendwie so hätte das doch ablaufen müssen. Aber ich habe nicht nachgedacht und mich einfach so in diese Nacht gestürzt.«

»Hast du die Nacht denn bereut?«, fragte Jule und kaute wieder auf ihrem Grashalm herum.

»Das ist ja das Schlimme daran: kein bisschen. Es war wundervoll. Eric war wundervoll. Ich meine, es hat sich alles so richtig angefühlt mit ihm. Ich habe ihn doch mit seiner Nichte im Kindergarten gesehen. Er liebt sie und kann fantastisch mit ihr umgehen. Wie sollte ich denn draufkommen, dass er keine eigenen Kinder will? Außerdem hat er Stephen-King-Zitate auf die Servietten geschrieben. Wirklich, das war total süß!«

»Okay, das mit Stephen King beim Essen will ich nicht näher wissen. Aber was seine Nichte betrifft, vielleicht ändert er seine Meinung ja noch. Es gibt viele Leute, die sagen, dass sie keine Kinder wollen, und wenn sie das richtige Alter dafür haben, entscheiden sie sich anders. Das kann bei Eric auch noch passieren.«

»Ich glaube nicht.« Lina schüttelte den Kopf. »Ihr habt ihn nicht gehört, als er mit seiner Schwester gesprochen hat. Er klang so …«, sie stockte, »ernst und entschieden«, fuhr sie dann fort. »Er hat es ganz ruhig gesagt. Kein bisschen aufgebracht oder wütend, im Gegensatz zu dem, was seine Schwester ihm an den Kopf geworfen hat.«

»Trotzdem musst du mit ihm reden. Sonst weißt du nicht, woran du bist. Und er weiß es auch nicht«, beharrte Felicia. »Legt die Karten auf den Tisch, dann könnt ihr entscheiden, ob ihr einen Schlussstrich darunterzieht oder nicht. Hat er dich schon angerufen?«

Lina zuckte mit den Schultern. »Ich habe keine Ahnung. Ich habe mein Handy neben der Kaffeemaschine liegen lassen.« Sie lächelte ihre Freundinnen an. »Danke, dass ihr für mich da seid. Aber ich glaube, in diesem Fall muss ich den Abend wirklich in der Rubrik One-Night-Stand ablegen. Was wirklich schade ist. Das Ganze hatte zumindest das Potenzial gehabt, einander besser kennenzulernen. Wenn es nicht funktioniert hätte, dann wäre das halt so gewesen. Aber diese Einstellung nimmt uns von vornherein die Chance, überhaupt einen Schritt weiterzugehen.«

»Ich würde niemals nie sagen«, hielt Felicia dagegen.

»Weil du eine rosarote, verknallte Brille trägst. Und keine Sorge, dafür liebe ich dich.« Lina lächelte die Freundin an.

»Du wirst früher oder später mit ihm reden müssen. Das sehe ich wie Licie. Aber für heute sollten wir uns auf jeden Fall erst einmal ein Mädels-Programm gönnen, um dich auf andere Gedanken zu bringen«, schlug Jule vor. »Stand-up-Paddeln auf dem See.«

»Und weil Sonntag ist, heute Abend einen Mädels-Film-Abend mit Rosamunde Pilcher, Wein und Eis«, ergänzte Felicia.

Lina streckte die Hände aus und drückte die ihrer Freundinnen, als sie ihr ihre reichten. »Danke«, flüsterte sie heiser und kämpfte den Kloß aus ihrem Hals dahin zurück, wo er hingehörte. In den Teil ihres Herzens, der sich mit einem großen, unzerstörbaren Vorhängeschloss abschließen ließ.

*

Eric starrte auf sein Handy. Schon wieder die Mailbox. Er drehte die Regenbogen-Glitzer-Spange zwischen seinen Fingern. Als Charlotte damit fertig gewesen war, ihm alles an den Kopf zu werfen, was sie ihm unbedingt schon immer mal vorwerfen wollte, und davongerauscht war, hatte er festgestellt, dass er allein war. Abgesehen von Rocky, der es sich in seinem Bett gemütlich gemacht hatte.

Lina war verschwunden. Sie hatte sich ihr Zeug geschnappt und war einfach abgehauen. Ohne Nachricht auf dem Handy. Ohne einen Zettel auf dem Küchentresen. Nur die Spange, die halb zwischen die Sofapolster gerutscht war, hatte sie zurückgelassen. Was schon fast einem Cinderella-Moment gleichkam. Er verdrehte die Augen über sich selbst. Und über seine wirren Gedanken.

Dabei ging es im Grunde doch hauptsächlich darum, dass sie weg war. Klar, Annabelle hatte sie erschreckt. Und seiner Schwester nackt gegenüberzusitzen, nachdem sie schon für sie gearbeitet hatte, war sicher auch alles andere als angenehm. Womöglich hatte sie sogar mitbekommen, was Charlotte gesagt hatte. Aber das änderte doch nichts daran, was zwischen ihnen geschehen war.

Der Plan, den er sich im Halbschlaf überlegt hatte, kurz bevor er mit Lina in seinen Armen ins Land der Träume gedriftet war, hatte Frühstück beinhaltet. Gemeinsam. Im Bett. Anschließend ein Spaziergang. Vielleicht am See entlang. Und dann, wer konnte das schon wissen, wären sie möglicherweise noch einmal miteinander im Bett gelandet. Auf jeden Fall hätte dieser Morgen beinhaltet, dass sie miteinander redeten. Denn er wollte, dass das, was zwischen ihnen war, weiterging. Er wollte sie kennenlernen, so viel Zeit wie möglich mit ihr verbringen. Und wenn er ihre Blicke in der letzten Nacht richtig gedeutet hatte, ging es ihr nicht anders.

Er hatte sich tatsächlich in Lina verknallt. Nur ein bisschen, bis jetzt. Aber zu sehr, um es nur als Schwärmerei abzutun. Es wäre zu schön herauszufinden, wohin der Weg sie beide führen würde. Unschlüssig hielt er sein Handy in der Hand. Es machte keinen Sinn, noch einmal anzurufen und auf der Mailbox zu landen. Stattdessen rief er den WhatsApp-Chat mit Lina auf.

11

Lina hatte es geschafft, die Nachricht von Eric nicht zu lesen. Den ganzen Tag über. Sie hatte gesehen, dass er ihr geschrieben hatte, ihren Chat hatte sie aber nicht geöffnet. Bis jetzt, wo sie in ihrem Bett lag und das Handy unschlüssig zwischen ihren Fingern drehte.

Ein Rosamunde-Pilcher-Film war vermutlich nicht geeignet, die Romantik der vergangenen Nacht auszublenden. Es war schön gewesen, Zeit mit Eric zu verbringen, das stand außer Frage. Allerdings hatte Lina nicht vor, sich von einem Herzschmerz-Sonntagabend-Film ihre Gedanken vernebeln zu lassen. Genauso wenig wie von einer leidenschaftlichen Nacht. Wenn zwei Menschen nicht dasselbe wollten, brachte es nichts, sich überhaupt erst aufeinander einzulassen.

Trotzdem hatten ihre Freundinnen recht. Sie war einfach abgehauen, und Eric hatte eine Erklärung verdient. Also würde sie seine Nachricht lesen und sich höflich für ihre Flucht entschuldigen. Sie öffnete den Chat.

Eric:
Saudade

Lina hatte keine Ahnung, was dieses Wort bedeutete. Sie strich mit dem Finger über die Buchstaben, bevor sie es kopierte und in die Suchmaschine einfügte. *Saudade: ein vages, beständiges Verlangen nach etwas, das es nicht mehr gibt. Die Sehnsucht nach jemandem oder etwas Geliebtem oder Verlorenem.*

»Verdammt!«, flüsterte Lina in die Dunkelheit des Zimmers und seufzte. Wie schaffte dieser Kerl es nur mit einem Wort, für das es noch nicht einmal eine Übersetzung gab, seine Gefühle auf den Punkt zu bringen. Und ihre gleich mit. Denn irgendwie fühlte sie sich genau so … *Saudade*.

Der Bildschirmschoner des Handys schaltete sich ein, und es wurde wieder dunkel um Lina herum. Einen Moment zögerte sie, dann klickte sie das Display wieder an und rief erneut den Chat mit Eric auf.

Lina:

Es tut mir leid, dass ich heute Morgen einfach so verschwunden bin. Ich würde es dir gern erklären. Können wir reden?

Die Häkchen wurden blau, und im nächsten Moment las sie bereits Erics ›Ja‹, als hätte er nur darauf gewartet, dass sie endlich schrieb. Das ›Wann? Wo? Wie?‹ das eine Sekunde später folgte, verstärkte diesen Eindruck noch.

Lina schrieb zurück, ob sie sich am nächsten Abend treffen sollten. Aber er gab ein paar Seminare und hatte abends eine Besprechung an der Uni. Doch jetzt, da Lina beschlossen hatte, Eric zu erklären, warum sie am Morgen verschwunden war und warum Eric und sie keine Chance hatten, auch wenn er ihr noch so wundervolle Wörter schickte, wollte sie nicht länger warten. Denn sie hatte das Gefühl, dass jede Nachricht, die er ihr schrieb, weiter an ihrer Entschlossenheit rütteln würde.

Lina:
Kein Problem. Ich kann zwischendurch auf eine Tasse Kaffee vorbeikommen, wenn du es einschieben kannst. Ich habe sowieso einen Termin in München.

Diesmal dauerte es einen Moment, bis Eric antwortete. Doch dann schickte er ihr das Daumen-hoch-Emoji und schrieb ein ›bis morgen‹ hinterher.

Lina legte das Handy auf den Nachttisch und schloss die Augen. Ein paar Minuten später öffnete sie sie wieder und starrte an die dunkle Decke. In ihrem Kopf drehten sich die Ereignisse dieses Wochenendes wie ein Karussell. Erics Lächeln. Die Probleme, die er mit dem Herd gehabt hatte. Die Clown-Servietten. Seine Küsse. Und die Berührungen, die Spuren aus Feuer auf ihrer Haut hinterlassen hatten. Verdammt! Das würde eine lange Nacht werden.

Lina hatte sich, wie sie es befürchtet hatte, die halbe Nacht von einer Seite auf die andere gewälzt. Aber mit Kaffee und der Vorfreude auf ihre Besprechung mit Chris Thalbach gelang es ihr trotzdem, die Erschöpfung zur Seite zu schieben und wach zu bleiben.

Die Firma von Jules Freund, *Deep Blue Horizon*, hatte vor einigen Wochen eine Ad-hoc-Kinderbetreuung gebraucht, damit ihnen ihre beste Grafikdesignerin nicht absprang, weil sie Arbeit und ihre Kids nach einer unschönen Trennung nicht mehr unter einen Hut bekommen hatte. Innerhalb kürzester Zeit hatten Chris und Lina eine Betreuung aus dem Boden gestampft, aber Chris hatte schon länger mit einer richtigen Kita in seiner Firma geliebäugelt, und sie waren übereingekommen, die anfängliche Notbetreuung in einen privaten Kindergarten umzuwandeln. Und zwar einen, der erschwinglich war für seine Mitarbeiter und mit allem, was für eine gute Kita nötig war. Die Tagesmutter, die Lina hier vorübergehend eingesetzt hatte, war mit dem leeren Konferenzraum, den Chris ihr zur Verfügung gestellt hatte, gut zurechtgekommen. Für den Kindergarten hingegen hatte Jules Freund eine Wohnung im Erdgeschoss des Nachbarhauses angemietet und kindgerecht umbauen lassen, während Lina sich um das pädagogische Konzept, die Betriebserlaubnis und die Beantragung der öffentlichen Fördergelder und Zuschüsse gekümmert hatte. Sie hatten alle Genehmigungen bekommen, alle Auflagen erfüllt. *Little Blue Horizon* konnte durchstarten.

Zufrieden mit dem Ergebnis des Meetings mit Chris, seiner Assistentin, Frau Gessler, und seinem Anwalt hatte Lina ihre Unterlagen in ihren Ordner zurückgeschoben und sich auf den Weg zur Uni gemacht.

Ihre Hochstimmung ließ ein wenig nach, als die Parkplatzsuche an ihren Nerven zu zerren begann. Schließlich stellte sie ihren Wagen ein paar Straßen entfernt ab, was ihr genug Zeit ließ, auf dem Weg zu Eric noch einmal ihre Rede durchzugehen, die sie sich in den schlaflosen Stunden der vergangenen Nacht zurechtgelegt hatte. Sie schlängelte sich an Unmengen von Fahrrädern vorbei und trat schließlich aus dem warmen Sommerwetter in das kühle, helle Foyer der Geologischen Fakultät. Ihre Absätze hallten in den wenig bevölkerten Gängen, als sie Erics Wegbeschreibung zu seinem Büro folgte.

Sie wollte gerade an die Tür neben dem Dr.-Fuchs-Schild klopfen, als diese von innen aufgeschoben wurde und zwei junge Frauen mit geröteten Wangen und glänzenden Augen aus dem Raum kamen. Lina machte einen Schritt zur Seite, um sie vorbeizulassen. Sie nickten ihr zu und liefen dann leise miteinander redend den Gang hinunter. Ganz offensichtlich gab es bereits einen Dr.-Fuchs-Fanclub, auch wenn er erst seit ein paar Tagen hier arbeitete.

Lina klopfte an die Tür, die noch einen Spalt offen stand, und schob sie ein Stück weiter auf. Eric saß auf seiner Schreibtischkante und schlug gerade einen Ordner zu. Auf ihr Klopfen hin blickte er auf, und ein Lächeln erhellte sein Gesicht. »Hey«, sagte er. »Schön, dich zu sehen.« Er sah genauso aus, wie Lina sich einen jungen Professor vorstellte: lässiges Hemd, dunkle Jeans und Sneakers. Sein Jackett hing über der Lehne seines Schreibtischstuhls. Auf sein »Komm doch rein« betrat Lina das Büro.

*

Eric blinzelte, als Lina an seine offen stehende Tür klopfte. Sie sah … anders aus. Weder trug sie die bunten Klamotten und glitzernden Haarspangen, in denen sie sonst Kinder betreute, noch die lässigen Klamotten, die sie angehabt hatte, wenn sie sich privat über den Weg gelaufen waren.

Im Moment war sie ganz Geschäftsfrau in ihrem grauen Hosenanzug, die Haare zu einem strengen Knoten aufgesteckt.

Neugierig ließ sie den Blick durch sein Büro wandern, in dem bereits das für seine Arbeit typische Chaos herrschte, während er sich erhob und auf sie zuging. Überall lagen bereits ausgedruckte Papierstapel, Artikel, Zeitschriften und aufgeschlagene und umgedrehte Bücher herum.

»Ich hoffe, ich störe nicht«, sagte Lina, als er vor ihr stehen blieb.

Nach ihrem Abgang am vergangenen Morgen würden sie sich nicht gerade begrüßen wie Lover. Aber so tun, als wären sie Fremde, war genauso lächerlich. Also beugte Eric sich zu ihr herunter und küsste sie zur Begrüßung auf die Wange, was dafür sorgte, dass ihre Wangen von einer zarten Röte überzogen wurde. »Kein Problem«, sagte er. »Das waren die letzten beiden Studenten, die etwas mit mir besprechen wollten. Bis zu meinem Termin heute Abend habe ich Zeit für dich.«

Lina nickte und trat einen Schritt zurück, als wollte sie mehr Abstand zwischen sich und Eric bringen, und er erinnerte sich wieder daran, dass sie ihm erklären wollte, warum sie einfach aus seinem Haus verschwunden war, während er mit seiner Schwester gestritten hatte.

»Ich würde dir gern einen Kaffee anbieten«, fuhr er fort, »aber meine Maschine ist noch in irgendeinem Karton. Bis jetzt habe ich sie jedenfalls nicht gefunden.«

»Kein Problem, ich …«

»In der Cafeteria haben sie ganz guten Kaffee«, hakte Eric ein, bevor Lina sagen konnte: Ich sage einfach, was ich loswerden will und verschwinde dann. Denn sie sah so aus, als ob es genau diese Worte waren, die ihr bereits auf der Zunge lagen. »Wie wäre es, wenn wir uns einen holen und ein bisschen rausgehen?«, schlug er vor. »Ich habe heute noch nicht viel Sonnenlicht gesehen.« *Und du machst den Eindruck, als würdest du dich in meinem Büro regelrecht in der Falle sehen*, fügte er in Gedanken hinzu. Was auch immer sie zu sagen hatte, er hatte das Gefühl, das würde kein angenehmes Gespräch werden.

Lina nickte. »Gute Idee«, sagte sie, drehte sich auf dem Absatz um und verließ sein Büro.

Eric zog die Tür hinter sich zu und führte Lina zur Cafeteria, wo er Cappuccino für sie beide bestellte. Sie trugen ihre Kaffeebecher nach draußen und setzten sich auf eine freie Bank unter einer riesigen, schattenspendenden Kastanie. Einzelne Plätze um sie herum waren besetzt, aber zwischen den Bänken lag so viel Abstand, dass sie sich in Ruhe unterhalten konnten, ohne sich der Neugier der Studenten auszusetzen. Die Luft um sie herum war warm. Ein leichter Wind ließ das Blätterdach über ihnen rascheln. Auf einem Weg, ein Stück weiter weg, lief einer seiner Seminarteilnehmer, in sein Handy vertieft. Als er aufblickte und Eric sah, hob er grüßend die Hand und vertiefte sich schon im nächsten Moment wieder in die Kommunikation auf seinem Display, auf dem er herumtippte.

Lina saß neben ihm und starrte in ihren Kaffeebecher. Sie war zwar diejenige gewesen, die mit ihm hatte sprechen wollen, aber jetzt schwieg sie beharrlich, so als denke sie darüber nach, wie sie das, was sie sagen wollte, am besten in Worte fasste. Also konnte genauso gut er anfangen. Er wollte sich schließlich sowieso bei Lina entschuldigen. Eric räusperte sich, was immerhin dafür sorgte, dass Lina ihn von der Seite ansah. »Ich fand es schade, dass du gestern gegangen bist, bevor wir reden konnten. Ich nehme an, es lag an meiner Schwester und an meiner Nichte. An der Art, wie sie in mein Schlafzimmer geplatzt sind.« Eric räusperte sich noch einmal und versuchte, die richtigen Worte zu finden. »Und weil du gehört hast, was meine Schwester über dich … über uns«, verbesserte er sich, »gesagt hat. Dafür möchte ich mich entschuldigen. Ihr Verhalten war einfach unmöglich.«

Lina schüttelte leicht den Kopf und verzog ihre Lippen zu einem kleinen Lächeln. »Nein, Eric, du solltest dich nicht dafür entschuldigen. Was deine Schwester gesagt hat, war wirklich unmöglich. Aber dafür kannst du schließlich nichts. Sie sollte diejenige sein, die sich entschuldigt. Aber keine Sorge, ich bin dumme Sprüche gewöhnt. Dabei können die Leute verdammt froh sein, dass ich dafür sorge, dass ihre Kinder gut aufgehoben sind, wenn sie selbst keine Zeit für sie haben.«

»Okay.« Eric lehnte sich auf der Bank zurück, nicht sicher, was Linas Problem war, wenn es nicht an seiner Schwester gelegen hatte. »Dann ist alles okay zwischen uns?«, fragte er vorsichtig. Obwohl er genau wusste, dass dem nicht so war. Irgendwas musste er falsch gemacht haben.

»Eric.« Sie stellte ihren Kaffeebecher auf den Boden und richtete sich wieder auf. Dann setzte sie sich ein wenig schräg, sodass sie ihn ansehen konnte. »Ich habe den Abend … und die Nacht … mit dir sehr genossen. Ich bin wirklich gern mit dir zusammen, aber …« Sie schluckte, und

Erics Herz sank. Lina beendete das zwischen ihnen, bevor es richtig hatte beginnen können. »Wir wollen unterschiedliche Dinge. Es wäre nicht richtig, uns weiter zu treffen, wenn das Ganze doch nirgends hinführt.«

Eric lachte überrascht. Er hatte erwartet, dass sie irgendetwas à la »zwischen uns stimmt die Chemie nicht« sagen würde, obwohl sie beide wussten, dass das Blödsinn war. »Du kennst mich doch überhaupt nicht gut genug, um zu wissen, was ich will«, entgegnete er. »Und ich habe keine Ahnung, wie du dir deine Zukunft vorstellst.«

Linas Lachen wirkte ein wenig traurig. »Das stimmt«, sagte sie. »Du weißt nicht, was ich vom Leben will. Ich verrate es dir: Eine Familie. Kinder. Ein Haus und einen Hund.«

»Oh.« Linas Antwort fühlte sich an wie ein Magenschwinger, und er fuhr instinktiv ein wenig zurück.

»Ja. Oh«, wiederholte sie seine Reaktion. »Ich habe nicht nur deine Schwester gehört, sondern auch dich. Du willst genau das nicht.«

»Hmm.« Eric schloss für einen Moment die Augen und rieb sich über den Nacken, als ihm wieder einfiel, was er zu Charlotte gesagt hatte. »Das stimmt. Kinder kommen für mich nicht infrage. Aber Lina …«

»Nein.« Sie hob abwehrend die Hand, um ihn zu stoppen. »Lass uns ehrlich und fair bleiben. Das«, sie wedelte mit der Hand zwischen ihnen hin und her, »wird nicht funktionieren.«

Eric griff nach ihrer Hand, bevor sie weiterwedeln konnte. »Das zwischen uns ist viel zu gut, um es einfach so abzuhaken.«

»Wirst du deine Meinung ändern?«, fragte sie leise.

»Bezüglich Kindern?« Eric ließ ihre Hand los. »Nein«, gab er ebenso leise zurück. »Ich habe meine Gründe …«

»Und ich meine Träume.« Lina griff nach ihrem Kaffeebecher und stand auf. »Es ist gut, dass wir das jetzt herausgefunden haben, bevor wir einander zu sehr mögen und einer von uns ernsthaft verletzt wird.«

»Einfach so?« Eric erhob sich ebenfalls.

»Auf keinen Fall einfach so.« Lina beugte sich vor und umarmte ihn. Doch bevor Eric seine Hände um sie legen und sie festhalten konnte, wich sie bereits wieder zurück. »Ich mag dich wirklich. Und ich fände es schön, wenn wir Freunde bleiben könnten.«

»Freunde?« Eric starrte sie fassungslos an. Spürte sie die Anziehungskraft nicht, die sich wie ein unsichtbares Band zwischen ihnen spannte? Na gut, sie hatten langfristig nicht die gleichen Pläne, aber das hieß doch nicht, dass sie ihre gemeinsame Zeit nicht genießen konnten. Im Jetzt leben. Spaß haben. »Ich will nicht dein Freund sein.« Er wollte sie in seine Höhle zerren, wie ein verdammter Neandertaler. Oder ein Waldschrat. Er wollte hören, wie sie an seiner Schulter lachte. Wie sie sich anfühlte, wenn sie kam. Wollte ihren Filmzitaten lauschen. Den Wörtern, die sie sich für ihn ausdachte.

»Das habe ich befürchtet. Tut mir leid, Eric. Tut mir wirklich leid. Mach's gut.« Sie drehte sich um, und er ließ sich wieder auf die Bank fallen.

Er hatte befürchtet, dass es einen gravierenden Grund gab, der sie dazu gebracht hatte, abzuhauen. Allerdings hatte er auch gehofft, sie davon überzeugen zu können, sich auf ihn einzulassen. Auf das, was zwischen ihnen war. Aber

Kinder … mit Kindern konnte er nicht mithalten. Und eine Frau, die genau das wollte, würde er nicht von diesem Ziel abbringen können.

»Verdammt!«, murmelte er und zog sein Handy aus der Hosentasche. *Ich will weiter dein Freund sein*, schrieb er. Lieber blieb das, was zwischen ihnen war, auf einer platonischen Ebene, als Lina überhaupt nicht mehr in seinem Leben zu haben.

*

Lina blinzelte gegen die helle Sonne an, als sie aus dem Schatten der Kastanie trat und den Fußweg entlanglief, der zu ihrem Auto zurückführte. Das Licht ließ ihre Augen brennen.

Sie konnte Eric verstehen. Natürlich könnte sie sich auf eine Affäre mit ihm einlassen. Aber sie mochten sich schon jetzt viel zu sehr. Was würde passieren, wenn sie sich in ihn verliebte? Dann würde sie sich irgendwann zwischen ihm und ihrem Traum entscheiden müssen. So weit wollte sie es nicht kommen lassen. Trotzdem hatte sie irgendwie gehofft, dass Eric und sie auf eine Kumpel-Ebene zurückfinden konnten. Eine Ebene, die es ihnen erlaubte, einen Abend im *Bootshaus* zu quatschen, bis die Stühle hochgestellt wurden, sich Nachrichten zu schreiben … »Besser so«, murmelte sie, als sie ihren Wagen erreichte und den Strafzettel unter ihrem Scheibenwischer hervorzog, der sie daran erinnerte, dass sie die Parkuhr nicht gefüttert hatte. Mit einem resignierten Seufzer rutschte sie hinter das Lenkrad und warf ihre Handtasche auf den Beifahrersitz.

Ihr Handy gab den Nachrichtenton von sich, und Lina zog es aus der Tasche.

Eric:
Ich will weiter dein Freund sein.

Langsam atmete Lina aus. Gut. Das war gut. Eric und sie konnten keine Beziehung anfangen. Aber trotzdem wollte sie ihn nicht verlieren.

Lina:
Danke.

12

Lina stürzte sich in die Vorbereitungen ihres *Mäuse-und-Dachse*-Projekts. Es hatte bereits einige Veranstaltungen gegeben, aber die hatten eher wie Testläufe funktioniert. Sie waren bei den Senioren und Kindern, Betreuern und Eltern fantastisch angekommen. Aber ihr war schnell klar geworden, dass sie den richtigen Rahmen für diese Zusammenkünfte brauchte. Einen Fixpunkt, an dem sich alle wohlfühlten und von dem aus sie dieses Abenteuer starten konnten.

Lina war ihrer Freundin Felicia unendlich dankbar, dass sie die Bücherei der alten Schule für die *Mäuse und Dachse* zur Verfügung gestellt hatte. Sie hatten die Bücherei so renoviert und neu gestaltet, dass sie sich perfekt an die Bedürfnisse von Alt und Jung anpasste, den Charme der alten Bibliothek aber trotzdem nicht verloren hatte – und nach wie vor als solche genutzt werden konnte.

Lina drehte sich mit dem Handy in der Hand um die eigene Achse und nahm das dunkle, glänzende Holz der Regale auf. Die Lichtreflexe, die bunten Kissen auf den Sesseln und in der Leseecke. Dieser Raum war perfekt, um sich wegzuträumen. In Büchern in andere Welten abzutauchen. Wenn man die Möbel entsprechend arrangierte, bot die Bücherei aber auch den perfekten, gemütlichen Rahmen für alle Arten von Zusammenkünften. Genau richtig für eine Gruppe von der Größe ihres Projektes. Ganz abgesehen davon, dass auch die Nachbarn, die die Bücherei noch immer an den Donnerstagnachmittagen besuchen konnten, bereits neugierig darauf warteten, in dem renovierten Schmuckstück vorbeizuschauen.

»Was machst du da?«, wollte Linas Schwester Janina wissen, die mit ein paar Plüschtieren unter dem Arm hereinkam.

Lina drückte auf Stopp, um das Gespräch nicht mit aufzunehmen. »Mich hat jemand gebeten, ein paar Aufnahmen von dem Raum zu machen, damit er ihn sich besser vorstellen kann«, sagte sie.

Janina grinste. »Ah, dein sexy Waldschrat, wie deine Freundinnen ihn nennen.«

Lina spürte, wie ihr die Röte in die Wangen stieg und drehte sich um, um ein paar Kissen auf der Eckbank zurechtzurücken. »Er ist nicht mein sexy Waldschrat«, gab sie zurück. »Sein Name ist Eric, und wir sind nur Freunde«, erklärte sie ihrer Schwester, ohne sie anzusehen.

»Tss.« Janina lachte. »Freunde, die sich pausenlos Nachrichten schicken wie verknallte Teenager.«

»Nicht wie verknallte Teenager«, widersprach Lina. Normalerweise wäre es ihr egal, was die Leute von ihr – und Eric – dachten, aber ihre kleine Schwester, die nur selten ihre große Klappe halten konnte, sollte ihrer Familie gegenüber nicht auf die Idee kommen, irgendetwas in ihre Freundschaft mit Eric zu interpretieren. Sonst würde ihre gesamte Sippe sie grillen, bis sie die Antworten bekam, die sie hören wollte. Und die Lina ihnen nicht geben konnte. »Wir unterhalten uns einfach gern.«

Lina konnte verstehen, dass es für einen Außenstehenden so aussah, als wäre da etwas zwischen dem Geologen und ihr. Nachdem sie Eric erklärt hatte, dass sie sich nicht auf eine Beziehung mit ihm einlassen würde, hatten sie sich nicht mehr gesehen. Aber sie hatten sich geschrieben. Zwischen Erics Seminaren und in den Laborpausen. Zwischen ihren Terminen. Nach dem Aufwachen und vor dem Schlafengehen.

»Ich finde, dass ihr euch ganz schön gern miteinander unterhaltet, dafür, dass da angeblich nichts zwischen euch ist«, konnte ihre Schwester sich einen weiteren Kommentar nicht verkneifen.

»Gibt es Waldschrat-News?«, fragte Jule, die rückwärts in den Raum kam. Sie schleppte gemeinsam mit Felicia eine Biertischgarnitur herein, auf die die Snacks gestellt werden sollten, die es zur ersten offiziellen Veranstaltung der *Mäuse und Dachse* geben sollte.

»Nenn ihn nicht so«, wies Lina ihre Freundin mit einem kleinen Lachen zurecht.

»Du hast doch damit angefangen«, entgegnete die Freundin. Und sie hatte recht. Lina hatte den Namen, unter dem Eric seine Nummer in ihrem Handy eingespeichert hatte, noch nicht geändert.

»Sie hat ein Video für ihn gedreht«, sprang ihre Schwester – hilfreich wie immer – ein.

Lina verdrehte die Augen, als Jule lachte. »Er wollte eben wissen, wie der Raum geworden ist«, verteidigte sie ihre Aufnahme.

»Und ich finde, die Bücherei sieht wirklich fantastisch aus.« Felicia legte ihr den Arm um die Schultern. »Das hast du wirklich großartig hinbekommen.«

»Wir«, korrigierte Lina und lächelte ihre Freundinnen an. »Ich bin euch so dankbar für eure Hilfe.«

»Ich bin froh, dass der Raum einen weiteren Nutzen bekommen hat und sich wieder mit Leben füllt.« Felicia drehte sich einmal im Kreis. »Und ich bin verdammt froh, dass ich ein paar Häppchen und ein bisschen Fingerfood spenden kann, weil meine Kühltruhe langsam aus allen Nähten platzt.«

Linas Herzschlag beschleunigte sich. Morgen war es tatsächlich so weit. Sie war in einem Mehrgenerationenhaushalt aufgewachsen und hatte ihre Großeltern immer um sich gehabt. Aber für viele Kinder war das heute keine Selbstverständlichkeit mehr. Genauso wie für viele Senioren, die den Zugang zur Jugend verloren hatten. Deshalb war dieses Projekt so wichtig für Lina.

Sie wischte ihre plötzlich feuchten Hände an ihren Jeans ab und sah sich noch einmal im Raum um. Sonnenlicht fiel durch die bodentiefen Sprossenfenster und malte helle Flecken auf die honiggelben Dielen. Sie hatten die Bücherregale, die sich an den Wänden entlangzogen, in einem warmen Nussbraun gestrichen, genau wie die schlichte Eckbank und den Tisch, die Ben und Sam für sie gebaut hatten. Für die Kinder waren überall bunte Sitzkissen verteilt, und von der Decke, die Lina mit meterlangen Lichterketten in einen Sternenhimmel verwandelt hatte, hing sogar eine Schaukel, die Sam und Ben für sie an einen der Deckenbalken montiert hatten. Ein paar gemütliche, hellbraune Ledersessel hatte Jule ihr besorgt. Sie stammten aus dem Haus einer ihrer Kundinnen, die gerade alles neu einrichtete und sich von ihren alten Möbeln getrennt hatte, die vermutlich noch keine zwei Jahre alt waren. Lina war jedenfalls dankbar für diese großzügige Spende, die das i-Tüpfelchen der Bücherei geworden war. Alles war … perfekt.

»Lasst uns noch mal alles durchgehen«, bat Lina die anderen. »Jule, du lässt nachher Marie herein, wenn sie die Instrumente aus der Musikschule herüberbringt.«

»Jepp. Ich helfe ihr beim Aufbau.« Jule salutierte mit einem amüsierten Funkeln in den Augen. »So fühlt sich das also an«, stellte sie lachend fest. »Sonst bin immer ich diejenige, die die anderen herumkommandiert.«

Lina seufzte. »Ich weiß ja, dass alles laufen wird. Aber ich möchte, dass es für die alten Herrschaften und die Kids so schön wie möglich wird. Und ein Reporter vom Merkur kommt auch noch vorbei. Ich möchte, dass wir uns als ›die alte Schule‹ präsentieren. Ihr habt alle mitgeholfen, das hier entstehen zu lassen.« Sie breitete die Arme aus. »Deshalb möchte ich es auch als Gemeinschaftsleistung präsentieren. Also seht es mir nach, wenn ich ein bisschen nervig bin. Felicia, die Häppchen …«

»… werden bereit sein. Genau wie die hausgemachten Limonaden, Eistee und Wasser«, zählte die Freundin auf.

»Perfekt.« Lina drehte sich zu ihrer Schwester um. »Herr Hoffmann …«

»… und Louisa sind Ausreißer, ich weiß. Die wollten letztes Mal schon für einen Privatausflug ausbüxen. Ich werde sie nicht aus den Augen lassen, wenn sie wieder versuchen abzuhauen«, sagte Janina den Satz auf, den Lina ihr gefühlte eine Million Mal vorgebetet hatte, seit sie sich bereit erklärt hatte zu helfen.

Wie auf Kommando wurde Lina von allen dreien umarmt. »Mach dir keine Sorgen«, murmelte Jule. »Das wird wundervoll.«

*

Eric saß in seinem Arbeitszimmer und wertete die aktuellen Daten aus, die ihm aus Alaska geschickt worden waren. Annabelle hatte ihrem Spitznamen Pochemuchka wieder einmal alle Ehre gemacht und ihn mit Fragen zu den Farben der Steine gelöchert. Jetzt saß sie an seinem Schreibtisch neben ihm und malte ein Bild voller orangefarbener Felsenformationen, wie sie zum Beispiel in Utah vorkamen.

»Wie findest du meinen Dilaila Arch?«, fragte sie und schob ihr Bild über einen Haufen Unterlagen zu ihm herüber.

»Delicate Arch«, korrigierte er Annabelle und wandte den Blick von seinem Bildschirm ab, um das Kunstwerk zu betrachten. »Hmm.« In der Realität glitzerte der Steinbogen wahrscheinlich ein bisschen weniger. »Kommt dem Original ziemlich nahe«, sagte er stattdessen und spürte, wie ihm das Herz aufging, als er das stolze Grinsen seiner Nichte sah.

Sie zog das Bild wieder zurück, kniete sich auf den Schreibtisch und hängte es mit einem herzförmigen Magneten mitten zwischen seine Forschungsergebnisse an die Pinnwand. Eric starrte es für einen Moment an. Es sah aus, als ob es genau dort hingehörte. »Danke«, sagte er.

»Wie lange musst du noch arbeiten, Onkel Eric?«, fragte

Annabelle, als sie sich wieder auf ihren Schreibtischstuhl zurückfallen ließ und ihn mit der Fußspitze anstieß, um sich zu drehen.

»Noch ein bisschen«, sagte er. »Warum?«

Annabelle stieß den Stuhl wieder an und drehte noch eine Runde. Hier zu sitzen war sicher superlangweilig, wenn man fünf war und fertiggemalt hatte. Er drückte auf Speichern, stoppte den Stuhl seiner Nichte und drehte sie zu sich um. »Sollen wir was unternehmen?«, fragte er. »Worauf hast du Lust?« Um seine Zahlen konnte er sich immerhin auch heute Abend noch kümmern. Erics Schwester hatte eine spontane Besprechung, und sein Schwager war auf einer Geschäftsreise. Charlotte hatte ihn gebeten, Annabelle aus dem Kindergarten abzuholen und sich um sie zu kümmern. Und wenn er das machte, machte er es richtig. »Wir könnten Eis essen gehen«, schlug er vor, als seine Nichte noch immer nichts sagte.

»Na ja.« Annabelle grub ihre Zähne in die Unterlippe, als müsse sie nachdenken, aber in ihre Augen trat ein mutwilliges Funkeln. »Ich wüsste, was wir machen könnten.«

Eric lehnte sich in seinen Stuhl zurück. »Schieß los!«

»Kennst du die *Mäuse und Dachse*?«

Eric, der gerade ein paar Stifte in die Hand genommen hatte, um sie in den angeschlagenen Kaffeebecher mit dem Logo des Alfred-Wegener-Instituts zu stecken, hielt mitten in der Bewegung inne. »Linas *Mäuse und Dachse*?«, fragte er.

»Hmm.«

Er legte den Kopf schief. »Was hast du mit den *Mäusen und Dachsen* zu tun?«, fragte er und sah sie überrascht an.

Annabelle imitierte seine Haltung und antwortete mit

ebenso schräg gelegtem Kopf: »Die sind super, und ich will da mitmachen.« Dann stieß sie einen abgrundtiefen Seufzer aus. »Aber Mama hat Nein gesagt.«

»Ach, Süße.« Eric küsste sie auf die Stirn. »Wenn deine Mutter das nicht erlaubt, kann ich nicht mit dir hingehen.« Und verdammt, er würde sich gern in der alten Schule blicken lassen. Er hatte schon so viele Bilder dieser Bibliothek gesehen und sogar ein Video, dass er bereits das Gefühl hatte, den Raum in- und auswendig zu kennen. Die Unmengen an Nachrichten, die Lina und er sich in den vergangenen Tagen geschrieben hatten, trieben ihn in den Wahnsinn. Lina war morgens das Erste, woran er dachte, und abends das Letzte. Daran, wie oft seine Gedanken tagsüber zu ihr abschweiften, wollte er sich lieber erst gar keinen Kopf machen. Trotzdem konnte er seine Nichte nicht benutzen, um zu Lina zu fahren.

Annabelle hob den Zeigefinger wie eine strenge Lehrerin. »Weil Mama keine Zeit dafür hat. Aber ich habe ja Zeit. Und ich brauche Mama nicht, wenn ich dich habe.« Sie schenkte ihm das Lächeln, mit dem sie ihn schon immer um den Finger gewickelt hatte.

Eric seufzte. »Okay. Ich schreibe deiner Mama. Wenn sie es erlaubt, fahren wir.«

»Juhuu!« Annabelle stieß sich noch einmal ab und ließ den Bürostuhl kreiseln.

Eric kramte sein Handy unter ein paar Ausdrucken und zwei Zeitschriften hervor und rief den Chat mit seiner Schwester auf, um ihr zu schreiben, dass er gern etwas mit seiner Nichte unternehmen wollte.

Er hatte gerade begonnen die Frage zu tippen, ob sie zu

den *Mäusen und Dachsen* gehen konnten, als bereits ihr *Ja, macht das* auf dem Display aufleuchtete. *Kein ungesundes Essen und nichts, was euch in den Knast bringt.*

»Okay.« Er löschte die angefangene Nachricht wieder. Offenbar wollte seine Schwester nicht einmal wissen, was sie vorhatten. In diesem Fall musste er kein schlechtes Gewissen haben. »Lass uns gehen, Pochemuchka.«

*

»Wofür ist die Art von Begegnung gut, die Sie hier schaffen?« Der Reporter des Starnberger Merkurs hielt Lina sein Aufnahmegerät im Abstand von zehn Zentimetern unter die Nase und fixierte sie mit seinem Blick wie ein Enthüllungsjournalist.

»In erster Linie geht es darum, es jungen und alten Menschen zu ermöglichen, aufeinander zuzugehen«, antwortete Lina und ließ den Blick stolz über das Gewusel aus Begrüßungen, Lachen und aufgeregtem Geplapper in der Bücherei der alten Schule schweifen. »Kinder kommen heutzutage gar nicht mehr oft mit alten Menschen zusammen und verstehen nicht, was Altwerden bedeutet. Und den Senioren geht mit der Zeit oft das Verständnis für die Jugend verloren.« Sie breitete die Arme aus, bevor sie sich in ihrer Begeisterung bremsen konnte. »Wir wecken Interesse auf beiden Seiten. Es geht um Zuwendung, das Gefühl, gebraucht zu werden und Berührungsängste abzu …« Lina stockte, als sie den Mann erblickte, der plötzlich in der offenen Fenstertür stand, die von der Bibliothek in den Garten der alten Schule führte. Lina konnte nur seine Konturen erkennen, weil sich das Sonnenlicht hinter ihm staute und ihm eine regelrechte goldene Aura verpasste. Trotzdem wusste sie sofort, dass das Eric war. Und dass er sie genauso anstarrte wie sie ihn. Was um Himmels willen hatte er ausgerechnet jetzt hier verloren?

»Frau Kirchleitner?« Der Reporter war ihrem Blick mit den Augen gefolgt und sah Eric über die Schulter ebenfalls an.

»Ähm … ja.« Wo war sie stehen geblieben, bevor Erics Auftauchen sie dermaßen aus dem Konzept gebracht hatte? »Abzu … abzubauen. Berührungsängste abzubauen«, fing sie sich wieder. Ihr Gehirn war allerdings wie leergefegt. Sie versuchte, sich auf das Mikro vor ihrer Nase zu konzentrieren, aber aus den Augenwinkeln sah sie, wie Jule auf Eric zuging, ihm die Hand reichte und zu ihr herübersah. Dann deutete sie nach draußen, Eric drehte sich um und gemeinsam verließen sie die Bücherei.

»Die Senioren werden durch unser Projekt aus ihrem Alltag gerissen. Die Erlebnisse, die sie mit den Kindern teilen, geben ihnen Lebensfreude und -energie zurück.«

»Sie erwähnten, dass hier nicht einfach nur musiziert und gesungen wird?«, hakte der Reporter nach.

»Nein. Es wird mehrere Proben geben. Wir wollen ein richtiges Konzert auf die Beine stellen, das die *Mäuse und Dachse* beim Herbstfest des Seniorenzentrums aufführen werden.«

Der Reporter nickte. »Ich wünsche Ihnen viel Erfolg.« Er schaltete das Aufnahmegerät aus und schob es in die Gesäßtasche seiner Jeans. »Was ist mit den Häppchen da drüben? Kann man sich da was nehmen?«

»Wenn Sie die Häppchen, die übrigens von der *Küchennachhilfe* gespendet wurden, positiv in Ihrem Artikel erwähnen, nur zu«, sagte Jule, die wie aus dem Nichts neben Lina aufgetaucht war, und zwinkerte dem Reporter zu.

»Und Sie waren noch mal?« Der Reporter schob sich irritiert die Brille auf dem Nasenrücken nach oben.

»Ich bin *die gute Fee am See*. Wunscherfüllerin vom Dienst. Kommen Sie.« Jule hakte sich bei dem Journalisten unter, als wären sie alte Freunde, und zog ihn zum Büfett hinüber. Sie verstand es einfach, Leute um den Finger zu wickeln.

Jetzt, wo der Reporter abgelenkt war und wahrscheinlich Felicias Büfett plündern würde, konnte sie kurz nach draußen gehen und herausfinden, was Eric hier verloren hatte. Ausgerechnet jetzt, wo sie mit ihrem ganz großen Projekt beschäftigt war und definitiv keine Ablenkung, in welcher Form auch immer, gebrauchen konnte.

Sie hatte bereits zwei Schritte in Richtung Tür gemacht, als eine der Begleiterinnen aus dem Seniorenheim sie aufhielt. »Lina? Habt ihr noch irgendwo Servietten?«

Lina drehte sich zu ihr um. »Sicher. Komm mit.« Ihr Blick fiel wieder auf Jule, die mit dem Reporter in ein angeregtes Gespräch vertieft war und auf die verschiedenen Köstlichkeiten auf dem Büfett deutete. Wenn sie hier nicht wegkam, musste sie eben Jule ausquetschen. Ihre Freundin hatte mit Eric geredet, bevor sie ihn offenbar weggeschickt hatte. Sie würde Lina sagen können, warum er plötzlich hier aufgetaucht war.

*

Eric starrte Lina an. Er war einfach in der Tür stehen geblieben, als er sie entdeckt hatte und … starrte. Verdammt. Das klang verdammt pathetisch, aber sein Herz hatte tatsächlich einen kleinen Hüpfer gemacht, als er sie da hatte stehen sehen. In einem weiten, bunt geblümten Rock, die Haare zu Zöpfen geflochten und mit glitzernden Spangen verziert. Was ihn ganz automatisch in die Tasche seiner Jeans greifen und die Finger um seine eigene Lina-Haarspange schließen ließ. Er würde zwar nie jemandem davon erzählen, aber neuerdings schleppte er dieses Ding immer mit sich herum. Ein bisschen, als ob er eine masochistische Ader entwickelt hätte und darauf stand, sich selbst zu quälen und daran zu erinnern, was er nicht haben konnte.

»Entschuldigung?«

Eric blinzelte die Frau an, die neben ihn getreten war und ihn freundlich, aber ganz eindeutig neugierig anlächelte. Sie war groß, dunkelhaarig und trug ihre Jeans wie eine zweite Haut. »Ich bin Jule Hansen«, stellte sie sich vor. »Darf ich fragen, wer Sie sind?«

»Eric. Eric Fuchs.« Er blickte wieder zu Lina hinüber, die ihn über die Schulter des Reporters hinweg anstarrte. Was diesen dazu veranlasste, sich ebenfalls umzudrehen.

»Tatsächlich?« Das Lächeln im Gesicht seines Gegenübers wurde breiter. »Du bist also Eric. Der …«

»Der Onkel von Annabelle von Rabenstein, genau«, sagte er hastig, bevor die Frau, Eric erinnerte sich, dass sie eine Freundin von Lina war, herausposaunen konnte, was sie über Lina und ihn wusste. Schließlich befanden sich genug neugierige Kinder in diesem Raum – seine eigene Nichte eingeschlossen.

Jule lachte. »Genau, du bist der Onkel von Annabelle. Und bist du heute auch in dieser Funktion hier? Als Onkel?«

»Ähm … ja. Ich habe meine Nichte hergebracht.« Und die Chance genutzt, seine Sehnsucht danach, Lina zu sehen, zu stillen. Erst jetzt, wo er sie am anderen Ende des Raumes stehen sah, mit leuchtenden Augen und voller Begeisterung für ihre Arbeit, wurde ihm klar, dass dieses Verlangen nach ihr dadurch nur noch größer wurde.

Jule blickte zu Lina hinüber und dann wieder zu ihm. »Die meisten Eltern setzen ihre Kinder nur ab und verschwinden dann wieder. Aber ich habe eine bessere Idee. Komm mit.« Sie wies ihn an, sich umzudrehen und in den Garten der alten Villa hinauszugehen. Mit einem letzten Blick in Linas Richtung, die sich bereits wieder mit dem Reporter unterhielt, ließ er sich von Jule um das Haus herumführen.

»Ich setz dich einfach in der Männerbetreuung ab«, sagte sie, als sie um die Hausecke bogen und auf eine kleine Terrasse zuhielten, die von einer halb hohen Natursteinmauer voller bunter Blumentöpfe vom Rest des riesigen Gartens getrennt wurde.

Eric erkannte Ben und seinen Cousin Sam sofort. Den dritten Mann, mit dem sie ein Bier tranken, hatte er noch nie gesehen. Aber von der Katze und dem Hund, die reglos in der Sonne lagen, hatte Lina ihm schon einmal Bilder geschickt.

»Hey Jungs«, rief Jule. »Ich bringe euch noch jemanden zum Spielen.« Sie beugte sich über die Mauer und küsste den Typ, den Eric nicht kannte, als der den Kopf hob, und ließ sie dann mit einem Winken allein, indem sie einfach um die andere Hausecke verschwand.

»Eric. Mann, schön, dich zu sehen. Komm rüber und setz dich.« Ben war aufgestanden und wartete, bis Eric auf die ausgeblichenen Holzdielen der Terrasse trat. »Sam kennst du ja sicher noch.« Mit dem Kinn wies er auf seinen Cousin, dann deutete er auf den Mann, den Jule eben geküsst hatte. »Und das ist Chris. Er hat eine Werbeagentur in München, verbringt aber so viel Zeit am See wie möglich.«

Die beiden Männer standen ebenfalls auf und schüttelten Eric die Hand.

»Nicht zu vergessen: Unsere beiden Faulpelze Elfriede und Poldi.« Ben zeigte auf den Schäferhundmischling und die riesige, orangefarbene Katze und schlug Eric dann kameradschaftlich auf die Schulter. »Mensch, das war ein Abgang, den ich da neulich im *Bootshaus* gemacht habe. Tut mir echt leid. Aber vielleicht kann ich das ja heute wieder gutmachen.« Er hob das Starnberger, das er in der Hand hielt. »Willst du ein Bier?«

Eric schüttelte den Kopf. »Ich habe meine Nichte hergefahren. Aber einen Kaffee würde ich nehmen.«

»Kommt sofort.« Ben verschwand durch die Hintertür in einem Raum, der aussah wie eine riesige Profiküche.

Vermutlich die Kochschule, von der Lina ihm erzählt hatte. Eric blickte an der Fassade des Hauses nach oben. Ob das da über ihm die Fenster von Linas Wohnung waren? Als ihm bewusst wurde, dass sich die anderen Männer wieder setzten, nahm er ebenfalls an dem weiß lackierten Bistrotisch Platz.

Sam, der seine Haare heute nicht mehr in einem bunten Irokesenschnitt trug wie in ihren letzten Schuljahren, sondern in einem Man-Bun, grinste ihn breit an. »Wird wirklich höchste Zeit, dass wir zwei uns sehen. Ben sagt, du hast vor, hier zu bleiben?«

»Ja.« Eric lehnte sich auf seinem Stuhl zurück. »Ich habe einen Lehrstuhl an der LMU angenommen. In nächster Zeit zieht es mich also nicht mehr auf irgendwelche Expeditionen hinaus.«

Ben brachte seinen Kaffee und setzte sich ihm dann wieder gegenüber. »Ein Professor unter uns.« Er schüttelte den Kopf. »Kannst du pokern?«, fragte er.

»Einigermaßen.« Eric trank einen Schluck Kaffee. Er hatte auf zwei Forschungsstationen das jeweilige Pokerturnier gewonnen. Aber dieses Spiel begann ja bekanntlich bereits in dem Moment, in dem man tiefstapelte, wenn man gefragt wurde, ob man es draufhatte. Ahnungslosigkeit vortäuschen – und zuschlagen. Das funktionierte zumindest beim ersten Spiel.

»Perfekt.« Chris trank einen Schluck Bier. »Dann bist du dabei, wenn du Lust hast. Wir planen nämlich eine monatliche Herrenrunde.«

*

Lina war nervös. Immer wieder blickte sie zur Tür, nicht sicher, ob sie wollte, dass Eric noch einmal auftauchte, oder ob es ihr lieber war, wenn er wegblieb. Als er dagestanden hatte – am anderen Ende des Raumes –, das war wirklich ein seltsamer Moment gewesen. Die Sehnsucht nach der gemeinsamen Zeit in seiner Wohnung, die in jeder Nachricht, die sie ihm schrieb, leise mitschwang, war bei seinem Anblick aufgeflammt wie ein Feuer im Wind. Es war wirklich zum Verrücktwerden. Warum ging ihr ausgerechnet dieser Mann nicht mehr aus dem Kopf?

Inzwischen war ihr klar, warum Eric überhaupt hergekommen war. Er hatte seine Nichte gebracht. Aber vielleicht wurde Annabelle ja von ihren Eltern abgeholt. Lina würde ein fünfjähriges Mädchen jedenfalls nicht nach ihrem Onkel ausfragen.

Jule lief ihr ein paar Mal über den Weg, mit einem wissenden Lächeln im Gesicht, aber Lina schaffte es nicht, sie zur Seite zu ziehen. Sie sah, wie ihre Freundin mit Felicia tuschelte, und diese sich dann ebenfalls lächelnd zu ihr umdrehte. Lina blieb nichts anderes übrig, als den beiden einen Blick aus zusammengekniffenen Augen zuzuwerfen. Dann musste sie sich um den Klöppel einer Triangel kümmern, den ein kleiner Junge hatte fallen lassen, woraufhin er auf direktem Weg unter ein Bücherregal gerollt war.

Endlich hatte Lina es geschafft, ihre beiden Freundinnen am Büfett in die Enge zu treiben und zu fragen, worüber Jule mit Eric gesprochen hatte und warum Felicia und sie ständig die Köpfe zusammensteckten. Auch wenn sie gerade dabei waren, mit unschuldigem Blick die Reste der Süßkartoffelseesterne, Meerjungfrauenkekse und Blätterteigschiffchen neu zu drapieren. Die Platte mit den Marienkäfermuffins mit dem roten Zuckerguss war bis auf den letzten Krümel leer, und von den Pizzaschnecken fehlten zwei Schneckenköpfe, weshalb Felicia sie auf einen leeren Teller legte und zur Seite stellte.

»Hey ihr beiden«, sagte Lina, als sie an den Tisch trat. »Ich frage mich …«

»Lina!«

Sie fuhr herum, als sie die panische Stimme ihrer Schwester hinter sich hörte.

Janina verzog das Gesicht zu einer entschuldigenden Geste. »Es tut mir so leid! Ich weiß, ich sollte auf die beiden aufpassen, aber Herr Hoffmann und Louisa sind mir entwischt.«

Lina überflog mit einem Blick die Personen in der Bücherei und zwang sich, nicht an Fünfjährige zu denken, die noch nicht schwimmen konnten, und an Senioren, die das vielleicht nicht mehr hinbekamen. Keine Panik! Hier waren die beiden jedenfalls wirklich nicht. Beruhigend legte sie ihrer Schwester die Hand auf die Schulter. »Ich gehe draußen nachsehen. Janina, du übernimmst die Räume im Erdgeschoss. Jule, kannst du oben nachsehen?«

Die Freundinnen nickten.

»Ich bleib hier, falls sie zurückkommen, bevor ihr sie findet«, schlug Felicia vor.

»Perfekt«, rief Lina, bereits auf dem Weg nach draußen, über die Schulter.

Sie nickte zwei älteren Damen zu, die sich gemeinsam mit zwei kleinen Jungs an *Das Wandern ist des Müllers Lust* versuchten, und bemühte sich, nicht panisch auszusehen. Sobald sie durch die Fenstertür nach draußen getreten war, rannte sie zum Steg hinunter. Hier war niemand. Blieb nur zu hoffen, dass das bedeutete, dass die beiden nicht hier gewesen waren und nicht irgendwo hilflos im Wasser herumtrieben.

»Beruhige dich«, murmelte sie, »und denke nach.« Wo konnten die beiden sein? Der Garten war riesig. Aber ihr würde nichts anderes übrig bleiben, als das Gelände abzusuchen. Erst wenn sie hier überall nachgesehen hatte, würde sie die Suche auf die Stadt ausdehnen. Sie konnte nur hoffen, dass sie die Flüchtigen vorher fand. Denn das Verlieren eines Kindes und eines Senioren würde ihrem Projekt den Garaus machen, noch bevor es überhaupt richtig gestartet war. Ganz zu schweigen von den Eltern, die ihre Kinder nicht mehr von ihrem Nanny-Service betreuen lassen würden.

»Ich finde sie«, sprach Lina sich selbst Mut zu und drehte sich einmal um die eigene Achse. Die beiden waren nirgends zu sehen. Dafür hörte sie Männerlachen. Perfekt. Ben, Sam und wahrscheinlich auch Chris lungerten auf der Terrasse hinter dem Haus herum. Lina lief quer über die Wiese zum Haus zurück. Sie würde die Männer zur Suche einteilen.

Gerade bog sie um die Hausecke, als sie mit einem entgegenkommenden Mann zusammenstieß. Nicht irgendeinem Mann, wie ihr bewusst wurde, als sie seinen Duft einatmete und die Hände gegen das Bergmassiv stemmte, das die Front seines T-Shirts zierte, um nicht umzufallen.

»Hoppla«, sagte Eric leise und legte seine Hände um ihre Taille, damit sie nicht das Gleichgewicht verlor.

Sie schluckte. Ihr Herz begann zu rasen. »Was …« machst du hier, wollte sie fragen, während sie gleichzeitig hoffte, dass er sie noch näher an sich ziehen würde, seine Lippen …

»Wir haben diese zwei Abenteurer hier aufgegabelt. Wollten sich in den Garten davonschleichen«, erklärte Eric, und erst jetzt wurde Lina bewusst, dass sie nicht allein waren. Sie drehte den Kopf zur Seite, wo Herr Hoffmann und Louisa neben Eric standen. Der alte Herr hatte das Kinn herausfordernd gehoben, und das Mädchen kopierte ihn zu einhundert Prozent. Bei diesen beiden hatte die Verknüpfung von Alt und Jung auf jeden Fall wunderbar geklappt – nur nicht so, wie Lina sich das vorgestellt hatte. Denn anstatt zusammen zu singen oder Plätzchen zu backen, stahlen sie sich bei jeder sich bietenden Gelegenheit davon.

Lina löste sich von Eric und trat einen Schritt zurück. »Herr Hoffmann! Louisa!«, sagte sie streng. »Ihr wisst genau, dass ihr nicht einfach davonspazieren könnt. Jetzt gehen wir erst mal wieder rein, und ich gebe Entwarnung, wir haben nämlich schon nach euch gesucht.« Sie seufzte und legte dem Mann und dem Kind die Arme um die Schultern. »Jetzt kommt erst mal rein. Und versprecht mir, dass das nicht noch einmal vorkommt.« Was ein leeres Versprechen war, das wusste sie. Aber sie musste zumindest versuchen, die beiden davon abzubringen, wieder auszubüxen.

»Lina«, sagte Eric leise hinter ihr.

Sie schloss für einen Moment die Augen, atmete tief durch und setzte ein freundliches Lächeln auf, bevor sie den Kopf zu ihm umwandte. »Danke, Eric. Ich bin wirklich froh, dass ihr die beiden gefunden habt.«

»Können wir kurz reden?«, fragte er und schob die Hände in die Hosentaschen. »Wenn du deine Flüchtigen abgeliefert hast?«

Lina schüttelte den Kopf. Wenn ihr Körper schon so auf ihn reagierte, wenn sie nur aus Versehen gegen ihn stieß, wie wäre es dann, wenn sie sich ungestört gegenüberstanden, um miteinander zu reden. Lina traute sich selbst nicht über den Weg. »Tut mir leid. Ich habe wirklich keine Zeit heute. Aber es war …«, sie schluckte, »es war schön, dich zu sehen.«

»Das fand ich auch.« Seine Stimme klang so leise, dass sie fast nur ein Flüstern war, und schickte eine Gänsehaut über ihre Arme. Verdammt.

*

Eine halbe Stunde, nachdem man mit einer Frau zusammengeprallt war, noch immer zu spüren, wo ihre Hände auf seinem Brustkorb gelegen hatten, war … nicht gut. Gar nicht gut. Eric rieb über den Stoff seines T-Shirts, wo er sich Linas Berührung noch immer einbildete. Wie einen Phantomschmerz. Das zwischen ihnen war einfach lächerlich. Solange sie sich schrieben, schienen sie über alles reden zu können. Doch sobald sie aufeinandertrafen, fehlten ihm die Worte. Und Lina vermied es gleich ganz, mit ihm zu reden.

»Was macht Marie da?«

»Hmm?« Eric blinzelte und sah zu Annabelle hinunter, die mit dem Finger in Richtung See wies. Sie hatte einen glücklichen Nachmittag in der alten Schule verbracht. Ihre Augen hatten geleuchtet, als er sie am Ende der Veranstaltung abgeholt hatte. Dieser Ausflug war also auch für sie genau das Richtige gewesen. Was gut war. So konnte Eric sich wenigstens beruhigen, dass er nicht nur zum Treffen der *Mäuse und Dachse* gefahren war, um Lina über den Weg zu laufen. Das hier war auch für seine Nichte ein tolles Erlebnis gewesen. Was er absolut verstehen konnte. Schließlich dachten ihre Großeltern mütterlicherseits nicht besonders viel darüber nach, dass sie ein Enkelkind hatten. Sie genossen ihren Ruhestand in ihrer Villa auf Sizilien und ließen so gut wie nie etwas von sich hören. Und Menschen, die sich noch nicht einmal bei ihren eigenen Kindern meldeten, machten sich schon gar nicht die Mühe, Zeit für ihre Enkelin zu erübrigen. Vincents Eltern waren nicht ganz so schlimm, soweit Eric das beurteilen konnte. Aber sie lebten in den USA und waren somit ebenfalls nicht für Annabelle erreichbar. Kein Wunder also, dass sich seine Nichte in ein Abenteuer wie das des Generationen-Projekts stürzte.

»Ich meine den Mann. Warum streitet Marie sich mit ihm?«, wollte Annabelle wissen, und endlich konzentrierte Eric sich wirklich auf sie und folgte mit dem Blick ihrem ausgestreckten Zeigefinger.

»Das ist Sam«, sagte er, als er erkannte, wem Marie, die wild mit den Händen fuchtelte, am Steg gegenüberstand. Auch wenn Annabelle und er kein Wort von dem verstehen konnten, was sie sagten, war er sich sicher, dass die beiden dabei waren, sich ein paar ordentliche Gemeinheiten an den Kopf zu werfen. »Wir sind zusammen zur Schule gegangen. Sam, Marie und ich«, erklärte er seiner Nichte. »Um ehrlich zu sein haben sich die beiden schon damals immer gestritten.« Und offenbar nie damit aufgehört. Eric hatte keine Ahnung, wie die beiden es geschafft hatten, in derselben Band zu spielen, ohne sich die Köpfe einzuschlagen. Wobei – das Bild brachte ihn innerlich zum Grinsen – wahrscheinlich wäre jeder Bierkrug, den Marie nach seinem Kumpel geworfen hätte, an seinem festgesprayten

Irokesenschnitt abgeprallt. Eskaliert war das Ganze, als Marie sich in einer Castingshow angemeldet hatte. Sam hatte sich das Maul über sie zerrissen, und das, obwohl sie damals ziemlich weit gekommen war und den fünften oder sechsten Platz belegt hatte.

»Du musst dir keine Sorgen machen«, sagte er zu Annabelle. »Es ist natürlich nicht okay, sich so sehr zu streiten. Besser ist es immer, in Ruhe darüber zu reden, wenn einen etwas stört«, versuchte er sich an einem pädagogischen Ansatz, weil ihm einfiel, dass es vor seiner Nichte vermutlich nicht okay wäre, über die beiden Streithähne zu lachen. Auch wenn der Zug vermutlich längst abgefahren war, wenn er bedachte, wie seine Schwester und er sich fetzen konnten – und das vor Annabelles Augen. Trotzdem …

»Ich mache mir keine Sorgen.« Annabelle grinste zu ihm hoch. »Es gibt verschiedene Arten, sich zu streiten«, erklärte seine kleine Pochemuchka ihm altklug. »Sich um den Glitzerstift beim Malen im Kindi zu streiten ist doof. Man kann ihn sich ja einfach teilen. Aber manchmal streiten sich Leute, weil sie sich gern haben.«

»Tatsächlich?« Eric blinzelte. Er hatte keine Ahnung, worauf Annabelle hinauswollte.

»Ja.« Sie nickte bekräftigend, was ihren Pferdeschwanz hüpfen ließ. »Bei meinem Spieldate mit Inga neulich haben sich ihre Eltern auch gestritten, und dann haben sie sich geküsst. Du weißt schon …«, sie hielt kurz inne, um nach dem richtigen Wort zu suchen, »Erwachsenenküsse.«

»Ähh …« Eric starrte sie an. Nicht sicher, was er darauf antworten sollte. Hatten die Eltern ihrer Freundin tatsächlich vor den Augen der Kinder herumgemacht? Er kratzte sich am Hinterkopf. Das würde er seiner Schwester vermutlich sagen müssen, oder? Nicht, dass diese Kinder noch traumatisiert wurden. Was Marie und Sam anging, war die Antwort allerdings einfach. Eric blickte wieder zum See hinunter. »Also, bei den beiden können wir sicher sein, dass sie sich den Rest ihres Lebens zanken werden. Das kannst du mir glauben. Wie wäre es, wenn wir uns auf dem Heimweg ein Eis holen?«, versuchte er, Annabelle von Streitereien und Erwachsenenküssen abzulenken. Sie hatte zwar bei den *Mäusen und Dachsen* schon jede Menge Süßkram in sich hineingestopft. Aber er war nun mal der Onkel dieses viel zu klugen kleinen Mädchens. Er hatte das Recht, ihr einfach ein Eis zu kaufen, wenn er keine Antworten mehr auf ihre Fragen hatte.

*

Lina und ihre Freunde brachten den Rest des Nachmittags ohne weitere Katastrophen hinter sich und konnten den Auftakt des *Mäuse-und-Dachse*-Projekts als vollen Erfolg verbuchen.

Lina blieb keine Zeit mehr, über Eric und ihre Reaktion auf ihn nachzudenken. Die Senioren wieder in ihren Bus zu setzen dauerte seine Zeit und brauchte ihre Aufmerksamkeit. Die Kinder an ihre Eltern zu übergeben, die sie abholen kamen, ging da wesentlich schneller. Lina, die von einer Mutter mit Fragen zu einem pädagogischen Ansatz gelöchert wurde, über den sie etwas gelesen hatte, sah aus den Augenwinkeln, wie Eric seine Nichte abholte. Annabelle winkte ihr zu, und Eric hob kurz die Hand.

Lina seufzte innerlich. Das war das merkwürdigste Treffen zweier Menschen, die sich anziehend fanden, das sie je erlebt hatte. Sie konnte sich vielleicht nicht auf Eric einlassen, aber er hatte trotzdem recht. Sie mussten doch wenigstens kurz miteinander reden. Besonders, wenn sie behaupteten, Freunde zu sein. Sie entschuldigte sich bei der pädagogisch interessierten Mutter und rannte aus der Bücherei, um Eric noch zu erwischen. Doch als sie das Tor erreichte, sah sie nur noch die Bremslichter seines Defenders, die an der Kreuzung kurz aufleuchteten, bevor er langsam davonrollte und um die nächste Kurve verschwand.

»Das ist also der Waldschrat?«, sagte Jule neben ihr und legte ihr den Arm um die Schultern.

Felicia trat auf ihre andere Seite und schob ihren Arm um Lenas Taille. »Der Typ, der an einen kanadischen Holzfäller erinnert.«

»Ich habe euch aber auch gesagt, dass er beim Friseur war und die Kartons mit seinen Klamotten inzwischen eingetrudelt sind«, verteidigte sie Eric.

»Ja, und du hast mit ihm geschlafen. Also war klar, dass er sich gemausert hat. Aber Süße, ich meine nicht seine Optik.« Jule lehnte ihren Kopf gegen Linas. »Ich meine die Art, wie er dich ansieht. Als wärst du … keine Ahnung …«, sie überlegte, »ein Sechser im Lotto oder so was.«

»Du siehst ihn genauso an«, ergänzte Felicia. »Verdammt. Ihr seid völlig verrückt nacheinander.«

Lina schluckte. »Genau das ist der Grund, aus dem Eric und ich uns tunlichst aus dem Weg gehen sollten. Das mit uns kann nirgends hinführen, und deshalb sollten wir es gleich lassen.«

»Oder es zumindest versuchen, wenn man kein Feigling sein will«, hielt Jule dagegen.

»Oder man ist einfach vernünftig«, murmelte Lina. Nichts war so schlimm, wie jemanden in eine Situation zu drängen, aus der er keinen Ausweg sah. »Na kommt.« Lina löste sich aus der Umarmung der Freundinnen und drehte sich um. »Lasst uns klar Schiff machen und den ersten *Mäuse-und-Dachse*-Nachmittag bei einem Glas Wein am Steg Revue passieren lassen.«

13

Eric hatte es sich auf einer der Holzbänke auf seiner Terrasse bequem gemacht. Während seiner Expeditionen war es eine Selbstverständlichkeit gewesen, draußen zu sein. Bei Wind und Wetter. Ganz egal, welche Stärke ein Sturm hatte, wie viele Mücken ihn umschwärmten oder wie weit die Temperaturen unter Null gesunken waren. Eric war klar geworden, dass ihm das fehlte, auch wenn er die Annehmlichkeiten der Zivilisation zu schätzen wusste.

Also war er mit seinen Unterlagen nach draußen gegangen, doch dann hatte er sie gemeinsam mit einer Tüte Chips neben sich ins Gras gelegt, sich auf der Bank ausgestreckt und angefangen, in den sommerblauen Himmel zu starren. Ein Himmel, der genauso blau war wie Linas Augen. Überhaupt: Lina. Er vermisste sie. In den letzten Tagen hatten sie sich zwar weiter geschrieben, aber sie waren beide so eingespannt gewesen, dass ihr Austausch deutlich nachgelassen hatte. Jetzt lag er hier und dachte an sie wie ein verknallter Teenager, während Rocky sich auf den Unterlagen zusammengerollt hatte und in irgendeinem Katzentraum versunken war.

Eric schob sich eine Handvoll Chips in den Mund und schloss die Augen. Es war schön gewesen, mit Ben, Sam und Chris ein Bier hinter der alten Schule zu trinken. Er war froh, wieder Anschluss in der Stadt gefunden zu haben. Und gegen eine regelmäßige Pokerrunde sprach auch nichts. Aber der schönste Moment dieses Tages war der gewesen, in dem Lina und er an der Hausecke zusammengeprallt waren, als er die Ausreißer zurückbringen wollte. Ihr Körper, der gegen seinen gestoßen war. Ihre Hände, die einen Augenblick zu lange auf seinem Brustkorb gelegen hatten, sodass er schon befürchtet hatte, dass sie spüren konnte, wie heftig sein Herz in ihrer Gegenwart klopfte.

Eric konnte sich nicht erinnern, jemals so verrückt nach einer Frau gewesen zu sein. Vielleicht lag es daran, dass er schon so lange allein war, und die einzige Frau, die er auf seiner letzten Expedition getroffen hatte, die Köchin gewesen war, die nicht nur dreimal so breit, sondern auch mindestens doppelt so alt wie er gewesen war. Sie war mit einem ihrer Guides verheiratet, der ganz sicher Wege gefunden hätte, einen deutschen Forscher im Nirgendwo verschwinden zu lassen, wenn der seiner Frau auch nur einen schrägen Blick zugeworfen hätte. Wahrscheinlich lag es wirklich nur daran, dass er schon eine Weile keine Beziehung mehr geführt hatte. Der Sex mit Lina war einfach fantastisch gewesen, viel zu schön, um sich danach einfach umzudrehen, ohne zurückzuschauen.

Er wusste, dass Lina das genauso sah. Er hatte es in ihrem Blick gelesen, kurz bevor sie einen Schritt zurückgemacht und gesagt hatte: »Ich habe Post für dich.«

Post? Hatte sie nicht etwas davon gesagt, dass dieser Hoffmann und Louisa nicht davonspazieren sollten? Jedenfalls hatte er gesehen, wie sie geschluckt und die Lider gesenkt hatte. Wie sich dieses zarte Rot über ihren Hals und ihre Wangen ausgebreitet hatte, das er so gern sah. Besonders, wenn er verantwortlich dafür …

»Hörst du?« Sie schlug ihm gegen das Bein. »Ich hab hier was für dich.«

»Hmm?« Eric wurde bewusst, dass er tatsächlich eingeschlafen war. Blinzelnd öffnete er die Augen. Über ihm strahlte noch immer der blaue Himmel, aber am Rande seines Blickfeldes waren die Gesichter seiner Schwester und seiner Nichte aufgetaucht. »Hey«, brummte er. Der Traum von Lina hatte ihm eindeutig besser gefallen als Charlottes nach unten gebogene Mundwinkel.

»Hast du dein Nickerchen genossen?«, wollte seine Schwester wissen.

»Ich hasse Mittagsschlaf«, ließ Annabelle ihn wissen und ging neben Rocky auf die Knie, um den Kater, dessen Päuschen schon deutlich länger andauerte als Erics, ausgiebig zu streicheln.

»Glaub mir, es werden Zeiten kommen, in denen du für jede fünf Minuten, die du die Augen zumachen kannst, ein Dankgebet sprechen wirst«, versprach Eric seiner Nichte und wandte sich seiner Schwester zu. »Ich vermute, du schaust nicht vorbei, weil du neidisch auf mein Nickerchen bist?«

»Nicht jeder kann es sich leisten, in den Tag hineinzuträumen«, erwiderte sie gewohnt säuerlich und von oben herab.

Eric konnte sich ein Grinsen trotzdem nicht verkneifen. Wenn Charlotte wüsste, wovon er bei hellem Tageslicht so träumte, würde sie vermutlich auf der Stelle rot anlaufen. »Okay? Was ist es dann?«

»Du hast Post bekommen«, wiederholte seine Schwester den Satz, der sich bereits in seinen Traum von Lina geschlichen hatte, und hielt ihm einen UPS-Umschlag unter die Nase. »Der wurde gerade bei uns abgegeben.«

Eric verkniff sich ein Seufzen und griff nach dem Kuvert, um es neben sich auf die Bank zu legen.

»Willst du ihn nicht aufmachen?«, fragte Charlotte und blieb neben ihm stehen, als hätte sie Zeit für einen Plausch unter Geschwistern, statt, wie üblich, ihrem Zeitplan hinterherzuhetzen. Sie legte den Kopf schräg, um den Absender zu entziffern. »Das klingt nach einer sehr renommierten Firma«, ergänzte sie. »Hast du Ärger mit irgendjemandem?«

Erich schüttelte den Kopf, konnte sich ein Lachen aber nicht verkneifen. Seine Schwester, die Anwältin in der Finanzwelt, hatte keinen blassen Schimmer, was *Oliander Bau* für eine Firma war. Da ihr der Name aber trotzdem etwas zu sagen schien, hatte sie den Absender wahrscheinlich auf dem Weg zu ihm gegoogelt. »Nein, ich habe keinen Ärger«, sagte er. »Das ist ein Angebot.«

Charlotte stutzte, und Eric wurde bewusst, dass er zu viel verraten hatte. »Du meinst: Für einen richtigen Job?«, fragte sie skeptisch.

»Aber Mama, Onkel Eric hat doch einen richtigen Job«, ließ sich seine Nichte vernehmen.

»Da hörst du's.« Eric blickte zu Annabelle hinunter und zwinkerte ihr zu. »Ich hab schon einen richtigen Job. Der es mir sogar erlaubt, ein Nickerchen im Garten zu machen, wenn mir danach ist.«

Charlotte ignorierte die Spitze, war aber mit seiner Definition eines richtigen Jobs offenbar nicht einverstanden. »Ja, ein Job, der Mittagsschläfchen erlaubt, und mit dem man nicht einmal im Ansatz eine lukrative Karriere machen kann.«

»Was ich gar nicht will, wie wir beide wissen.« Ein Satz, den Eric sicher schon gefühlte tausend Mal gesagt hatte. Und der vermutlich auch nach den nächsten tausend Versuchen nicht bei seiner Schwester ankommen würde.

»Ach ja?« Charlotte deutete auf den Umschlag. »Und was ist dann das, wenn du so glücklich und zufrieden bist mit dem, was du machst?«

Einen Moment zögerte Eric, nicht sicher, ob er seiner Schwester wirklich davon erzählen sollte, weil er sich nicht sicher war, ob sie verstand, um was es ihm ging. Sicher würde sie nur den Erfolgsquotienten sehen.

»Eric?«, hakte sie nach.

Nun konnte er sich ein Seufzen doch nicht mehr verkneifen. »Das Angebot wurde mir für eine Erfindung gemacht.«

Für einen Moment war Charlotte tatsächlich sprachlos. »Du hast etwas erfunden? Etwas … ähm … Gutes?« Was vermutlich so viel bedeutete wie: Etwas, womit du reich und berühmt werden kannst.

»Weißt du das nicht, Mama?« Annabelle sah ihre Mutter überrascht an. »Onkel Eric hat ein seisologisches Gerät erfunden, damit keine Steine mehr von Bergen auf die Straße fallen. Das ist nämlich super gefährlich«, erklärte sie voller kindlicher Begeisterung.

»Seismologisch«, verbesserte Eric seine Nichte und legte ihr für einen Moment die Hand auf die Schulter. »Es ist eine Art Frühwarnsystem, mit dem man Erdrutsche vorhersagen kann.«

»Was bei all den Bergen in der Schweiz sicher Sinn macht.«

Charlotte stemmte die Hände in die Hüften. »Du verkaufst doch hoffentlich nicht einfach so? Hast du einen Patentanwalt? Soll ich die Verträge prüfen lassen?«

»Ich weiß, dass es dir gefallen würde, wenn ich dieses System meistbietend an den Mann bringen würde, Charlotte. Aber ehrlich gesagt, weiß ich noch gar nicht, ob und wie ich es verkaufen werde. Ich bin Forscher und will auf der wissenschaftlichen Schiene bleiben. Ich bin noch nicht mal mit der Testphase durch.«

»Aber …« Seine Schwester hob die Arme, als bliebe ihr bei all seiner starrköpfigen Naivität auf dem Niveau eines Zwölfjährigen nur eine hilflose Geste. »Das ist eine Goldgrube«, stellte sie fest. Und damit hatte sie definitiv recht – wenn er verkaufte. »Angenommen, du triffst jetzt die richtige Entscheidung, dann kann die Firma für die Testphase aufkommen und wird dich noch dazu dafür bezahlen, dass du sie durchführst. Das ist ein perfekter Zeitpunkt.« Charlotte war Feuer und Flamme für ihre Idee, wahrscheinlich hauptsächlich deshalb, da ihr Bruder endlich mal etwas auf die Beine gestellt hatte, was ihrer Meinung nach etwas taugte, weil sich damit Geld verdienen ließ.

Sie würde nie verstehen, dass Geld seiner Meinung nach nicht das Wichtigste im Leben war. Er hatte sich bisher weder entschieden, welchen Weg er mit seiner Technologie gehen wollte, noch fand er sein Projekt im Moment ausgereift genug, um seinen Namen unter einen Vertrag zu setzen und es in andere Hände abzugeben. »Weißt du, Geld ist nicht alles«, murmelte er.

Charlotte schnaubte. »Ach ja? Was willst du sonst mit deiner Erfindung machen?«

Eric zuckte mit den Achseln. »Ich muss das nicht unbedingt an eine Privatfirma abgeben, die dann das Monopol auf dem Markt hat und sich damit eine goldene Nase verdient, sodass diejenigen, die die Technik dringend brauchen, sie sich vielleicht nicht leisten können. Ich kann genauso gut an eine halbstaatliche Organisation verkaufen, die in Entwicklungsländern hilft, wo es immer wieder riesige Erdrutsche gibt, die ganze Dörfer unter sich begraben. Oder ich stelle die Technik einfach zum kostenlosen Download online. Alles möglich.«

Charlotte starrte ihn einen Moment lang fassungslos an. Eric war sich sicher, die Wörter ›kostenlos‹ und ›Download‹ hatten ihr den Rest gegeben. Dann schüttelte sie langsam den Kopf und drehte sich um. »Du bist und bleibst ein unverbesserlicher, naiver Narr«, sagte sie, ohne Eric noch einmal anzusehen, als sie davonstakste.

Eric kannte seine Schwester. Er liebte sie und war sich bewusst, dass sie bei den meisten Dingen nie der gleichen Auffassung sein würden. Und doch versetzte es ihm einen Stich, dass sie ihn regelmäßig in die Schublade des Versagers einsortierte, ohne zu wissen, dass er einfach glücklich und zufrieden war mit seiner Art zu leben.

»Wie schaffst du das nur immer?« Annabelle schnappte sich einen Chip aus seiner Tüte und blickte unschuldig zu ihm auf, während sie daran herumknabberte. »Mama ist auf dich noch häufiger sauer als auf mich.«

»Da hast du recht.« Er schob sich auch noch ein paar Chips in den Mund. »Magst du mich wenigstens noch?«, fragte er mit gespielt betrübter Miene.

»Klar doch.« Annabelle giggelte.

»Gott sei Dank.« Eric ließ sich zurückfallen, als hätte seine Nichte ihm eine Zentnerlast von den Schultern genommen, und streckte sich aus.

Annabelle kletterte hinter ihm auf die Bank und streckte sich so aus, dass ihr Kopf neben seinem lag. Kopf an Kopf blickten sie in den Himmel und sahen einer Wolke dabei zu, wie sie langsam durch ihr Blickfeld segelte.

»Wie war es im Kindergarten?«, fragte Eric. Er schloss die Augen und atmete den unschuldigen, sonnigen Duft ein, den er mit seiner Nichte verband: Erdbeershampoo, Wachsmalstifte und die Gummibärchen, von denen sie irgendwo einen geheimen Vorrat bunkerte.

»Heute war es voll aufregend. Wir sind zum Hofladen gegangen. Wusstest du, dass Bauer Niedermayer hundertachtzig Kühe hat?«, fragte sie voller Begeisterung. »Und total viele Hühner, die ein Haus haben, das von Wiese zu Wiese fährt.«

Eric lachte. »Du hast ihm bestimmt ein Loch in den Bauch gefragt, Pochemuchka.«

Annabelle kicherte. »Ein paar Fragen hatte ich schon. Auf jeden Fall haben wir Eier mitgenommen. Die waren ganz frisch von den Hühnern gelegt. Und im Kindi haben wir selbst Pfannkuchen gebacken. Mit Erdbeeren. Die waren auch vom Hofladen.«

»Klingt so, als ob du leckerer gegessen hast als ich.« Eric angelte sich noch ein paar Chips aus der Tüte.

»Hmm.« Seine Nichte schwieg einen Moment. Eric spürte, wie sie den Kopf drehte und ihn von der Seite ansah. »Onkel Eric«, sagte sie schließlich. »Kann ich dich was fragen?«

»Logisch.« Er drehte den Kopf ebenfalls, sodass er Annabelle ansehen konnte. »Das weißt du doch, Pochemuchka.«

Sie biss sich auf die Unterlippe. »Du und Lina … sie hat doch neulich bei dir übernachtet. Ich hab gedacht, du hast sie gern. Magst du sie nicht mehr?«

Eric setzte sich auf. Er hatte damit gerechnet, dass Annabelle wissen wollte, wo die Eier ganz genau herkamen. Oder wie Kälber entstanden. Oder irgend so was. Eine Frage nach Lina hatte er definitiv nicht erwartet. Er fuhr sich durch die Haare. »Doch, natürlich mögen Lina und ich uns. Wie kommst du darauf?« Um sich zu beschäftigen, griff er noch einmal in die Chipstüte.

Annabelle setzte sich ebenfalls auf. »Wegen Lennards Papa.«

»Lennards Papa?« Eric blickte auf seine Hand, in der er die Chips, die er gerade aus der Packung genommen hatte, in einen Berg Krümel verwandelt hatte. Verdammt. Lennards Vater war doch dieser Lackaffe, der Lina angegraben hatte, als er sie zum ersten Mal im Kindergarten getroffen hatte. »Hat er …« Eric wandte den Blick ab und schloss kurz die Augen. Es war mit Sicherheit falsch, eine Fünfjährige über das Liebesleben der Frau auszufragen, die hin und wieder als ihre Nanny fungierte. Lina würde das vermutlich ziemlich schäbig finden, aber … »Hat er sie eingeladen? Lennards Papa, meine ich. Hat er sich mit Lina verabredet?«

Annabelle zuckte mit den Schultern und ließ sich mit der Antwort genug Zeit, dass Eric die Chipskrümel in die Tüte zurückstopfen konnte. »Er hat Lina eingeladen. Zu einem Essen in … in …« Sie kratze sich am Kopf und verzog entschuldigend das Gesicht. »Lina, sie hat gesagt, dass sie es sich überlegt. Und dann sind sie lachend zusammen rausgegangen und haben sich weiter unterhalten. Aber das habe ich nicht mehr gehört, weil ich in meine Gruppe musste.«

Sie blickten auf, als Charlotte auf ihrer Terrasse erschien und zu ihnen heruntersah. »Annabelle, kommst du?«, rief sie.

Eric zwinkerte seiner Nichte zu. »Nur fürs Protokoll: Du weißt, dass Lauschen grundsätzlich nicht okay ist?«

Annabelle sprang von der Bank und zwinkerte zurück. »Und du weißt, dass es nicht okay ist, Kinder auszufragen, oder? Das kostet ein Eis.« Damit drehte sie sich um und rannte zum Haus. »Servus, Onkel Eric«, rief sie über die Schulter.

Eine Sekunde lächelte Eric über seine schlaue, gewiefte Nichte. Vielleicht sollte er ihr einen neuen Spitznamen geben: *Die Patin* oder *Al Capone* oder sowas. Sie hatte schon jetzt echte Mafiamethoden drauf.

Doch schon im nächsten Moment waren seine Gedanken zurück bei Lina. Und Lennards Vater. Hatte sie seine Einladung angenommen? Hatte sie nur deshalb nichts mit Eric angefangen? Weil sie sich doch noch erhofft hatte, dass sich zwischen diesem Typen und ihr etwas entwickelte, auch wenn sie das ihm gegenüber bestritten hatte? Hatte sie Eric am Ende vielleicht nur benutzt, um für diesen Mann interessanter zu wirken?

*

Lina war erschöpft. Sie rollte die Schultern, als sie in ihre Wohnung kam, stellte ihre Nanny-Tasche, wie sie den bunt gestreiften Shopper nannte, in dem sich alles befand, was sie für die Kinderbetreuung brauchte, unter ihren Garderobenständer und trat sich die Converse von den Füßen. Der Tag hatte bereits mit einer neuerlichen Flirtattacke von Sebastian Kufer begonnen. Dann hatte sie ein Interview für einen Online-Blog gegeben. Seit dem erfolgreichen Start der *Mäuse und Dachse* kamen solche und ähnliche Anfragen ständig.

Lina goss sich ein Glas Wasser ein und trank es mit einem Schluck halb leer. Sie durfte bei all dem nicht vergessen, dass sie auch noch eine Firma führen musste und sich nicht nur um ihr Lieblingsprojekt kümmern konnte. Deshalb hatten auch noch zwei Bewerbungen künftiger Betreuerinnen auf dem Programm gestanden. Und dann hatte sie für eine Mutter einspringen dürfen, die das Vorstellungsgespräch ihres Lebens gehabt hatte und kurzfristig Unterstützung gebraucht hatte, weil deren Mutter mit einem gebrochenen Sprunggelenk nicht hatte helfen können. So unglücklich die Umstände für die Frau auch gewesen waren, Lina hatte die Zeit mit dem fünf und sieben Jahre alten Geschwisterpärchen genossen. Für sie war es die schönste Zeit dieses Tages gewesen. Doch jetzt war sie wirklich erledigt. Sie rollte ihre Schultern, zog die bunten Spangen aus ihrem Haar und löste die Flechtfrisur, die sie den Tag über getragen hatte. Als ihr die Haare offen über den Rücken fielen, massierte sie ihre kribbelnde Kopfhaut. Was sie jetzt brauchte, war ein Abend mit ihren Freunden. Und vielleicht ein kleines bisschen Eric, gestand sie sich ein. Sie hatte vor ein paar Stunden gesehen, dass er ihr eine Nachricht geschickt hatte, hatte aber keine Zeit gehabt, sie zu lesen. Also zog sie ihr Handy aus ihrer Handtasche, um in die Gruppe der alten Schule zu schreiben, dass sie Lust auf ein Glas Wein hinter dem Haus hatte und danach auf eine Runde Paddle Board. Aber erst wollte sie Erics Nachricht lesen.

Lina musste lachen, als sie das Bild von Rocky sah, der sich im Garten vor Erics Wohnung auf ein paar Unterlagen zusammengerollt hatte.

Eric
Rocky (nicht mein Kater) hilft mir bei den Seminarvorbereitungen. Vielleicht bringe ich ihm bei, auch den Unterricht zu halten. Dann kann ich den ganzen Tag hier rumgammeln und in den Himmel starren. Gerade ist eine Wolke vorbeigesegelt, die aussah wie du.

Sie hatten sich in den letzten Tagen geschrieben, aber sowohl er als auch sie waren so eingespannt gewesen, dass sie nicht mehr so oft gechattet hatten wie am Anfang. Lina vermisste das. Genau wie sie seinen festen Körper vermisste, gegen den sie auf der Suche nach Herrn Hoffmann und Louisa gestoßen war und den sie davor in seinem Bett so gut kennengelernt hatte. Verdammt, sie hatte Tagträume von diesem Mann. Und ein paar Mal war sie versucht gewesen, dem Augenrollen ihrer Freundinnen nachzugeben und ein Date mit ihm auszumachen. Aber das war einfach nicht …

Ein Klopfen an der Tür riss sie aus ihren Gedanken – die in eine gefährliche Richtung abzudriften begannen. »Gott sei Dank«, murmelte sie und legte das Handy zur Seite.

Einer ihrer Freunde war auf die Idee gekommen, statt einer Nachricht in die Gruppe direkt an ihre Tür zu klopfen. Sie war für jede Schandtat bereit. Egal. Solange es sie ablenken konnte von … »Eric!«, brachte sie überrascht heraus, als sie öffnete. Sie blinzelte. Aber da stand er. Als ob sie ihn mit ihren Träumereien herbeigezaubert hätte.

Er starrte sie an. Sein Brustkorb hob und senkte sich unter seinen Atemstößen, als wäre er gerannt. Er trug Boardshorts und ein zerknittertes T-Shirt. Seine Haare sahen aus, als hätte er sie mehr als einmal rastlos mit seinen Händen durchfurcht. Und sein Blick … Lina schluckte. Sein Blick sagte genau das, was er vermutlich gerade auch in ihrem Blick lesen konnte.

Lina wusste nicht, wer von ihnen den ersten Schritt machte. Sie starrten sich einen Moment lang an, der sich endlos in die Länge zu ziehen schien. Und im nächsten lagen sie sich in den Armen und küssten sich. Nicht zart, tastend. Sondern voller Leidenschaft. Besitzergreifend. Lina zog Eric mit sich, als sie einen Schritt nach hinten machte. Im nächsten Moment schlug die Wohnungstür hinter ihr zu, und Eric presste sie mit dem Rücken gegen das Türblatt. Sein Körper an ihrem, seine Hände, die rastlos über sie glitten. Sie zog ihn noch näher an sich heran, vertiefte den Kuss.

Eric löste sich nur so lange von ihr, um ihr das Shirt über den Kopf zu ziehen. Mit dem nächsten, wilden Kuss schob er ihren Rock hinunter und ließ ihn in einer kleinen Wolke zu ihren Füßen landen. Ihr BH und das Höschen folgten.

Er schob ihre Hände über ihren Kopf und hielt sie mit seiner umfasst, presste sie gegen die Tür.

Lina konnte ihn nicht mehr berühren, war ihm ausgeliefert. Sie musste seine quälenden Liebkosungen zulassen, Eric noch immer vollständig bekleidet und sie nackt. Ein Schauder lief durch ihren Körper, als sie den Kopf in den Nacken legte, damit Eric sich an ihrer Kehle entlangküssen konnte. Über ihr Dekolleté zu ihren Brustspitzen, während seine freie Hand zwischen ihre Beine glitt und ihren sensibelsten Punkt reizte.

Lina hatte das Gefühl, all die Nachrichten der vergangenen Wochen, die Gedanken, die sie sich über Eric gemacht hatte, die Träume von ihm waren wie ein langes Vorspiel gewesen, das sie jetzt, da er wirklich vor ihr stand, sie küsste und berührte, wie eine Welle überrollte. Lina hatte das Gefühl, für einen Moment die Kontrolle zu verlieren. Über ihren Körper, ihren Kopf und ein winziges bisschen über ihr Herz.

Eric küsste das leise Stöhnen von ihren Lippen, als sie den Höhepunkt erreichte. Seine Berührungen, die gerade noch fordernd gewesen waren, wurden sanfter. Seine Lippen strichen zart über ihre Wangen. Er lehnte für einen Moment seine Stirn gegen ihre, und Lina hatte das Gefühl, dass sie ihre Beine nicht mehr trugen, wenn er sie jetzt losließ.

Doch darum musste sie sich auch keine Gedanken machen, als sie im nächsten Moment den Boden unter den Füßen verlor, denn Eric nahm sie auf die Arme und trug sie zu ihrem Bett, wo er sie sanft auf die Matratze gleiten ließ.

*

Eric hatte für einen Moment das Gefühl, den Verstand verloren zu haben. Gleich nachdem Annabelle von diesem Daddy erzählt hatte und dieser verdammte Sturkopf in ihm die Kontrolle übernommen hatte. Er war zu Lina gefahren, hatte gegen ihre Tür gehämmert wie ein Verrückter. Und dann hatte sie vor ihm gestanden, und sein Kopf hatte einfach ausgesetzt. Er hatte mit ihr reden wollen, hatte ihr sagen wollen, dass er nicht bereit war, kampflos aufzugeben. Er wollte mit ihr zusammen sein. Wollte sie jeden anderen Mann vergessen lassen. Aber als er sie vor sich gesehen hatte … wie eine Feenprinzessin hatte sie ausgesehen, als sie die Tür aufgerissen hatte. Dieser lange, bunte Rock, die nackten Füße und ihre Haare, die ihr wie ein Wasserfall um die Schultern gefallen waren. Dazu dieser Blick, der genau das spiegelte, was er empfand. In diesem Moment war es mit seiner Vernunft vorbei gewesen. Er hatte nur noch gefühlt. Und sich wie ein Neandertaler benommen, der Lina in seine Höhle schleifen und ihr seinen Stempel aufdrücken wollte. Er wollte sie nicht teilen. Mit keinem Mann dieser Welt.

Doch nun, nachdem er Lina gegen die Tür gepresst zum Höhepunkt gebracht hatte, kehrte seine Vernunft zurück, auch wenn sein Verlangen nach ihr von Sekunde zu Sekunde stärker wurde. Sein Höhlenmensch-Auftritt würde sie nicht unbedingt von ihm überzeugen. Er lehnte seine Stirn gegen ihre, bis Lina zu Atem gekommen war und ihre Augen wieder öffnete. Dann hob er sie auf seine Arme und trug sie zum Bett. Ab jetzt würde er raffinierter vorgehen.

Nachdem er sie auf die Matratze gelegt hatte, zog er sich sein T-Shirt über den Kopf und schob seine Boardshorts gemeinsam mit seinen Boxers nach unten. Im nächsten Moment war er wieder über Lina und küsste sie.

Sie schlang ihre Arme um ihn und drehte sich, bis sie über ihm war, ließ ihre Lippen und Hände über seinen Körper gleiten, so als wolle sie ihm zurückgeben, was er ihr gerade geschenkt hatte. Ihre Berührungen lösten kleine Erdbeben unter seiner Haut aus, dabei war er derjenige, der sie verführen wollte. »Lina, ich …« Er wollte sich mit ihr in seinen Armen wieder umdrehen, doch sie legte ihre Hände auf seinen Brustkorb und schob ihn zurück in die Kissen.

Dann erhob sie sich über ihn, ihre Blicke verschmolzen, und sie ließ sich langsam, so endlos langsam, auf ihn sinken. Er konnte nicht aufhören, sie anzustarren, als sie begann, sich zu bewegen. Seine Hände glitten an ihren Seiten hinauf, umfassten ihre Brüste. Ihre Haare fielen über seinen Oberkörper, als sie sich herunterbeugte, um ihn zu küssen, mit den Lippen eine heiße Spur an seinem Hals hinunterzuziehen, kleine Bisse auf seiner Schulter zu verteilen.

Als sie sich wieder aufrichtete, war sich Eric sicher, noch nie etwas Schöneres gesehen zu haben als diese Frau nackt über ihm. Sie legte ihre Hände an seine Schultern, und ihre Bewegungen wurden schneller, drängender. Er biss die Zähne zusammen, bis er spürte, wie sie sich um ihn herum zusammenzog. Erst dann ließ er los, zog sie zu sich herunter und ließ die Wellen des Höhepunktes durch seinen Körper rauschen, Lina fest in seinen Armen.

Er hatte keine Ahnung, wie lange sie einfach dalagen, die Arme um den anderen geschlungen, und darauf warteten, dass sich ihr Herzschlag wieder normalisierte.

»Du warst wütend, als du an meine Tür geklopft hast«, murmelte Lina gegen seine Halsbeuge. Ihre Finger zogen kreuz und quer Linien über seinen Rücken, was ihm eine Gänsehaut verursachte.

»Hmm.« Er drehte den Kopf so weit, dass er ihre Schläfe küssen konnte. »Ein bisschen vielleicht. Auf mich selbst. Weil ich ziemlich eifersüchtig geworden bin, als Annabelle mir davon erzählt hat, dass dich im Kindergarten schon wieder dieser verdammte Vater angegraben hat.«

»Apropos, wie spät ist es?« Sie richtete sich ein paar Zentimeter auf, um ihm ins Gesicht sehen zu können. »Ich glaube, mein Privatjet nach Paris wartet.«

»Was?« Fassungslos starrte Eric sie an. »Du …?«

Sie legte den Kopf zurück in seine Halsbeuge und lachte so sehr, dass ihr ganzer Körper bebte. »Reingelegt. Wie bist du überhaupt hier reingekommen, ohne zu klingeln?«

»Ich habe unten Jule getroffen. Sie hat mir gesagt, ich soll einfach hochgehen.«

Wieder spürte er die Vibrationen ihres Lachens an seinem Körper. »Mein Freundinnen sind so intrigante Luder.« Sie küsste seine Schulter. »Ich wollte dir gerade auf das Bild von Rocky antworten, als du plötzlich vor mir gestanden bist.« Sie legte ihre Hände übereinander auf seine Brust und stützte ihr Kinn drauf. »Und das alles nur, weil du eifersüchtig auf einen Kindergartenvater warst und deine Nichte als Spionin einsetzt? Was übrigens wirklich verwerflich ist«, sagte sie mit einem frechen Funkeln in den Augen.

»Ich habe Annabelle überhaupt nicht auf dich angesetzt. Sie wollte nur wissen, ob wir uns nicht mehr mögen, weil du mit diesem Typen rumschäkerst. Und irgendwie sind mir bei der Vorstellung ein kleines bisschen die Sicherungen durchgebrannt.«

»Ich mag die Art, wie die Sicherungen bei dir abfackeln. Meine sind übrigens auch ganz schön rausgeflogen vorhin. Was ist das nur mit uns?«, fragte sie, ein weniger leiser und mit mehr Ernsthaftigkeit im Blick.

»Ich weiß es nicht. Wirklich nicht.« Er strich ihr eine Haarsträhne hinter das Ohr. »Wir haben unterschiedliche Vorstellungen von unserer Zukunft. Aber im Moment sind wir doch im Hier und Jetzt. Ja, ich war eifersüchtig. Aber ich habe dich auch vermisst. Diese Nacht mit dir war unglaublich. Ich habe es einfach nicht geschafft, so mir nichts, dir nichts, zur Tagesordnung überzugehen.«

»Ich bin mir noch nicht sicher, ob ich das hier gut finden soll. Aber ich kann sicher sagen, dass es schön ist, mit dir zusammen zu sein. Weißt du was?« Sie rollte sich von ihm runter und griff nach ihrem Handy. »Wir bestellen uns jetzt eine Pizza und machen eine Flasche Wein auf. Und dann reden wir.« Sie blickte auf ihr Handydisplay und lachte. »Planänderung: Wir bestellen nichts, weil Felicia uns Essen vor die Tür gestellt hat. Wir sollen es schnell reinholen, bevor Poldi davon Wind bekommt und glaubt, das sei sein Abendessen.«

Eric lehnte sich in die Kissen zurück und konnte sich ein Grinsen nicht verkneifen. »Deine Freundinnen sind mir auf jeden Fall wohlgesonnen. Die eine lässt mich ins Haus, die andere bringt uns Essen, damit wir das Bett gar nicht erst verlassen müssen.«

»Mir macht das ganz schöne Sorgen. Offenbar haben die Menschen, die uneingeschränkt hinter mir stehen sollten, falsche Prioritäten entwickelt.« Ohne etwas anzuziehen, ging sie zur Tür, zog sie einen Spalt auf, überprüfte, ob die Luft rein war, und holte dann das Tablett, das mit einer Edelstahlglosche abgedeckt war, und eine Flasche Rotwein in ihre Wohnung.

14

Eric sah sich in Linas Wohnung um. Wenn er hätte sagen müssen, wie er sich ihr Zuhause vorstellte, hätte er es vermutlich so oder so ähnlich beschrieben. »Diese Fensterbank ist der Hammer«, sagte er, während sie die Häppchen, die Felicia für sie auf einer Platte drapiert hatte, auf das Bett stellte.

»Ich liebe diesen Platz«, erwiderte sie und warf einen Blick in den Erker, der von Bücherregalen eingerahmt war. »Die Sitzbank haben meine Brüder für mich eingebaut.«

Sie passte perfekt, war mit Schubfächern versehen und mit bunten Kissen überhäuft. Eric konnte sich problemlos vorstellen, wie Lina es sich mit einer Tasse Tee und einem Buch auf diesem Fenstersitz gemütlich machte.

»Genau wie die Steinwand«, ergänzte sie. »Da hat auch meine Familie Hand angelegt. Sie haben die Wand zwischen den beiden Balken mit diesen flachen Steinen in Flusssteinoptik aus dem Baumarkt verkleidet. Ich finde, das passt super hier rein.«

»Schöner Hintergrund für deinen Fernseher«, sagte Eric. Das Apartment war nicht groß, die Küchenzeile sogar winzig. Aber Lina hatte genug Platz für das große, verschnörkelte Eisenbett, in dem er gerade saß. Es war von dünnen, weißen Vorhängen, die sich bei jedem Lufthauch leicht bewegten und von denen Lichterketten hingen, vom Rest des Raumes abgetrennt. Ein kleines Sofa mit einer alten Kiste auf Rollen als Couchtisch und ein Sekretär, auf dem ein Laptop stand, in der Ecke, der Lina vermutlich als Büro diente.

Lina reichte ihm ein Glas Wein und stieß mit ihm an. »Ich liebe die alte Schule wirklich. Du musst unbedingt mal das Lehrerzimmer sehen. Oder das Rektorenzimmer, in dem ein Freund von Felicia Whiskeytastings veranstaltet.« Sie beugte sich über das Essen und küsste ihn. »Aber nicht heute Abend.«

Eric wählte einen gefüllten Champignon von der Platte und hielt ihn Lina zum Abbeißen hin, bevor er sich den Rest in den Mund schob. »Verdammt, ist das lecker«, nuschelte er mit vollem Mund.

»Ja, Licie ist die Beste.« Lina wählte ein Blätterteigteilchen aus und blickte Eric dann direkt in die Augen. »Und sie findet, dass du und ich zusammen sein sollten. Genau wie Jule das zu denken scheint. Und mein Körper. Auch wenn mein Kopf völlig anders darüber denkt.«

Eric musste angesichts dieser Erklärung lachen. »Ich mag die Entscheidung deines Körpers.« Dann wurde er wieder ernst. »Ich weiß natürlich, was du meinst. Wir haben uns gerade nicht viele Gedanken gemacht und einfach dem nachgegeben, was zwischen uns ist. Aber mir ist natürlich klar, dass das nicht das ist, was du dir wünschst. Ich weiß nur nicht, wie wir dieser Anziehung widerstehen sollen.«

Lina legte ihre Hand an seine Wange. »Ist deine Entscheidung, keine Familie zu gründen, denn wirklich in Stein gemeißelt? Ich meine«, fuhr sie fort, bevor er etwas sagen konnte, »du hast sicher deine Gründe dafür. Und so wie ich dich kennengelernt habe, geht es nicht um irgendeinen selbstsüchtigen Grund, sondern um etwas, das du erlebt hast, aber manchmal …«, sie senkte den Blick auf ihre Bettdecke und sah Eric nach kurzem Zögern wieder an, »Ich wurde zum Beispiel von meinem Exfreund enttäuscht. Er hat mir das Herz gebrochen und meine Träume zerstört. Das heißt aber nicht, dass ich gesagt habe, ich möchte nie wieder lieben. Denn ich bestimme meinen Weg selbst. Und ich will mich von den negativen Ereignissen meiner Vergangenheit nicht bestimmen lassen.«

Erics Magen zog sich zusammen. Er hatte gehofft, dass Lina seine Entscheidung einfach akzeptieren würde. Aber ihm war natürlich auch klar, dass er ihr einen sinnvollen Grund liefern musste, damit sie ihn verstehen konnte. Er legte seine Hand über ihre und hielt sie an seiner Wange fest. »Passiert das gerade?«, fragte er leise. »Verliebst du dich in mich?«

Lina lächelte. »Ich bemühe mich, es nicht zu tun.«

Eric stellte die restlichen Häppchen neben das Bett. Er schob die Kissen gegen das Kopfteil und lehnte sich mit seinem Glas in der Hand so an, dass er Lina in seine Arme ziehen konnte. »Ich habe die Entscheidung, keine Familie zu gründen, nicht aus einer Laune heraus getroffen. Und glaub mir, seit ich dich kenne und weiß, was du dir vom Leben wünschst, habe ich unzählige Male darüber nachgedacht. Aber ich kann es einfach nicht.«

»Erzählst du mir, warum?«, fragte sie.

Eric überlegte, wie er anfangen sollte. Am besten ganz

am Anfang. »Die Leute denken immer, Kinder, die aus gutem Hause kommen, haben keine Sorgen, außer vielleicht, die Qual der Wahl, für welche Uni sie sich mal entscheiden sollten oder was für ein Auto sie sich zum 18. Geburtstag wünschen. Aber so ist es nicht.«

Lina griff nach seiner Hand und verschränkte ihre Finger mit seinen. »Ich weiß, dass es so nicht ist, Eric. Das ist einer der Gründe, warum ich nicht Erzieherin geblieben bin, sondern meinen Nanny-Service gegründet habe. Ich möchte für diese Kinder da sein, die manchmal einfach nicht die Liebe und Aufmerksamkeit bekommen, die sie verdienen.«

Eric schluckte und atmete an dem Kloß vorbei, der in seinem Hals festsaß. Wie wäre seine Kindheit wohl verlaufen, wenn er jemanden wie Lina in seinem Leben gehabt hätte? »Meine Eltern waren keine grausamen Menschen. Sie haben Charlotte und mich nicht misshandelt oder so was. Es war nur …« Er trank einen Schluck Wein, weil er plötzlich eine trockene Kehle hatte. »Die Arbeit war immer wichtiger. Lob gab es nur gegen Leistung. Falls sie uns überhaupt wahrgenommen haben. Wir waren die klassischen Checklistenkinder. Die einfach zur perfekten Familie dazugehörten. Wirklich interessiert haben sie sich nicht für uns. Elternabende in der Schule haben sie grundsätzlich verpasst, weil irgendetwas anderes wichtiger war. Bis auf diesen einen, bei dem meine Lehrerin auf ihrer Anwesenheit bestanden hat und mein Vater einfach seine Assistentin geschickt hat. Wir haben nicht mit ihnen zusammen gefrühstückt. Wurden abends von der Haushälterin ins Bett geschickt. Und manchmal …« Er schluckte. »Manchmal haben wir Dinge gehört, die ganz sicher nicht für unsere Ohren bestimmt waren. Sätze wie: Ohne diese Kinder wäre alles so viel einfacher.«

Lina küsste ihre verbundenen Finger. »Das ist grausam. Und je weniger Aufmerksamkeit ein Kind bekommt, desto härter kämpft es darum«, erklärte sie. »Das ist wie ein Reflex. Oft führt das dazu, dass sie sich besonders anstrengen, um zu gefallen. Super Leistungen in der Schule, Kapitän der Fußballmannschaft. Andere schlagen über die Stränge. Je verhaltensauffälliger, desto größer ist die Wahrscheinlichkeit, dass sie bemerkt werden.«

»Hmm. Meine Schwester passt ganz sicher in Kategorie eins. Sie war die Oberstreberin, hat einen perfekten Abschluss, ein perfektes Studium, den perfekten Mann und das perfekte Kind. Ich hingegen habe irgendwann aufgegeben. Ich war es leid, mich durch ihr Desinteresse manipulieren zu lassen. Ich wollte ihr Leben nicht klonen, denn sie hätten mich trotzdem nicht wahrgenommen. Ich war aber auch kein Draufgänger, der Mist gebaut hat, um sie zu zwingen, mich wahrzunehmen. Ich habe mich einfach für meinen eigenen Weg entschieden. Womit ich letztendlich die Enttäuschung, die ich sowieso schon war, manifestiert habe. Inzwischen leben meine Eltern seit Jahren im Ausland, und wir haben so gut wie gar keinen Kontakt zueinander. Sie lassen sich selten in Starnberg blicken und rufen praktisch nie an. Als ob wir nicht existieren würden.«

Lina schwieg einen Moment. »War die Wahl deines Studiengangs deine Rebellion?«, fragte sie dann leise.

»Nein. Ja. Ich bin mir nicht sicher. Eine Rolle hat es bestimmt gespielt. Und ich muss zugeben, ich habe meinen

Vater selten so wütend erlebt, wie in dem Moment, als er von meinen Zukunftsplänen erfahren hat.« Er musste grinsen. Damals war er längst darüber hinweg gewesen, um die Zustimmung seiner Eltern zu betteln, aber es hatte trotzdem Spaß gemacht, ihn so auf die Palme zu bringen. »Gewählt habe ich Geologie allerdings, weil ich einfach schon immer die Welt verstehen wollte. Und später, als ich zu forschen begann, wollte ich herausfinden, warum die Dinge sind, wie sie sind. Und ob sich daran etwas ändern lässt. Ob sich negative Entwicklungen aufhalten lassen.«

»Ich freue mich für dich, dass du deinen Weg gefunden hast. Aber Eric«, sie sah ihn ernst an, »was deine Eltern mit Charlotte und dir gemacht haben, ist auch eine Form von Missbrauch. Eine, die die Leute nicht gerne sehen oder vielleicht auch einfach nicht wahrnehmen. Aber es hinterlässt Spuren im Leben der Kinder. Und es kann ihren weiteren Weg bestimmen.«

Er seufzte. »Darum geht es mir ja. Ich sehe meine Schwester an und erkenne genau die gleichen Muster, die ich schon bei unseren Eltern gesehen habe. Annabelle ergeht es oft nicht besser als uns damals. Kein Kind sollte so aufwachsen.«

»Mit einem Unterschied«, sagte Lina, »sie hat einen liebevollen Onkel, der sich um sie kümmert. Menschen wie mich und mein Team. Wir machen alles möglich, um ihr eine schöne Kindheit zu bereiten. Und ich glaube, das gelingt auch ganz gut. Abgesehen davon ist deine Schwester tatsächlich eine sehr liebevolle Mutter, wenn sie sich einmal Zeit für deine Nichte nimmt. Ich habe die beiden zusammen erlebt. Charlotte ist nicht immer im Anwältinnen-Modus.«

»Das stimmt. Aber die liebevollen Momente sind nicht gerade die, die überwiegen. Und auch ich bin nicht immer für Annabelle da gewesen. Ich war viel zu lange und viel zu oft unterwegs. Kann sogar sein, dass ich bei meinen wenigen Besuchen hier nicht wahrnehmen wollte, wie Charlotte mit meiner Nichte umgeht«, gestand Eric – vor allem sich selbst – ein. »Aber jetzt, da wir im selben Haus wohnen, kann ich die Augen nicht mehr davor verschließen.«

»Eric, du musst dir keine Sorgen machen. Annabelle ist ein wundervolles Kind, und sie hat in dir eine Bezugsperson gefunden. Du gehst fantastisch mit ihr um, und ich kann nicht sehen, warum du das nicht auch mit deinen eigenen Kindern könntest. Ich meine, du und ich, wir wissen doch gar nicht, ob das wirklich funktioniert. Im Moment ist es toll, mit dir zusammen zu sein. Aber vielleicht haben wir in einem halben Jahr auch die Nase voll voneinander. Wer kann das heute schon sagen? Aber wenn nicht …« Lina richtete sich auf und setzte sich ihm im Schneidersitz gegenüber. Sie sah ihm direkt in die Augen, als sie weitersprach. »Würdest du eine mögliche gemeinsame Zukunft aufs Spiel setzen, bevor wir überhaupt eine Chance haben herauszufinden, was da zwischen uns ist?«

»Hmm.« Eric schluckte. Er verstand genau, was Lina meinte, aber … »Es tut mir wirklich leid«, sagte er leise und strich mit den Fingerspitzen über ihr Knie. Einfach, weil er nicht anders konnte und sie berühren musste, wenn sie in seiner Nähe war. »Bei diesem Thema werde ich meine Meinung nicht ändern. Ich werde keine Kinder in die Welt setzen und mich dann vielleicht in eine Version meines Vaters verwandeln. Dieses Risiko gehe ich nicht ein.

Aber ich bin mir sicher, dass du eine wundervolle Mutter sein wirst. Und du wirst einen perfekten Vater für deine Familie finden.« Eric sprach aus, was Lina hören musste, auch wenn diese Wörter wie Säure in seinem Hals brannten. Er wollte nicht, dass sie sich auf einen anderen Typen einließ – und er wollte sie nicht verlieren. »Außer dieser Kerl ist Lennards Vater«, ergänzte er, um die Ernsthaftigkeit, die das Gespräch wie eine schwere Decke um sie gelegt hatte, ein wenig aufzulockern.

Er brachte Lina damit tatsächlich zum Lächeln. »Keine Sorge. Du musst wirklich nicht auf Sebastian Kufer eifersüchtig sein. Aber wie stellst du dir das vor? Wie soll es mit uns weitergehen?«, fragte sie. »Ich habe dir bei unserem letzten Treffen gesagt, dass ich keinen Sinn darin sehe, uns noch weiter in etwas zu verstricken, das nicht gut ausgehen wird.«

Eric zog Lina wieder an seine Brust und hielt sie fest. Sie legte ihren Kopf an die Stelle, hinter der sein Herz schlug. Viel zu schnell und viel zu nervös. Was sie mit Sicherheit unter ihrer Wange spüren konnte. Es kam auf das an, was er jetzt sagte. Und wie er es sagte. Denn, dass er ehrlich sein würde und ihr keine Luftschlösser baute, die sich beim kleinsten Windhauch in sich selbst auflösen würden, war für ihn eine Selbstverständlichkeit. »Ich habe überhaupt nicht nachgedacht, als ich in deine Wohnung gestürmt bin. Mir ist klar, dass ich mich nicht von dir fernhalten will. Und dass ich es irgendwie auch nicht kann. Dieser Nachmittag mit den *Mäusen und Dachsen* – dich nur zu sehen, aber nicht berühren und in meine Arme ziehen zu können, dich nicht zu küssen und dir irgendetwas ins Ohr flüstern zu können – das hat mich wahnsinnig gemacht. Ich will mit dir zusammen sein. So lange und so oft du es erlaubst.«

*

Lina musste nachdenken. Erics Worte waren offen und direkt. Sie verstand ihn. Seine Sehnsucht nach ihr. Das Verlangen, das ständig gegen die Vernunft kämpfte. Schließlich empfand sie genau das Gleiche. Was ja auch der Grund war, aus dem sie beschlossen hatte, auf Abstand zu ihm zu gehen. Sie konnte ihm nicht trauen, wenn er in ihrer Nähe war. Und sich selbst noch viel weniger.

Dieses Gespräch war wichtig gewesen. Wichtig, um zu verstehen, ob sie vielleicht doch eine Chance hatten. Aber Eric war deutlich gewesen. Das Trauma, das er mit sich herumschleppte, war viel zu groß und offenbar nie aufgearbeitet worden. Es war ihm gar nicht möglich, an den schrecklichen Fehlern seiner Eltern vorbeizusehen und wahrzunehmen, was für ein wundervoller Mann und Onkel er war. Was für ein fantastischer Vater er sein könnte, wenn er das zuließe. Er meinte es sehr ernst damit, keine Familie gründen zu wollen. Sie würde ihn nicht umstimmen können. Dazu hatte sie auch gar kein Recht. Aber auch sie musste sich überlegen, wie groß der Kompromiss war, den sie schließen konnte. Sie hatte sich schon einmal für einen Mann aufgegeben, der ihr dann das Herz gebrochen hatte. Niemand wusste so gut wie sie, wie schmerzhaft so etwas war. Sie musste eine Entscheidung treffen. Aber das würde sie nicht jetzt tun, wenn sie mit diesem nackten Mann im Bett lag und das Klopfen seines Herzens hörte, das im gleichen schnellen Rhythmus dahinjagte wie ihr eigenes. »Im Moment erlaube ich es«, flüsterte sie, drehte den Kopf und presste ihre Lippen auf seinen Brustkorb. Sie küsste die heiße, glatte Haut und ließ ihren Mund dann langsam über seinen Bauch nach unten gleiten.

Lina war glücklich. Das war der erste Gedanke, der ihr durch den Kopf ging, als sie langsam erwachte. Sie fühlte sich fantastisch. In Erics warme Umarmung geschmiegt. Seinen Duft in der Nase und das stete Schlagen seines Herzens unter ihrer Wange. Sie hatten eng umschlungen geschlafen. Ihr linker Schenkel ruhte zwischen seinen Beinen. Dabei konnte Lina sich gar nicht daran erinnern, so eine Kuschlerin zu sein.

Es fühlte sich einfach richtig an, dachte sie, als sie die Augen aufschlug. Genau das war das Fatale. Entschlossen schob sie den Gedanken beiseite.

Eric bewegte sich neben ihr. »Guten Morgen«, murmelte er und legte seine Stirn an ihre. Eine Geste, die jedes Mal einen ganzen Schwarm Schmetterlinge durch ihren Bauch rasen ließ. »Ich wäre aufgestanden und hätte dir einen Kaffee gemacht.« Seine Stimme klang rau. Und sexy. »Aber dann hätte ich nicht hier liegen bleiben und dir beim Aufwachen zusehen können.«

Verdammt! Dieser Kerl! Lina legte ihre Hand an seine Wange und küsste ihn sanft. »Sagst du eigentlich immer das Richtige?« Entweder wusste er, wie man eine Frau um den Finger wickelte, oder er fühlte genau das, was er sagte. Und das wäre … ihr Puls beschleunigte sich. Bevor Eric merken würde, was Sätze wie dieser mit ihrem Herzen anstellen konnten, löste sie sich sanft aus seiner Umarmung und stand auf. »Ich mache den Kaffee, und wir können ihn im Bett trinken, wenn du noch genug Zeit hast«, schlug sie vor.

Eric angelte sein Handy vom Fußboden, wo er es am vergangenen Abend neben das Bett gelegt hatte, und warf einen Blick auf die Display-Uhr. »Dafür habe ich auf jeden Fall Zeit.«

Lina schaltete die Kaffeemaschine ein und verschwand kurz im Bad. Als sie zurückkam, war der Kaffee durchgelaufen. Eric schloss die Badezimmertür hinter sich, während sie zwei Becher füllte und zum Bett hinübertrug. Sie stellte sie auf das Nachtkästchen neben sich, schob sich ein paar ihrer Dekokissen in den Rücken und lehnte sich gegen das Kopfteil.

Eric kam zurück, schlüpfte neben ihr unter die Decke und küsste ihre nackte Schulter, bevor er den Kaffee entgegennahm, den sie ihm reichte, und lehnte sich neben ihr zurück. »Wir sind letzte Nacht ein wenig abgelenkt worden«, sagte er und legte seinen Arm um Linas Schulter, um sie ein wenig näher an sich heranzuziehen. »Irgendwie haben wir es nicht geschafft, eine Lösung für unsere Situation zu finden.«

Lächelnd schüttelte Lina den Kopf. »Ist das nicht verrückt? Ständig versuchen irgendwelche Paare Wege zu finden, zusammen sein zu können. Und wir denken darüber nach, wie wir es schaffen, genau das nicht zu tun.«

»In gewisser Weise wollen wir ja auch zusammen sein«, widersprach Eric.

Das war es nicht, was Lina meinte. Andere kämpften um das, was ihnen beiden in den Schoß gefallen war, während sie es einfach so aufgeben wollten. Sie war sich sicher, dass Eric sie genau verstanden hatte.

»Wir sind Freunde«, begann er. »Wenn wir das zwischen uns klar definieren und Freunde …«

»Stopp!« Lina hob ihre freie Hand. »Sag jetzt nicht ›Freunde mit gewissen Vorzügen‹ werden. Ich hasse diese Bezeichnung.«

»Okay.« Eric schwieg einen Moment. »Dann werde ich es auf keinen Fall so nennen. Ich sag dir, wie ich es sehe: Wir sind Freunde. Und wir sind zusammen. Ich will jeden Moment mit dir genießen, den ich bekommen kann. Solange, bis sich unsere Wege trennen müssen. Weil du denjenigen gefunden hast, der perfekt ist für deine Zukunft.«

Lina hatte bereits befürchtet, dass es genau das war, was Eric vorschlagen würde. Sie war sich sicher, dass das keine gute Idee war. Aber verdammt, die Anziehungskraft dieses Mannes auf sie war so groß, wie sollte sie ihm widerstehen? Sie konnte sich darauf einlassen, und wenn sie merkte, dass sie sich zu sehr in ihre Gefühle verstrickte, konnte sie immer noch einen Rückzieher machen.

Als sie nicht sofort antwortete, drehte Eric ihr Gesicht zu sich und küsste sie sanft. »Denk darüber nach, ob du das auch willst«, flüsterte er. »Wenn du dich dagegen entscheidest, kann ich das verstehen.«

Lina fand Felicia und Jule auf dem Steg am See, wo sie sich sonnten, nachdem sie schwimmen gewesen waren. Während sie mit geschlossenen Augen auf ihren Handtüchern lagen, tobte Poldi noch immer durchs Wasser und versuchte, Freundschaft mit den Enten zu schließen, die dem tollpatschigen Schäferhundmischling lautstark zu verstehen gaben, dass sie an einer näheren Kontaktaufnahme nicht interessiert waren.

»Bist du das, Lina?«, fragte Jule, ohne die Augen zu öffnen, als sie die Erschütterungen der Holzplanken unter ihrem Körper spürte.

Felicia öffnete die Augen einen Spalt und drehte den Kopf so weit, dass sie Lina erkennen konnte. »Jepp, sie ist es«, bestätigte sie die Vermutung ihrer Freundin und hielt ihr Gesicht dann wieder in die Sonne.

»Wo ist dein sexy Lover?«, wollte Jule wissen, als Lina sich neben ihre Freundinnen setzte.

»Genau wie ich heute Morgen zur Arbeit gegangen. Und dort ist er vermutlich noch. Deshalb bin ich aber nicht hier. Oder doch, irgendwie schon«, verbesserte sie sich.

»Willst du uns Details erzählen?« Jule blinzelte in die Sonne und grinste Lina von der Seite an.

»Nein, ich will euch keine Details erzählen. Ich habe ein Hühnchen mit euch zu rupfen. Wieso lässt du Eric einfach ins Haus, Jule? Und du, Licie? Stellst Essen vor die Tür, als wäre völlig klar, dass er und ich übereinander herfallen und das Bett nicht mehr verlassen würden.«

»Weil es genau so war.« Jule setzte sich auf. »Eric hat ausgesehen, als wolle er über dich herfallen – im besten Sinne dieses Wortes.«

»Und wir hatten den Eindruck, dass ihr definitiv nicht vorhattet, das Bett noch mal zu verlassen.« Felicia richtete sich ebenfalls auf. »Das war im Grunde nur eine Vorsichtsmaßnahme. Erinnerst du dich noch, wie Jule neulich Pizza bestellt und das Essen dann halbnackt an der Tür in Empfang genommen hat? Die Pizzaboten werden heute noch rot, wenn wir nur anrufen, um etwas zu bestellen.« Sie schenkte Lina ein Grinsen unter hochgezogenen Augenbrauen. »Das war sozusagen Selbstschutz, bevor die alte Schule auf die schwarze Liste der Lieferdienste gesetzt wird.«

»Haha. Ihr seid ja so witzig.« Lina bemühte sich, nicht die Augen zu verdrehen.

»Wir sind superwitzig«, bestätigte Jule. »Und vor allem wollen wir nur das Beste für dich. Hat es geklappt?«

»Ach, ihr zwei.« Lina seufzte. Sie griff nach einer der Wasserflaschen, die die Freundinnen auf den Steg gestellt hatten, und trank einen Schluck. »Ich weiß, dass ihr es nur gut gemeint habt, und dass ihr gerade wirklich eine ziemlich romantische Sicht auf die Dinge habt. Aber ich habe euch bereits erklärt, warum das mit Eric und mir nicht so einfach ist. So sehr die Chemie zwischen uns auch stimmen mag.«

Felicia kniff leicht die Augen zusammen, und Lina war nicht sicher, ob sie sich damit vor der Sonne schützen wollte, oder nicht mit der Entwicklung einverstanden war, die Lina und Eric gemacht hatten. »Er ist total verrückt nach dir«, stellte sie fest. »Das ist nun wirklich nicht zu übersehen. Ist er etwa immer noch nicht von seiner Meinung bezüglich eigener Kinder abgerückt?«

»Nein.« Lina stellte die Flasche wieder ab. »Und das wird er auch nicht. Trotzdem möchte er mit mir zusammen sein. Zumindest, bis sich in unseren Leben etwas ändert, und ich vielleicht jemanden kennenlerne, der sich besser für meine Zukunft eignet als er.«

»Du bist eine Frau. Und die unbestrittene Expertin, wenn es um Kinderfragen geht. Wenn du ihn nicht davon überzeugen kannst, irgendwann eine Familie zu gründen, wer dann?«, fragte Jule.

Lina strich sich die Haare, mit denen der Wind spielte, aus dem Gesicht. Kleine Wellen tanzten auf dem See und verloren sich irgendwo vor dem Panorama der Berge. »Ich werde Erics Gründe nicht verraten. Aber ich verstehe, warum er sich so entschieden hat. Ganz abgesehen davon, dass wir doch gar nicht wissen, ob wir uns überhaupt lange genug mögen, um überhaupt so weit zu kommen.«

»Und was ist mit dir?« Felicia öffnete eine Tupperdose mit geschnittener Melone und schob sie in die Mitte zwischen den Freundinnen. »Könntest du deinen Traum aufgeben, um mit ihm zusammen zu sein?«

Alles in Lina zog sich bei dem Gedanken zusammen. Das Lächeln, das sie sich ins Gesicht klebte, schmeckte bitter. »Ich glaube, das kann ich nicht«, sagte sie leise. »Es ist … was, wenn ich mich gegen eine Familie entscheide, und er verlässt mich, wenn es für mich zu spät ist, eigene Kinder zu bekommen? Ich weiß nicht, ob ich bereit bin, ein so hohes Risiko einzugehen.«

»Ist es nicht die falsche Herangehensweise an eine Beziehung? Darüber nachzudenken, was passiert, wenn es irgendwann vorbei ist?« Jule runzelte nachdenklich die Stirn.

»Nein. Garantien gibt es schließlich nie. Aber ich möchte nicht mit offenen Augen in so eine Situation schlittern.« Einen Moment schwieg sie und starrte auf den gezackten Horizont. Sie wollte von den Erfahrungen, die sie gemacht hatte, nicht ihr Leben diktieren lassen. Aber sie wollte, dass ihre Freundinnen sie verstanden und nicht ständig nachbohrten. Ganz abgesehen davon, dass Felicia, Jule und sie immer offen und ehrlich miteinander umgegangen waren. Die beiden hatten es verdient, dass Lina ihnen von Thomas erzählte. »Ich habe mich in der elften Klasse in Thomas verliebt. Kunst und Englisch Leistungskurs, total verwuschelte Haare und das süßeste Grinsen, das ich mir nur vorstellen konnte.« Lina zuckte die Schultern. Das bittere Lächeln in ihren Mundwinkeln wurde von einem Hauch Nostalgie beiseitegeschoben. »Vorher war er mir irgendwie nie aufgefallen. Und ich ihm nicht. Aber zwischen uns hat es absolut gefunkt.« Bei ihrem ersten Kuss hatte Lina das Gefühl gehabt, dass die Welt für einen Moment den Atem angehalten hatte. »Er war der Erste in allem. Meine erste große Liebe, meine ersten überlebensgroßen Träume.«

»Und das erste Mal, dass dir jemand das Herz gebrochen hat«, mutmaßte Jule.

»Glücklicherweise bis jetzt auch das einzige Mal, dass das passiert ist«, sagte Lina. »Alle waren sich sicher, dass wir beide füreinander bestimmt waren. Ich habe es am allermeisten geglaubt, und Thomas … irgendwie auch.« Zumindest hatte er es glauben wollen. Wenn Lina ihre erste Beziehung rückblickend betrachtete, hatte ihr Freund alles versucht, um an ihr festzuhalten. Ob das wirklich Liebe gewesen war, konnte sie heute nicht mehr mit Sicherheit sagen. »Wir haben zusammen Abi gemacht. Dann bin ich für ein Jahr als Au-pair in die USA gegangen und er zur Bundeswehr. Wir hatten uns geschworen, diese Zeit der Trennung durchzustehen, und haben es auch geschafft. Danach wollten wir zusammenbleiben. Dieses eine Jahr hatte uns wirklich für ein ganzes Leben gereicht. Dummerweise hatte ich einen Studienplatz in München und Thomas in Berlin. Da er zudem auch noch ein super Angebot von einer Galerie bekommen hatte, für die er arbeiten konnte, habe ich eingewilligt, ihn zu begleiten.«

»Obwohl du das wahrscheinlich nicht wolltest«, sagte Felicia. »Du bist doch hier so verwurzelt. Du liebst die Gegend. Deine Familie ist hier. Es muss dir schwergefallen sein, gleich wieder zu gehen.«

»Ja, das war es. Vor allem, weil meine Großmutter gerade gestorben war. Es war wirklich keine einfache Zeit. Aber Thomas war sich sicher, dass unsere Beziehung es nicht überstehen würde, wenn wir noch länger in einer Fernbeziehung lebten. Also habe ich mich in Berlin beworben, habe einen Studienplatz gefunden und bin mit ihm zusammen dorthin gegangen.«

Jule zog die Beine an und legte ihre Ellenbogen auf die Knie. »Habt ihr festgestellt, dass ihr doch nicht so gut zueinander passt?«

Lina schüttelte den Kopf. Die Erinnerung an den demütigendsten Moment ihres Lebens versetzte ihr noch heute einen Stich. Auch wenn Thomas längst zu dem verblasst war, was er einmal gewesen war: die süße erste Liebe, die in den wenigsten Fällen für immer hielt. »Wir waren zwei Jahre glücklich, auch wenn ich Berlin furchtbar fand. Zumindest dachte ich, dass wir glücklich waren, bis ich Thomas mit seiner Kollegin aus der Galerie erwischt habe.«

»Mistkerl!«, fauchte Jule.

»Du Arme!«, kam im selben Moment von Felicia. »Da tust du alles für ihn, krempelst dein Leben um, wechselst die Uni – und dann das.«

»Siehst du.« Lina zeigte auf ihre Freundin. »Genau darum geht es. So haben alle reagiert. Und Thomas hat genau so gedacht. Er hatte sich verliebt und schon seit über einem halben Jahr eine Affäre mit der Frau, statt mit mir Schluss zu machen.« Sie hob in einer Geste die Arme, die ihr selbst hilflos vorkam. »Weil er Angst hatte, mir zu sagen, dass diese Frau ihn einfach umgehauen hatte. Dass er bis über beide Ohren verliebt war. Schließlich hatte ich mein Leben und meine Träume für ihn aufgegeben. Alles nach ihm ausgerichtet. Er wollte mich einfach nicht enttäuschen. Mir nicht sagen, dass ich all das umsonst getan hatte. Und das hat ihn in eine verdammte Zwickmühle befördert, aus der er nicht mehr herauskam.«

Jule blies langsam die Luft aus, die sie angehalten hatte. »Ich würde gern sagen: Was für ein feiges Arschloch. Aber ich nehme an, du hast das nicht getan.«

Das brachte Lina zum Lachen. »Doch, am Anfang schon. Ich habe ihn verflucht. Aber irgendwann habe ich begriffen, dass es für ihn genauso schrecklich war wie für mich. Ich habe die Uni gewechselt, bin zurückgekommen und habe mir mein Leben aufgebaut, wie es jetzt ist. Ich bin verdammt glücklich, wie sich alles gefügt hat. Der Nanny-Service. Die alte Schule. Eure Freundschaft. Thomas spielt keine Rolle mehr. Weder in meinem Leben noch in meinen Gedanken.«

Felicia griff nach ihrer Hand und drückte sie. »Aber er hat dich geprägt.«

»Ja.« Lina nickte. »Deshalb habe ich es euch erzählt. Damit ihr versteht, dass ich mich und meine Träume nicht noch einmal für einen Mann aufgeben werde. Und andererseits, dass ich nicht versuchen werde, einen Mann von seiner Entscheidung abzubringen. Jeder muss genau das tun, was für ihn das Richtige ist. Auch wenn sich das in zwei entgegengesetzte Richtungen entwickelt.«

»Okay. Das leuchtet ein.« Jule legte ihre Hand über Felicias, die Linas hielt. Ein bisschen wie die drei Musketiere. »Auch wenn es mir wie eine unglaubliche Verschwendung vorkommt, dass ihr zwei keine gemeinsame Zukunft habt.«

»Wir können immer noch das Hier und Jetzt haben«, sagte Lina leise. »Das hat Eric mir angeboten. Ich war nur nicht sicher, ob ich mich darauf einlassen soll.«

»Wenn du mich fragst: Tu es!«, sagte Jule sofort. »Nimm Anlauf und spring ins kalte Wasser.«

»Und wenn du mich fragst«, schloss sich Felicia an, »spring! Aber pass gut auf dein Herz auf. Wenn zwei Menschen so magnetisch voneinander angezogen werden wie ihr, kann man sich vielleicht nicht dagegen wehren. Aber man muss sich schützen.«

»Weise Worte.« Jule boxte Felicia kameradschaftlich gegen die Schulter. »Du solltest auf jeden Fall auf Licie hören, Lina. Apropos hören.« Sie lehnte sich vertraulich ein wenig vor. »Habt ihr irgendwas von Sam und Marie gehört seit den *Mäusen und Dachsen*?«

Lina runzelte die Stirn. »Ich hatte Sam gebeten, Marie dabei zu helfen, die Instrumente in die Musikschule zurückzubringen. Aber sie haben sich schon gestritten, noch bevor sie – mit zwei Autos – vom Hof gefahren sind. Eric hat mir erzählt, dass er und Annabelle sie gesehen haben, wie sie sich am Steg in den Haaren gelegen haben. Sie haben allerdings nicht mitbekommen, um was es in dem

Streit ging. Außerdem streiten die beiden ja ständig. Und wegen jeder Kleinigkeit.«

»Tja.« Jule zwinkerte ihnen zu. »Ich habe ihn getroffen, als er noch einmal zurückkam und sein Handy geholt hat, dass er vor lauter Streit hier liegen gelassen hatte. Sein Man-Bun sah ganz schön derangiert aus, und er hatte knallrote Ohrspitzen. Glaubt mir, er war tierisch überrascht, als er mich bei dem Versuch, in die Bücherei zu schleichen, getroffen hat. Hat gestammelt und keinen ganzen Satz rausgebracht. Also entweder haben Marie und er sich so gezofft, dass die Fetzen geflogen sind, oder …«

»Sam und Marie?« Felicia strich sich nachdenklich die Haare hinter das Ohr. »Die beiden … das kann ich mir beim besten Willen nicht vorstellen.«

Lina sah das genauso. »So wie die beiden sich bei jeder Gelegenheit an die Gurgel gehen? Man spürt die aufgeladene Luft ja regelrecht, wenn die beiden sich im gleichen Raum befinden.« Sie hatte es noch nie erlebt, dass Sam und Marie aufeinandergetroffen wären und sich nicht gestritten hätten.

»Hmm.« Jule lehnte sich auf ihre Unterarme zurück und grinste breit. »Diese Energie … Was wäre, wenn das Anziehung ist, die die beiden in die falschen Kanäle leiten, weil sie nicht merken, dass sie aufeinander stehen? Oder weil sie es nicht zugeben wollen? Das wäre wie ein fünfzehn Jahre andauerndes Vorspiel. Was für ein Gedanke.«

Lina prustete. Der Gedanke war einfach zu absurd.

Felicia sah das offenbar genauso. »Ich kann mir das wirklich nicht vorstellen«, sagte sie noch einmal.

»Wir sollten die Streithähne von jetzt an ein bisschen

besser im Auge behalten.« Jule wies mit Zeige- und Mittelfinger erst auf ihre Augen und dann nacheinander auf Lina und Felicia. »Ich wette eine Runde Cocktails im *Bootshaus*, dass da was geht.«

Am Abend schlüpfte Lina in einen dunkelblauen Rock im Hippiestyle und ein weißes Tanktop, unter dem sie einen ihrer hübschesten weißen Spitzen-BHs trug. Unschuldig und sexy in einem. Sie ließ ihr Haar offen, zog Flip-Flops an, und griff nach der Flasche Wein und dem Schoko-Popcorn, das sie besorgt hatte.

Sie hatte sich bereits entschieden, als sie mit ihren Freundinnen gesprochen hatte. Aber als sie wenig später an Erics Tür klopfte, war sie sich ganz sicher.

»Lina«, sagte er überrascht, als er öffnete. Er trat einen Schritt zur Seite und ließ sie herein. »Schön, dich zu sehen.«

Sie stellte Wein und Popcorn auf das Schränkchen neben der Tür, legte ihre Hände an seine Wangen und zog ihn zu einem Kuss zu sich herunter. »Ich habe mich entschieden«, murmelte sie an seinen Lippen. »Du und ich. Solange es funktioniert.«

Eric lehnte seine Stirn gegen ihre. »Das klingt nach einer fantastischen Entscheidung. Möchtest du vielleicht ein Glas Wein?«

»Ich möchte dich«, sagte Lina und presste ihre Lippen abermals auf seine.

15

Eric konnte nicht mehr aufhören zu grinsen. Die Gang der alten Schule (wie er Linas Freunde insgeheim nannte) machte sich für einen Ausflug bereit. Er hatte ein paar Abende mit ihnen verbracht, seitdem Lina sich dafür entschieden hatte, mit ihm zusammen zu sein. Von daher wusste er, dass hier wenig dem Zufall überlassen wurde. Besonders, wenn es um die Verpflegung ging.

Er hatte die Freitagnacht bei Lina verbracht, nachdem er sie ins Kino eingeladen hatte. Heute Morgen hatten sie mit der ganzen Gang auf der Terrasse hinter dem Haus gefrühstückt, was fast etwas von einem Brunch gehabt hatte. Schließlich war Felicia mit ihren unzähligen Kreationen dafür verantwortlich gewesen. Und dann war er, genau wie Chris und Ben, rausgeschmissen worden, um sich um die Sachen zu kümmern, die schon mal auf das Boot gebracht werden mussten, mit dem Sam am Steg angelegt hatte. Und das war ein ganzer Haufen Zeug. Mal abgesehen von den drei Kühltaschen, von denen Felicia überzeugt war, dass sie absolut notwendig waren.

»Nicht hinterfragen«, hatte Ben ihm geraten, also hatte er mit angepackt, Taschen, Luftmatratzen und eine dieser kleinen Badeinseln, die etwas von einem überdimensionierten Einhornschwimmreifen samt Glitzer hatten, geschleppt. Getränke auf Eis. Decken. Handtücher. Die Liste schien kein Ende zu nehmen.

Er hatte gerade einen Volleyball über die Reling gereicht, als Chris leise hinter ihm pfiff. »Und da kommen sie«, murmelte er.

Eric drehte sich um – und hielt den Atem an. Lina und ihre Freundinnen verstanden sich definitiv auf einen filmreifen Auftritt. Chris hatte bereits sein Handy gezückt und machte ein Foto, während Eric die Frauen nur anstarren konnte. Nebeneinander kamen sie über den Steg auf sie zu. Wie Filmsternchen aus den Fünfzigerjahren. Alle drei trugen große Sonnenhüte und noch größere Sonnenbrillen. Kurze Strandkleider zeigten jede Menge Bein.

»Warum die drei, nach allem, was wir gerade auf dieses Boot geladen haben, diese monströsen Strandtaschen mitschleppen, ist mir ein Rätsel«, brummte Sam hinter ihnen.

»Nicht hinterfragen«, wiederholte Ben seinen Rat und schlug seinem Cousin gut gelaunt auf die Schulter. »Einfach genießen.«

Und genau das beabsichtigte Eric. Sein Grinsen wurde noch breiter, als die Frauen das Boot erreichten, Lina ihre Hand um seine Taille schlang und ihm das Gesicht entgegen hob, damit er sie küssen konnte.

Eric war nervös gewesen. Er hatte schon Zeit mit Linas Freunden verbracht. Aber ein ganzer Tag gemeinsam auf dem Wasser war noch mal etwas völlig anderes. Jetzt beruhigte sich sein klopfendes Herz. Das hier fühlte sich völlig normal an. Die Bluetooth Box, aus der die Foo Fighters dröhnten, was Ben dazu brachte, ein kleines Schlagzeugsolo auf der Reling hinzulegen. Poldi, der über den Steg geschlendert kam, einen Blick auf das Boot warf und entschied, wieder umzudrehen und den Tag lieber mit der Katze seines Herzens zu verbringen. Als sie ablegten, schob Eric seinen Arm um Linas Mitte, zog ihren Rücken an seinen Brustkorb und küsste ihre Schulter an der Stelle, an der der weite Ausschnitt ihres Kleides über ihren Arm gerutscht war. Eine bessere Art, das Wochenende zu verbringen, gab es nicht.

Sie legten ab, und Chris übernahm das Steuer.

Jule verdrehte gut gelaunt die Augen, als ihr Freund Gas gab. »Er ist einfach besessen von Booten«, erklärte sie Eric. »Wie ist das bei dir? Bootsfan?«

Eric hatte sich auf einen der Sitze am Heck gesetzt. Lina auf seinem Schoß, den Kopf an seine Schulter gelegt. Die Villa seiner Familie hatte zwar einen Zugang zum See, aber seine Eltern hatten weder Segelscheine noch eine eigene Jacht gehabt. Auf dem Wasser war er nur gewesen, wenn einer seiner Kumpels in Teenagerjahren mit dem Boot seiner Eltern rausgefahren war. »Ich mag Boote«, sagte er. »Aber ich habe nicht viel Erfahrung auf dem Gebiet. Den größten Teil meines Lebens habe ich festen Boden unter den Füßen gehabt.«

»Oder Eis«, neckte Lina ihn mit seiner Arbeit im Permafrost. »Dir wird doch nicht schlecht auf dem Wasser?«

»Wenn du mich ablenkst, bestimmt nicht«, murmelte er und ließ seine Hand an ihrem Rücken hinuntergleiten, um sie dann noch näher an sich heranzuziehen.

Lina glitt mit den Lippen über seine. »So?«, flüsterte sie.

»Hmm.« Eric vergaß für einen Moment, dass sie nicht allein waren, und vertiefte den Kuss. Erst der Beifall und die Pfiffe um sie herum beendeten den Kuss.

Lina lächelte an seinen Lippen. »Sag mir jederzeit Bescheid, wenn du abgelenkt werden musst.«

*

Lina genoss jede Sekunde ihrer Bootstour. Eric hielt sie im Arm, was sich einfach perfekt anfühlte. Ihre Freunde waren um sie herum. Chris war erst vor zwei Tagen von einer Geschäftsreise zurückgekehrt, und Ben musste nächste Woche wieder nach Norwegen. Aber heute waren sie alle hier und verbrachten diesen fantastischen Sommersamstag gemeinsam auf dem See. Der Fahrtwind blies ihr die Haare aus dem Gesicht. Die Sonne wärmte ihre Haut, und der Duft nach Sonnenmilch hing in der Luft. Ben und Felicia tanzten, soweit der Wellengang unter ihren Füßen das erlaubte, lachend zu einem Eddie-Vedder-Song.

Als Chris der Meinung war, weit genug auf den See hinausgefahren zu sein, schaltete er den Motor aus und ließ das Boot auf dem Wasser treiben. Obwohl sie bei weitem nicht allein waren, fühlte es sich ein bisschen so an. Zwei Segelboote glitten in einiger Entfernung an ihnen vorbei, und die Ufer des Sees waren bevölkert von Bade- und Sonnenhungrigen, die den Tag genauso verbrachten wie sie.

Ben öffnete eine Flasche Sekt, schenkte ein und verteilte die Gläser. »Auf uns und auf den See«, brachte er einen Toast aus. Die Freunde stießen an, und Lina nippte an dem kalten Prickelwasser.

»Hey Lina«, rief Sam. »Wie wäre es zur Feier des Tages mit einem Filmzitat?«

»O ja.« Jule grinste. »Vielleicht was aus *Der weiße Hai*?«

»*Weißer Hai*? Kein Problem.« Lina rutschte von Erics Schoß und stellte sich in Position. »*Das hier ist kein Bootsunfall*«, begann sie. »*Das war keine Schiffsschraube. Schon gar kein Korallenriff. Und es war auch nicht Jack the Ripper.*« Sie machte eine dramatische Pause und sah ihre Freunde der Reihe nach an. »*Es war ein Hai.*«

Applaus brandete auf, Sektgläser wurden gehoben. Felicia rieb sich über die Gänsehaut, die die kleine Interpretation bei ihr verursacht hatte. Und im nächsten Moment war ein kurzer Aufschrei zu hören, gefolgt vom Klatschen, wenn jemand in den See fiel.

»Du Mistkerl!«, fluchte Jule, als sie wieder auftauchte, ihr Glas noch immer in der Hand, allerdings inzwischen gefüllt mit Seewasser. Sie versuchte sich an einem wütenden Blick, konnte aber selbst nicht ganz ernst bleiben.

Was sicher daran lag, dass Chris sich vor Lachen krümmte. »Ich musste die Chance nutzen, dass du vom *weißen Hai* abgelenkt warst. Sonst hätte ich es sicher nicht geschafft, dich heute noch über Bord zu werfen.«

Jule knurrte, aber ihre Augen funkelten. Sie kippte das Wasser aus ihrem Glas und hielt es hoch. »Gieß mir wenigstens noch etwas nach.«

Chris beugte sich mit der Sektflasche in der Hand über die Reling, was Jule sofort nutzte, um ihn mit einem Ruck zu sich herunterzuziehen. Er schaffte es gerade noch, Felicia die Flasche in die Hand zu drücken, bevor er fiel.

»Mann über Bord!«, rief Sam, schnappte sich eine der

bereits geladenen Wasserpistolen und sprang hinterher – womit die Seeschlacht eröffnet war.

*

Im ersten Moment war Eric nicht klar gewesen, worum es bei dem Kampf ging. Dann war er ein wenig abgelenkt gewesen, weil Lina ihr Strandkleid ausgezogen hatte und in diesem winzigen Bikini vor ihm gestanden hatte, der von der gleichen Farbe war wie ihre Augen und mit weißen Polka-Dots übersät war. Doch dann hatte sie ihre Sonnenbrille abgenommen, und er hatte den Kampfgeist und Siegeswillen in ihren Augen gesehen, als sie ihn hochgezogen hatte.

Die Schlacht drehte sich um die Einhorn-Badeinsel, erklärte sie ihm – und Lina hatte ein paar wirklich fiese Tricks auf Lager, wie er anerkennend feststellen musste, als er entspannt auf der eroberten Insel lag, alle Viere von sich gestreckt und Lina an seiner Seite. Nass vom See, aufgeheizt von der Sonne. Eric konnte sich nicht erinnern, wann er das letzte Mal so viel Wasser geschluckt und trotzdem dermaßen viel Spaß gehabt hatte. »Du bist die kleinste Amazone, die ich jemals gesehen habe.« Er rollte sich herum, begrub ihren Körper unter seinem und küsste sie, was die gesamte Insel zum Schaukeln brachte. »Und du bist eine verdammt gemeine und hinterhältige Kriegerin«, ergänzte er, seine Lippen nur Millimeter von ihren entfernt.

Lina kicherte und zog ihn für noch einen Kuss zu sich heran. »Die Kleinen werden immer unterschätzt. Aber ich habe vier Geschwister. Ich habe früh gelernt, unfair zu kämpfen.«

»Was mich verdammt froh macht, in deinem Team zu sein und nicht dein Gegner.«

Lina spannte ihren Bizeps an und lachte. »Besser ist das. Niemand will mich zu seinem Feind.«

»Hey, ihr Turteltäubchen. Wollt ihr noch irgendwas?« Chris zog die Insel an ihrem Verbindungsseil an das Boot heran.

»Ein kaltes Bier wäre nicht schlecht«, murmelte Lina.

»Kommt sofort.« Eric richtete sich auf der wackligen Plattform auf. »Wir nehmen zwei kalte Bier«, bestellte er und zuckte zusammen, als mit den Flaschen auch eine Handvoll Crushed Ice auf sie herabregnete und Lina zum Kreischen brachte.

»Schlechte Verlierer?«, fragte Eric mit einem breiten Grinsen in Sams und Bens Richtung.

»Einfach nur große Kindsköpfe.« Felicia schüttelte lachend den Kopf und reichte Eric einen Pappteller mit Fingerfood über die Reling. »Hier, damit ihr nicht verhungert.«

»Danke.« Eric nahm die Platte entgegen und stellte sie neben sich ab, denn seine Augen waren an einem der kleinen Eisstücke hängen geblieben, das schmelzend über die Haut auf Linas Bauch glitt, eine Spur aus Wasser und Gänsehaut hinterließ, wo es sich seinen Weg über ihren sonnenwarmen Körper suchte. Er trank einen großen Schluck Bier, um seinen eigenen überhitzten Körper zu kühlen.

Während Linas Freunde auf dem Boot eine wirklich schräge Version von *Down Under* mitgrölten, fing er das Eisstück mit dem Zeigefinger ab, schob es über ihre Haut und ließ es um ihren Bauchnabel kreisen, bis es geschmolzen war. Der kleine Schauer, der Lina erfasste, hatte definitiv nichts mit dem Kontrast aus Kälte und Hitze zu tun. Oder zumindest nicht nur. Ihr Blick sagte ihm ganz deutlich, wie sie den Tag beenden wollte, wenn sie dieses Boot irgendwann wieder verließen.

*

In einer zweiten Runde verloren Lina und Eric die Vorherrschaft auf der Einhorn-Insel gegen Jule und Chris, die mit harten Bandagen kämpften. Sie überließen ihnen die Insel und kehrten auf das Boot zurück.

Felicia mixte Aperol Spritz für die Freundinnen und reichte Eric ein Bier. Und Lina entschied, sich an Jule für die Eroberung der Insel zu rächen, indem sie die Playlist bis zu Helene Fischer scrollte und *Herzbeben* über den See schallen ließ.

Was wiederum Jule dazu brachte, sich in gespielter Verzweiflung in den See zu stürzen. Sie tauchte unter der Badeinsel hindurch und hängte sich mit beiden Armen an die Reling. »Was ist dein Lieblingssong, Eric? Du darfst auf die Playlist setzen, was du willst. Schlimmer als Linas Geschmack kann es auf keinen Fall sein.«

»Wirklich?« Eric grinste erst Jule, dann Lina an. »Egal was? Dann nehm ich was aus *Dirty Dancing*.«

Jule ließ sich mit einem weiteren gequälten Stöhnen erneut ins Wasser sinken.

»War nur Spaß«, sagte Eric, als sie wieder auftauchte. »Aber Filmsongs sind gar nicht so schlecht. Ich kann mich nicht entscheiden …«

»Was von Whitney Houston haben wir schon«, ließ Jule

ihn mit einem Seitenblick zu Felicia wissen, die breit grinsend eine Pirouette drehte und sich verbeugte. Es war noch gar nicht so lange her, da wäre sie fast im Boden versunken, nachdem Jule sie dazu gebracht hatte, ihren Lieblingssong zu nennen, dachte Lina. So viel hatte sich verändert in den letzten Monaten. Jule war zwar noch immer der General ihrer Truppe, der sie von Anfang an gewesen war. Aber Felicia sprühte inzwischen vor Selbstbewusstsein und sie selbst … Lina blickte zu Eric hinüber, der sich über die Reling beugte und Jule angrinste. Sie hatte sich den wundervollsten Mann geangelt, der ihr jemals über den Weg gelaufen war.

»Ich hatte eher zu *Lose Myself* von Eminem tendiert.« Er zuckte mit den Achseln. »Oder *We Own It* von Wiz Khalifa. Ich kann mich nicht entscheiden.«

»Ja!« Jule reckte die Faust in einer Siegerpose in den Himmel. »Nimm das, Helene Fischer. *8 Mile* gegen *Fast & Furious*. Da könnte ich mich auch nicht entscheiden. Pack beide Songs auf die Liste, Lina«, befahl sie und schwamm zu ihrem eroberten Einhorn und Chris zurück, der es sich schon mit einem Bier gemütlich gemacht hatte.

Lina zog ihr Handy aus der Strandtasche und fügte die Lieder ihrer Schulhaus-Playlist hinzu. Und weil sie das Handy gerade in der Hand hatte, schrieb sie Eric eine Nachricht.

Lina
Genießt du den Tag?

Eric sah sich nach seinem Handy um, als er es piepsen hörte, und las ihre Nachricht, nachdem er es unter einem der Kissen auf der Sitzbank am Heck gefunden hatte. Als er die Nachricht abschickte, zwinkerte er Lina zu.

Eric

Ein Samar-Moment. Ich genieße jeden Augenblick.

Diesen Begriff hatte er ihr schon mal geschickt. Er kam aus dem Arabischen und bedeutete, bis lange nach Sonnenuntergang aufbleiben und mit Freunden eine gute Zeit verbringen.

Lina ging zu ihm hinüber und küsste ihn auf die Wange. »Ein schönes Wort, das perfekt zu diesem Tag passt«, sagte sie leise.

»Stimmt.« Er sah sie von der Seite an und lächelte, bevor er seine Lippen über ihre Schläfe gleiten ließ. »Trotzdem kann ich den Moment gar nicht erwarten, in dem wir die Tür hinter uns zumachen und allein sind.«

Ein erwartungsvoller Schauder rieselte durch Linas Körper. Verdammt. Dafür, dass dieser Mann sich eigentlich nur für Steine interessierte, konnte er verdammt gut mit Worten umgehen. Eine unglaublich sexy Eigenschaft. Sie schlang ihre Arme um seinen Nacken und küsste ihn, als hätten sie die Tür bereits hinter sich ins Schloss gezogen. »Glaub mir, diesen Moment kann ich auch kaum erwarten«, wisperte sie, als sie sich wieder von Eric löste und ihn blinzelnd zurückließ, um gemeinsam mit Felicia in den See zu springen.

Sie verbrachten den ganzen Tag auf dem See und entschieden am Abend spontan, statt den Grill in der alten Schule anzuwerfen, im *Bootshaus* vorbeizuschauen und dort Burger und Nachos zu bestellen.

Sie vertäuten das Boot am Steg und machten es sich auf den bunten Kissen bequem, die hier überall verteilt lagen. Eric und Lina blieben am Bug des Bootes sitzen und ließen die Beine baumeln. Als die Sonne hinter den Gipfeln der Alpen verschwand, hatte Eric seine Arme um sie gelegt. Die Club Beats aus der Bar vibrierten um sie herum, und auf ihrer Haut lag noch immer die Hitze des Tages. Lina lachte. Sie war glücklich. All das fühlte sich einfach perfekt an. Wenn es nur so bleiben könnte. Sie schob diesen Gedanken beiseite, der diesen besonderen Stunden nur ihre Magie rauben würde.

Stattdessen konzentrierte sie sich auf Jules Augenbewegung hin zu Sam. Und darauf, dass er und Marie, die gerade ein Tablett mit Getränken in ihrer Runde platzierte, sich nicht wie sonst anzickten. Auch wenn sie demonstrativ aneinander vorbei sahen, so als könnten sie sich mit dem Ausdruck in ihren Augen verraten, sollten sich ihre Blicke treffen. Jule hatte recht: Da ging tatsächlich etwas zwischen den beiden.

»Was ist los mit euch beiden?«, wollte Jule prompt wissen, kaum dass Marie ihnen den Rücken gekehrt hatte und sich um eine andere Bestellung kümmerte.

Sams Ohrenspitzen färbten sich rot. »Keine Ahnung, was du meinst.«

»Ich meine, dass ihr euch kein bisschen an die Gurgel geht. Und das habe ich noch nicht erlebt, seit ich euch zwei kenne«, erklärte Jule ihm.

Sam kratzte sich am Kopf. »Es ist jetzt nicht gerade so, als würdest du Marie und mich schon ewig kennen«, hielt er dagegen.

»Lass den armen Mann doch mal in Ruhe.« Chris zog seine Freundin an sich und küsste sie.

Sam atmete erleichtert aus, als Jule sich für einen Moment von Chris ablenken ließ. Doch schon im nächsten Moment fixierte sie ihn wieder mit ihrem Blick. »Ich kenne euch auf jeden Fall lange genug. Also: Was ist da los?«

Einen Moment zögerte Sam und senkte den Blick in sein Bierglas. »Kann sein, dass wir das eine oder andere geklärt haben«, murmelte er dann.

»Und was genau?«, grillte Jule ihn weiter. Wenn sie keine Concierge geworden wäre, hätte sie sich definitiv auch als Vernehmungsspezialistin beim Geheimdienst bewerben können.

Die Hitze kroch von Sams Ohren in seine Wangen, und er seufzte ergeben. »Wir haben darüber geredet, was Marie in den letzten Jahren so gemacht hat. Und darüber, dass sie«, er kratzte sich unbehaglich am Kopf, »vielleicht nicht unbedingt ganz so eine abgebrannte, erfolglose Musikerin ist, wie ich immer gedacht habe.«

»Nicht ganz?« Jule ließ nicht locker, und Lina sah, wie Chris und Ben erst einen mitfühlenden Blick in Sams Richtung schickten, sich dann aber auf die Innenseiten ihrer Wange bissen, um nicht laut loszulachen.

»Okay, sie ist überhaupt keine Loserin, wie ich … ähm … irrtümlich angenommen hatte«, brachte Sam heraus.

Lina warf Felicia einen Blick unter hochgezogenen Augenbrauen zu, den die Freundin mit einem stummen »wow«

beantwortete, während Jule mit ihrem Verhör fortfuhr. »Und was bedeutet das jetzt?«, wollte sie wissen.

»Was meinst du damit? Was soll das bedeuten?« Sams Gesicht glühte inzwischen. Aber Jule hatte recht. Da lagen ganz eindeutig Gefühle in der Luft. Lina hatte noch nie erlebt, dass jemand so lange gebraucht hatte, um zu erkennen, dass zwischen ihm und seinem Gegenüber etwas anderes lag als Streit. »Das geht dich gar nichts an«, brachte Sam schließlich lahm heraus.

»Erinnere mich daran, dass ich nie in eine Situation komme, in der Jule mich so auseinandernimmt wie Sam gerade«, flüsterte Eric an ihrem Hals. »Ich habe wirklich Mitleid mit dem Kerl.«

Lina drehte den Kopf, und Eric lehnte seine Stirn gegen ihre. »Danke für diesen wundervollen Tag«, sagte er leise, und Lina erwischte sich einmal mehr bei dem Gedanken, wie schön es wäre, wenn es zwischen ihnen immer so bleiben könnte.

*

Zwei Tage später hatte Eric zwar kein Seminar im geologischen Institut, aber eine Besprechung mit den Investoren, die sich für seine seismologische Messtechnik interessierten und einfach nicht lockerließen. Also fuhr er nach München, um sich mit ihnen zum Mittagessen zu treffen.

Nach der Besprechung, die wenig überraschend keine Fortschritte gebracht hatte – Eric wollte seine Erfindung nicht einfach verkaufen, und die Firma aus der Schweiz wollte sie um jeden Preis haben –, stand er auf dem Gehweg vor dem Restaurant und überlegte, was er mit dem Rest des Tages anfangen sollte. Er könnte in die Uni fahren und weiter an seinem Projekt feilen. Aber er hatte seinen Laptop dabei und konnte überall arbeiten. Und er dachte an Lina, deren Bett er erst an diesem Morgen verlassen hatte und die er trotzdem bereits wieder vermisste.

Er konnte sich wirklich nicht daran erinnern, schon einmal so viel Zeit mit einer Frau verbracht zu haben und sie trotzdem bereits wieder zu vermissen, kaum dass er die Tür hinter sich zugezogen hatte. Bisher hatte er es geschafft, ihre Zukunftsträume, die nichts mit seinen gemein hatten, an den Rand seines Bewusstseins zu schieben. Dort lauerten sie zwar, aber er schaffte es spielend, sie zu ignorieren. Wenn sich ihre Beziehung veränderte, würde er sich immer noch den Kopf darüber zerbrechen können, wie er damit umging.

Jetzt hatte er aber erst einmal eine Idee. Lina und Felicia hatten sich auf der Bootstour am Samstag über eine italienische Bäckerei unterhalten, die die besten Cannoli der Welt machte. Und die irgendwo hier in der Nähe sein musste. Er zog sein Handy hervor und schlang seine Messenger Bag quer über seine Brust. Dann googelte er die Bäckerei und folgte der Wegbeschreibung zu Fuß.

Eine Stunde später ließ er seinen Defender vor der alten Schule ausrollen. Linas bunt gestreifter Van – er nannte ihn insgeheim nur noch den Streifenwagen – stand am Straßenrand, also war sie wahrscheinlich zu Hause. Er hängte sich seine Tasche um und griff nach der Tüte mit dem Gebäck auf dem Beifahrersitz.

Auf sein Klingeln öffnete Lina nicht, also ging er um das

Haus herum. Oft genug saß sie auf der Terrasse, dem Bootssteg. Oder wie jetzt: auf dieser kleinen Steinbank unter dieser riesigen Tanne. Er blieb stehen und betrachtete sie einen Moment, wie sie an den Baumstamm gelehnt dasaß, ihren Laptop auf den Knien und völlig vertieft in ihre Arbeit. Die Pflanzen, die vor der Bank wuchsen, waren nicht besonders hoch und ließen noch genug Platz für den Rindenmulch und das Gras am Rand. Aber was hinter der Bank gepflanzt worden war, überragte Lina inzwischen bunt und prachtvoll. Auch wenn er keine Ahnung hatte, was für Sachen da wuchsen, wirkte Lina ein wenig, als befände sie sich auf ihrer eigenen kleinen Insel inmitten eines Blumenmeers. Das Top, das sie trug, war schlicht und schwarz, abgesehen von einer pinkfarbenen Ansteckblume. Aber ihr Rock war bunt gestreift, in so ziemlich allen Farben, die es gab, und ihre Haare waren zu Zöpfen geflochten. Sie hatte heute also schon mit Kindern gearbeitet.

Eric schob die freie Hand in seine Hosentasche, wo er noch immer die Glitzerhaarspange aufbewahrte, und klickte sie auf und zu. Von hier aus sah Lina inmitten dieser Pflanzen aus wie eine Elfe. Eine moderne Elfe, korrigierte er sich selbst, als sie nach ihrem Handy griff und ein Telefonat führte, dessen Inhalt er nicht verstehen konnte.

Er wartete, bis sie fertig telefoniert hatte, bevor er zu ihr hinüberging.

Lina ließ ihr Handy sinken und sah ihn erschrocken an. »Waren wir verabredet?«, fragte sie überrascht.

»Nein. Und Hi.« Eric beugte sich zu ihr hinunter und küsste sie. »Ich war in München und habe dir was mitgebracht.«

Lina klappte ihren Laptop zu, legte die Bäckertüte darauf und öffnete sie. »O mein Gott. Cannoli.« Sie sah auf. »Du hast dir gemerkt, was meine Lieblingsbäckerei ist?«

Eric nickte zu der Tüte. »Und welche deine Lieblingscannoli sind. Gefüllt mit Pistaziencreme, Kirsche und Vanille«, zählte er auf.

»O Mann! Dafür hast du dir definitiv einen Kuss verdient.« Sie beugte sich vor, strich mit ihren Lippen sanft über seine. Doch als er die Hand an ihre Wange legte und den Kuss vertiefte, zog sie sich zurück und verzog bedauernd das Gesicht. »Ich habe wirklich ein schlechtes Gewissen, weil ich das jetzt sagen muss: Es ist total lieb von dir, dass du an mich gedacht hast, aber ich muss noch ein paar Angebote fertig schreiben und habe überhaupt keine Zeit.«

»Das macht nichts. Ich wollte dir das nur kurz vorbeibringen.« *Und dich sehen*, ergänzte er im Stillen.

»Es wäre schön, wenn du bleiben könntest, aber …« Sie zuckte entschuldigend mit den Schultern.

Eric zögerte einen Moment, dann stellte er seine Tasche ab. »Ich kann bleiben«, sagte er und setzte sich neben ihrer Bank auf den Boden. Den Rücken genau wie sie gegen den Stamm der Tanne gelehnt, holte er seinen Laptop heraus und klappte ihn auf. »Das, was ich heute noch zu erledigen habe, kann ich von überall machen.«

Er hatte befürchtet, dass er sich von Linas Anwesenheit von seiner Arbeit ablenken lassen würde. Doch das Gegenteil war der Fall. Sie arbeiteten konzentriert, und Eric genoss es, ihre Gegenwart zu spüren. Sie einfach in seiner Nähe zu haben.

16

Lina fuhr gerade auf den Supermarktparkplatz, als ihr Handy klingelte. Sie drückte den Knopf der Freisprecheinrichtung und meldete sich. »Kirchleitner.«

»Lina, ich bin's«, hörte sie Jule aus dem Lautsprecher. »Ich habe dich gerade am Supermarkt gesehen.«

Lina musste lächeln. Ihr Auto war einfach zu auffällig. So sehr die Kinder die bunten Streifen auch mochten, sie konnte sich auf keinen Fall unbemerkt durch die Stadt bewegen. »Wenn du mir jetzt sagst, dass ich dir wieder Gleitcreme besorgen soll, vergiss es.« Sie spürte, wie ihr nur bei der Erinnerung daran, wie sie ihren Einkaufskorb mit Erics verwechselt hatte, die Hitze ins Gesicht stieg.

»Keine Sorge. Ich brauch aber wirklich ein paar Sachen. Alles ganz harmloses Zeug«, ergänzte sie, bevor Lina wieder etwas einwerfen konnte. »Ich schick dir eine Liste, okay? Du rettest mich echt.«

Lina seufzte. Sie hatte eigentlich nur ein paar Gummibärchen für das nächste Treffen der *Mäuse und Dachse* kaufen wollen. Aber die Liste, die Jule ihr schickte, war genauso lang, wie sie es vermutet hatte. »Wer ist hier eigentlich die Concierge von wem?«, murmelte sie, als sie einen Euro in den Einkaufswagen schob.

So strukturiert Jule in ihrem Leben sonst auch war, wenn es ums Einkaufen ging, war sie die absolute Chaosqueen. Lina bemühte sich, Jules Einkaufszettel in eine einigermaßen logische Reihenfolge zu bringen, bevor sie kreuz und quer durch den Laden rannte. Trotzdem führte die Suche nach Zahnseide und Waschmittel an der Fläche mit den Werbeartikeln vorbei, die kein Mensch brauchte, die Lina aber wie magisch anzogen. Auch diesmal konnte sie sich nicht dazu bringen, einfach an diesem Bereich vorbeizugehen. Stattdessen verlangsamten sich ihre Schritte ganz automatisch, als sie verschiedenste Sonnencremes, einen Zwiebelschneider und eine Bananentransportbox entdeckte. *Brauche ich alles nicht*, ging es ihr durch den Kopf, und sie war fast ein bisschen stolz, dass sie der Versuchung widerstehen konnte. *Vielleicht ein paar von den Klebebandrollen mit den bunten Mustern*. Lina streckte gerade die Hand danach aus, als der Wagen gegen einen kleinen Turm Kissen stieß, die neben der Auslage aufgestapelt waren. Das Konstrukt begann zu schwanken, und Linas Hand blieb in der Luft hängen. *Waren das …?* Der Turm beruhigte sich, auch wenn er jetzt ein wenig an Pisa erinnerte.

Tatsächlich. Das waren keine Kissen, sondern Katzenkörbchen. Lina dachte an Elfriede, die vermutlich nur ihr arrogantes Katzennäschen gerümpft hätte. Vermutlich würde sie eines dieser süßen Körbchen keines Blickes würdigen, wenn Lina ihr eins mitbrächte. *Aber Rocky*, überlegte sie. *Rocky würde sich mit Sicherheit darüber freuen*. Und dann vielleicht nicht mehr auf ihrem Kopfkissen in Erics Bett schlafen wollen. Sie suchte ein dunkelblaues

Exemplar aus, das fantastisch in Erics Wohnung passen und das sie beim nächsten Netflix-Abend, inzwischen ein fester Termin an den Donnerstagabenden, mitnehmen würde.

Lina und Eric trafen sich schon seit einigen Wochen regelmäßig. Sie hatten diesen fantastischen Tag mit ihren Freunden auf dem See verbracht. Und doch war sie sich nicht ganz sicher, wann sie eine Grenze überschritt. War ein Katzenkörbchen zu persönlich? Im Supermarkt war sie noch ganz euphorisch gewesen, aber jetzt war sie sich nicht mehr ganz so sicher. »Wir werden es gleich merken«, murmelte sie, als sie die Kofferraumklappe öffnete und das Körbchen herauszog.

»Was hast du denn da?«, wollte Eric mit einem belustigten Funkeln in den Augen wissen, als er die Tür öffnete und sie über das Körbchen hinweg küsste.

»Das ist nicht für dich, sondern für deinen Kater«, erklärte sie und trat über die Schwelle und streichelte Rocky, der sich um Erics Beine wand, über den Kopf.

»Ich habe keinen Kater«, erwiderte er mit Blick auf den Kater.

»Dafür hat dein Nicht-Kater jetzt ein Körbchen. Wohin soll ich es stellen, Rocky?«, fragte sie, und als das Tier sich in Richtung Couch bewegte, so als habe er ihre Frage verstanden, folgte sie ihm und stellte das Körbchen in die Ecke neben dem Sofa.

»Müsstest du nicht mich fragen, wohin das Ding soll?«, wollte Eric hinter ihr wissen.

Lina drehte sich um, legte ihm die Arme um den Hals

und küsste ihn. »Da Rocky nicht dein Kater ist, frage ich ihn lieber selbst.«

Rocky beäugte das Körbchen misstrauisch von allen Seiten, testete dann das Kissen vorsichtig mit der Pfote und ließ sich schließlich darauf nieder.

»Sieh mal, er mag es.« Lina küsste Eric begeistert noch einmal.

Eric hielt sie fest und zog den Kuss in die Länge. »Wenn du dich immer so freust, wenn mein Nicht-Kater glücklich ist, kannst du ihm gern jedes Mal etwas mitbringen«, zog er sie auf, bevor er sie noch einmal küsste.

»Ich freue mich mindestens so sehr, dich zu sehen«, sagte Lina und schmiegte sich noch enger an ihn.

»Gut. Ich war mir nicht sicher, ob ich anfangen muss, mit einer Katze zu konkurrieren.« Er löste sich von ihr, ließ ihre Hand aber nicht los und zog sie zur Couch. »Du suchst den Film aus, ich die Pizza«, schlug er vor.

»Deal.« Lina wusste sowieso schon, was sie sehen wollte, und griff nach der Fernbedienung.

Sie stoppte die Folge von *Stranger Things*, als der Pizzabote ihr Abendessen brachte. Da der Duft nach Käse, Salami und Tomaten Rocky offenbar ebenfalls in die Nase stieg, erhob er sich von seinem Kissen und folgte Lina und Eric in den Küchenbereich, wo er maunzend um ihre Knöchel strich, damit sie ihn ja nicht vergaßen.

»Wenn du die Pizza übernimmst, kümmere ich mich um die Nervensäge«, schlug Eric vor und nahm eine Dose Katzenfutter aus dem Kühlschrank.

Lina, die gerade die restlichen Clown-Servietten aus der

Schublade nahm, hielt inne, als sie das Etikett auf der Dose sah. »Du kaufst deinem Nicht-Kater Gourmet-Futter?«, fragte sie und bemühte sich, das amüsierte Zucken ihrer Mundwinkel zu unterdrücken.

Eric warf ihr einen Seitenblick zu und zog die Augenbrauen hoch. »Etwas anderes frisst er nicht«, gab er zu. Dann füllte er das Schälchen, stellte es auf den Boden und strich Rocky über den Rücken, als der kleine Kater sich auf das Fressen stürzte, als hätte er tagelang nichts in den Bauch bekommen.

Lina schluckte. Sie drehte Eric den Rücken zu, legte die Servietten auf die Pizzakartons und trug sie zur Couch hinüber. Er sollte ihre Reaktion nicht sehen, weil er sie vermutlich falsch interpretieren würde. Dabei war er derjenige, der sich falsch sah. Eric war sich so sicher, keine Verantwortung für ein anderes Wesen übernehmen zu können. Doch da war er, mit einer Katze, die einmal ein Streuner gewesen war und von der er behauptete, sie gehöre ihm nicht. Trotzdem kümmerte er sich liebevoll um Rocky, und Lina konnte nicht anders, als dieses Verhalten auf seine Vaterqualitäten zu übertragen. Konnte er nicht sehen, wie wundervoll er mit einer eigenen Familie wäre? Mit einer Familie, die sie irgendwann zusammen gründen könnten? Sie schluckte an dem Kloß in ihrem Hals vorbei, als er zwei Gläser Wein neben die Pizza stellte, sich auf die Couch fallen ließ und Lina in seine Arme zog.

»Verrate bloß niemandem, dass sich der Kater hier aufführt, als wäre er der Boss«, sagte er lachend. »Sonst nimmt mich bald niemand mehr ernst.«

Lina lächelte, auch wenn es ihr für einen Moment

schwerfiel, die Gedanken von Eric als Vater zur Seite zu schieben. »Rocky ist hier der Boss. So viel ist sicher.«

*

Eric erwachte am nächsten Morgen von den frühen Sonnenstrahlen, die durchs Fenster fielen. Er genoss es, Linas schlafenden Körper in seinen Armen zu spüren, und wäre gern noch eine Weile so liegen geblieben, aber dann warf er einen Blick auf sein Handydisplay. Erschrocken zuckte er zusammen, was Lina dazu brachte, sich an seinem Körper zu bewegen und ein träges Seufzen auszustoßen. »Wir haben verpennt«, flüsterte er.

Und im nächsten Moment saß Lina aufrecht im Bett. »Was? Verdammt!«

»Nicht so schlimm, dass wir zu spät zur Arbeit kommen, wenn wir uns beeilen, aber mit einem gemütlichen Kaffee auf der Terrasse«, mit dem er den Tag so gerne begann, »wird es nichts mehr.«

Lina blickte ebenfalls auf ihr Handy. »Aber wir schaffen es noch, pünktlich loszukommen. Ich gehe als erstes ins Bad.« Sie sprang aus dem Bett und stürmte davon, und Eric ließ sich für einen Moment in die Kissen zurücksinken. Weder konnte er diese Hektik am Morgen leiden, noch wollte er, dass Lina einfach davonrannte, ohne ihn wenigstens einmal zu küssen. »Kaffee«, murmelte er. Kaffee würde auf jeden Fall helfen, diesen miesen Start in den Tag ein wenig abzumildern.

Ohne dass er es beabsichtigt hatte, nahm die Hektik noch weiter zu, als er, fertig angezogen, einen Thermobecher Kaffee in der Hand, seine Autoschlüssel nicht finden konnte.

»Hast du sie vielleicht in einer anderen Tasche?«, fragte Lina, die seine Messenger Bag durchwühlte. »Andere Jacke? Irgendwelche Schubladen?«

»Nein.« Er holte die Jeans aus der Wäsche, die er am Vortag getragen hatte und klopfte sie ab. Nichts. »Ich hatte sie in der Hand, als ich Annabelle aus dem Kindergarten abgeholt habe«, überlegte er. »Wir sind oben reingegangen, und sie hat mir ein Bild gezeigt, das sie gemalt hat. Ich hab … das ist es!« Er ließ die Jeans in den Wäschekorb zurückfallen. »Ich habe die Schlüssel oben liegen lassen. Komm.«

Er griff nach Linas Hand, doch sie blieb unschlüssig stehen. »Ich kann auch hier rausgehen«, schlug sie vor, »und du gehst durchs Haus.«

Eric lachte. »Du erinnerst dich daran, dass meine halbe Familie uns nackt im Bett erwischt hat? Schlimmer kann es nicht werden, wenn wir einmal durch ihre Küche laufen.« Er zog sie hinter sich her, durch die Verbindungstür, die er seit dem Zwischenfall in seinem Schlafzimmer immer abschloss. Die Treppe hinauf und in das offene, lichtdurchflutete Foyer in das Zuhause seiner Schwester. »Warte kurz, ich glaube, sie liegen in der Küche. Oder im Familienzimmer«, überlegte er. »Bin gleich wieder da.«

Auf dem Küchentresen erspähte er die Schlüssel nicht, aber er fand sie tatsächlich auf einem Sideboard im Familienzimmer, das vor den meisten Gästen versteckt wurde, weil es hier dank Annabelle meistens so aussah, als hätte eine Bombe eingeschlagen. Er schnappte sich die Schlüssel und kehrte ins Foyer zurück.

Bereits auf dem Weg zurück zu Lina hörte er das Klackern von Absätzen auf dem Marmorboden. Ganz sicher nicht Lina, zu deren Arbeit keine High Heels passten. Noch bevor er das Foyer erreichte, hörte er seine Schwester fragen, was Lina in ihrem Haus verloren hatte. Unhöflich, zickig und von oben herab, wie meistens. Eric sparte sich die Mühe, genervt die Augen zu verdrehen. Charlotte würde sich nie ändern.

»Ich warte auf Eric«, erwiderte Lina, leiser als seine Schwester, aber mit fester Stimme.

»Haben Sie sich da nicht in der Wohnung geirrt?«

»Charlotte!« Eric konnte sich den scharfen Ton angesichts der Unhöflichkeit Lina gegenüber nicht verkneifen. »Gibt es ein Problem?«

Seine Schwester fuhr zu ihm herum. Wie ihre klackernden Schuhe bereits hatten vermuten lassen, im Hosenanzug mit perfektem Haarknoten und Make-up. »Das frage ich mich auch«, gab sie mit einem Seitenblick zurück.

»Ich habe nur den hier gesucht.« Eric hielt den Autoschlüssel hoch. »Lag in Annabelles Chaos.« Er winkte seiner Schwester zu, als er an ihr vorbeiging, nach Linas Hand griff und die Haustür öffnete.

Lina war bereits über die Schwelle getreten, als Eric den eisernen Griff seiner Schwester am Arm spürte. »Was soll das?«, fauchte sie, vermutlich sicher, dass Lina sie nicht hörte. Oder es war ihr schlicht egal.

»Würdest du mich bitte loslassen?«, fragte Eric sie. Er hasste es, wenn seine Schwester so mit ihm umsprang, und das wusste sie genau. »Ich habe die Autoschlüssel geholt.«

»Und ich verbitte es mir, dass du das Personal in mein Haus schleppst und dann unbeaufsichtigt lässt«, zischte sie laut genug, dass Lina, die noch immer seine andere Hand hielt, es unmöglich überhören konnte.

Er spürte, wie Lina ihre verschränkten Finger löste. Oh nein, wenn sie jetzt ... Doch statt getroffen die Beine in die Hand zu nehmen, was er ihr auf keinen Fall verübeln könnte, trat sie über die Schwelle zurück ins Haus.

»Frau von Rabenstein«, sagte sie kühl, das Kinn stolz vorgereckt. Und auch wenn sie deutlich kleiner war als Erics Schwester hatte es den Anschein, als blicke sie auf Charlotte herab. »Ich habe mich in Ihrem Haus schon oft genug unbeaufsichtigt aufgehalten, wenn ich Ihre Tochter beaufsichtigt habe. Denken Sie nicht, dass es jetzt ein bisschen zu spät dafür ist, sich Sorgen zu machen?«

Eric biss sich beim Anblick seiner stocksauren Schwester auf die Innenseite seiner Wange. Er würde lachen, wenn das, was hier gerade passierte, nicht so ernst wäre. »Sei nicht so ein Snob«, erinnerte er Charlotte einmal mehr an ihren schwächsten Charakterzug. »Lina ist kein Personal. Sie ist meine Freundin, und in diesem Haus, das immer noch zur Hälfte mir gehört, auch wenn ich nur einen Bruchteil davon bewohne, immer willkommen.« Er ergriff Linas Hand erneut. »Und jetzt müssen wir leider los. Unsere unterrepräsentativen Jobs rufen.«

Seine Schwester kriegte sich wieder ein. Und Lina nahm den kleinen Zwischenfall ebenfalls nicht zu ernst. Wie sie schon nach seiner ersten Auseinandersetzung mit Charlotte gesagt hatte, war sie an die Snobs in ihrem Leben gewöhnt.

Sie arbeitete schließlich jeden Tag für sie. Ihr Problem war schon damals ein ganz anderes gewesen – und es war noch da. Aber sie sprach nicht darüber. Sie hatte sich nicht beschwert, als er sie seine Freundin genannt hatte. Damit war das zwischen ihnen ziemlich offiziell. Sie waren ein Paar. Und Lina gab ihm trotz ihrer Zukunftsträume nicht das Gefühl, dass ihr Zusammensein ein Ablaufdatum hatte. Eric hoffte, dass das noch lange so bleiben würde. Am besten sollte alles beim Alten bleiben.

Dabei wusste er, dass es so einfach nie war. Zumindest sein seismologisches Projekt bewegte sich schon in der nächsten Woche in eine Richtung, mit der er nie gerechnet hatte, und zeigte ihm damit, wie leicht sich die Parameter verschieben konnten und die Lage sich damit veränderte. Die Schweizer gaben einfach keine Ruhe. Und hatten sich, weil sie bei ihm nicht auf Vernunft gestoßen waren, an seine Dekanin gewandt.

So fand sich Eric einmal mehr in der kleinen Sitzecke in ihrem Büro wieder. »Ich verstehe Ihre Bedenken, Dr. Fuchs.« Eveline Meilinger beugte sich ein wenig vor, um der Eindringlichkeit ihrer Worte Nachdruck zu verleihen. »Dieses Angebot wird Sie in den Olymp der Geologie befördern. Und ich gebe zu«, sie verzog die Lippen zu einem ironischen Lächeln, »der LMU würde es natürlich auch nicht schaden, von diesem Ruf zu profitieren.«

Sie war zumindest ehrlich und schmierte ihm nicht nur Honig um den Mund. Wobei Eric sich schon vorstellen konnte, dass die Schweizer ihr jede Menge Versprechungen gemacht haben mussten, damit sie ihn von ihrem Angebot überzeugte. »Ich habe einfach kein gutes Gefühl dabei, die komplette Technik an ein einziges Unternehmen zu geben, das dann den Markt kontrolliert. Sie wissen selbst, wie wichtig das Projekt zum Beispiel bei einem Taifun in Asien sein kann. Oder bei einem Unwetter mit Starkregen in Brasilien zum Beispiel. Die Erdrutsche, die dabei ausgelöst werden, kosten oft Hunderte Menschen das Leben. Diese Regionen der Erde haben den größten Bedarf an dieser Technik – und am wenigsten Geld. Können Sie garantieren, dass die die Geräte genauso nutzen können wie Österreich oder Deutschland?«

Die Ironie aus Meilingers Lächeln war verschwunden und etwas gewichen, das Eric als echte Sympathie erkannte. »Genau darum geht es. Die Schweizer sind so verrückt auf Ihre Erfindung, dass sie bereit sind, so ziemlich jeder Bedingung zuzustimmen, die Sie stellen. Wenn es auch nur ansatzweise etwas gäbe, das mit Ihrer Technik mithalten könnte, würden die Sie nicht so hofieren. Sie haben es in der Hand. Und wenn Sie möchten, helfen die Fakultät und ich Ihnen, einen Weg zu finden, mit dem Konzern zu verhandeln, zu den Bedingungen, die Sie festlegen.«

Eric schüttelte den Kopf. »Ich glaube kaum, dass das möglich ist.« Er war Wissenschaftler. Ohne Menschen wie seine Schwester, die sich mit Verträgen und allen Fallstricken, die damit verbunden waren, auskannten, würde die Firma ihn über den Tisch ziehen und sich dabei ins Fäustchen lachen, weil er versucht hatte, einen fairen Weg zu finden. Die meisten Menschen in diesen Sphären tickten genau wie Charlotte von Rabenstein.

»Ich kann Ihnen natürlich kein perfektes Paket schnüren«, gab Meilinger zu, als hätte sie gerade seine Gedanken gelesen. »Aber ich habe eine paar gute Ideen, und mit ein wenig Input Ihrer Schwester …«

»Auf keinen Fall.« Eric lehnte sich in seinem Sessel zurück. In diesem Moment bereute er, bei seiner Begrüßung an der Uni erwähnt zu haben, dass seine Schwester Anwältin für Vertragsrecht war. »Entschuldigen Sie, die Idee ist wirklich gut gemeint, aber das kommt nicht infrage.«

Die Dekanin zuckte mit den Schultern. »Die Entscheidung liegt natürlich bei Ihnen. Aber ich möchte, dass Sie sich zumindest mit den Optionen beschäftigen. Das, was Sie da haben, ist zu wertvoll, um es in unprofessionelle Hände zu geben.« Sie beugte sich wieder vor und schenkte Eric und sich Kaffee nach. »Im Moment haben Sie an der Uni noch nicht alle Hände voll zu tun. Die Sommerseminare sind überschaubar, und das Auswerten Ihrer Messdaten aus Alaska nimmt vermutlich nicht Ihre gesamte Zeit in Anspruch, Dr. Fuchs. Nutzen Sie die Freiräume, und lassen Sie uns darüber nachdenken, wie wir die Schweizer um den Finger wickeln können.«

*

»Ist zwischen dir und Eric alles in Ordnung?« Jule ließ ihr Paddle Board neben Linas ins Wasser fallen und griff nach dem Paddel.

Lina fasste ihre Haare zu einem Knoten auf dem Kopf zusammen und richtete sich auf ihrem Board auf. »Ja. Er hat nur im Moment ziemlich viel um die Ohren. Er hat da so ein Projekt, mit dem er viel Gutes bewirken kann. Jetzt muss er einen Weg finden, es sinnvoll zu vermarkten. Und ich musste in letzter Zeit ziemlich oft als Nanny einspringen. Vor allem abends.« Sie stieß sich vom Steg ab und glitt ein paar Meter auf den See hinaus. »Irgendwie sind unsere Zeitpläne in der vergangenen Woche meistens aneinander vorbeigeschrammt.«

»Aber ihr seid nach wie vor glücklich miteinander?«, hakte Jule nach.

»Absolut.« Lina lächelte sie an und begann zu paddeln. Glücklich. Und verrückt nacheinander. »Was gibt es bei dir Neues?«, wollte sie wissen, nachdem ihr bewusst wurde, dass Jule und sie ebenfalls schon eine Weile keine Zeit mehr gehabt hatten, miteinander zu reden. Genau wie mit Felicia, die heute allerdings ein Catering hatte und unterwegs war. Blieben Lina und Jule.

Lina konnte die Augen der Freundin hinter ihrer Sonnenbrille nicht sehen, aber ihr Mund verzog sich zu einem breiten Grinsen. »Nicky hat heute die letzte Rate der geklauten Weinflaschen gezahlt.«

»Wirklich?« Jules Bruder hatte in diesem Sommer für mächtig viel Ärger gesorgt, als er drei edle Weinflaschen, die er eigentlich an einen ihrer Klienten hätte übergeben sollen, geklaut hatte, um sich damit zu betrinken. Weil der schwere Rotwein nichts für einen sechzehnjährigen Gaumen gewesen war, hatten Niclas und seine Kumpels einfach Cola drübergekippt, bevor sie das Zeug als *kalte Muschi* getrunken hatten. Lina konnte sich noch gut daran erinnern, wie Jule versucht hatte, die Geschäftsbeziehung zu ihrem Klienten zu retten, und ihren Bruder anschließend den eingebüßten Betrag abarbeiten ließ. Vorzugsweise auf Bens und Sams Gartenbaustellen. »Das ging aber schnell«, sagte

Lina. Immerhin handelte es sich um über zweihundert Euro pro Flasche.

»Ja, der schlaue Kerl hat einfach seine ganz eigene Version eines Concierge-Services gegründet. Er kümmert sich um die Leute im Viertel meiner Eltern. Und das Beste daran ist«, Jules Grinsen wurde noch breiter, »er hat meine Eltern mit einbezogen. Das ist tausendmal besser als jede Familientherapie. Er lässt Mama die Buchhaltung machen und Papa in der Werkstatt das reparieren, was die Nachbarn an Aufträgen rausgeben. Jede Woche gibt es ein Firmenmeeting, wie er es nennt, an dem die beiden teilnehmen müssen, sodass sie einfach wieder mehr Zeit zusammen verbringen. Und es funktioniert.«

Lina konnte sich ein Grinsen ebenfalls nicht verkneifen. »Wirklich ein schlauer Kerl. Von wem er das wohl hat?«

»Von der Besten, versteht sich.« Jule lachte, dann wurde sie ernst. »Ich bin euch so dankbar, dass ihr mitgeholfen habt, Nicky wieder auf die richtige Spur zu bringen.«

Wenn Lina nicht auf einem Paddle Board gestanden hätte, hätte sie sich hinübergebeugt, um die Freundin zu umarmen. »Jederzeit«, sagte sie stattdessen. »So läuft das nun mal in der alten Schule.«

17

Eric hatte lange überlegt, ob er seine Schwester um Rat fragen sollte, wie seine Dekanin ihm geraten hatte. Dr. Meilinger und er hatten ein fantastisches Konzept erstellt. Mit Hilfe einiger renommierter Experten, die ebenfalls ihre patentierten Erfindungen mit der Wirtschaft geteilt hatten, ohne die Kontrolle darüber abzugeben.

Wenn sie alles richtig gemacht hatten, konnte Eric seine Messtechnik problemlos an *Oliander Bau* verkaufen. Aber er musste auf Nummer Sicher gehen. Und dafür brauchte er das Feedback einer Expertin für Vertrags- und Wirtschaftsrecht. Es wäre ein Leichtes, Charlotte um Hilfe zu bitten. Auch wenn sie keinen blassen Schimmer von Geologie hatte, in diesen Verträgen konnte sie jede noch so kleine Falle finden.

Warum zögerte er? Weil er nicht wollte, dass seine Schwester schon wieder auf ihm und seiner Arbeit herumhackte? Ihm erklärte, dass er die Verträge selbst lesen könnte, wenn er Steine nicht lieber mögen würde als Menschen und das Richtige studiert hätte? Wäre er dafür verantwortlich, wenn Charlotte noch weniger Zeit für ihre Tochter hatte, weil sie sich um seine Angelegenheiten kümmern musste?

Schließlich fasste er sich ein Herz und ging mit seinem Vertragsvorschlag ins Erdgeschoss hinauf, nachdem er sicher sein konnte, dass Annabelle bereits im Bett war und er ihr jetzt wenigstens keine Zeit stehlen würde.

Er fand seine Schwester in der Küche. Charlotte trug noch das Kostüm, in dem sie morgens zur Arbeit gegangen war. Ihre High Heels standen allerdings neben dem Küchentresen, und sie bewegte ihre Zehen, als wäre sie wirklich erleichtert, die Dinger los zu sein.

»Eric, was für eine Überraschung.« Sie war gerade dabei, sich ein Glas Weißwein einzuschenken. »Auch eins?«, fragte sie und hielt die Flasche hoch.

»Ja, gerne.« Eric wartete, bis sie ein zweites Glas aus dem Schrank genommen und ihm eingeschenkt hatte.

Sie schob es über den Tresen und hob ihr eigenes zum Toast, als er danach griff. »Zum Wohl. Was führt dich in die Höhle der bösen, kaltherzigen Löwin?« Sie sagte es scherzhaft, aber sie beide wussten, dass nicht nur ein Funken Wahrheit an diesen Worten war.

»Schläft Annabelle?«, fragte er.

Charlotte seufzte. »Ja. Vincent war heute ausnahmsweise mal früher da und hat sie ins Bett gebracht.«

»Wo ist er?«, fragte Eric.

Charlotte wies mit dem Glas in der Hand ins Obergeschoss. »Hat sich in seinem Arbeitszimmer verschanzt, weil er noch eine Präsentation fertig bekommen muss. Also, was ist los?«, fragte sie noch einmal.

Eric hielt den Ordner hoch, den er mitgebracht hatte. »Ich wollte dich um deine Hilfe bitten.«

Charlotte, die gerade einen Schluck Wein trinken wollte,

hielt mitten in der Bewegung inne und ließ das Glas über der Kücheninsel schweben. Überrascht starrte sie ihn an. »Wirklich?«, fragte sie gedehnt. »Geht es um Steine?«

»Am Rande, ja«, gab er zu. »Aber du hattest mir mal angeboten, dir die vertragliche Seite meiner Arbeit anzusehen. Darauf würde ich gern zurückkommen.«

Er erwartete eine spitze Bemerkung oder einen Kommentar von oben herab. Stattdessen überraschte seine Schwester ihn mit einem kleinen Lächeln. »Wie wäre es, wenn du die Flasche und deinen Wein mit auf die Terrasse nimmst? Ich muss aber erst mal aus diesen Klamotten raus. Dann komm ich raus, und wir können die Sachen durchgehen.«

Eric nickte, und noch bevor er sein »Danke« ausgesprochen hatte, war sie mit ihrem Glas in der einen und ihren Schuhen in der anderen Hand aus der Küche verschwunden.

Er kam der Bitte seiner Schwester nach, ging mit dem Wein nach draußen und legte seine Unterlagen auf den Tisch. Seit seiner Rückkehr war er noch nicht hier oben gewesen. Er mochte seine hübsche Holzterrasse mit der Feuerstelle, die wie eine Insel im Gras wirkte, wirklich gern. Aber wenn man nie hier oben stand, konnte man schnell vergessen, wie atemberaubend der Blick von hier auf den See und die Berge war. Besonders jetzt, wenn sich die Sonne langsam auf den Weg hinter den Horizont machte.

Eric wandte den Kopf, als er ein Geräusch hinter sich hörte, und drehte sich dann überrascht um. Seine Schwester war nicht nur in unter fünf Minuten zurück, sie trug auch ein äußerst seltenes Outfit, bestehend aus Yogahosen und einem übergroßen T-Shirt, das vermutlich ihrem Mann gehörte. Sie war barfuß, ihre Haare waren aus dem strengen Knoten gelöst und zu einem weiteren, unordentlichen, aber viel lockereren Knoten auf ihrem Kopf zusammengefasst. Sie füllte ihr Weinglas nach, griff nach dem Ordner und setzte sich statt an den Tisch im Schneidersitz auf eine der Lounge-Couches, wo sie begann, durch die Seiten zu blättern. »Was ist?«, fragte sie, als Eric noch immer wie vom Blitz gerührt an der Balkonbrüstung stand.

»Ähm … nichts.« Er ging zu Charlotte hinüber, nicht sicher, ob sich ein Alien ihres Körpers bemächtigt hatte.

Sie warf ihm einen Seitenblick zu, als er sich neben sie setzte. »Sieh mich nicht so erstaunt an«, sagte sie mit einem kleinen Zwinkern. »Denkst du, ich laufe immer im Hosenanzug herum?«

»Ehrlich gesagt dachte ich, du schläfst darin«, erwiderte Eric.

»Nur weil ich weiß, wie ich mich in der Öffentlichkeit zu kleiden und zu verhalten habe, heißt das noch lange nicht, dass ich es nicht gern gemütlich habe. Also«, sie tippte mit ihrem manikürten Zeigefinger auf die erste Seite. »Erklär mir das hier.«

Eric atmete langsam aus und trank einen Schluck Wein, bevor er sich zu seiner Schwester hinüberbeugte und ihr erklärte, was Dr. Meilinger und er sich überlegt hatten. Er hatte noch nie mit seiner Schwester zusammengearbeitet oder sie bei ihrer Arbeit erlebt. Natürlich war ihm klar gewesen, dass sie nicht ohne Grund bei den ganz großen Fischen mitschwamm, aber er musste gestehen, dass es wirklich Spaß machte, ihren schnellen, professionellen Gedankensprüngen zu folgen, an Formulierungen zu feilen und manche Absätze durch andere zu ersetzen.

Die Sonne war längst untergegangen und die Flasche Wein geleert, als Charlotte den Ordner zuklappte. »Lass mich das mit ins Büro nehmen. Meine Assistentin setzt das neu auf und geht noch einmal drüber. Dann kannst du es an *Oliander* schicken.

Eric schüttelte den Kopf. »Auch wenn mir das Geld einbringen wird und der Uni hilft, kann ich mir im Moment weder dich noch deine Assistentin leisten.«

Charlotte legte ihm die Hand auf die Schulter. »Keine Sorge, das bleibt in der Familie. Sieh es als kleine Wiedergutmachung dafür, dass du mir mit Annabelle hilfst.«

»Ich …« Eric blinzelte. Langsam war er sich wirklich sicher, dass seine Schwester durch einen außerirdischen Klon ersetzt worden war.

Sie hob die Hand, um ihn zu unterbrechen. »Lass mich das für dich machen, Eric. Ich … wir haben so unterschiedliche Einstellungen zum Leben.« Für einen Moment blickte sie auf die Unterlagen, dann sah sie wieder auf und ihm direkt in die Augen. »Ich kann oft nichts damit anfangen, wie du die Welt siehst, und dir geht es andersherum sicher auch nicht anders. Dabei würde ich es gern. Wirklich. Aber ich bin mir nicht sicher, ob das jemals passieren wird. Wahrscheinlich streiten wir uns morgen schon wieder wegen irgendeiner Kleinigkeit. Das hier«, sie klopfte auf die Unterlagen, »verstehe ich. Damit kann ich umgehen. Also lass mich das für dich machen. Bitte.«

Eric schluckte. Er konnte sich nicht erinnern, wann seine Schwester und er zum letzten Mal so offen miteinander gesprochen hatten. »Danke.«

»Keine Ursache. Wenn ich es zeitlich einrichten könnte,

würde ich höchstpersönlich nach Zürich fahren und mir diesen Vertragsabschluss vornehmen.«

Das konnte sich Eric allerdings wieder perfekt vorstellen. »Ich befürchte, du wirst mich instruieren, bis ich sie über den Tisch gezogen habe, statt sie mich.« Er stand auf und griff nach den Gläsern und der leeren Flasche. Fast war er schon an der Terrassentür, als seine Schwester seinen Namen sagte. »Ja?« Er drehte sich noch einmal zu ihr um.

»Du und Lina Kirchleitner, wie ernst ist das?«, fragte sie leise.

Sein Herzschlag beschleunigte sich ein wenig. »Sehr ernst.« Zumindest für ihn.

»Okay.« Charlotte nickte. »Wenn wir schon dabei sind, so offen zu reden, möchte ich mich entschuldigen. Ich war ehrlich gesagt ein wenig überfordert, dass du und sie … und das meine ich wirklich nicht als Snob. Ich habe nur einfach überhaupt keine Vorstellung, welche Frau zu dir passt.«

»Lina passt zu mir«, sagte er die schlichte Wahrheit. »Gute Nacht, Charlotte.«

Er hätte seine Schwester bei seiner Präsentation wirklich gern dabeigehabt, dachte Eric, als er vor der Firmenzentrale von *Oliander Bau* in Zürich stand. Die Sonne brach sich in der glänzenden Glasfassade des Hochhauses, sodass er die Augen gegen die Helligkeit zusammenkneifen musste.

Er wischte sich die vor Nervosität feuchten Hände an den Jeans ab. Seine üblichen T-Shirts hatte er gegen Hemd und Jackett getauscht, in dessen Jackentasche ein Stein lag, den Annabelle am See gefunden und ihm als Glücksbringer mitgegeben hatte. In der Hosentasche trug er Linas Haarspange mit sich herum, die ihn glücksmäßig noch nie im Stich gelassen hatte.

Sein Gepäck hatte er im Auto gelassen. Nur seinen Laptop und die Präsentationsmappe hatte er dabei, als er noch einmal tief durchatmete und das Gebäude betrat.

Die ältere Dame am Empfang bat ihn mit einem freundlichen Lächeln, in der Besucherlounge Platz zu nehmen. Also hockte er sich auf die Kante eines der steingrauen Sofas vor anthrazitgrauen Wänden, an denen riesige, geschmackvolle Fotos von Gebäuden hingen, die vermutlich von *Oliander Bau* errichtet worden waren – in Schwarz-Weiß. Er könnte noch mal seine Präsentation durchgehen, aber schließlich war er derjenige, der seine Messtechnik am besten kannte. Stattdessen zog er sein Handy aus der Tasche, um noch einmal zu überprüfen, ob er es auf lautlos gestellt hatte, und sah, dass er eine WhatsApp von Lina bekommen hatte. Er öffnete die Nachricht und musste sich auf die Innenseite seiner Wange beißen, um nicht laut zu lachen. Lina hatte ihm ein Bild des Katers geschickt, auf dem der schlecht gelaunt in die Kamera blickte. Darunter stand: *Toi toi toi, du ROCKYST das!*

Eric spürte, wie ein Teil der Anspannung von ihm abfiel. Er wollte das Handy gerade zurückstecken, als eine weitere Nachricht von Lina einging. Diesmal ein Foto seiner Nichte, die hinter einem der großen Deko-Findlinge im Garten seiner Schwester hervorlugte, mit dem Text, dass ihnen allen ein Stein vom Herzen fallen würde, wenn er die Besprechung hinter sich gebracht hatte.

Diesmal steckte Eric sein Handy nicht weg. Er wartete, denn er war sich sicher, dass das nicht das letzte Bild gewesen war. Und tatsächlich: Im nächsten Moment ging ein Selfie von Lina ein. Mit Kussmund, geflochtenen Haaren, Glitzerspangen, die zu der in seiner Hosentasche passten. Sie hatte das Foto offenbar aufgenommen, bevor sie sich auf den Weg zur Arbeit gemacht hatte.

Lina:
Glücksselfie! Hals und STEIN-Bruch

Erics Herz drehte einen kleinen Looping in seinem Brustkorb. Diese Frau machte ihn einfach … einfach glücklich. Ein anderes Wort fiel ihm nicht ein. Er betrachtete ihr Foto weiter, bis ein paar Minuten später ein Mann in seinem Alter in der Besucherlounge auftauchte und sich mit einem Lächeln als Matteo Brunner vorstellte.

Der Typ war das männliche Pendant zum Anwältinnen-Ich seiner Schwester. Perfekt sitzender Anzug, penibel zurückgegelte Haare. Wenn Eric mit ihm verhandeln musste, war er mehr als froh, dass Charlotte ihn auf diesen Termin vorbereitet hatte.

Eric schob sein Handy zurück in die Tasche und folgte Brunner in einen großen, hellen Besprechungsraum, in dem bereits fünf Leute saßen. Fünf! Verdammte Scheiße! Mit Brunner, der sich auf einen weiteren Platz am Tisch fallen ließ, sogar sechs! Er konnte Unterricht vor hundert Studenten halten, aber das hier … Seine Schwester und Dr. Meilinger hatten recht gehabt: Oliander würde ihn grillen. Denn das hier war definitiv nicht sein Spielfeld. Hier war er der Außenseiter, der Laie, obwohl es um seine Erfindung ging.

Aber er war, verdammt noch mal, bereit. Und es war so, wie Lina ihm in der vergangenen Nacht zugeflüstert hatte, als er sich ruhelos von einer Seite auf die andere gewälzt hatte: Er musste seine Technik nicht verkaufen. Wenn ihm nicht gefiel, was die sechs Anzugträger zu sagen hatten, konnte er einfach aufstehen und gehen.

»Herzlich willkommen, Dr. Fuchs.« Der Mann, den er laut dem Internetauftritt der Firma als Julius Oliander identifizierte, schenkte ihm ein freundliches Lächeln, von dem Eric sich nicht täuschen ließ. »Wir freuen uns, dass Sie Ihre Meinung noch einmal geändert haben und mit uns über Ihre Messtechnik sprechen wollen.« Er stellte die anderen Männer im Raum vor. Teilhaber, Anwälte, Juniorpartner. Eric konnte sich nicht einen dieser Namen merken. Aber er wischte noch einmal seine Hände an den Jeans ab und startete seinen Vortrag, als er darum gebeten wurde. Kaum hatte er begonnen, über seine Erfindung zu sprechen, fiel die Nervosität von ihm ab.

Als er geendet hatte, sahen ihn seine Zuhörer aufmerksam an, bevor sie langsam den Blick zu Oliander wandern ließen. Der Firmenchef – vermutlich würde die Bezeichnung ›Leiter eines Imperiums‹ besser zu ihm passen – schürzte die Lippen und klopfte in einem langsamen Rhythmus mit seinem Stift auf die Unterlagen vor sich. »Vielen Dank, Dr. Fuchs. Das war sehr anschaulich.«

Sofort nickten die anderen Männer zustimmend.

»Aber ihre Forderungen sind hoch«, fuhr Oliander fort. Zustimmendes Nicken überall am Tisch.

Und selbst Eric nickte. »Das stimmt. Aber das sind die Parameter dieser Verhandlung.«

»Ich besitze bereits eine Stiftung, die viel Gutes tut«, ging Oliander auf die größte von Erics Forderungen ein.

»Über die ich mich informiert habe«, sagte Eric. »Die *Oliander Foundation* hat einen fantastischen Ruf. Aber wenn Sie viel Gutes tun, ist Ihnen auch bewusst, wie wichtig es mir ist, dass Gelder da sind, um die Messtechnik auch in Schwellenländern und der dritten Welt anzuwenden. Dort, wo die finanziellen Möglichkeiten nicht ausreichen, eine Firma wie Ihre zu engagieren.«

»Hmm.« Nun klopfte Oliander mit dem Stift nachdenklich gegen seine Unterlippe. »Und Forschungsgelder für Ihre Universität«, fuhr er fort.

»Nicht für die LMU, sondern für dieses Projekt. Die Forschungen sind noch nicht abgeschlossen. Ganz abgesehen davon, dass ich eine Weiterentwicklung der Technik plane. Ich verkaufe nicht, wenn nicht mein Team und ich diejenigen sind, die das Projekt fertigstellen. Und ich werde nicht in Zürich daran arbeiten, sondern in München«, erklärte Eric seinen Standpunkt.

Oliander ließ den Stift sinken. »Danke, Dr. Fuchs. Sie sind ein wirklich knallharter Verhandler.« Er lächelte. »Ihnen ist vermutlich bewusst, dass ich bei einer so langen Liste, wie Sie sie aufgestellt haben, nicht sofort Ja sagen kann, obwohl Ihnen bewusst sein dürfte, wie sehr mir daran gelegen ist, diesen Deal mit Ihnen abzuschließen.«

Eric nickte wieder. »Das ist mir völlig klar.«

»In Ordnung.« Oliander erhob sich, und der Rest der Männer tat es ihm gleich wie eine Horde Lemminge. »Wie wäre es, wenn wir uns zur Feier des Tages ein gutes Essen und ein fantastisches Glas Wein gönnen? Darf ich Sie dazu einladen, den Abend mit uns zu verbringen?«, fragte er Eric.

»Gern.« Eric hatte es hinter sich gebracht. Jetzt hieß es warten, wie der Firmenmogul sich entschied. Ein Essen war definitiv besser, als jetzt allein in seinem sterilen Hotelzimmer zu sitzen und die Wände anzustarren.

»Sagen Sie mir eins, Dr. Fuchs«, begann Oliander, als sie nebeneinander aus dem Besprechungsraum traten. »Stimmt es, dass Sie darüber nachgedacht haben, die Messtechnik gegebenenfalls im Internet hochzuladen, damit sich jeder kostenlos daran bedienen kann?«

Eric zuckte mit den Schultern. »Wenn ich zu dem Schluss komme, dass das der beste und sinnvollste Weg ist, die Welt ein wenig sicherer zu machen, dann würde ich das tun.«

Oliander sah ihn einen Moment von der Seite an, dann schlug er ihm auf die Schulter und brach in ein brüllendes Lachen aus. »Ich kann mit gutem Gewissen sagen, dass ich noch nicht viele Menschen wie Sie getroffen habe«, sagte er, als er sich wieder ein wenig beruhigt hatte.

*

Lina hatte auf Erics Anruf gewartet. Als sein Gesicht auf ihrem Display auftauchte, nahm sie das Gespräch an und lehnte das Handy gegen die Zierkissen auf ihrem Bett. »Hey«, sagte sie und lächelte ihn an.

Er hatte ihr geschrieben, dass seine Präsentation gut gelaufen war und Oliander ihn zum Essen eingeladen hatte. »Hey«, antwortete er und grinste breit. »Ich habe gerade meinen Koffer geöffnet.« Er hielt die Plastikdose mit Popcorn hoch, die sie am Morgen unter seine Sachen geschmuggelt hatte. »Danke.«

»Gern geschehen.« Eric sah so glücklich und zufrieden aus, dass auch sie einfach nicht aufhören konnte zu lächeln. »Ich wusste nicht, ob du nach diesem anstrengenden Tag noch Lust hast, dich zu melden. Aber falls doch …«

Eric hatte die Dose bereits geöffnet, schob sich eine Handvoll Popcorn in den Mund und gab ein zufriedenes Stöhnen von sich, das Lina bis in den Magen fuhr. »Das war die beste Idee überhaupt. Und ich möchte unseren Netflix-Abend nicht ausfallen lassen, nur weil wir uns nicht vor dem selben Fernseher befinden. Oder im selben Land«, ergänzte er.

Lina sah zu, wie er mit einer Hand seinen Laptop aufklappte und hochfuhr. Dann ließ er sich in die Kissen seines Hotelbettes zurücksinken, weiß vor einem buchefarbenen Kopfteil, und griff noch einmal in die Popcorn-Dose. »Bist du bereit?«, fragte er.

Lina kuschelte sich ebenfalls in ihre Kissen, schob ihren Laptop neben sich zurecht und blickte Eric dann wieder auf ihrem Handydisplay an. »Absolut.« Sie hielt den Finger über den Button, der die Serie startete.

»Okay, der Countdown läuft”, sagte Eric. »Drei. Zwei. Eins. Start!«

Sie drückten gleichzeitig Play, und die Folge von *Stranger Things*, der Staffel, die sie zuletzt zusammen begonnen hatten, lief an.

Lina wollte wirklich wissen, wie es weiterging, aber sie schaffte es nicht, ihren Blick von ihrem Handy zu lösen und auf ihren Laptop zu sehen. Sie schob die Hände unter ihre Wange und betrachtete Eric. Er hatte sein Hemd und die Jeans ausgezogen und lag, nur mit Boxershorts bekleidet, im Bett. Die Haare zerzaust. Seine Augen funkelten. Ihr Herz zog sich zusammen, und sie hatte das Bedürfnis, über den Handybildschirm zu streichen, wenn sie ihn schon nicht in der Realität berühren konnte.

»Hast du das gesehen?«, fragte er. »Der Typ ist ja total verrückt.«

»Hmm?« Lina blinzelte, als Eric den Blick von der Serie löste und sie ansah.

»Hast du nicht aufgepasst?«, wollte er wissen, ohne seinen Blick von ihrem zu lösen. Selbst durch den Äther, der sie über Hunderte von Kilometern trennte, konnte sie die Energie spüren, die immer zwischen ihnen summte. Die Anziehung, die sie nicht unterdrücken oder zur Seite schieben konnten.

»Doch, ich habe supergut aufgepasst«, schwindelte sie.

»Lina?« Das Lächeln in seinen Mundwinkeln wich einem ernsten Blick.

»Hmm?«

»Ich wäre jetzt gern bei dir«, sagte er leise.

Sie schluckte an dem Kloß in ihrem Hals vorbei. »Das wäre ich jetzt auch gern.«

18

Eric starrte auf die große Anzahl von Fahrzeugen, die auf dem Hof von Linas Elternhaus geparkt waren. Vom schnittigen Cabrio über SUVs bis zu großen Familienkutschen war alles dabei. Inklusive eines dunkelblauen Traktors, der aussah, als beinhalte er mehr Technik als ein Space Shuttle, und eines uralten, psychedelisch bunten VW-Busses. »Wow«, sagte er. »Ganz schön was los hier.«

Lina verzog neben ihm entschuldigend das Gesicht. »Meine Familie ist echt riesig. Bei vier Geschwistern plus Anhang und Kindern … Und dann noch all die Nachbarn und Freunde.«

»Kein Problem.« Eric griff nach ihrer Hand und drückte sie kurz, bevor er den Defender neben einen Anhänger quetschte, auf dem ein Wassertank thronte. Lina war mindestens so nervös wie er. Wahrscheinlich, weil ihr ihre Familie unglaublich viel bedeutete und sich alle sehr nahestanden. Lina hatte ihn gefragt, ob er sie zur Geburtstagsfeier ihres Vaters begleiten wollte. Vorsichtig, als wäre sie sich nicht sicher gewesen, ob sie damit eine Grenze überschritt. Und er hatte zugesagt, ebenso vorsichtig, weil auch er nicht wusste, ob er damit vielleicht zu weit ging. Andererseits: Mehr an Bedeutung als das, was zwischen ihnen war, konnte das Ganze sowieso nicht mehr gewinnen. Lina und er waren zusammen. Und Familienbesuche waren Teil einer Beziehung, auch wenn sie auf Zeit spielten. »Keine Sorge«, beruhigte er Lina noch einmal und bemühte sich um einen leichten Tonfall. »So große Meuten bin ich nicht gewohnt, aber ich werde schon klarkommen.«

Lina lächelte ihn von der Seite an. Sie sah umwerfend aus. Ihre Haare trug sie offen, sodass sie wie ein blonder Vorhang über ihren Rücken fielen. Auf dem Weg aus der alten Schule nach draußen hatte sie aus einer Vase im Lehrerzimmer spontan eine leuchtend rote Gerbera geklaut und sich hinter das Ohr geklemmt. Die Farbe der Blume passte perfekt zu der des hauchzarten Sommerkleides, das sie zu Flip-Flops trug, auf denen Glitzersteine funkelten. »Hoffen wir, dass du das in zwei Stunden auch noch sagst.«

Sie stiegen aus, und Eric folgte Lina zu dem hübschen, typisch bayrischen Bauernhaus und dann an dessen Seite entlang. »Sie sind hinten«, erklärte Lina ihm über die Schulter.

Hintereinander traten sie um die Hausecke – und gerieten in ein absolutes Tollhaus. Zumindest kam es Eric auf den ersten Blick so vor. Alles um sie herum war laut und bunt. Dutzende Menschen, die durcheinanderwuselten, genauso wie die Musik – Helene Fischer (wenigstens wusste Eric jetzt, woher Lina ihren Musikgeschmack hatte) –, die aus einer Lautsprecherbox auf einer Fensterbank im Erdgeschoss drang. Lina griff nach seiner Hand, als hätte sie seinen plötzlich einsetzenden Fluchtinstinkt gespürt. Lachend und winkend wand sie sich durch die Leute, bis sie vor einem älteren Ehepaar und einem Großvatertyp in der Nähe eines riesigen Grills zum Stehen kamen. Die Frau war ganz eindeutig Linas Mutter und ein gutes Indiz dafür, dass Lina in zwanzig oder dreißig Jahren noch immer verdammt gut aussehen würde. Der andere Mann – dem breiten Grinsen im Gesicht nach das Geburtstagskind – und der Ältere ähnelten sich, wie auch ein paar der Männer, an denen Lina und er sich vorbeigedrängelt hatten, sodass Eric ihr »Hallo, Papa« nicht gebraucht hätte, um zu erkennen, wen er vor sich hatte.

»Alles Liebe zum Geburtstag«, rief Lina und ließ sich in eine bärige Umarmung ihres Vaters fallen, bevor sie sich gemeinsam ein paar Mal im Takt der Musik hin und her bewegten. Dann küsste er sie auf die Wange und gab sie frei. »Hallo, Mama«, begrüßte sie als nächstes ihre Mutter. »Darf ich euch Eric vorstellen. Meine Mutter Biggi, mein Vater Heiner, und das ist mein Opa, Alois«, den sie bei dieser Gelegenheit ebenfalls umarmte und auf die Wange küsste.

»Schön, Sie kennenzulernen.« Eric schüttelte als erstes Heiner Kirchleitner die Hand. »Alles Gute zum Geburtstag.« Dann begrüßte er Linas Mutter und ihren Großvater.

»Wir freuen uns, dass Sie zu unserer kleinen, gar nicht chaotischen Feier gekommen sind«, sagte Biggi mit einem neckenden Funkeln in den Augen, das Eric so sehr an Lina erinnerte. »Nachdem wir schon so viel von Ihnen gehört haben.«

»Ach?« Eric warf Lina einen Seitenblick zu. »Haben Sie das?«

Lina legte mit einem unschuldigen Augenaufschlag die Hand aufs Herz. »Von mir nicht«, behauptete sie. »Meine Familie lebt von Gerüchten.«

Eric zwinkerte ihr zu. »Dann wird es ja höchste Zeit, dass wir die Behauptungen in diesen Gerüchten wahr werden lassen«, murmelte er neben ihrem Ohr.

Biggi schien ihn nicht gehört zu haben, auch wenn seine Worte eine kleine Gänsehaut über Linas Arm geschickt hatten. Linas Mutter strich ihnen beiden in einer liebevollen Berührung über die Schultern. »Jetzt holt euch erst mal etwas zu trinken und sagt Hallo. Deine Brüder jammern schon herum, dass sie vor Hunger umkommen«, sagte sie, an Lina gerichtet.

Diese verdrehte die Augen. »Ich möchte wirklich einmal die fünf Minuten zwischen den Mahlzeiten erleben, in denen sie satt sind und nicht maulen. Komm mit.« Sie griff nach Erics Hand und umrundete das Partytreiben, um aus einer der mit Getränken und Eis gefüllten Zinkwannen an der Hauswand ein Bier für ihn zu holen und ein Glas Rosé für sich einzuschenken. Dann stürzte sie sich mitten ins Getümmel, und Eric blieb nichts anderes übrig, als ihr zu folgen.

»Lina!« Eine junge Frau fiel ihr um den Hals. Lina stellte sie als Janina vor. Ihre jüngste Schwester, wie Eric wusste.

Ein Typ mit Vollbart quetschte sie in einer Umarmung ein, die etwas von einem Schwitzkasten hatte. »Du bist zu spät«, brummte er.

»Das behauptest du immer. Und ich bin absolut pünktlich. »Eric, das ist mein Bruder Alex. Und das sind …«

Es fühlte sich an, als würden sie durch die Menge weitergereicht. Jeder hatte etwas zu Lina zu sagen, freute sich, sie zu sehen, musste sie umarmen und bedachte Eric mit einem neugierigen Blick. Da waren die weiteren Geschwister Elsa und Ferdinand. Onkel und Tanten. Cousins, Nachbarn, Freunde der Familie. Er konnte sich beim besten Willen nicht alle Namen merken oder das Verhältnis, in dem sie zu Lina und ihren Eltern standen.

»Nachdem du endlich da bist, können wir jetzt hoffentlich singen und die Torte anschneiden«, sagte Ferdinand. Er erwähnte zwar nicht, dass er Hunger hatte, wie von seiner Mutter behauptet, aber sein sehnsüchtiger Blick zu den rauchenden Grills hinüber sprach Bände.

Janina drückte Lina eine leere Whiskeyflasche in die Hand, in der sich eine Art Flaschenpost befand, die von einer Lichterkette umwickelt und mit einer großen grünen Schleife versehen war. »Die Jungs haben den Whiskey vernichtet«, erklärte sie mit Blick zu ihren Brüdern. »Elsa und ich haben gebastelt. Und du hältst die Rede«, sagte sie zu Lina.

»Ich hatte die Idee.« Lina versuchte, ihrer Schwester die Flasche zurückzugeben. »Wie wäre es, wenn du dieses Jahr die Rede hältst?«

»Auf keinen Fall.« Janina verschränkte die Arme vor der Brust wie ein kleines Kind, damit Lina ihr das Geschenk nicht wieder in die Hand drücken konnte. »Das hast schon immer du gemacht.«

»Ja, wir könnten das ja …«

Irgendjemand begann, *Happy Birthday* zu singen, und Linas Schwester zischte ihr zu, dass sie die Älteste war und es deswegen völlig ausgeschlossen sei, dass irgendjemand anderes die Aufgabe der Geschenkeübergabe übernehmen dürfe. Dann stimmte Janina hochkonzentriert in den Geburtstagschor ein und würdigte Lina keines weiteren Blickes.

Lina bewegte die Lippen zu dem Ständchen, starrte noch einen Moment auf die Flasche in ihrer Hand und verdrehte dann gut gelaunt die Augen. »Entschuldige mich einen Moment, ja?« Sie schlängelte sich genau wie ihre Geschwister vorsichtig durch die singenden Gäste, und als der letzte Ton verklang und alle gut gelaunt pfiffen, klatschten und ihre Glückwünsche brüllten, traten sie aus dem Kreis der Leute und auf ihren Vater zu, der noch immer mit Linas Mutter und Großvater zusammenstand.

Lina stellte sich neben ihren Vater, so, dass sie ihn ansehen konnte, die Umstehenden aber das, was sie sagen würde, trotzdem mitbekamen. »Lieber Papa, heute ist ein wundervoller Tag. Es ist schön, dass wir so ein großes Fest feiern können, und alle, die dir etwas bedeuten, sind gekommen, um diese Stunden mit dir zu verbringen.« Sie wandte sich zu den Gästen um. »Danke, dass ihr alle da seid.« Mehr Applaus, fröhliches Gegröle und Pfiffe. Dann richtete sie ihre Worte wieder an ihren Vater, und Eric musste sich konzentrieren, um sich nicht von dem leichten Wind ablenken zu lassen, der mit ihren Haarspitzen spielte und sie über den dünnen Stoff ihres Kleides streichen ließ – so wie er gern seine Finger darübergleiten lassen wollte. »Diese Party war alles, was du dir gewünscht hast.« Sie zwinkerte ihm zu. »Aber da hast du die Rechnung nicht mit deiner Familie gemacht. Wir lassen dich nämlich nicht einfach so davonkommen.« Sie hielt die Flasche hoch, die als Geschenkverpackung diente. »Besonders haben sich deine Söhne hervorgetan, die alles gegeben haben, um diese Flasche zu leeren, damit wir den Gutschein darin verpacken konnten.« Gelächter brandete auf, und Ferdinand verbeugte sich, als hätte er ein besonderes Kunststück vollbracht.

»Das war echt ein guter«, brummte Heiner mit Blick auf das Etikett. »Ein Geschenk wäre es gewesen, ihn mit mir zu teilen.« Womit er für noch mehr Gelächter sorgte.

Lina griff nach der Hand ihres Vaters und strahlte ihn an. »Du sollst wirklich nur den besten Whiskey trinken, wenn du dich abends nach der Arbeit auf dem Hof in deinen Sessel an den Kachelofen setzt und dir deine zwei Fingerbreit gönnst. Deshalb bekommst du deinen eigenen Whiskey.« Sie machte eine kleine Pause, um die Spannung zu erhöhen. »Und den wirst du selbst brennen. An einem Wochenende in Österreich. Gemeinsam mit uns.« Mit der freien Flasche in der Hand holte sie zu einer Geste aus, die ihre ganze Familie einschloss. »Mit uns allen.«

»Aber …« Heiner blinzelte.

Bevor er weitersprechen konnte, hob Lina die Hand, um ihn zu stoppen. »Wir alle wissen, was du jetzt sagen wirst: Aber der Hof …«, imitierte sie seine Stimme. Erneutes Lachen unter den Gästen, und auch Eric konnte nicht anders als zu grinsen. »An dieser Stelle folgt der zweite Teil deines Geschenks. Das allerdings nicht von uns stammt, sondern von deinen Freunden Hans, Korbinian, Ludwig, Paul und Josef, die an dem Wochenende, an dem wir dich entführen, den Hof übernehmen. Von Freitag früh bis Sonntagabend. Danke, Jungs.«

Die Leute klatschten, und Linas Vater blickte gerührt von einem zum anderen. »Ich weiß gar nicht, was ich sagen soll«, brachte er heraus.

»Du musst gar nichts sagen«, erklärte Lina ihm. Sie

drückte ihm die Flasche in die Hand und umarmte ihn. »Genieß es einfach. Gemeinsame Zeit ist das schönste, respektvollste Geschenk, das man jemandem machen kann, hast du immer gesagt, bevor wir als Kinder gemeinsam etwas an unseren Geburtstagen unternommen haben.« Und jetzt klang auch Linas Stimme ein wenig rau vor Emotionen.

Ihre Schwestern übernahmen das Kommando, indem sie eine große Torte in Form einer gefleckten Kuh auf einem Servierwagen heranrollten. »Und nun, da du beschenkt worden bist, könntest du dieses Meisterwerk deiner Schwester Hildi anschneiden«, schlugen sie ihrem Vater vor. »Ein paar deiner Kinder stehen nämlich kurz vor der Unterzuckerung.« Sie streckten ihren Brüdern die Zunge raus, als wären sie noch zwölf, und wandten sich dann wieder an Heiner. »Und du weißt ja, wenn ihr Gehirn nicht genug Energie erwischt, kommen sie auf verdammt dumme Ideen.«

Heiner schnitt seine Torte an und hielt Lina das erste Stück hin. »Noch einmal vielen Dank, dass ihr alle heute hier seid. Lasst uns feiern. Kommt her und holt euch ein Stück Torte. Die Bar ist ja sowieso schon eröffnet, aber ab jetzt gibt es auch was zu futtern. Bedient euch!«

Die Gäste bewegten sich um Eric herum, um ein Stück vom Geburtstagskuchen abzubekommen. Doch er blieb einfach noch einen Moment stehen und ließ den Moment auf sich wirken. Er konnte nicht von sich behaupten, in seiner Familie jemals nur ein ansatzweise so fröhliches, lautes Fest voller Herzenswärme erlebt zu haben. Hier bekam er vorgeführt, wie Familie auch sein konnte. Und er konnte absolut verstehen, warum Lina so etwas unbedingt selbst haben wollte. Umso schmerzlicher wurde ihm klar, dass er ihr genau das nicht geben konnte. Weil er nicht so war wie sie. Und weil es nicht ausreichte, dass in einer Beziehung einer so ein Familienmensch war – während der andere völlig verkorkst war.

»Zu viel Kirchleitner-Spirit auf einmal ist schwer zu ertragen, oder?« Eric wandte den Blick zu Linas Bruder Ferdinand, der sich neben ihn gestellt hatte und ihm ein frisches Bier hinhielt.

Eric nahm es ihm ab und stieß mit ihm an. »Ist ne ziemlich beeindruckende Party«, gab Eric zu.

»So lieben wir das.« Lachend schlug Ferdinand ihm auf den Rücken. »Wir alle«, ergänzte er. »Bin schon gespannt, was du nächstes Wochenende für Lina auf die Beine stellst.«

*

»*Auf eine Nacht, die wir nie vergessen werden*«, sagte Lina, als sie zu Eric zurückkam und ihn auf die Wange küsste.

»*Hangover*?«, fragte er.

»Ganz genau.« Sie lachte und stieß ihr Weinglas gegen den Hals seiner Bierflasche. »Sorry, dass es ein bisschen gedauert hat. Aber du siehst ja, was hier los ist.«

»Kein Problem.« Eric legte ihr den Arm um die Schultern. »Ich habe es genossen, und dein Bruder hat mich mit Bier versorgt.«

»Wirklich?«

Ihr skeptischer Blick brachte ihn zum Lachen. »Er hat

mir keine bösen Blicke zugeworfen und nicht gedroht, mir den Arsch aufzureißen, wenn ich dich nicht gut behandele.«

»Nein. Das macht mein Vater später noch«, gab sie trocken zurück.

Eric, der gerade von seinem Bier trinken wollte, verschluckte sich und begann zu husten. »Der war fies«, keuchte er.

»Oder wahr.« Sie schenkte ihm einen unschuldigen Augenaufschlag. »Los, lass uns was zu essen holen, bevor meine männlichen Verwandten sich in Heuschrecken verwandeln und über das Büfett herfallen.«

Die Terrasse hinter dem Haus ihrer Eltern sah noch festlicher aus als bei den Sonntagsessen ihrer Familie. Mehr Biertischgarnituren, Gläser mit Blumen und Kerzen. Mehr Lichter, die in der weinbewachsenen Pergola über ihnen hingen. Der Waldrand und die Obstbäume im Garten funkelten regelrecht vor Lampions, die überall verteilt worden waren. Rustikal. Gemütlich. Perfekt.

Lina warf Eric einen Seitenblick zu, der jeden Moment dieses Festes zu genießen schien. Sie war sich nicht sicher gewesen, ob es eine gute Idee war, ihn einzuladen. Nicht sicher, ob sie damit eine Grenze überschritt. Aber sie hatte es nicht bereut, ihn um seine Begleitung zu bitten. Und er verhielt sich, als gehöre er schon seit Jahren in ihren engsten Zirkel. Ihre laute, unkonventionelle Familie hatte ihn sofort in ihrer Mitte aufgenommen, und jetzt saß er hier, neben ihr, und lachte über ihre Geschwister, die sich wieder einmal gegenseitig aufzogen und Bündnisse gegen die anderen schmiedeten, nur um im nächsten Moment in einer neuen Allianz zum verbalen Angriff überzugehen.

Lina lachte, bis das Glücksbauchweh bei ihr einsetzte. Sie fühlte sich beschwipst, was aber nicht nur am Wein lag oder an dem Obstler, den sie auf das Wohl ihres Vaters getrunken hatten, sondern einfach an Eric. Und der Tatsache, dass er hier war. Unter dem Tisch nach ihrer Hand griff. Und einmal sogar frech seine Finger unter den Saum ihres Kleides über ihren Oberschenkel hatte tanzen lassen.

Sie legte ihren Kopf an seine Schulter. »Danke, dass du mitgekommen bist«, flüsterte sie.

»Ich genieße jeden Moment. Es war also nicht das größte Opfer für einen Samstagabend.«

»Hey, Eric«, rief Alex von der gegenüberliegenden Tischseite herüber. »Lina hat behauptet, du kennst einen Haufen Wörter, die es im Deutschen überhaupt nicht gibt.«

»Hab ich das behauptet?« Lina zog die Augenbrauen hoch, wie sie es schon als Kind getan hatte, wenn ihr Bruder ihr zu sehr auf der Nase herumgetanzt hatte.

»Also, du hast Janina davon erzählt, oder? Und sie hat es mir erzählt. Und Ferdi. Und Mama. Und …«

»Schon gut.« Lina stimmte in das Lachen der Umsitzenden ein.

»Also, kennst du Wörter?« Alex sah Eric neugierig an.

»Hmm. Lass mal überlegen.« Eric trank einen Schluck Bier. »Wie wäre es mit *Sgriob*?«

»*Sgriob*«, wiederholte ihr Bruder das Wort bedächtig, als wolle er testen, wie es über die Zunge rollte. »Das klingt ein bisschen wie aus Harry Potter«, befand er.

»Ja, könnte man denken. Es kommt aus dem Gälischen und beschreibt dieses einzigartige Kribbeln auf der Oberlippe, bevor man einen Schluck Whiskey nimmt. Ich wette, du weißt, was ich meine, nachdem ihr die Flasche für das Geschenk eures Vaters leeren musstet.«

»Mann! Genau so ist das«, schaltete sich Linas kleiner Bruder ein. »So war es doch, oder Alex? Wir hatten einen *Sgriob*-Moment.«

»Wahrscheinlich mehr als einen«, sagte Alex' Frau neben ihm halblaut, und der gesamte Tisch brach in Lachen aus.

»Und du kannst dir solche Wörter einfach merken?« Elsa war sichtlich beeindruckt. »Du bist echt wie Lina, nur dass sie sich diese ganzen Filmzitate merkt.«

»Erzähl uns noch ein paar«, verlangte Alex.

»Ich verschwinde kurz«, flüsterte Lina Eric zu und kletterte von ihrem Platz auf der Bank. »Wenn du ihnen Wörter erzählst, die ich noch nicht kenne, will ich sie nachher hören.« Ihre Stimme wurde immer leiser, während sie sprach. »Im Bett«, wisperte sie, bevor sie sich aufrichtete und ins Haus ging, um die Toilette zu benutzen. Sie spürte Erics Blick in ihrem Rücken, bis sie durch die Tür trat. Perfekte kleine Rache für die Finger auf ihrem Oberschenkel, dachte sie gut gelaunt.

Sie ging ins Bad, tratschte auf dem Rückweg noch ein bisschen mit ihrer Mutter und ein paar Nachbarinnen in der Küche. Als sie wieder nach draußen kam, hatte sich die Dämmerung über den Hof gesenkt, und all die funkelnden Lichter, Kerzen und Lampions kamen erst richtig zur Geltung. Lina hatte das Gefühl, dass die Stimmung in der Zeit, die sie im Haus gewesen war, an Ausgelassenheit noch zugenommen hatte.

Ihr Blick suchte ganz automatisch nach Eric, der noch immer auf seinem Platz bei ihren Geschwistern saß. Trotzdem setzte ihr Herz einen Schlag aus, als sie ihn erblickte. Auf seinem Schoß saß ihre zweijährige Nichte, Mia, den Kopf auf seine Schulter gelegt, die Ärmchen um seinen Hals geschlungen und die Augen geschlossen.

»Er hat das echt drauf«, sagte Janina eben zu Lina, und sie zuckte erschrocken zusammen. »Mia war die ganze Zeit ein bisschen quengelig. Ich musste auch mal kurz verschwinden, also hab ich ihn gebeten, sie zu nehmen«, erklärte ihre Schwester, wieso Eric ihre Tochter im Arm hielt. »Sieh dir diese beiden an«, fuhr sie fort, während sich Linas Magen zusammenzog. »Da hast du dir echt einen Wahnsinnstypen geangelt.« Janina stieß sie verschwörerisch mit der Schulter an, bevor sie von jemandem gerufen wurde und Lina stehen ließ.

Lina betrachtete das Bild, das Eric und Mia boten. Er wäre so ein liebevoller Vater, wenn er zu dem Schluss käme, dieses Wagnis einzugehen. Aber was nützte es, dass sie das erkannte? Und offenbar auch jeder andere, der ihn mit einem Kind sah, ganz gleich, ob es seine Nichte oder ihre war. Solange er das nicht sah, würde sich an seiner Einstellung nichts ändern.

19

Nach der Party bei Linas Familie wartete Eric ein paar Tage, bevor er Felicia anrief. »Wusstest du, dass Lina am Freitag Geburtstag hat?«, fragte er, nachdem sie sich begrüßt hatten.

Felicia schnaubte. »Selbstverständlich. Zahlen und Daten sind mein Leben. Und außerdem bin ich nicht nur ihre Freundin, sondern auch ihre Vermieterin. Ihr Geburtsdatum steht auf dem Mietvertrag.«

»Habt ihr etwas geplant?«, fragte Eric. Er strich Rocky über den Rücken, als der Kater auf seinen Schoß sprang und ihn mit dem Köpfchen gegen den Bauch stupste.

»Wir haben überlegt, den Grill anzuschmeißen und eine kleine Strandparty zu feiern«, antwortete Felicia.

Das klang nicht so, als ob die Bewohner der alten Schule schon eine klare Vorstellung von diesem Tag hatten, oder? »Ich würde Lina gern überraschen«, platzte es aus ihm heraus.

Einen Moment herrschte Schweigen in der Leitung. »Tatsächlich?«, fragte Felicia dann langsam.

»Ähm …« Eric spürte, wie Hitze an seinem Hals hinaufkroch. Er war froh, dass die Freundin ihn nicht sehen konnte. »Ich will euch wirklich nicht in die Quere kommen«, sagte er schnell. »Wenn ihr …«

»Nein«, unterbrach Felicia ihn. »Nein, nein. Ich finde, dass das eine ganze fantastische Idee ist. Und ich bin mir sicher, der Rest der Gang sieht das genauso.«

Das waren doch schon mal gute Voraussetzungen. »Ich bräuchte allerdings eure Hilfe.«

Felicia kicherte. »Für so was sind wir immer zu haben.«

Oliander hatte noch nichts von sich hören lassen, und in der Uni hatte er in dieser Woche nur wenige Seminare. Eric blieb also jede Menge Zeit, eine Überraschung für Lina zu planen. Annabelle bestand darauf, ihm zu helfen. Genau wie die Bewohner der alten Schule, die ihm geschlossen unter die Arme griffen, sodass bis zum Freitag ein perfekter Plan stand.

*

Lina erwachte an ihrem Geburtstag allein. Eric war zu ihrem wöchentlichen Netflix-Abend erschienen, dann aber noch vor zwölf gegangen, weil er heute irgendwelche wichtigen Termine hatte, über die er im Gegensatz zu sonst nicht viel erzählt hatte. Er würde auch heute Abend keine Zeit haben, weil seine Schwester sein Erscheinen bei irgendeinem Familienevent erwartete – ohne Lina –, wie er mit Bedauern im Blick gesagt hatte.

Sie hatte gehofft, er würde lange genug bleiben, um an Mitternacht mit dem Sekt anzustoßen, den sie kaltgestellt hatte. Aber Eric konnte schließlich nicht wissen, dass heute ihr Geburtstag war.

Mit ihrer Familie würde sie erst beim Sonntagsessen feiern.

Dieser Tag gehörte also ganz ihr. Sie sah den zarten Vorhängen vor ihren Fenstern eine Weile zu, wie sie sich in dem Lufthauch, der von draußen hereinwehte, bewegten. Das Licht des Morgens war blass, aber der Himmel blau. Vor ihr lag ein perfekter Sommertag.

Lina griff zu ihrem Handy, das auf dem Nachtschränkchen lag. Ein paar Geburtstagsgrüße von Freunden, Bekannten und Kunden waren bereits eingegangen. Sie bedankte sich und schrieb dann in die WhatsApp-Gruppe der alten Schule.

Lina:
Frühstück?

Die Flasche Sekt, die sie kaltgestellt hatte, würde sich schließlich auch fantastisch für Mimosas eignen.

Ben:
Sorry, Termin in München. Aber gute Idee.
Vielleicht am Wochenende?

Felicia:
Kann auch nicht. Fahre mit Ben und erledige
ein paar Dinge in der Firma.

Was bedeutete, Felicia würde sich mit Tabellen und Zahlen in der Steuerkanzlei verschanzen, in der sie nebenbei noch arbeitete, und sicher auch erst spät nach Hause kommen.

Jule schickte das Daumen-runter-Emoji.

Jule:
Ich muss die Frisurenkrise einer meiner Klientinnen retten. Aber ich könnte dich brauchen, Lina. Kannst du heute Abend einen Job übernehmen?

Lina seufzte. »Selbst schuld«, murmelte sie. Sie hatte ihren Freunden nie erzählt, wann sie Geburtstag hatte. Das Thema war nie aufgekommen. Also musste sie sich nicht wundern, dass niemand aus der Schulhaus-Gang Zeit hatte und ihr stattdessen noch einen spontanen Job für ihre Firma in den Terminkalender schob. Sie wechselte in den privaten Chat mit Jule, um die anderen nicht mit ihren Nachrichten zu nerven.

Lina:
Ich schau gleich nach, ob ich jemanden für heute Abend finde. Irgendwelche bestimmten Anforderungen an die Nanny?

Jule:
Ja, die Anforderung bist du. Mein Kunde ist von der Sorte, die ihre Kinder nur von der Chefin höchstpersönlich betreuen lassen. Ist das ein Problem?

Lina ließ das Handy sinken und legte es auf die Decke. Da ging er dahin, der Tag, den man der Meinung ihrer Familie nach feiern sollte wie keinen anderen. Einen exklusiven Job angeboten zu bekommen war allerdings auch nicht von der

Hand zu weisen. Schon gar nicht als junges Start-up. Besonders, wenn einer von Jules Kunden explizit nach ihr fragte. So jemand würde ihre Firma auch für weitere Jobs buchen. Und wenn er begriff, dass ihre Angestellten im Umgang mit Kindern genauso gut waren wie sie, würde sie sicher auch eine Alternative zu sich selbst finden. Aber erst einmal galt es, den Auftrag zu übernehmen und einfach zu vergessen, dass heute ihr Tag war. Sie griff wieder nach dem Handy.

Lina:
Kein Problem. Schick mir die Daten.

Jule:
Perfekt. Und falls du einkaufen gehst, kannst du mir noch Honig und Zwiebeln besorgen? Eine meiner Klientinnen will ihren Hustensaft selbst herstellen.

Den ganzen Tag über bekam Lina ihre Freunde nicht zu Gesicht. Eric schien ebenfalls sehr beschäftigt zu sein, denn von ihm hatte sie auch nur ein *Guten Morgen, wünsch dir einen schönen Tag* geschickt bekommen.

Dafür hatte Jule ihr die Informationen zu ihrem Job geschickt, was Lina daran erinnert hatte, dass heute das Filmfestival im Fünfseenland begann. Jules Kunde wollte, dass Lina für die Betreuung zum Strandbad kam. Wahrscheinlich sollte sein Kind betreut werden, solange er sich in Ruhe einen Film ansah. Vielleicht war es sogar einer der Schauspieler, die einen Preis verliehen bekamen. Oder sonst irgendein Promi, der sich unter das Publikum mischen wollte.

Lina war von Anfang an ein großer Fan der Filmnächte gewesen. Ganz einfach, weil sie das Kino liebte. Und Filme überhaupt. Insgesamt gab es fünfzehn Leinwände, verteilt auf fünf Orte im Fünfseenland. Aber das Open-Air-Kino im Starnberger Strandbad hatte ihr schon immer am besten gefallen. Die Atmosphäre hier war unschlagbar. In der Luft hing auch nach Sonnenuntergang noch der Duft der Sonnencreme, mit der Mütter tagsüber ihre Kinder eingecremt hatten. Die Wellen schlugen neben den Kinobesuchern an das Seeufer, und auf der riesigen Leinwand wurde von anspruchsvollen Arthouse-Produktionen über angesagte Hits bis zu Filmklassikern alles gespielt.

Lina legte die kurze Strecke von der alten Schule zum Strandbad zu Fuß zurück. Sie konnte das Kind entweder vor Ort betreuen oder mit zurücknehmen und in der Bibliothek mit ihm spielen. Je nachdem, wie alt es war, würde es den größten Teil der Zeit vermutlich sowieso verschlafen. Erst auf dem Weg wurde Lina bewusst, dass sie in diesem Jahr noch nicht einmal einen Blick in das Programmheft der Filmnächte geworfen hatte. Die Gründung ihrer eigenen Firma hatte sie in den letzten Monaten ziemlich auf Trab gehalten. Dazu die Zeit, die sie mit Eric verbrachte. Die Filmnächte bedeuteten ihr allerdings zu viel, um sie einfach so zur Seite zu schieben. Sie würde sich in den nächsten Tagen auf jeden Fall Zeit freischaufeln, um sich noch ein oder zwei Filme anzusehen, versprach sie sich im Stillen. Vielleicht hatte Eric ja Lust und Zeit, sie zu begleiten. Ansonsten würde sie problemlos eines ihrer Geschwister oder jemanden aus der alten Schule davon überzeugen mitzukommen.

Als sie den Einlassbereich erreichte, stockten ihre Schritte. »Herr Müller?«, fragte sie überrascht, als sie den Security entdeckte, der in seiner typischen Körperhaltung und Kleidung am Zaun stand, die er, unabhängig vom Wetter, immer zu tragen schien: schwarzer Anzug, weißes Hemd, militärisch kurzer Haarschnitt. Aus seinem Hemdkragen ringelte sich wie immer ein kleines Kabel, das in einem Knopf in seinem Ohr endete. Die Pilotenbrille, die er in der Dämmerung allerdings nicht mehr trug, steckte in seiner Brusttasche. Und an seinem Jackett prangte wie immer das Schild mit seinem Namen.

Er blickte, ebenfalls wie meistens, grimmig geradeaus. Doch als Lina ihn ansprach, wandte er ihr den Blick zu, statt weiter vor sich ins Leere zu starren. »Frau Kirchleitner.« Er sprach grundsätzlich nicht viel, und wenn er es dann doch tat, klang es wie ein Knurren.

Lina erinnerte sich an ihr letztes Treffen, bei dem sie ziemlich viel geredet hatte, und er – nicht. Damals hatten sie in der alten Schule ein großes Event aufgezogen, um Chris' Kunden von einer Werbekampagne zu überzeugen. Mit Whiskeytasting, Meerjungfrau und allem Drum und Dran. Natürlich hatte auch ein Security zu der Show gehört. Lina hatte ihn gefragt, ob er den Film *Bodyguard* schon mal gesehen hatte, und ihm ein paar Filmzitate präsentiert. Was ihn rückblickend ziemlich irritiert haben dürfte – zumindest wenn sie seinen Blick damals richtig gedeutet hatte.

»Was machen Sie denn hier?«, fragte Lina, als sie den Mann erreichte.

»Auf Sie warten«, knurrte er.

Lina legte den Kopf schräg und starrte zu ihm hoch.

»Tatsächlich?« Ging es hier vielleicht wirklich um das Kind eines Promis? Eines Schauspielers vielleicht?

»Wenn Sie bitte mitkommen würden.« Es klang weniger wie eine Bitte, dachte Lina. Mehr wie der Befehl eines wirklich strengen Polizisten. Oder Geheimagenten. Herr Müller machte sich nicht die Mühe, ihre Erwiderung abzuwarten, sondern drehte sich einfach um und marschierte durch den VIP-Einlass des Filmfestivals, ohne eine Karte vorzuzeigen. Lina folgte ihm und wurde ebenfalls durchgewunken.

»Ich habe ihn übrigens gesehen«, sagte Herr Müller, als Lina zu ihm aufgeholt hatte.

Sie konnte ihm nicht ganz folgen und überlegte für einen Moment, ob er mit diesem Knopf in seinem Ohr sprach. Da er ihr aber einen Seitenblick zuwarf, war wohl doch sie gemeint. »Wen haben Sie gesehen?«

»Diesen *Bodyguard*«, knurrte er, und Lina begriff, dass er den Film meinte, über den sie bei ihrem letzten Aufeinandertreffen philosophiert hatte. »War ne echte Scheißszene, als dieser Frank Farmer angeschossen wurde.«

Lina konnte sich ein Grinsen nicht verkneifen. Herr Müller hatte sich sogar den Namen des Film-Bodyguards gemerkt. »Was Sie nicht sagen. Möchten Sie vielleicht noch einen Filmtipp von mir?«, fragte sie, als sie sich durch die Menge der Zuschauer einen Weg zum Seeufer bahnten.

»Nein, danke. Lieber nicht«, erwiderte er höflich, aber bestimmt.

Sie ließen den aufgestuhlten Bereich hinter sich und traten aus dem beleuchteten Bereich in die Schatten der Nacht. Herr Müller blieb stehen und drehte sich zu ihr um. »Da wären wir«, sagte er. »Ich wünsche Ihnen einen schönen Abend«, ergänzte er. »Und alles Gute zum Geburtstag.«

»Was?« Lina starrte den Security an. Woher wusste er …

Doch Herr Müller war offenbar zu seiner nonverbalen Kommunikation zurückgekehrt und nickte nur mit dem Kinn nach links, bevor er sich umdrehte und davonmarschierte.

Lina drehte sich langsam in die Richtung, in die er gewiesen hatte – und blinzelte, nicht sicher, ob ihr Kopf – und ihr Herz – ihr gerade einen Streich spielten. Auf einer Picknickdecke unter einer riesigen Kastanie saß Eric, umgeben von romantischen Lichtern.

Sprachlos starrte Lina ihn an, als er sich von seinem Platz erhob und auf sie zukam. »Happy Birthday«, sagte er und zog sie in seine Arme, um sie zu küssen.

»Was …?«, begann Lina noch einmal, aber er erstickte auch diese Frage mit einem weiteren Kuss.

»Ein besonderer Abend für eine ganz besondere Frau«, flüsterte er an ihren Lippen. Dann trat er einen Schritt zurück und nahm ihre Hand. »Komm mit.« Er zog sie zu dem kleinen Picknickplatz.

»Woher weißt du, dass ich Geburtstag habe?«, fragte sie und ließ sich neben ihm auf die Decke sinken, als er an ihrer Hand zog.

»Quellenschutz, würde Jule sagen.«

»Aha.« Lina sah sich um und betrachtete die Leute, die vor der Leinwand ihre Plätze einnahmen. »Dann wartet hier also kein Nanny-Job auf mich.« Sie seufzte theatralisch. »Ich hatte echt gehofft, George Clooney ist vielleicht kurz vom Comer See hergejettet, als ich Herrn Müller vor dem Eingang getroffen habe.«

Eric grinste. »Tut mir echt leid, diese Illusionen zu zerstören, aber das war nur ein Trick, um dich herzulocken und zu überraschen.«

»Dann wissen die anderen also Bescheid? Jeder wusste, dass ich heute Geburtstag habe?« Lina stieß ein überraschtes Lachen aus. »Da habt ihr mich ziemlich an der Nase herumgeführt. Ich habe euch das auf jeden Fall abgenommen.«

»Wir werden nachher noch zu einem kleinen Umtrunk am Steg erwartet. Aber erst einmal gehört der Abend dir und mir – und Tom Cruise.«

»Wirklich?« Lina klimperte mit den Wimpern. »Und schon habe ich George Clooney vergessen.«

Er zog sie an sich und küsste sie. Voller Hitze und Verlangen. Und voller Versprechungen für den Rest dieser Nacht.

»Okay«, wisperte sie, als Eric sich wieder von ihr löste. »Wer ist Tom Cruise?«

»So mag ich das.« Eric strich ihr eine verirrte Haarsträhne hinter das Ohr. »Aber jetzt kommen wir erst einmal zum offiziellen Teil.« Er lehnte sich zurück und kramte hinter dem Picknickkorb herum, der sie verdächtig an den erinnerte, der Felicia gehörte.

Das gab Lina Zeit, das Szenario um sich herum aufzunehmen. Um den Korb war eine kleine Lichterkette gewickelt. LED-Feenlichter warfen warme Lichter und Schatten um sie herum in die Nacht. Beleuchteten einen Teil von Erics Gesicht und ließen es dann wieder in der Dunkelheit verschwinden. Am Rande der Picknickdecke stand ein bunter Blumenstrauß in einem Einmachglas. Lina war sich sicher, dass alle Blüten und Gräser, die da zusammengefasst worden waren, so auch im Garten der alten Schule vorkamen – und vermutlich von dort stammten.

»Noch einmal alles Gute«, holte Eric sie aus ihren Betrachtungen. Er zündete die rosa-weiß gestreifte Kerze auf einem hübsch verzierten Muffin an und hielt ihr diesen Mini-Geburtstagskuchen entgegen. »Wünsch dir was«, flüsterte er.

Lina blickte ihm tief in die Augen, als sie die Kerze ausblies. In diesem Moment wurden ihr Herz und ihr Kopf von nur einem einzigen Wunsch beherrscht: Sie wünschte sich, dass ihr noch genügend Zeit mit Eric blieb. Sie wollte ihn nicht aufgeben. Weil sie sich in ihn verliebt hatte – wurde ihr mit einem wilden Kribbeln im Bauch klar. Schleichend. Und gegen ihren Willen, weil sie wusste, dass das alles ein böses Ende nehmen konnte. Ein Gedanke, den sie erst einmal sacken lassen musste. Aber das war nichts für einen Abend wie diesen, den sie in vollen Zügen genießen wollte. »Danke«, flüsterte sie zurück und küsste Eric. »Das ist wirklich eine Wahnsinnsüberraschung.«

Auf der Leinwand begannen Werbung und Vorschau zu laufen, und Eric schenkte ihnen Wein ein. Sie stießen an, und er zählte auf, was er alles aus dem Picknickkorb nahm. »Snacks. Knabbersachen. Und natürlich Popcorn.«

»Natürlich Popcorn … und Tom.« Lina seufzte und brachte Eric damit zum Lachen.

»Das ist von Annabelle.« Er hielt ihr eine selbst gebastelte Karte hin.

Die drei Personen, die vor einem Haus auf der Wiese standen, waren vermutlich Eric, seine Nichte und sie. Lina griff nach der Karte und klappte sie auf. Mit Glitzerschrift und vermutlich ein bisschen Hilfe ihres Onkels hatte die Fünfjährige ihr einen Geburtstagsgruß geschickt. Ganz am Rand befand sich noch ein glitzernder Pfotenabdruck. Lina tippte auf Rocky. »Die Karte ist wundervoll. Sag Annabelle liebe Grüße und vielen Dank. Ich werde es ihr auch selbst noch einmal sagen, aber du siehst sie sicher eher als ich. Und deinem Kater für seinen Beitrag auch ein großes Dankeschön.«

»Ich habe keinen Kater.« Eric gab einen Laut von sich, der Lina ziemlich an das Knurren von Herrn Müller erinnerte. »Und diesen Pfotenabdruck hat er nicht freiwillig abgegeben. Nachdem Annabelle den Glitzer auf seiner Pfote verteilt und sein Bein auf die Karte gedrückt hatte, fand er, dass es Zeit zur Flucht war, und ist ihr entwischt. Als ob er mich dafür bestrafen wollte, hat er eine Runde durch die Wohnung gedreht. Und dabei meine ich, dass er über jede Oberfläche und jedes Möbelstück spaziert ist.«

Lina versuchte, sich dieses Szenario vorzustellen. Die Katze auf der Flucht. Eric, der ihr durch die ganze Wohnung nachhechtete, und Sonnenstrahlen, die plötzlich durchs Fenster fallen und den Fluchtweg zum Glitzern und Funkeln brachten.

Eric legte den Kopf schräg, als sie zu lachen begann. Durch die Bewegung fiel das Licht einer Limonadenwerbung auf seine linke Gesichtshälfte, und Lina entdeckte einen dieser winzigen Glitzer-Partikel. Sie schlug sich die Hand vor den Mund, konnte aber nicht verhindern, dass sie sich vor Lachen ausschüttete. Eric hingegen wartete geduldig ab, bis sie sich wieder ein wenig beruhigt hatte. »Entschuldige«, sagte sie schließlich leise. »Die Vorstellung war zu lustig.« Sie strich mit den Fingerspitzen über den Glitzer, der sich keinen Millimeter bewegte. Dann küsste sie ihn und beschloss, ihm nichts davon zu verraten, dass auch er einen Teil des Glitzers mit sich herumtrug.

Der Platz, an dem sie es sich gemütlich gemacht hatten, war perfekt. Lina wusste, dass es eigentlich nicht erlaubt war, sich irgendwo außerhalb des aufgestuhlten Bereiches hinzusetzen. »Wie hast du es geschafft, dass wir hier unser kleines Picknick veranstalten dürfen?«

»Ich bin in der Stadt aufgewachsen.« Er zwinkerte ihr zu, und der Glitzer-Partikel funkelte kurz auf. »Früher habe ich ziemlich viel Mathe- und Physik-Nachhilfe gegeben. Es gibt Leute, die behaupten, dass sie ihr Abitur ohne mich nicht geschafft hätten. Zum Beispiel jemand, der inzwischen eine tragende Rolle bei der Organisation des Filmfestivals spielt.«

»Ah, Freunde in hohen Positionen«, neckte Lina ihn. »Hoffentlich fordert er nicht irgendwann eine Gegenleistung ein.«

»Nein.« Eric setzte ein nachdenkliches Gesicht auf, dann schüttelte er den Kopf. »Nein«, wiederholte er. »Ich glaube wirklich nicht, dass mein Kumpel bei der Mafia ist. Wenn seine Gegenleistung also etwas mit Steinen zu tun hat, gerne. Ansonsten muss ich passen.«

Lina lachte leise, als Eric sich gegen den Stamm der Kastanie lehnte und sie mit dem Rücken an seine Brust zog, sodass sie zwischen seinen Beinen saß und sich bequem zurücklehnen und in seine Umarmung kuscheln konnte. »Dann hast du mir also diese Überraschung bereitet. Annabelle hat die Geburtstagskarte geschrieben, und Jule hat

Herrn Müller organisiert«, zählte sie auf. »Die Blumen hat mit Sicherheit Ben gepflückt, und den Picknickkorb hat Licie beigesteuert. Teamwork sozusagen.«

»Hmm. Der Abend sollte etwas ganz Besonderes für dich werden. So was bekommt man zum einen nicht ohne Hilfe hin. Zum anderen haben deine Freunde darauf bestanden, ein Teil dieser Überraschung zu sein. Und sie bestehen darauf, nachher noch mit dir anzustoßen.« Eric schwieg einen Moment, dann beugte er sich vor und küsste ihren Halsansatz. »Du hast auf der Geburtstagsfeier deines Vaters etwas sehr Wichtiges gesagt: Das schönste Geschenk ist gemeinsame Zeit.« Noch einmal glitt er mit den Lippen über die Stelle, die er gerade geküsst hatte, und verursachte Lina eine Gänsehaut, bevor er weitersprach. »Dieser Abend soll so werden. So, dass du dich immer daran erinnern wirst.«

Lina lehnte den Kopf an Erics Schlüsselbein. »Ich werde diesen Abend nie vergessen.« Weder den Duft nach Sommernacht und Wasser. Noch die Spiegelung des Mondes und die Lichter vereinzelter Boote auf dem See. Und schon gar nicht Eric. »Ich werde nie vergessen, wie glücklich ich heute Abend bin.« Sie blickte auf die Leinwand und sah Maverick dabei zu, wie er mit dem Motorrad durch die Gegend düste. »Und ich werde nicht vergessen, dass Tom Cruise immer noch verdammt heiß ist«, ergänzte sie kichernd.

20

Lina hatte sich seit ihrem Examen nicht mehr so oft in der Uni herumgetrieben wie in den letzten Wochen. Genau genommen hatte sie auch keine besonders angenehmen Erinnerungen an ihre Studienzeit, die mit ihrem Beziehungsende und dem Hochschulwechsel von Berlin nach München zusammengehangen hatte. Damals hatte sie ihr Studium gar nicht schnell genug abschließen und der Uni den Rücken kehren können.

Und jetzt lief sie wieder durch hallende Gänge, atmete die Aufregung und Euphorie junger Menschen ein, die Pläne schmiedeten, Ziele verfolgten, träumten. Manch einer würde versuchen, die Welt zu verändern. Und der eine oder andere würde das sogar schaffen. Wer konnte schon wissen, was die Zukunft brachte?

Lina folgte den Beschilderungen im Gebäude zu dem Hörsaal, in dem Eric eine Orientierungsvorlesung hielt, die einige noch Unentschlossene auf die Seite der Steine ziehen konnte, wie er ihr erklärt hatte. Lina hatte sich mit Chris Thalbach, seiner Assistentin und der Leiterin von *Little Blue Horizon* getroffen, um sich einen Überblick zu verschaffen, ob alles so lief, wie sie sich das vorstellte. Zufrieden mit dem Ergebnis war sie in die Luisenstraße weitergefahren –

und hatte diesmal sogar einen Parkplatz schräg vor dem Gebäude, gleich hinter Erics Rostmonster, gefunden. Sie hatte sich hier mit ihm verabredet, weil er, die Schweizer und die LMU zu einer Einigung gekommen waren, die heute gefeiert werden sollte, mit der Fakultät und ein paar Leuten von *Oliander Bau*. Eric hatte sie gefragt, ob sie ihn begleiten wollte, und sie hatte ohne zu zögern Ja gesagt.

Und jetzt würde sie sich in Erics Vorlesung schleichen, weil sie ihn in seinem natürlichen Umfeld erleben wollte. Umgeben von Studenten, wenn er von seiner Leidenschaft sprach: Steinen. Die Besprechung mit *Deep Blue Horizon* war früher zu Ende gewesen als gedacht, sodass sie genug Zeit hatte, Eric im Hörsaal einen Besuch abzustatten, bevor sie sich für diesen Abend zurechtmachen musste.

Leise zog sie die Tür auf und wurde auf der Stelle in die Atmosphäre aus Spannung und Erwartung gezogen, die sich im Raum ausgebreitet hatte. Eric bemerkte sie nicht, weil er völlig in sein Thema vertieft war. Und die Studenten bemerkten sie genauso wenig, weil sie – wie Lina sofort bemerkte – an seinen Lippen hingen.

Über die Leinwand hinter ihm lief eine Diashow, die Eric bei verschiedensten Expeditionen zeigte. Bilder, auf denen er meistens einen Vollbart trug, Karohemden und Cargohosen, dreckverschmierte Stiefel, und die ihn trotzdem nicht wie einen Waldschrat wirken ließen wie bei ihrer ersten Begegnung, weil sie das Feuer in seinen Augen leuchten sehen konnte. Die Liebe zu seiner Arbeit, seine Intelligenz und seinen Humor.

Wenn Lina an ihre ersten Begegnungen zurückdachte, bekam sie sofort ein schlechtes Gewissen, weil sie ihn so oberflächlich betrachtet und in eine Schublade gestopft hatte, die er überhaupt nicht verdient hatte. Wie gut, dass sie eine zweite Chance bekommen hatten.

Sie setzte sich auf den Randplatz in der vorletzten Reihe, ohne Eric aus den Augen zu lassen. Er trug Jeans und ein schwarzes Hemd, dessen Ärmel er bis zu den Ellenbogen hochgekrempelt hatte. Sein Jackett hing über der Lehne seines Stuhls am Dozentenpult. Er war sich in den vergangenen Stunden sicherlich mehr als einmal durch die Haare gefahren, denn sie standen auf diese liebenswerte Weise ab, sodass es in ihren Fingern juckte, sie glattzustreichen – oder noch mehr zu verstrubbeln.

»Geologen sind Idealisten«, sagte Eric, hielt kurz inne und grinste dann. »Wenn Sie also das große Geld machen wollen, sollten Sie sich lieber in BWL einschreiben.« Die Studenten lachten. »Wenn Sie eine richtig gute rechtliche Abhandlung verfassen wollen, sollten Sie sich an der juristischen Fakultät einschreiben. Aber …«, er machte eine kleine Pause, um sich die Aufmerksamkeit aller zu sichern, als hingen sie nicht sowieso schon ausnahmslos an seinen Lippen, »wenn Sie einen Forschungsantrag für eine Expedition so formulieren möchten, dass die Leitung Ihrer Fakultät bei jedem Satz denkt ›Verdammt, ich muss das genehmigen, egal, was es kostet. Wenn wir das jetzt nicht sofort machen, geht die Welt unter‹, dann sind Sie bei den Geologen goldrichtig. Sie werden nicht reich werden«, warnte er gut gelaunt, nachdem sich das allgemeine Gelächter wieder gelegt hatte. »Sie werden immer in Arbeit versinken. Wenn Sie auf Expedition gehen, wird Ihnen das körperlich und psychisch verdammt viel abverlangen.«

Eric drehte sich zur Leinwand um und betrachtete die Bilder von sich und seinen Kollegen einen Moment lang gemeinsam mit den Studenten. »Wie Sie hier sehen können, ist es oft eine Herausforderung. Aber wenn Sie festgestellt haben, dass Geologie das ist, wofür Sie brennen, ist es das größte, befriedigendste Abenteuer, in das Sie sich stürzen können. Denn Sie haben die Chance, etwas zu bewegen. Etwas zu verändern. Mahnend den Finger zu heben und auf den Zustand unseres Planeten aufmerksam zu machen. Das ist nicht nur ein Nebenaspekt unserer Arbeit – das ist der wichtigste Grund dafür. Also denken Sie gut darüber nach, ob diese Fakultät etwas für Sie ist. Wenn Sie erst mal Blut geleckt haben, lassen wir Sie nicht mehr vom Haken.«

Als das aufbrausende Gelächter und der Applaus diesmal endeten, hob Eric in einer offenen Geste die Hände. »Wenn Sie Fragen haben, her damit. Ich beantworte sie gerne.«

Wie Lina es erwartet hatte, prasselten die Fragen nur so auf Eric ein. Und er beantwortete geduldig eine nach der anderen. Erzählte gut gelaunt von gefühlt elefantengroßen Mücken in der russischen Taiga, die immer nur im Bataillon angriffen. Berichtete davon, wie es war, auf Spitzbergen zu überwintern. Eisbären, deren Lebensraum immer kleiner wurde. Tödliche Schneestürme und das Wunder der Polarlichter. Die Einsamkeit, die einen manchmal genauso überkam wie der Lagerkoller.

Von Minute zu Minute entdeckte Lina weitere, absolut anziehende Facetten an Eric. Der Mann war dazu geboren zu unterrichten. Er hatte eine Ausstrahlung, die die Anwesenden völlig in seinen Bann zog. Vielleicht würde er seine

Abenteuer unter dem Polarstern oder in mückenverseuchtem Permafrost irgendwann vermissen. Aber was er auch tat, im Unterrichten war er einfach brillant.

Lina blieb sitzen und wartete geduldig, während sich der Hörsaal langsam leerte. Noch immer war eine Traube von Studenten um Eric versammelt, der an seinem Pult lehnte. Als sich der Pulk auf zwei letzte Studentinnen reduziert hatte, die offenbar mit allen Mitteln um seine Gunst konkurrierten, fand Lina, dass sie das Schauspiel lange genug genossen hatte.

Während die beiden jungen Frauen sich gegenseitig mit ihrem Wissen zu übertrumpfen versuchten, erhob sie sich von ihrem Platz und schritt langsam die Treppe des Hörsaals hinunter.

Eric, der die Bewegung offenbar wahrgenommen hatte, blickte auf. Er schluckte, wandte den Blick aber nicht von ihr ab. Die Studentinnen, die seine Reaktion bemerkten, folgten seinem Blick, um zu sehen, was seine Aufmerksamkeit dermaßen fesselte. Dass es eine Frau war, die kein bisschen wie eine Studentin aussah und deutlich älter war als sie, ließ sie die Stirn runzeln.

»Meine Damen«, grüßte Lina die beiden und nickte ihnen zu. »Wenn Sie uns entschuldigen würden.« Dann wandte sie sich Eric zu und schenkte ihm nur die Andeutung eines Lächelns. »Herr Professor, auf ein Wort.«

*

Zu behaupten, dass ihm eine Sicherung durchgebrannt war, traf es wohl am ehesten. Eric hatte nicht bemerkt, dass sich

Lina in seine Vorlesung geschmuggelt hatte. Aber hier stand sie, vor seinem Pult, und bedachte ihn mit einem herausfordernden Blick. Er hatte sie aufgefordert, dieses Gespräch in seinem Büro weiterzuführen, hatte sich seine Tasche geschnappt und war vorausgegangen.

Sobald sie sein Büro betreten hatte, hatte Lina die Tür zugeschoben und presste ihn dagegen, während ihre Lippen schon auf seinen lagen.

»Du warst in meiner Vorlesung?«, brachte er zwischen zwei Küssen heraus. Er ließ seine Tasche fallen und schob den Riegel vor die Tür.

»Und das hat mich verdammt angemacht, Herr Professor«, erwiderte Lina. Ihre Hände glitten über seinen Oberkörper, begannen, sein Hemd aufzuknöpfen.

Eric ließ sie gewähren, ließ sie ihm das Hemd ausziehen. Ließ zu, dass ihre Lippen über seinen Brustkorb glitten. Erst, als sie sich an seinem Gürtel zu schaffen machte, fing er ihre Hände ein, drehte sich mit einer schnellen Bewegung, sodass sie diejenige war, die zwischen seinem Körper und dem Türblatt gefangen war. Er schob ihre Hände über den Kopf und hielt sie mit einer Hand fest. Die andere knöpfte ihre Bluse auf, ohne dass er den Kuss, in dem sie versanken, unterbrach.

Das hier war irgendwie Wahnsinn. Lina war in seine Vorlesung gekommen und war voll angeturnt davon gewesen, ihn in seinem Job zu erleben. Was wiederum ihn anmachte. Und jetzt standen sie in seinem Büro, waren nicht mehr in der Lage, klar zu denken und rissen sich gegenseitig die Klamotten vom Leib.

Das war vermutlich der erotischste Moment seines Lebens, dachte er, als er ihre Hände freigab, ihr die Bluse abstreifte und seine Lippen über ihren Hals gleiten ließ. Sie bog sich ihm entgegen, gab diesen kleinen Laut von sich, den er so liebte – und Eric hörte einfach auf zu denken.

»Halt dich fest«, flüsterte er an ihrem Ohr, schob die Hände unter ihren Po und hob sie hoch. Ohne zu zögern schloss sie ihre Schenkel um ihn. Eric durchquerte sein Büro in wenigen Schritten. Für einen Moment bereute er, dass auf seinem Schreibtisch immer so ein Chaos herrschte, doch dann wischte er die Papiere einfach zur Seite und setzte Lina ab.

Er öffnete ihren BH, streifte ihn ihr ab und ließ ihn hinter sich fallen. Seine Hände liebkosten sie. Seine Lippen strichen über ihren Hals, ihr Schlüsselbein, küssten sich über ihr Dekolleté, bis er eine der aufgerichteten Brustspitzen mit den Lippen umschließen konnte.

Lina stieß wieder diesen Laut aus. Sie stützte ihre Hände hinter sich auf dem Schreibtisch ab, ihr Kopf fiel in den Nacken, sodass die Spitzen ihrer offenen Haare fast über seine Fachzeitschriften strichen, die noch hinter ihr lagen. Ihr Anblick traf Eric wie ein Blitz. Nein, das reichte nicht, um dieses Gefühl zu beschreiben. Wie ein Meteorit. Das traf es eher. Ein Meteorit, mitten in die Eingeweide. Seine Hände schoben den Saum ihres Rockes an ihren Oberschenkeln hinauf, während er sich weiter nach unten küsste. Über ihren Bauch, bis zum Saum ihres Rockes.

»Weißt du, dass das die Fantasie so ziemlich jeden Mannes ist?« Er erkannte seine Stimme fast selbst nicht mehr, so rau klang sie. Mit den Lippen glitt er über die Innenseiten ihrer Schenkel, die Lina bereitwillig weiter für ihn öffnete. Er schob ihr Höschen zur Seite. Ihre Blicke trafen sich unter Linas halb gesenkten Lidern. Dann senkte er seine Lippen auf den sensibelsten Punkt ihres Körpers, und sie stieß einen stummen Schrei aus.

Eric liebkoste, küsste, streichelte sie. Er hätte ewig so weitermachen und ihre Lust ins Unermessliche steigern können. Doch viel zu schnell wurde ihr Körper von einem heftigen Höhepunkt erschüttert.

*

Lina schloss die Augen und sah Sternchen. O Gott! Sie hob die Lider wieder und blickte auf Eric herab, der vor seinem Schreibtisch kniete und ihr gerade einen der erotischsten Momente ihres Lebens beschert hatte.

Ihre Blicke trafen sich, und das tiefe Verlangen, das sie in seinen Augen sah, jagte ihr bereits den nächsten prickelnden Schauer über den Rücken. Er küsste sich langsam wieder nach oben. Umkreiste ihren Bauchnabel, glitt zwischen ihren Brüsten entlang, über ihre Schulter, den Hals, bis sich ihre Lippen zu einem weiteren wilden, hitzigen Kuss trafen.

Lina öffnete Erics Hose, schob sie ihm über die Hüften und umfasste ihn. Er erschauerte und zog ihre Hand weg, so als laufe er Gefahr, sich unter ihrer Berührung nicht länger beherrschen zu können. Also ließ sie ihre Finger an seinem Körper hinaufgleiten, bis sie die Hand um seinen Nacken schlingen konnte und in einem weiteren, tiefen Kuss versank. Gleichzeitig schloss sie ihre Schenkel um Erics Mitte und zog ihn zu sich heran.

Er glitt in sie, und Lina atmete das dunkle Stöhnen ein,

das er ausstieß. Für den Bruchteil einer Sekunde verharrte er, dann begann er sich zu bewegen. Sie waren schon auf so viele Arten zusammen gewesen, aber das hier war … drängend, wild und ursprünglich. Lina stützte eine Hand hinter sich auf dem Schreibtisch ab, hielt mit der anderen Erics Nacken umklammert, kam ihm entgegen. Hinter ihr fiel irgendetwas zu Boden, aber sie konzentrierte sich nur auf Eric, die Verbindung, die sie hatten. Sie spürte, wie sich abermals die Spirale eines Höhepunktes in ihr aufbaute. Rasend schnell. Eric dämpfte ihr Keuchen mit einem Kuss. Sie dämpfte sein dunkles Stöhnen. Und dann ließen sie sich gemeinsam in die Erlösung fallen.

*

Langsam kam Eric wieder zu Atem. Er stand über seinen Schreibtisch gebeugt. Lina in seinen Armen, ihre Schenkel um ihn geschlungen. Hatten sie gerade wirklich Sex in seinem Büro gehabt? Ein Gefühl, das an das Prickeln von Champagner erinnerte, stieg in ihm auf. Kribbelte in seiner Brust und kletterte in seinen Kopf. Er fühlte sich leicht, und ihm wurde ein wenig schwindelig, als hätte er zu viel Luft eingeatmet – oder zu viel Lina. Und dann brach sich dieses Gefühl Bahn, und er begann zu lachen. Er beugte Lina nach hinten, bis ihr Oberkörper auf seinem Schreibtisch lag, und löste sich dann weit genug von ihr, um sie zu betrachten. Wie sie zwischen seinen Forschungsunterlagen und Sprechzetteln für seine Vorlesungen lag. »Ich werde vermutlich nie wieder eine Vorlesung vorbereiten oder Klausuren benoten können, ohne an diesen Moment zu denken.« Er strich Lina eine Haarsträhne hinter das Ohr und beugte sich herunter, um sie sanft zu küssen.

Lina musste ebenfalls lachen. »Ja, das war denkwürdig.«

»So hatte ich mir das zwar nicht vorgestellt, als ich dich gebeten habe, mich zu dieser Veranstaltung zu begleiten, aber besser hätten wir wirklich nicht in diesen Abend starten können. Du bist der Wahnsinn, Lina.« Er ließ kleine Küsse auf ihre Wangen, ihren Hals und ihr Dekolleté rieseln.

Sie räkelte sich unter ihm, erschauerte erneut. Und dann schob sie ihre Finger in seine Haare und zog ihn zu einem Kuss zu sich heran. »Du bist auch der Wahnsinn«, gab sie zurück. »Aber ich glaube, wir müssen aufhören, wenn wir nicht zu spät kommen wollen … und da du der Ehrengast bist …«

Eric seufzte und richtete sich auf. »Wie schaffst du es nur, so klar zu denken, nachdem wir gerade Brandspuren auf meinem Schreibtisch hinterlassen haben? Mein Kopf ist immer noch voller Watte.«

Lina richtete sich ebenfalls auf und blieb auf der Schreibtischkante sitzen. Nur mit ihrem Rock bekleidet, der sich um ihre Hüften bauschte. Ihre Haare, die an einen wilden Heiligenschein erinnerten, fielen über ihre linke Brust. Mit einem neckenden Lachen zog sie die Augenbrauen hoch. »Hinterfrage niemals die Fähigkeiten der Frauen«, sagte sie.

Eric, der gerade seine Hose hochziehen wollte, hielt inne und starrte sie an. Lina war einfach … perfekt. Sein Herzschlag beschleunigte sich, als ihm bewusst wurde, dass er sich in Lina verliebt hatte. Einfach so. Natürlich war es nicht gerade der optimale Moment für diese Erkenntnis, kurz nachdem sie in seinem Büro den Schreibtisch entweiht hatten, und er es noch nicht einmal geschafft hatte, seine Hose wieder hochzuziehen. Aber es hatte nichts mit dem Sex zu tun, auch wenn der ihn gerade regelrecht überwältigt hatte. Es war einfach Lina. Alles an ihr. Das Lächeln. Ihr Humor und die Hingabe an alles, was sie tat. Die Liebe zu ihrer Familie und ihr Engagement für die *Mäuse und Dachse*. Obwohl er es nicht hatte kommen sehen, hatte es ihn erwischt.

Lina rutschte vom Tisch und sah sich suchend nach ihrem BH um. »Ich muss kurz raus zu meinem Wagen und das Kleid für die Abendveranstaltung holen«, sagte sie – und löste den Bann.

Eric blinzelte und zog seine Hose hoch. Er hatte noch jede Menge Zeit, über diese neue Erkenntnis nachzudenken. Jetzt war allerdings nicht der richtige Zeitpunkt dafür. »Gib mir deine Autoschlüssel, ich mache das.« Er angelte sein Hemd vom Boden, schlüpfte hinein und knöpfte es zu.

Lina zog in der Zwischenzeit ihren Autoschlüssel aus der Handtasche und gab ihn Eric, nachdem sie ihre Bluse erst einmal ohne ihren BH übergezogen hatte.

»Hinter dieser Tür ist ein Bad.« Eric wies auf die kleine Nische neben einem Kleiderständer, an dem bereits der Kleidersack mit seinem Anzug für den Abend hing. »Es ist winzig«, entschuldigte er sich.

Lina zwinkerte ihm zu. »Für heute wird es reichen.«

Eric holte Linas Kleid und die Schuhe. Gemeinsam machten sie sich für diesen Abend zurecht. Breit grinsend. Unterbrochen von jeder Menge Küssen, als er ihr Kleid am Rücken schloss und sie ihm die Krawatte richtete.

Schließlich zog sie sich noch einmal für ihr Make-up und die Haare ins Bad zurück, während Eric begann, die Unterlagen, die auf dem Boden verstreut lagen, aufzuheben und wenigstens einigermaßen zu ordnen.

Als Lina die Badtür öffnete, verschlug es ihm zum zweiten Mal an diesem Tag den Atem. »Du … wow«, brachte er heraus. Er hatte sie zwar in das enganliegende, schwarze Kleid schlüpfen sehen, das eine Handbreit über dem Knie endete, aber zusammen mit den mörderischen High Heels und ihrem Make-up sah sie bezaubernd aus. Sie hatte irgendetwas mit ihren Augen gemacht, sodass sie noch größer wirkten und das Sommerblau darin noch mehr strahlte als sonst. Ihre Haare waren zu einem eleganten Knoten im Nacken geschlungen.

»Selber …« gab sie zurück und wies auf seinen Anzug.

Eric grinste. »Du fällst ja schon über mich her, wenn ich nur Jeans und Hemd anhabe.«

Lina legte den Kopf schräg, als müsse sie angestrengt nachdenken. »Wer weiß, was passiert, wenn ich dir nachher diese Krawatte ausziehe.« Sie zwinkerte ihm zu. »Wenn ich uns so ansehe, sind wir definitiv das Paar des Abends.«

»Absolut. Bist du bereit?«, fragte er und küsste sie auf die Wange.

Sie griff nach ihrer Abendtasche und hakte sich bei ihm unter. »Bereit.«

Sie nahmen den Defender und würden Linas Wagen auf dem Rückweg nach Starnberg abholen. Eric musste sich eingestehen, dass er nervös war. Veranstaltungen wie diese waren eher das Ding seiner Schwester und seines Schwagers. Er fühlte sich bei solchen Events meistens nicht besonders wohl. Umso besser, dass Lina an seiner Seite war, die wie immer eine fröhliche Positivität ausstrahlte, die jeden um sich herum in ihren Bann zog. Das bemerkte er sofort, als sie den Nebenraum des exklusiven Restaurants betraten, das Oliander für die Feier ihres Vertragsabschlusses gebucht hatte. Alle Augen waren auf sie gerichtet. Und das lag nicht daran, dass er der Mann war, der die Unterschrift unter Olianders Verträge gesetzt hatte. Das lag ausschließlich an Lina.

»Dr. Fuchs, schön Sie zu sehen.« Seine Dekanin war die Erste, die auf sie zukam.

»Guten Abend, Dr. Meilinger. Darf ich vorstellen: Meine Dekanin, Lina Kirchleitner«, machte er die Frauen miteinander bekannt.

»Schön, Sie kennenzulernen.« Erics Chefin reichte Lina die Hand. »Arbeiten Sie auch an der Uni?«, fragte sie.

»Nein«, erwiderte Lina. »Ich habe einen Nanny-Service.«

»Wirklich?« Die Dekanin legte den Kopf in den Nacken und gab ein leises Stöhnen von sich. »Dann sind Sie eine dieser Retterinnen berufstätiger Mütter. Ich bete Sie an.«

Eric war nicht auf die Idee gekommen, seine Chefin zu fragen, ob sie Kinder hatte oder überhaupt verheiratet war. Lina war da anders. Sie stellte die richtigen Fragen und sah sich die Fotos von Meilingers Nachwuchs auf deren Handy an, während Eric an der kleinen Bar zwei Gläser Champagner holte.

Als er zu den Frauen zurückkehrte, steckte die Dekanin ihr Handy gerade wieder in ihre Handtasche. »Lassen Sie uns später unbedingt noch ein wenig reden«, sagte sie und drückte Linas Hand. »Aber jetzt, fürchte ich, wartet unser

Gastgeber bereits darauf, Dr. Fuchs zu begrüßen und Sie kennenzulernen.«

Eric nickte Dr. Meilinger zu und reichte Lina eines der Champagnergläser. Dann legte er die Hand leicht an ihren Ellenbogen und führte sie in die Richtung, in der der Schweizer Bauunternehmer Hof hielt, um Hallo zu sagen und Lina auch ihm vorzustellen.

Oliander reagierte genauso wie seine Chefin. Auch er war restlos begeistert von Lina und betonte, wie wichtig die Hilfe, die von ihr kam, für berufstätige Eltern war. Eric konnte sich gut vorstellen, dass gewisse Kreise ähnlich wie seine Schwester reagierten und Lina mit einer gewissen Arroganz begegneten. Nicht so bei dieser Veranstaltung. Hierbei ging es zwar um Erics Erfindung, aber für ihn war die Frau an seiner Seite der heimliche Star des Abends.

*

Lina erwachte am nächsten Morgen in Erics Bett. Träge streckte sie die Arme über den Kopf und wandte den Blick auf Erics Seite. Sie war leer und sein Kopfabdruck im Kissen schon kalt. Dafür hatte sich Rocky auf der Matratze zusammengerollt.

»Bist du sicher, dass du hier pennen darfst?«, murmelte sie und strich dem Kater über den Rücken. Er öffnete die Augen zu schmalen Schlitzen, gähnte herzhaft und schlief dann unbeeindruckt weiter.

Als Lina den Kopf zur anderen Seite des Bettes wandern ließ, entdeckte sie den Thermobecher auf dem Nachttisch. *Guten Morgen* stand auf dem Post-it, der daran klebte. *Bin schon auf, habe ein Date mit einem anderen bezaubernden Wesen.*

Womit nur Annabelle gemeint sein konnte, die ihren Onkel wahrscheinlich in aller Herrgottsfrühe aus dem Bett geschmissen hatte, ohne dass Lina etwas davon mitbekommen hatte.

Sie setzte sich auf, drehte den Deckel vom Kaffeebecher und trank einen Schluck. Das Koffein schoss ohne Umwege in ihre Blutbahn und ließ sie vollständig wach werden. Der vergangene Abend war einzigartig gewesen. Nicht nur ihr kleiner sexueller Überfall in der Uni, sondern auch der Empfang zu Ehren von Erics Vertragsabschluss. Sie hatte natürlich grob verstanden, um was es bei dieser Sache ging – und worum es vor allem Eric dabei ging. Aber erst am Abend hatte sie verstanden, was er damit erschaffen hatte. Sie war stolz darauf, dass er es geschafft hatte, seine Ziele durchzusetzen und sein Messsystem auch dort zum Einsatz bringen zu können, wo keine dicken Bankkonten den Schweizer Unternehmer anlocken konnten. Ganz abgesehen davon, dass die weitere Forschung an der Technik unter dem Dach der LMU stattfinden würde und Eric seiner Fakultät damit ebenfalls ein großes Budget verschafft hatte. Er wurde auf Händen getragen. Bewundert. Und er schien das noch nicht einmal richtig wahrzunehmen. Verdammt, sie liebte diesen Mann, dass es wehtat.

Lina stellte den Kaffeebecher lange genug zur Seite, um nach Erics Hemd zu greifen und es überzuziehen. Dann nahm sie den Becher wieder in die Hand und machte sich auf die Suche nach ihm. Sie fand ihn in seinem Arbeitszimmer, wo er mit Annabelle an seinem Schreibtisch saß. Beide hatten ihr den Rücken zugedreht und schienen in ihre Arbeit vertieft. Und beide sahen aus, als ob sie wirklich wichtige Jobs hätten. Was bei Eric bedeutete, dass er Zahlenkolonnen in eine Excel-Tabelle tippte, und bei Annabelle, dass sie eine Erdkugel ausmalte. Die Ozeane hatten einen interessanten, dunkelgrünen Farbton, während Europa bereits in leuchtendem Pink erstrahlte und Afrika in einem sanften Orange. Gerade verwandelte Erics Nichte Amerika in einen glitzertürkisen Kontinent. »Die Welt braucht auf jeden Fall mehr Farbe«, sagte sie gerade.

»Da hast du absolut recht.« Eric drehte den Kopf und küsste sie auf den Scheitel. »Ich bin mir sicher, wenn jemand es schafft, sie bunter zu machen, dann wirst du das sein, Pochemuchka.«

Linas Herz zog sich abermals zusammen. Wenn Eric sich nur sehen könnte. So wie er am Abend nicht wahrgenommen hatte, wie begeistert alle von ihm waren, so wurde ihm einfach nicht klar, wie wundervoll er mit Kindern umging und was für ein toller Vater er sein könnte, wenn er sich nur darauf einlassen würde. Eric hatte eine natürliche Wärme und all diese Liebe in sich. Er behandelte Annabelle mit Respekt und nie von oben herab.

In diesem Moment schienen die beiden sie zu bemerken und drehten sich gleichzeitig um. »Lina, du bist wach!« Annabelle sprang auf, umarmte ihre Mitte und rannte aus dem Raum. »Ich habe dir Kekse gebacken«, rief sie über die Schulter.

»Alles okay?«, fragte Eric und sah sie mit schräg gelegtem Kopf an.

»Hmm.« Lina deutete mit der Hand auf den Platz, an

dem seine Nichte gerade noch gesessen hatte. »Du bist ein wundervoller Onkel«, sagte sie, bevor sie sich bremsen konnte. Zum ersten Mal hatte sie Gedanken, die in diese Richtung gingen, laut ausgesprochen.

Eric, der sich gerade erheben und auf sie zugehen wollte, erstarrte mitten in der Bewegung. Einen Moment sah er sie wortlos an. »Was willst du mir damit sagen?«, fragte er dann leise.

»Nichts, ich … ich habe nur festgestellt, wie toll du mit Annabelle umgehst.« Lina spürte, wie ihr die Hitze in die Wangen schoss.

»Hier Lina, für dich«, rettete Annabelle sie, indem sie mit einem Teller in der Hand wieder ins Arbeitszimmer kam.

Lina hockte sich hin, um die Kekse zu bewundern. »Die sehen wirklich fantastisch aus.«

»Lass dich nicht dazu überreden, Onkel Eric welche abzugeben. Er hatte seinen Anteil schon«, verriet ihr die Kleine mit einem Bühnenflüstern.

»Gut zu wissen.« Lina blickte zu Eric auf. Er sah sie noch immer mit diesem merkwürdigen Blick an.

Die nächste Woche versank im Chaos, das am Mittwoch in der Suche nach einem vermissten Kind gipfelte, das seiner Mutter auf dem Heimweg von der Musikschule abhandengekommen war.

Lina hatte die völlig aufgelöste Frau zufällig in der Nähe des Bahnhofs getroffen, als sie eigentlich auf dem Weg zu Marie gewesen war, um den nächsten Musiknachmittag der *Mäuse und Dachse* zu besprechen.

Sie hatte vorgeschlagen, erst einmal die nähere Umgebung nach der kleinen Nicola abzusuchen, und, wenn sie innerhalb der nächsten halben Stunde nicht wieder aufgetaucht war, die Polizei zu verständigen.

Ein vermisstes Kind versetzte jeden in Angst und Schrecken, ganz besonders in der Nähe eines Sees. Immerhin hatte Lina die Kleine keine zehn Minuten später entdeckt, und zwar an einem Ort, an dem man ein Kind definitiv nie suchen würde: Im *Zapfhahn*, einer der schlimmsten Spelunken der Stadt, die auf der Rückseite des Bahnhofs lag. Wo die Vierjährige gut gelaunt auf einem Barhocker am Tresen saß und mit den Stadtsäufern, die sie links und rechts einrahmten, plauderte.

»Sind Sie die Mutter?«, fragte der Wirt, der hinter der Bar ein Glas mit einem mehr als bedenklichen Geschirrtuch putzte, als Lina, die das Kind durch das Fenster entdeckt hatte, in die Kneipe stürmte.

»Nein, bin ich nicht, aber …«, setzte sie an.

»Hi Lina.« Nicola drehte sich um und winkte ihr zu, bevor sie wieder an dem Glas nippte, das vor ihr auf dem fleckigen Tresen stand. Was Lina angesichts der Hygienestandards in dieser Absteige zusammenzucken ließ.

»Der kleinen Lady war heiß«, erklärte der Wirt Lina. »Da dachte ich mir, ich spendiere ihr einen Drink.«

»Gin Tonic«, erklärte Nicola. »Wie ihn meine Mama manchmal trinkt.«

»Was?« Lina war kurz davor, über den Tresen zu hechten und den Mann zu schütteln.

Doch der lachte nur gutmütig. »Die Kinderversion«, erklärte er mit einem Augenzwinkern und formte dann lautlos das Wort *Sprite*.

»Okay, entschuldigen Sie.« Lina rieb sich über ihre schweißnasse Stirn. »Ich muss Nicola zu ihrer Mutter zurückbringen, die umkommt vor Sorge. Was bekommen Sie für den Kinder-Tonic?«

»Geht aufs Haus. Kleine Lady, war schön, dich kennenzulernen.« Der Wirt tippte sich mit dem Zeigefinger an die Schläfe, als Nicola von ihrem Hocker kletterte und zu Lina herüberkam. Mit einem sehnsüchtigen Blick in Richtung der Spielautomaten ließ sie sich an die Hand nehmen und nach draußen ziehen, während Lina die Mutter der Kleinen anrief und Entwarnung gab.

Sie beschlossen, sich wieder an der Musikschule zu treffen, und Lina schlug diese Richtung ein. »Wie bist du denn in diesem Laden gelandet?«, fragte sie Nicola, die gut gelaunt neben ihr her schlenderte.

Die Kleine grinste. »Ich wollte da schon immer mal rein. Weil es dort die ganze Zeit so schön funkelt und bimmelt.«

»Verstehe.« Lina musste sich auf die Lippe beißen, um nicht laut loszulachen. Eine Vierjährige, die ausgebüxt war, weil sie von den Spielautomaten in einer Spelunke wie magisch angezogen wurde. Hoffentlich waren das nicht die ersten Anzeichen einer Spielerkarriere. »Du hast uns echt einen Schrecken eingejagt. Lauf niemals weg, ohne deiner Mama zu sagen, wohin du willst.«

Die Vierjährige blickte unter zusammengezogenen Augenbrauen zu Lina auf, als wolle sie fragen, ob sie das ernst meinte. »Mama hätte mich doch gar nicht da reingelassen.«

»Genau darum geht es«, erwiderte Lina, beschloss aber, dass sie den Erziehungsaspekt Nicolas Mutter überlassen würde. Sie war nur froh, dass das Mädchen wieder da war und sich ihr Adrenalinspiegel langsam wieder senkte. Noch einen aufregenden Moment brauchte sie für diese Woche nicht.

Lina ließ sich gegen die Hauswand neben der Tür zur Musikschule sinken und atmete langsam aus. Sie sah Nicola und ihrer Mutter nach, als sie in Richtung Uferpromenade davongingen. Als das Mädchen sich umwandte und ihr zuwinkte, hob sie in einer schwachen Geste den Arm. Dann stieß sie sich von der Wand ab und zog die Tür zur Musikschule auf. Maries Auto stand draußen, also war ihre Freundin wahrscheinlich hier und hatte hoffentlich Zeit für eine Tasse Kaffee.

Sie lief durch das große Foyer, in dem verschiedenste Instrumente ausgestellt waren, und klopfte an Maries Bürotür.

»Moment.« Maries Stimme klang gedämpft durch die Tür, gefolgt von einem kleinen Poltern und Geraschel, das Lina nicht einordnen konnte. Flüsterte die Freundin mit jemandem?

Lina wollte bereits nach der Klinke greifen, zögerte dann aber. Das hier war merkwürdig. Marie hatte nie etwas zu verbergen. Lina widerstand dem Drang, näher an die Tür heranzutreten, um herauszufinden, was dahinter vor sich ging.

Im nächsten Moment wurde die Tür geöffnet, und eine männliche Stimme sagte: »Vielen Dank, Frau Wolfstetter. Ich werde mir das Angebot durch den Kopf gehen … Lina!« Als der Mann die Tür ganz aufgezogen hatte, blieb er überrascht stehen und starrte sie an. Bevor er knallrot anlief.

»Sam.« Lina war nicht weniger überrascht, Bens Cousin vor sich zu sehen. Sam. Der nie rot anlief, außer man sprach ihn auf Marie an. Dessen Haare Lina noch nie anders als in einem Man Bun gesehen hatte und die ihm jetzt in offenen, zerzausten Wellen über die Schultern fielen. Das Rascheln und Flüstern gerade eben. Es hatte einen Moment gedauert, doch nun begriff Lina. »Wie schön, dich hier zu sehen. In Maries Büro«, betonte sie die letzten Worte.

»Wir ... ähm ... die Rabatte. Ich habe ihr ein Angebot für Pflanzen ... ach verdammt!« Er fuhr sich durch die Haare und schob sich dann an Lina vorbei, als wäre er auf der Flucht. »Ich bin weg. Termine und so!«

Lina sah ihm nach, drehte sich dann wieder zu Maries Büro um und klopfte gegen die offene Tür. »Entschuldige die Störung. Wenn ich gewusst hätte, dass du beschäftigt bist, wäre ich nicht einfach so hereingeschneit.«

Die Freundin seufzte. Sie saß zwar hinter ihrem Schreibtisch, sah aber nicht weniger derangiert aus als Sam. Bei ihrem Anblick konnte sich Lina einigermaßen vorstellen, wie Eric und sie ausgesehen hätten, wenn jemand ihr Stelldichein in der Uni unterbrochen hätte. »Es gibt ein paar Dinge, die man ganz eindeutig von seinem Arbeitsplatz trennen sollte«, sagte Marie. »Komm rein.«

Lina betrat das Büro, schloss die Tür und lehnte sich mit dem Rücken dagegen. »Eigentlich wollte ich bei dir einen Kaffee schnorren, nachdem ich gerade eine Vierjährige aus dem *Zapfhahn* geholt habe, wo sie fröhlich zwischen ein paar Schluckspechten saß und einen Gin Tonic geordert hat.«

»Was?« Marie riss die Augen auf.

»Unwichtig, finde ich.« Lina winkte ab, wie Jule es tun würde, um von einem völlig uninteressanten Thema zu den spannenden Informationen zu wechseln. »Du und Sam also?«

»Ist das so offensichtlich?« Marie schloss den obersten Knopf ihrer Bluse, und der Blick auf den Knutschfleck an ihrem Hals verschwand unter dem Stoff. »Verdammt! Wir sind wirklich nicht besonders gut darin, das für uns zu behalten.«

»Sieht ganz danach aus«, stimmte Lina ihr lachend zu. »Das Ganze ist ein wenig … überraschend. Auch wenn ich die Entwicklung ziemlich gut finde.«

Marie seufzte noch einmal. »Frag mich mal. Keine Ahnung, wie das passieren konnte.« Sie blickte auf ihre Hände, die sie nebeneinander auf die Schreibtischplatte gelegt hatte, sah dann wieder auf und grinste Lina an. »Das ist doch das Verrückteste, das einem passieren kann. Wir zicken uns an, seit wir als Teenager in dieser grottenschlechten Band gespielt haben. Und jetzt … Mein Gehirn ist noch nicht bereit, das wirklich zu akzeptieren.« Das Lächeln, das sich auf Maries Lippen schlich, schwankte ein wenig zwischen Verlegenheit und Unglauben.

Lina erwiderte das Lächeln. Die Freundin sah glücklich aus, auch wenn sie wirklich noch nicht so ganz zu verstehen schien, wie das ausgerechnet zwischen Sam und ihr hatte passieren können. »Seit wann läuft das zwischen euch?«

»Seit der Konzertprobe der *Mäuse und Dachse*. Du hattest Sam dazu verdonnert, mir mit den Instrumenten zu helfen. Wir haben uns wie immer in die Haare gekriegt. Uns gestritten. Und dann hat er mich auf einmal an sich gerissen und mich geküsst. Das war ein bisschen«, ihre Wangen färbten sich rot, »wie eine Explosion.«

Lina erinnerte sich an Jules Bemerkung von einem fünfzehnjährigen Vorspiel. Sie hatte recht gehabt. Und es war höchste Zeit geworden. »Ich freue mich für euch. Wenn ihr nicht streitet, seid ihr ein tolles Paar.«

Marie hob abwehrend die Hände. »Von einer Beziehung ist hier noch keine Rede. Wir wissen überhaupt nicht, was wir mit dem anfangen sollen, was zwischen uns brodelt. Aber es stimmt, die Energie nicht in Beleidigungen und Streit zu leiten, sondern in … du weißt schon …«, sie schob sich die Haare aus dem rot angelaufenen Gesicht, »macht definitiv mehr Spaß. Aber jetzt genug davon.« Sie stand auf und ging zu der kleinen Kaffeemaschine hinüber, die in der Ecke stand. »Was hat es jetzt mit dem Gin Tonic im *Zapfhahn* auf sich?«

Lina verkniff sich einen Kommentar und setzte sich auf den Stuhl vor Maries Schreibtisch, um die Geschichte der kleinen Nicola zu erzählen. Marie weigerte sich vielleicht, über das Wort Beziehung nachzudenken, aber das zwischen ihr und Sam Gefühle herumwirbelten wie ein Tornado, war nicht zu übersehen. Ganz anders als Eric und sie, die zwar offiziell eine Beziehung führten, aber es trotzdem nicht schafften, ihre Unterschiede zu überwinden.

*

Seit Linas Kommentar über seine Qualitäten als Onkel in seinem Büro machte sich Eric Gedanken. Er konnte sich nicht mehr vorstellen, Zeit ohne Lina zu verbringen. Er war verliebt in sie, und sie wurde ihm immer wichtiger. Das zwischen ihnen war längst perfekt. Umso mehr gingen ihm ihre

Worte im Kopf herum. Was wollte sie ihm damit sagen, dass er ein toller Onkel war? War das ein Versuch, ihn langsam in ihre Richtung zu dirigieren? Ihn dazu zu bringen, dass er glaubte, eigene Kinder zu mögen? Wollte sie ihn wirklich umstimmen?

Falls sie denken sollte, dass sie ihn manipulieren könne, hatte sie sich getäuscht. Denn er würde seine Meinung nicht ändern. Sein Verhältnis zu Annabelle war etwas völlig anderes als eine eigene Familie. Wenn Lina das nicht verstand, würden sie getrennte Wege gehen müssen. Es würde ihm verdammt schwerfallen, sie gehen zu lassen. Und so unangenehm es werden würde, sie mussten darüber reden, wie sie ihre gemeinsame Zukunft sahen.

Eric plante, das Thema beim Netflix-Abend anzusprechen. Bevor sie sich eine Serie ansahen, am besten bei einem Essen und einem Glas Wein.

Er hatte gerade die Pizza bestellt, als Lina durch die offen stehende Haustür hereinrauschte, ihre Handtasche in die Ecke pfefferte und sich mit dem Gesicht voran auf die Couch fallen ließ. Dort versenkte sie einen frustrierten Schrei in die Polster, der Rocky genug irritierte, um seinen Stammschlafplatz aufzugeben und in das Katzenkörbchen zu flüchten, das Lina für ihn gekauft hatte. »*Das Leben war perfekt, bis zu jenem schicksalhaften Tag …*«

»Aus welchem Film ist das?«, fragte Eric. Er war sich sicher, dass das ein Filmzitat war, hatte den Satz aber noch nie gehört.

»Aus *Boss Baby*. Ich hätte nicht gedacht, dass ich dieses Kind mal zitieren würde«, jammerte sie.

»Was ist los?«, fragte Eric, nicht sicher, ob er besorgt sein oder grinsen sollte. So theatralisch war Lina jedenfalls sonst nicht.

»Alkohol«, sagte sie und hob den Arm, als warte sie nur darauf, dass er ihr ein Glas Hochprozentigen in die Hand drückte.

Eric holte den Rosé aus dem Kühlschrank, den er für diesen Abend besorgt hatte, und schenkte ein Glas ein, das er Lina brachte. »War der Tag so schlimm?«, fragte er und setzte sich neben ihren kollabierten Körper.

»Schlimmer«, nuschelte sie in das Kissen, bevor sie sich umdrehte und nach dem Glas griff. Sie leerte es in einem Zug zur Hälfte und legte ihren Kopf dann auf Erics Oberschenkel. »Ich dachte, ein kleines Mädchen in Starnbergs übelster Spelunke wäre mit nichts zu überbieten. Aber die Seeger-Kinder heute haben mich komplett fertig gemacht. Ich weiß nicht, wie Martina das normalerweise schafft.«

Eric strich Lina die Haare hinter die Schulter und massierte mit einer Hand ihren verspannten Nacken. »Das waren die drei Jungs, deren Nanny ausgefallen ist?«, erinnerte er sich. »Du hast das also selbst übernommen.«

Sie stöhnte. »Drei Jungs«, wiederholte sie. »Drei, vier und fünf Jahre alt. Und ich muss morgen wieder hin. Das ist so gemein.« Sie öffnete die Augen einen Spalt und funkelte ihn an, als Eric sein Lachen nicht mehr zurückhalten konnte. »Ich schwöre es dir, das sind Dämonen.« Sie richtete sich weit genug auf, um noch einen Schluck trinken zu können, und ließ ihren Kopf dann wieder in Erics Schoß sinken. »Der Älteste hat sich einen Eimer Erdbeeren aus der Speisekammer geklaut, aus denen ihre Mutter Marmelade kochen wollte. Er hat ihn halb leer gefuttert, woraufhin er sich übergeben musste. Aus dem Hochbett heraus wohlgemerkt, wohin er seinen Erdbeerschatz geschmuggelt hatte.«

Eric verzog das Gesicht, nahm Lina das Glas ab und trank einen Schluck. »Das ist ziemlich eklig«, sagte er.

»Jepp. Auch wenn der Mittlere der Meinung war, dass Erdbeerkotze gar nicht so schlimm riecht wie die andere sonst immer. Ich hab die beiden Kleinen dazu gebracht, mit ihren Matchboxautos zu spielen, und den Großen unter die Dusche gesteckt. Als ich wieder aus dem Bad kam, um die Sauerei aufzuwischen, hatte der Dreijährige schon beschlossen, mir zu helfen, und eine halbe Flasche Shampoo auf den Boden geleert. Je mehr ich geputzt habe, desto stärker hat es geschäumt. Lach nicht«, schimpfte sie, als Eric versuchte, seine amüsierte Miene hinter seinem Weinglas zu verstecken. »Das Putzen ist dadurch zu einer Marathonaufgabe geworden, während ich versucht habe, die kleinen Teufel dazu zu bringen, sich eine Zeitlang selbst zu beschäftigen, damit ich das Chaos beseitigen konnte.«

»Ich vermute, es hat nicht funktioniert.« Sonst hätte dieser Tag Lina nicht so erschöpft.

»Der Mittlere hat sich echt zusammengerissen. ›Ich spiele nur mit meinen Autos‹ hat er mir versichert. Ich habe das Hupen gehört. Seine Brummgeräusche, wenn er mit seinem winzigen Porsche um die Ecke gedüst ist. Und die unvermeidlichen Crashs, gefolgt vom Geheul der Sirenen von Polizei und Rettungswagen. Aber irgendwann wurde mir bewusst, wie still es auf einmal im Haus geworden ist.«

»Bei Annabelle bedeutet Stille nie etwas Gutes«, sagte Eric.

Lina seufzte. »Bei diesen drei auch nicht. Ich habe den

Mittleren im Bad gefunden – und seine Autos im Klo, das gerade überlief, weil er ein ums andere Mal breit grinsend die Spülung betätigt hat. Was glaubst du, was er gemacht hat?«

Eric zuckte die Schultern. »Ich habe keine Ahnung.«

Lina griff nach dem Glas und trank auch noch den Rest aus. »Er fand, die Autos mussten in die Waschanlage. O Gott!« Sie schlug eine Hand vor ihr Gesicht. »Wie hält die Mutter der drei das nur aus?« Sie drehte sich um und vergrub ihr Gesicht an Erics Bauch. »Du kannst dir gar nicht vorstellen, wie froh ich war, diese kleinen Bestien mit den Engelsgesichtern heute Abend wieder abgeben zu können. So was braucht kein Mensch.«

Eric schwieg. Hatte er das gerade richtig verstanden? Hatte Lina gesagt, dass sie die Nase voll hatte von Kindern? Zumindest von diesen. War das vielleicht die Richtung, in die sie sich bewegten, statt der von ihm befürchteten? Führte ihre Arbeit mit den Kindern dazu, dass sie am Ende gar keine eigenen mehr haben wollte?

Langsam atmete er aus, sicher, das Gespräch, auf das er sich vorbereitet hatte, nicht mehr führen zu müssen. Erleichterung machte sich in ihm breit. Ihr Weg würde auch weiterhin in die gleiche Richtung führen. »Weißt du, was helfen wird?« Er beugte sich herunter und küsste sie auf die Schläfe. »Pizza. Ich habe sie schon bestellt. Und anschließend ein Wild Mosquito im Sonnenuntergang.«

»Du hast recht«, murmelte Lina gegen seinen Bauch. »Pizza hilft. Und für den Mosquito nehme ich die doppelte Menge Wodka.«

21

Der Stress riss nicht ab. Zwei weitere Nannys fielen aus und Lina musste täglich die Jobs umverteilen und selbst einspringen, wo es nur ging. Am Ende der nächsten Woche wusste sie nicht mehr, wo ihr der Kopf stand.

Trotzdem musste sie fast lachen, als Jule in die Gruppe der alten Schule schrieb, dass sie auf Einkaufstour ging und Erledigungen übernehmen könnte.

Endlich wendete sich das Blatt, und ihre Freundin war diejenige, die die Besorgungen machte.

Lina:
Kommst du an einer Apotheke vorbei?

Jule:
Jepp. Steht auf meiner Liste. Eine meiner Klientinnen braucht dringend einen Schwangerschaftstest.

Lina:
Ich brauche Kopfschmerztabletten. Das stärkste Zeug, das sie haben. Und vielleicht noch eine Flasche reinen Alkohol, um sie runterzuspülen.

Jule:
Tabletten, gebongt. Laboralkohol lassen wir lieber. Der macht vielleicht blind.

Ben:
Kommst du an einem Gartencenter vorbei?

Jule:
🙄 *Nicht gleich übertreiben! Was ich nicht im Supermarkt oder der Apotheke finde, musst du selbst besorgen.*

Lina legte ihr Handy zur Seite. Lächelnd suchte sie die Unterlagen zusammen, die sie brauchte, um das Gespräch mit der – hoffentlich – künftigen Kundin zu führen, zu der sie gleich fahren würde. Ihre Freunde schafften es einfach immer, ihr ein Lächeln ins Gesicht zu zaubern, auch wenn sie noch so gestresst war und ein ganzes Bataillon Mini-Bergleute in ihrem Kopf zugange waren.

Auf dem Weg zu ihrem Wagen bedankte sie sich per WhatsApp bei Jule, und konzentrierte sich auf ihren Termin, sobald sie die Autotür öffnete.

*

Eric balancierte Linas Lieblingscannoli, die er ihr aus München mitgebracht hatte, in ihre Wohnung. Er ging inzwischen in der alten Schule ein und aus, wie auch sie bei ihm. Sie waren zu alt, um sich über Albernheiten Gedanken zu machen, wie lange man zum Beispiel warten durfte, bis man dem anderen einen Schlüssel gab. Wenn man einander vertraute, war das überhaupt kein Problem.

Lina war bei der Besprechung mit einer Kundin, was sie in letzter Zeit ständig war. Von einem Termin zum nächsten hetzen. Manchmal gönnte sie sich den ganzen Tag lang keine Pause. Aber heute würde er sie mit dieser Überraschung zumindest zu einer kurzen Pause zwingen.

Er verstaute das Gebäck in Linas winzigem Kühlschrank und ging zu ihrem Schreibtisch hinüber, um ihre eine kleine Nachricht zu hinterlassen. Nicht digital, wie üblich, sondern von Hand geschrieben und vielleicht mit einem kleinen Herz versehen. Er schob die Tüte mit dem Apothekenlogo zur Seite, die den Block mit den Post-its verdeckte, griff nach einem Stift – und erstarrte.

Sein Herzschlag setzte aus. Zumindest fühlte es sich so an. Eric sog mühsam Luft in seine Lungen, vorbei an dem unsichtbaren Band, das seinen Brustkorb zusammenpresste. Schock flimmerte vor seinen Augen. Einen Moment lang dachte er, dass ihm sein Unterbewusstsein einen Streich spielte, einfach nur, weil er sich zu wohl gefühlt hatte in den letzten Wochen. Doch die Schachtel, die halb aus der Tüte gerutscht war, war echt. Trotzdem zog er sie ganz heraus und las das Wort, das sich in seine Netzhaut brannte, wieder und wieder. Lina hatte einen Schwangerschaftstest auf ihrem Schreibtisch liegen. Das konnte nur eines bedeuten.

O Gott! Er ließ sich auf den Schreibtischstuhl sinken, weil seine Knie weich wurden. Noch vor ein paar Tagen hatte er sich selbst eingeredet, dass das zwischen ihnen funktionieren konnte, weil Lina ihren Wunsch nach einer eigenen Familie doch nicht so ernsthaft verfolgte, wie er am Anfang angenommen hatte.

Stattdessen hatte sie ihre Ziele offenbar noch stärker verfolgt, als er sich hätte vorstellen können. Sie hatte ihn reingelegt. Und er war wie ein riesiger Vollidiot darauf reingefallen. Er hatte ihr vertraut, als sie ihm versichert hatte, die Pille zu nehmen. Darauf vertraut, dass er nicht irgendwann ungewollt Vater wurde. Sie waren sich einig gewesen, dass das als Schutz reichte. Sonst hätte er sich viel mehr Gedanken um die Verhütung gemacht.

Verdammt! War sie wirklich schwanger? Jemand wie Lina, die den ganzen Tag von Kindern und Familien umgeben war, kannte sich damit wahrscheinlich ziemlich gut aus. Wenn sie einen Test kaufte, wusste sie vermutlich längst Bescheid. Und selbst wenn nicht … er fuhr sich mit den Händen durch die Haare und wischte sich mit dem Handrücken den kalten Schweiß von der Stirn. Dann hatte sie zumindest geplant, ihn reinzulegen. Also musste er das zwischen ihnen auf der Stelle beenden.

Was hatte sie sich gedacht, während sie ihn mit diesem süßen, unschuldigen Lächeln ins Bett gelockt hatte? War ihr Plan, ihn zur Gründung einer Familie zu zwingen? Oder hatte sie ihn nur als Samenspender benutzt? Beide Optionen bewirkten, dass ihm so schlecht wurde, dass er auf der Stelle hätte kotzen können.

Eric stützte sich auf der Schreibtischoberfläche ab und stemmte sich hoch. Er musste hier raus. Solange er sich in Linas vier Wänden befand, umgeben von ihrem Leben, ihrem Schwangerschaftstest, konnte er nicht klar denken. Konnte er überhaupt nicht denken.

Er ließ die Tür hinter sich ins Schloss fallen und lief die Treppe so schnell hinunter, dass es fast als Rennen durchging.

»Hey, Eric«, hörte er Felicia hinter sich, als er das Erdgeschoss erreichte.

Er drehte sich nicht zu ihr um. Gerade musste er nur hier raus und versuchen, irgendwie mit der Panik fertig zu werden, die wie ein Flächenbrand durch seine Eingeweide tobte.

*

Lina kehrte gut gelaunt von ihrer Besprechung zurück. Mit Frau Hoffmann hatte sie eine neue Kundin gewonnen, die wunderbar zu einer ihrer neu eingestellten Nannys passen würde. Zur Feier des Tages würde sie sich ein wenig Freiraum schaffen. Das hatte sie sich nach den letzten Wochen mehr als verdient. Ihre Freunde hatten es ebenso verdient, dass sie ein wenig mehr Zeit für sie hatte. Und Eric auch.

Sie lief um die Hausecke, um zu sehen, ob jemand auf der Terrasse war, und fand Felicia, die an ihrem kleinen Bistrotisch saß und Rosenkohl putzte. »Hey«, sagte die Freundin mit einem Lächeln, als sie aufblickte.

Poldi rappelte sich von seinem Platz neben Elfriede auf und kam zu Lina herüber. Sie kraulte ihn ausgiebig hinter den Ohren. »Sollen wir heute mal wieder was zusammen machen? Mit dem Paddle Board aufs Wasser gehen? Und abends grillen? Ich könnte Eric fragen, ob er rüberkommt.«

»Gute Idee.« Felicia stellte das Gemüse zu Seite und

trank einen Schluck Wasser. »Apropos Eric. Der war vorhin hier, schien es aber ziemlich eilig gehabt zu haben.«

»Oh.« Lina warf einen Blick auf ihr Handy. »Er hat gar nichts davon gesagt.« Aber er neigte dazu, sie hin und wieder zu überraschen. Plötzlich konnte sie es gar nicht mehr abwarten, in ihre Wohnung zu kommen. »Steht heute Abend?«, fragte sie Felicia noch einmal.

»Klingt gut«, erwiderte Felicia. »Ich lege noch schnell ein bisschen Fleisch und Gemüse für heute Abend ein. In einer halben Stunde am Steg?«

»Perfekt. Dann schreib ich in die Gruppe, gebe Eric Bescheid und treibe Jule auf, damit sie mit uns auf den See gehen kann.«

Lina sprintete die Treppe hinauf und stieß fast mit Jule zusammen, die aus ihrer Wohnung kam. »Huch!« Sie bremste sich, bevor sie gegen die Freundin prallte. »Was machst du denn hier?«

Jule schwenkte eine Tüte mit dem Logo der Apotheke. »Ich habe die Tüten verwechselt. Deine Kopfschmerztabletten liegen auf dem Schreibtisch. Und die Tüte hier bringe ich schnell bei meiner Klientin vorbei.«

»Okay. Felicia und ich überlegen, in einer halben Stunde mit dem Paddle Board rauszufahren und heute Abend zu grillen«, sagte Lina.

Jule warf einen Blick auf ihr Handydisplay. »Wenn ihr euch eine Dreiviertelstunde Zeit lasst, geh ich mit euch aufs Wasser. Und ich sag Chris Bescheid, dass wir grillen.«

»Bis gleich.« Lina schob sich an Jule vorbei und betrat ihre Wohnung. Sie sah sich um, konnte aber keinen Hinweis darauf erkennen, dass Eric da gewesen war. Sie warf einen Blick in ihre Fensternische, unter das Kopfkissen, wo er ihr schon mal kleine, herzförmige Pralinen hinterlassen hatte, und sah schließlich in den Kühlschrank. »Du verrückter Kerl«, murmelte sie, als sie die Tüte mit dem Logo ihrer italienischen Lieblingsbäckerei entdeckte. Vorsichtig spähte sie hinein. Drei Cannoli. Die würde sie mit ihren Freundinnen teilen, bevor sie sich ein wenig sportlich betätigten.

Lina machte ein Foto der Leckerei und schickte Eric das Bild.

Lina:
Danke für diese wundervolle Überraschung. Das ist die perfekte Abrundung eines erfolgreichen Tages. 🖤 Das wird meine Fika.

Lina hatte das schwedische Wort, das dafür stand, eine Pause vom Alltag zu machen, zu reden und sich Kaffee und ein Stück Gebäck zu gönnen, neulich in einem Fernsehbericht aufgeschnappt und nur auf den Moment gewartet, es endlich einmal anbringen zu können.

Wir grillen heute Abend übrigens. Hast du Lust rüberzukommen? Kann es gar nicht erwarten, mich für die Cannoli zu bedanken. 😘

Sie legte das Handy zur Seite, räumte die Unterlagen ihres Termins auf und verstaute die Kopfschmerztabletten in ihrem Medizinschrank im Bad. Die ganze Woche hatte das Pochen latent in ihren Schläfen mitgeschwungen, doch heute war es wie weggeblasen. Sie fühlte sich einmal mehr so unglaublich glücklich und zufrieden, dass für einen brummenden Schädel einfach gar kein Platz mehr war.

Nachdem sie aufgeräumt hatte, zog sie sich um, schnappte sich die Tüte mit dem Gebäck und lief barfuß zum Steg. Bereit für die *Fika* mit ihren Freundinnen.

Als sie von ihrer Paddel-Tour zurückkamen, hatten Ben und Chris bereits alles zum Grillen vorbereitet. Eric war noch nicht da.

In ihrer Wohnung warf sie einen Blick auf ihr Handy. Die blauen Häkchen sagten ihr, dass Eric ihre Nachricht gelesen hatte, er hatte ihr allerdings nicht geantwortet. Wahrscheinlich steckte er noch mitten in seinem Projekt. Oliander hatte ihn erst vor ein zwei Tagen um ein paar bestimmte Details gebeten, die aufwendig auszuarbeiten waren.

Lina schrieb ihm noch einmal, um ihm zu sagen, dass sie jetzt essen würden, dass es aber nicht schlimm war, wenn er es nicht schaffte. Sie bot ihm an, etwas aufzuheben, zog eine Yogahose und ein Tank-Top an und griff nach einem Hoodie. Langsam konnte man den Herbst spüren, der von den Bergen herüberwehte und die Abende kühler werden ließ. Dann gesellte sie sich zu ihren Freunden, ließ sich ein Glas Wein einschenken und entschuldigte Eric. Sie schossen ein Gruppenselfie, das sie ihm in der Hoffnung schickte, ihm doch noch Lust auf das gemütliche Zusammensein hinter der alten Schule zu machen.

*

Eric starrte Lina an, die ihn vom Display seines Handys anstrahlte. Umgeben von ihren Freunden, die breit in die Kamera grinsten. Hatten sie auch davon gewusst? Hatten sie sich hinter seinem Rücken schlapp gelacht darüber, dass sie ihn über den Tisch gezogen hatte? Er konnte es sich nicht vorstellen. Zumindest nicht bei Ben und Sam, die er schon so lange kannte. Wobei, auch bei Lina hätte er sich diese Hinterhältigkeit nicht vorstellen können, und doch saß er jetzt hier, starrte ihr Bild an und versuchte, den Schmerz, der sich durch seinen Körper fraß, mit Wodka zu betäuben. Ohne frisch gepressten Limettensaft, Minze und Ginger Ale, die daraus einen Wild Mosquito gemacht hätten. Er bevorzugte die pure Version, von der er hoffte, dass sie seinem Herzen genauso half wie bei einem Mückenstich.

Den ganzen Abend über hatte Lina ihm immer wieder kleine Nachrichten geschickt, ihn in ihr Bett eingeladen, angeboten, noch bei ihm vorbeizukommen. Er musste das beenden. Hier und jetzt. Wenn er Vater wurde, gab es natürlich jede Menge Dinge zu klären, sodass er nie ganz von Lina loskommen würde. Aber das waren Überlegungen für einen späteren Zeitpunkt. Einen viel späteren. Mit jeder Message, die Lina ihm heute schickte, sank Eric ein wenig tiefer in dieses schwarze Loch, das sich aufgetan hatte, seit er am Nachmittag ihre Wohnung verlassen hatte.

Erst vor ein paar Tagen hatten sie über ihre Vergangenheit gesprochen, und Lina hatte von ihrem Exfreund erzählt, der zu feige gewesen war, ihr von einer anderen Frau zu erzählen und ihr das Herz gebrochen hatte. Er hätte Lina das nie zugetraut, aber tat sie im Endeffekt nicht genau das Gleiche? Sie hatte ihre Meinung geändert und arbeitete hinter seinem Rücken auf ihr Ziel hin. Der ultimative Betrug.

Eric hielt es nicht mehr aus, noch ein fröhliches Bild geschickt zu bekommen. Noch einen witzigen Spruch. Oder eine Sprachnachricht, auf der die Bewohner der alten Schule irgendein Lied mitgrölten. Das musste aufhören. Sofort. Eric öffnete den Chat mit Lina … und zögerte. Er wusste, dass dieser Weg nicht der richtige war. Aber er konnte nicht länger warten. Auch wenn er nicht wusste, was sie sich bei ihrem Betrug wirklich gedacht hatte. Wollte sie nur das Kind und seine finanzielle Verpflichtung? Damit wäre er keinen Deut besser und genauso wenig präsent im Leben seines Kindes wie seine eigenen Eltern. Oder erwartete sie, dass er sich in das Leben dieses Babys einbrachte? Was er nicht wollte, und was sicher früher oder später dafür sorgen würde, dass sowohl Lina als auch das Kind und er selbst unglücklich werden würden. Wie er es auch drehte und wendete, er fand keine Lösung. Keinen Ausweg aus dieser Situation, die einfach nur falsch war. Und die, verdammt noch mal, enden musste, weil er sie nicht länger ertrug.

Sein Gehirn schwamm bereits in Alkohol, sodass er nicht mehr ins Auto steigen konnte, um ihr das persönlich zu sagen. Aber der Zustand, in dem er sich befand, würde es ihm zumindest leichter machen, das hier hinter sich zu bringen. Er kippte den Wodka, den er noch in seinem Glas hatte, hinunter und begann zu tippen.

*

Lina schielte ein ums andere Mal auf ihr Handy. Langsam fing sie an, sich Sorgen zu machen. Eric war nicht der Typ, der den ganzen Abend nichts von sich hören ließ. Und er gehörte schon gar nicht zu der Sorte Mensch, die nicht antwortete, wenn man ihm schrieb. Und Lina hatte ihm mindestens fünf Nachrichten hinterlassen. Alle bemüht fröhlich und leicht gehalten, auch wenn langsam ein unangenehmes Gefühl an ihr zu nagen begann.

Als sie den Abend schließlich beendeten und die Tischrunde auflösten, hatte Lina immer noch nichts von Eric gehört. Sie half aufzuräumen und den Geschirrspüler in der Kochschule zu füllen. Dann wünschte sie ihren Freunden eine gute Nacht, ging noch einmal hinaus und setzte sich auf ihre Bank. Sie zog die Füße hoch und lehnte den Rücken gegen die Tanne. Über ihr leuchtete eine Lichterkette, und ein paar Feenlichter schwangen im lauen Wind sacht hin und her.

Lina wollte Eric nicht nerven, trotzdem drehte sie das Handy zwischen ihren Fingern und überlegte, ob sie ihn anrufen sollte, um zu fragen, ob alles okay war.

Gerade entschied sie, dass sie mit ihm sprechen musste, weil sie sonst sowieso nicht schlafen konnte, als ein leises Pling den Eingang einer Nachricht ankündigte und Erics Name auf dem Display aufblitzte.

Endlich! Sie wischte über die Oberfläche und rief ihren Chat auf. Im ersten Moment begriff sie nicht ganz, was da stand. Dann las sie es noch einmal. Und noch einmal …

Eric:

Wir wussten beide, dass das mit uns nichts für die Ewigkeit ist. Ich habe endlich begriffen, wie unterschiedlich das ist, was wir vom Leben wollen. Ich kann dir nicht geben, was du willst. Und ich will auf keinen Fall haben, was du zu bieten hast.

Such dir jemanden, der besser zu deinen Plänen passt. Ich will jedenfalls nicht in deine Zukunftsplanung hineingezogen werden.

Leb wohl!

»Leb wohl! Leb wohl?« Was zur Hölle … Lina rief ihre Favoriten auf und wählte Erics Nummer. Sie wurde umgehend an die Mailbox weitergeleitet. Der Feigling hatte ihr also diese bescheuerte Nachricht geschickt und dann sein Handy ausgeschaltet. »Was wird das, Eric?«, fragte sie, kaum dass der Piepton der Voicemail erklang. »Machst du gerade ernsthaft mit mir Schluss? Per WhatsApp! Wie ein verdammter Teenager?« Das nächste Piepsen signalisierte, dass die Aufnahme abbrach.

Lina wechselte zurück zu ihrem Chat und fragte ihn dort, was das sollte. Aber er las ihre Nachricht genauso wenig, wie er seine Mailbox abhörte. Er hatte sie einfach aus seinem Leben geschmissen. Einfach so. Nachdem er ihr am Nachmittag noch Cannoli gebracht hatte. Das ergab absolut keinen Sinn.

Lina starrte auf ihr Handydisplay und, als es schwarz wurde, auf die Lücke zwischen den Bäumen, durch die sie das silbrige Mondlicht auf dem See schimmern sehen konnte. Wie hatte das passieren können? Vielleicht hatte sich jemand einen Scherz erlaubt. Ein Student. Vielleicht eine der Studentinnen, die so verknallt in ihn waren. Aber würde er dann nicht versuchen, das Ganze richtigzustellen und ihr diesen wirklich dämlichen Scherz zu erklären?

Natürlich hatten sie unterschiedliche Lebensziele. Langfristig. Okay, mittelfristig. Aber Erics Abfuhr traf sie eiskalt – und mitten ins Herz. Gänsehaut überzog ihre Arme, und sie legte das Handy neben sich, weil ihre Hände zu zittern begannen. Er war derjenige gewesen, der ihre Bedenken zerstreut hatte. Er war derjenige gewesen, der Lina dazu gebracht hatte, sich in ihn zu verlieben. Verdammt noch mal, sie war sich sogar sicher gewesen, dass er ebenso für sie empfand, auch wenn sie beide das noch nie ausgesprochen hatten.

22

Lina nahm den Duft von Kaffee wahr, auch wenn sich ihr Gehirn weigerte, in den Wachmodus überzugehen. Sie fühlte sich ein bisschen, als stünde sie auf der Schwelle zu einem Albtraum und könnte sich davor schützen, solange sie die Augen geschlossen hielt und sich an den Schlaf klammerte.

»Sie wacht nicht auf«, hörte sie Felicia sagen. Die Stimme ihrer Freundin klang, als ob sie weit entfernt wäre.

»Halt ihr den Kaffee noch ein bisschen näher unter die Nase«, sagte Jule, die Stimme ebenso weit weg. »Mach die Augen auf, Lina«, befahl sie dann sanft.

»… will nicht.« Sie war sich nicht sicher, ob sie diesen Satz nur gedacht oder laut ausgesprochen hatte.

»Du musst aber«, erwiderte Jule. »Weil du sonst die Kaffeetasse nicht siehst, die wir dir unter die Nase halten.«

»Und weil du uns sonst nicht erzählen kannst, was passiert ist«, ergänzte Felicia.

»Was passiert ist?« In Linas Hinterkopf schrillte eine Alarmglocke. Sie war sich sicher, dass sie noch für eine Weile ausblenden wollte, was passiert war.

»Es muss einen Grund geben, dass du hier draußen geschlafen hast.«

Verdammt! Konnten diese Menschen, die angeblich ihre Freunde waren, sie nicht einfach in Ruhe lassen? Blinzelnd öffnete sie die Augen und schnappte sich den Kaffeebecher, den Felicia ihr vor die Nase hielt, während Jule das Aroma in ihre Richtung wedelte. Als sie sich bewegte, schoss Schmerz durch ihren gesamten Körper. Sie hatte tatsächlich die Nacht auf ihrer Bank verbracht. Zusammengekauert und halb an den Stamm der Tanne gelehnt. Kein Wunder, dass jeder Muskel in ihrem Körper schmerzte. Sie gab ein Ächzen von sich, als sie sich in eine sitzende Position aufrichtete. Dann schloss sie die Augen noch einmal für einen Moment, um den ersten Schluck Kaffee zu trinken und abzuwarten, wie das Koffein ihr Gehirn flutete.

Felicia strich ihr über den Arm. Eine Geste, die so sanft war, dass Lina augenblicklich Tränen in die Augen stiegen. Sie blinzelte. »Okay«, sagte sie und räusperte sich, als sie merkte, wie zittrig ihre Stimme klang. Früher oder später würde sie es ihren Freundinnen sowieso sagen müssen. »Eric hat Schluss gemacht. Gestern Abend«, ergänzte sie auf die überraschte Reaktion ihrer Freundinnen hin.

»Gestern? Aber er hat dir Cannoli vorbeigebracht«, sagte Felicia.

»Ich weiß.« Lina schüttelte den Kopf. »Ich habe keinen blassen Schimmer, was da gestern los war. Er hat mir eine Nachricht geschrieben, dass es aus ist, und dann war er für mich nicht mehr erreichbar. Ich bin einfach hier sitzen geblieben und dann irgendwie eingeschlafen.«

»Moment mal.« Jule hob die Hand, um Lina zu bremsen. »Er hat per WhatsApp mit dir Schluss gemacht?«

Lina schluckte. Ihre Freundin hatte die Angewohnheit,

die Dinge beim Namen zu nennen. Genau genommen war das wahrscheinlich das Schlimmste an dieser Situation.

»Ja«, sagte sie leise. »Und das verstehe ich einfach nicht. Wie konnte er das tun?« Sie hatte Erics Nachricht am Abend wieder und wieder gelesen und fast so etwas wie Wut zwischen den Zeilen gelesen, die sie absolut nicht verstand. »Wir wussten beide, dass das zwischen uns nicht für die Ewigkeit gemacht ist. Natürlich haben wir unterschiedliche Ziele für die Zukunft. Aber ich habe immer gedacht, dass wir uns zusammensetzen und das Ganze wie Erwachsene beenden, wenn es so weit ist. Mit so etwas hatte ich jedenfalls nicht gerechnet.«

»Wer rechnet schon mit so was?« Jule schnaubte.

»Ich versteh das nicht.« Felicia griff nach Linas Kaffeebecher und trank einen Schluck. »Ihr liebt euch doch. Das ergibt doch überhaupt keinen Sinn.«

»Wir lieben uns nicht«, widersprach Lina ganz automatisch. Seufzte aber, als Jule die Augenbrauen hochzog. »Ja, okay. Ich habe mich in Eric verliebt. Das stimmt. Aber ich habe keine Ahnung, was er für mich empfindet. Noch vor ein paar Tagen, als er mir diese Geburtstagsüberraschung gemacht hat, hätte ich gedacht, er fühlt wie ich. Aber anscheinend habe ich mich da getäuscht. Ich habe mich in ihm getäuscht.«

»Aber ich bin mir sicher, dass er dich liebt«, widersprach Felicia.

»Dann hat er eine ganz miese Art, das zu zeigen.« Lina nahm ihrer Freundin den Kaffeebecher wieder ab.

»Was hast du jetzt vor?«, fragte Jule.

Lina rollte die Schultern. »Als Erstes nehme ich eine

lange Dusche.« Sie wies mit dem Kaffeebecher auf ihre Freundinnen. »Das heiße Wasser gehört heute mir. Vielleicht bekomme ich so meine verkrampften Muskeln ein wenig gelockert. Und dann werde ich zu ihm fahren. Er hat mir die Nachricht geschickt und dann sein Handy ausgeschaltet. Aber so einfach, wie er denkt, lasse ich mich nicht abspeisen. Wenn er glaubt, so mit mir umspringen zu können, hat er sich getäuscht.«

»Das ist mein Mädchen!« Jule hob die Hand zur Ghettofaust und stieß sie gegen Linas.

Lina setzte ihren Plan um, wie sie es ihren Freundinnen am Morgen versprochen hatte. Sie duschte so lang und heiß, bis sie Ben nebenan fluchen hörte, weil nur noch kaltes Wasser in seiner Brause ankam. Dann ging sie ihrer Arbeit nach, weil die Kinder und die Eltern, die sich auf sie verließen, nichts dafür konnten, dass sie an einem gebrochenen Herzen litt. Sie hatte keine Ahnung, wie sie den Tag herumbekam. Aber irgendwie schaffte sie es, sich auf ihren Job zu konzentrieren, und manchmal gelang es ihr sogar, Eric für ein paar Minuten ganz aus ihren Gedanken zu streichen.

Allerdings nie für lange. Deshalb war ihr völlig klar, dass sie am Abend bei ihm vorbeifahren würde. Sie musste einfach mit ihm reden. Wenn es vorüber war und für sie beide keine Chance mehr bestand, dann würde sie das akzeptieren. Aber sie wollte von ihm wissen, warum er ihr so wehtun musste.

Lina nahm sich die Zeit, sich zurechtzumachen. Wenn sie Eric gegenübertrat, wollte sie sich stark fühlen, ihm auf Augenhöhe begegnen. Also zog sie ein hübsches Kleid im

Hippiestyle an, hellblau mit zarten Spitzenapplikationen. Ihre Haare ließ sie offen über die Schultern fallen. Schließlich betonte sie ihre Augen mit ein wenig Mascara. Mit ihrem Äußeren zufrieden fuhr sie zu Eric.

Ihr Herz klopfte wild, als sie um das Haus herumging und dann an seine Tür klopfte. Er öffnete nicht. Lina probierte es noch einmal, doch nichts geschah. Die Wohnung war dunkel und still.

»Eric ist nicht da.«

Lina hob den Blick zur oberen Terrasse der Villa. Charlotte von Rabenstein beugte sich über die Brüstung und blickte zu ihr herunter. Sie sah aus, als sei sie gerade von der Arbeit gekommen. Hosenanzug. Strenger Haarknoten. Schwarz gerahmte Brille.

»Oh.« Lina zögerte einen Moment. Ob Eric seiner Schwester schon gesagt hatte, dass es zwischen ihnen aus war? »Wissen Sie, wo er ist?« fragte sie.

»Tut mir leid.« Charlotte zuckte mit den Schultern.

Okay. Wenn sie Eric heute nicht erwischte, würde sie wiederkommen. »Danke. Einen schönen Abend.« Sie nickte Erics Schwester zu und drehte sich um.

»Frau Kirchleitner.«

»Ja?« Sie blickte noch einmal nach oben.

Charlotte von Rabenstein biss sich auf die Unterlippe und wirkte für einen Moment selbst etwas unsicher. Dann straffte sie die Schultern. »Darf ich Sie vielleicht auf ein Glas Wein einladen? Ich …« Noch ein kurzes Zögern. »Ich würde mich wirklich gern einen Moment in Ruhe mit Ihnen unterhalten.«

Lina zögerte ebenfalls. Sie wusste nicht, was Charlotte

von ihr wollte. Über die Betreuung von Annabelle sprechen? Ihr sagen, dass sie die Finger von ihrem Bruder lassen sollte? Ha! Dafür käme sie definitiv einen Tag zu spät. Andererseits könnte sie die Einladung annehmen und so noch ein wenig Zeit totschlagen. In der Hoffnung, dass Eric in der Zwischenzeit doch noch auftauchte und sie Antworten von ihm bekommen würde. »Warum nicht?«, sagte sie.

»Kommen Sie einfach über die Wiese nach oben«, lud Charlotte sie ein und verschwand von der Brüstung.

Lina ging langsam den Hang hinauf und trat in dem Moment auf die Terrasse, in dem Erics Schwester mit einer Flasche Weißwein und zwei Gläsern aus dem Haus kam. Rocky huschte hinter ihr aus der Tür, und Lina entdeckte ein paar Katzenhaare auf dem Hosenanzug. Fast so, als hätte der Kater es sich auf Charlottes Schoß gemütlich gemacht. Hatten die beiden inzwischen etwa Frieden geschlossen? »Ich hoffe, der Pinot ist okay?«, fragte Charlotte.

»Sicher.« Lina nickte.

»Bitte.« Charlotte wies auf die Lounge-Ecke. »Nehmen Sie Platz.« Sie goss Wein ein und stellte ein Glas vor ihr ab, während Lina sich setzte. »Cheers«, sagte sie und hob ihr Glas zu einem kleinen Salut. »Ich freue mich, dass wir einmal die Möglichkeit haben, uns zu unterhalten. Ehrlich gesagt, Lina, ich darf Sie doch Lina nennen?«, sie wartete ihr bestätigendes Nicken ab, »möchte ich mich bei Ihnen entschuldigen. Ich war ein bisschen überrumpelt, als Sie und mein Bruder …« Sie ließ das Ende des Satzes offen und wedelte mit der Hand. »Ich bin wirklich dankbar, dass ich Sie für Annabelle habe. Sie sind ein Schatz. Erst seit es Ihre Firma gibt, hat Starnberg einen Nanny-Service, auf den man sich wirklich verlassen kann. Und ja, ich muss zugeben, ich bin ein bisschen in Panik geraten, als aus Ihnen ein Paar wurde, weil ich Angst hatte, dass es sich negativ auf Annabelles Betreuung auswirken könnte, falls mein Bruder und Sie auf die Idee kommen sollten, sich wieder zu trennen.« Sie stieß ein kleines Lachen aus. »Dabei sind Sie ein wirklich wundervolles Paar. Ich hätte so etwas nicht einmal denken dürfen.«

Lina trank einen großen Schluck Wein, um die Säure hinunterzuspülen, die in ihrem Hals nach oben stieg. Was für eine Ironie. Charlotte von Rabenstein fand endlich zu ihren Manieren zurück. Zu spät, als dass es noch einen Unterschied machte. »Ich danke Ihnen«, sagte sie. Nachdenklich drehte sie das Weinglas in ihren Händen. »Ich weiß Ihre Entschuldigung zu schätzen und nehme sie gerne an. Aber zum einen kommt sie zu spät, und zum anderen müssen Sie sich nie Gedanken um Annabelles Betreuung machen. Ich kann Privates und Berufliches sehr gut trennen.«

Charlotte nippte an ihrem Pinot und legte den Kopf schräg. »Was meinen Sie damit: Es ist zu spät?«

»Eric hat unsere Beziehung gestern Abend für beendet erklärt. Aber wie gesagt: Machen Sie sich bitte keine Sorgen. Wenn Sie Hilfe mit Annabelle brauchen, lassen Sie es mich jederzeit wissen.« Lina stellte das halb volle Weinglas auf den Tisch. Plötzlich hatte sie einen riesigen Kloß in der Kehle. Sie wollte nicht vor ihrer Kundin zusammenbrechen, und gerade hatte sie das Gefühl, dass dazu nicht mehr viel fehlte. »Würden Sie mich bitte entschuldigen?« Sie stand auf und ging, ohne Charlottes Antwort abzuwarten, über die Wiese und um das Haus herum.

Eric war noch nicht zurückgekehrt. Sie würde später versuchen, ihn anzurufen. Er konnte sein Handy schließlich nicht ewig ausgeschaltet lassen.

Erics Handy war tatsächlich an, als sie in die alte Schule zurückkehrte. Aber er nahm ihren Anruf nicht entgegen. Genauso wenig, wie er auf die Nachricht reagierte, die sie ihm schrieb.

»Lina?« Jule klopfte an ihre Tür.

»Komm rein.« Sie hatte sich auf ihr Bett fallen lassen, das Handy neben sich, und starrte an die Decke.

Sie spürte, wie sich die Matratze bewegte, als Jule neben sie kletterte und sich ausstreckte. »Ist es nicht gut gelaufen?«, fragte sie.

»Er war nicht da. Und er reagiert nach wie vor nicht auf meine Anrufe und Nachrichten. Dafür wäre seine Schwester jetzt bereit, unsere Beziehung zu akzeptieren.«

Jule lachte schnaubend. »Beschissenes Timing.«

»Kannst du laut sagen.«

»Lina? Jule?«, hörten sie Felicia vor der Tür rufen.

»Wir sind hier«, antwortete Jule.

Felicia kam herein und setzte sich auf Linas andere Seite auf das Bett. »Ist es nicht gut gelaufen?«, stellte sie die gleiche Frage wie Jule, und Lina brachte sie auf den neuesten Stand.

»So ein blöder Kerl«, schimpfte Felicia.

»Waldschrat!«, ergänzte Jule.

Lina seufzte. »Ich bin wirklich enttäuscht. Und ja, mein Herz tut weh, als hätte er es geschreddert. Aber am Ende ist das mein Problem. Ich habe mich auf diese Beziehung eingelassen, obwohl ich wusste, dass wir nicht wirklich gut zusammenpassen.«

»Das ist Quatsch!«

»Ihr passt perfekt zusammen!«

Jule und Felicia hatten gleichzeitig gesprochen.

»Auf den ersten Blick mag das so aussehen. Aber wenn es um unsere Träume und Wünsche geht, hat eben doch etwas gefehlt. Ich hätte mich nicht in Eric verlieben dürfen, aber das ist nun mal passiert. Jetzt werde ich versuchen, es abzuhaken und ihn hinter mir zu lassen. Ich werde sicher eine Zeitlang daran zu knabbern haben. Aber ich werde über ihn hinwegkommen. Und irgendwann finde ich den Mann, der perfekt für mich ist.« Dumm nur, dass sie gedacht hatte, dass Eric perfekt für sie war. Aber ganz egal, wie sehr er ihr fehlte, sie hatte noch genug Stolz in sich, um ihn nicht anzubetteln, zu ihr zurückzukommen. Stolz und ihre Selbstachtung waren es gewesen, die sie über die Trennung von ihrer ersten großen Liebe hinweggeholfen hatten. Auf diese Weise würde sie auch über Eric hinwegkommen. Irgendwann. »Ich sollte auf jeden Fall aufhören, ihn zu belästigen. Keine Anrufe mehr, keine Nachrichten. Und bei ihm vorbeifahren werde ich auch nicht mehr«, versprach sie sich selbst.

»Okay.« Felicia griff nach ihrer Hand. »Wir haben uns was überlegt, was zumindest für eine Weile helfen wird, Eric zu vergessen.«

Lina stieß ein unglückliches Lachen aus. Ich glaube nicht, dass es im Moment irgendetwas gibt, dass …«

»O doch! Tony Stark und Thor bekommen das hin. Wetten?« Jule richtete sich auf und räusperte sich. »*Loki ist ne ausgewachsene Diva*«, zitierte sie Tony Stark. »*Er will Blumen. Er will Paraden. Er will ein Monument, das in den Himmel aufragt, mit seinem Namen drauf. Verdammter Penner!*«

Lina sah ihre Freundin einen Moment überrascht an. »Du kannst *Avengers*-Filmzitate aufsagen?«

»Hab eins auswendig gelernt«, gab Jule zurück und griff nach Linas anderer Hand. »Nur für dich.«

Lina seufzte. »Ihr könnt euch gar nicht vorstellen, wie froh ich bin, euch zu haben.«

»Doch, können wir«, widersprach Felicia. »Es ist ein riesiger Glücksgriff, dass wir uns gefunden haben.«

Lina drückte die Hände ihrer beiden Freundinnen. »Und ihr habt recht. Robert Downey Jr. und Chris Hemsworth werden mich auf jeden Fall ablenken.«

Ihre Freunde hatten sich nicht nur überlegt, Lina zu einem schmonzettenfreien Filmabend zu überreden, sie hatten ein richtiges Event draus gemacht. Denn sie sahen sich die *Avengers* nicht wie üblich im Lehrerzimmer der alten Schule an, Ben hatte nämlich die Leinwand und den Beamer auf der Terrasse hinter dem Haus aufgebaut. Ein bisschen erinnerte das Lina im ersten Moment an die Starnberger Filmnächte und ihren Geburtstag, an dem Eric sie überrascht hatte. Doch ihre Freunde schafften es auf ihre ganz eigene Art, Lina abzulenken. Ihre Kommentare waren meistens sogar noch witziger als die der Filmprotagonisten, und der Gin Tonic, den sie dazu genoss, zeigte ebenfalls Wirkung.

In dieser Nacht schlief Lina tief und traumlos. Doch schon am Morgen, als sie aufwachte, kehrte Eric in ihre Gedanken zurück. Lina schob ihn entschieden zur Seite und stand auf. Freunde waren wichtig, weil sie sie auffangen konnten, wenn es ihr so schlecht ging wie am Tag zuvor. Aber noch wichtiger war es, sich auf seine Arbeit zu konzentrieren. Das hatte sie bei ihrem Exfreund gemerkt. Es hatte ihr damals unglaublich geholfen, sich auf ihr Studium zu konzentrieren. Und es würde ihr auch jetzt helfen, ihren Job zu machen.

Nachdem der Musiknachmittag der *Mäuse und Dachse* so gut angekommen war und alle eifrig für das geplante Konzert probten, wollten Felicia und sie als Nächstes einen Backnachmittag veranstalten, bei dem sie alte Rezepte neu aufleben lassen wollten. Die Idee war, die Leckereien im Seniorenheim und bei einem kleinen Basar im Kindergarten zu verkaufen und den Erlös für die Errichtung eines neuen Klettergerüsts auf dem Spielplatz zu spenden.

Lina machte sich für den Tag fertig, schnappte sich ihre Unterlagen und ging in die Kochschule hinunter, um mit Felicia bei einer Tasse Kaffee an den Details zu feilen.

Am besten deckte sie sich in der nächsten Zeit so sehr mit Arbeit ein, dass sie gar nicht mehr zum Nachdenken kam.

23

Eric fühlte sich schrecklich. Er vermisste Lina. Mit ihr zusammen zu sein. Sie lachen zu hören. Er vermisste ihre Witze. Die Filmzitate. Wie sich ihr Körper im Schlaf an seinen schmiegte und sie dann diesen kleinen Seufzer ausstieß, als sei sie froh, ihn gefunden zu haben. Und er hatte Stress mit seiner Verwandtschaft. Annabelle war einfach nur sauer auf ihn, weil er ihr erklärt hatte, dass Lina nicht mehr zu Besuch kommen würde, was der Meinung seiner Nichte nach ganz eindeutig seine Schuld war. Selbst seine Schwester hatte ihm merkwürdige Blicke zugeworfen und den Kopf geschüttelt. Offenbar war Lina hier gewesen, als er einen Abendtermin in der Uni gehabt hatte, und hatte, weil sie ihn nicht angetroffen hatte, das Kriegsbeil mit Charlotte begraben. Jetzt war er für alle der Buh-Mann. Und dabei konnte er nicht aufhören, an Lina zu denken und daran, wie sehr sie ihm fehlte. Verdammt!

Ein paar Mal wäre er fast weich geworden, als er ihre Nachrichten gelesen hatte. Als er ihre empörte Sprachnachricht wieder und wieder abgehört hatte. Er hatte ihr das Herz gebrochen, genau wie sich selbst. Aber er hatte keine Wahl. Er musste da durch. In ein paar Tagen sah die Welt sicher schon ganz anders aus, und Lina würde langsam, aber sicher zur schönen Erinnerung eines romantischen Sommers verblassen. Auch wenn ein Kind dafür sorgen würde, dass er Lina nie ganz aus seinem Leben verbannen könnte, und er bald mit ihr darüber reden musste, wie sie ihre Zukunft als Eltern gestalten wollten.

Als er das Klopfen an seiner Tür hörte, zuckte er zusammen. Vielleicht versuchte Lina es noch mal … einen Moment zögerte er, doch dann gab er dem ungeduldigen Hämmern nach, schob Rocky von seinem Schoß und rappelte sich von der Couch auf. »Ben«, sagte er überrascht, als er öffnete.

»Eric.« Sein alter Kumpel nickte ihm zu. Mit ziemlich grimmigem Gesichtsausdruck, wie Eric fand. Hatte Lina ihn geschickt? Hatte er vor, ihn zu vermöbeln?

»Was kann ich für dich tun?«, fragte Eric.

»Mich erst mal reinlassen.« Ben wartete, bis Eric einen Schritt zur Seite machte und ihn in seine Wohnung ließ. »Nette Bude«, kommentierte er, während er sich umsah. Rocky hatte auf der Sofalehne Posten bezogen, und Ben strich ihm über den Rücken, den er ihm genüsslich entgegenstreckte.

»Kann ich dir etwas anbieten?«, fragte Eric. »Ein Bier vielleicht?«

Ben schüttelte den Kopf. »Mich interessiert nur, warum du Lina so leiden lässt.«

Eric fuhr sich durch die Haare. Sein Brustkorb zog sich unangenehm zusammen »Hat sie etwas zu dir gesagt?«

»Nein, hat sie nicht. Sie hat mit den Mädels geredet, klar. Aber sie hat mich nicht gebeten, dir eine reinzuhauen oder so was.« Er machte eine kurze Pause und sah Eric direkt in die Augen, um seinen nächsten Worten etwas Nachdruck zu verleihen. »Auch wenn ich das wirklich gern tun würde. Schließlich bin ich derjenige, der euch einander vorgestellt hat. Ich fühle mich verantwortlich.«

»Weil du uns verkuppeln wolltest?«, hakte Eric nach.

Ben zuckte mit den Schultern. »Ihr habt doch ein gutes Paar abgegeben. Fand ich zumindest. Und ich dachte, du hättest das bis vor kurzem genauso gesehen. Ich versteh dich nicht, Mann.«

»Ja, nicht wahr? Ich mieses Arschloch habe die arme Lina hängen lassen. Du willst dich bei mir beschweren und sauer auf mich sein? Stell dich doch einfach hinten an.« Langsam machte es ihn wütend, dass alle in ihm den Bösen sahen, ganz einfach, weil es unmöglich war, dass die unantastbare Lina Kirchleitner auch nur irgendetwas falsch gemacht haben könnte. »Und wenn du damit fertig bist, könntest du ja mal fragen, ob ich vielleicht ein gutes Recht dazu hatte, das Ganze zu beenden.«

»Per WhatsApp?« Ben zog die Augenbrauen hoch.

»Nein, verdammt. Natürlich nicht.« Die Scham über sein Verhalten ließ Eric für einen Moment den Blick senken. Doch dann hob er ihn wieder und sah Ben direkt an. »Aber, Ben, die Frau hat mir wirklich viel bedeutet, und sie hat mich reingelegt. Oder es zumindest versucht.«

Ben hob den Kater hoch, setzte sich auf die Sofalehne und kraulte Rocky unter dem Kinn. »Was soll das heißen? Lina hat dich ganz sicher nicht reingelegt. Sie hat keinen fiesen Knochen im Leib.«

Vermutlich glaubten das viele Leute, dachte Eric. Wahrscheinlich sogar die allermeisten. Aber er erinnerte sich noch sehr gut an seine ersten Begegnungen mit ihr, die alles andere als freundlich abgelaufen waren. »Lina ist schwanger. Sie versucht, mir ein Kind unterzujubeln, obwohl sie genau weiß, dass das das Letzte ist, was ich will.«

»Lina …«, Ben rieb sich ungläubig über das Kinn, »soll schwanger sein? Das halte ich für ausgeschlossen.«

»Ich halte das für eine Tatsache«, erwiderte Eric.

»Hör mal, wir beide wissen, dass Lina gerne eine Familie hätte, dass sie Kinder liebt. Und ja, das ist eines der Ziele in ihrem Leben. Und genau deshalb ist sie völlig verantwortungsbewusst, wenn es um dieses Thema geht. Sie würde dich nicht reinlegen. Und sie hätte auf keinen Fall gestern Abend drei Gin Tonic getrunken, während sie mit Jule und Licie Thor und Tony Stark angeschmachtet hat.«

Eric rieb sich über das Gesicht. Er fühlte sich erschöpft. Ben hatte natürlich recht. Lina würde niemals Alkohol trinken, wenn sie schwanger wäre. »Ich habe bei ihr einen Schwangerschaftstest gefunden. Wenn sie also nicht schwanger ist, dann hat sie zumindest hinter meinem Rücken versucht, schwanger zu werden. Ich lasse mir von niemandem Hörner aufsetzen. Und einer Frau, die so eine Nummer abzieht, kann ich auf keinen Fall mehr vertrauen.«

Ben schüttelte den Kopf. »Mann, ich glaube, du machst da einen Riesenfehler. Rede mit ihr.«

*

Die letzten Tage hatten ihren Tribut gefordert. Lina hatte am Freitagmorgen überraschend keine Termine und deshalb darauf verzichtet, ihren Wecker zu stellen. Nachdem sie auch in dieser Nacht lange wach gelegen und über ihre Situation nachgedacht hatte, war es fast Mittag, als sie aufwachte. Sie fühlte sich noch immer zerschlagen und traurig, aber auch ein bisschen voller Energie und Hoffnung, dass es jeden Tag ein wenig besser werden und ihr Herz etwas weniger wehtun würde. Immerhin hatte sie bis jetzt noch nicht eine Träne um Eric vergossen. Das war ein guter Anfang, fand sie.

Trotzdem konnte sie nicht verhindern, dass ihr Herz vor Aufregung einen kleinen Hüpfer machte, als sie nach ihrem Handy griff und sah, dass sie eine neue Nachricht hatte. Und sie konnte auch die Enttäuschung nicht unterdrücken, als sie sah, dass die WhatsApp von Ben war, der sie bat, sich bei ihm zu melden.

Da er wahrscheinlich sowieso in seinem Büro neben ihrer Wohnung saß, würde sie einfach mit einer Tasse Kaffee zu ihm rübergehen, sobald sie im Bad gewesen war.

Sie war gerade dabei, sich einen Kaffee zu kochen, als ihr Handy klingelte. Lina warf einen Blick auf das Display: Charlotte von Rabenstein. Wieder machte ihr Herz einen kleinen Satz, aber dann rief sie sich zur Ordnung und nahm den Anruf entgegen. Erics Schwester würde sie kaum anrufen, um ihr irgendetwas über ihren Bruder zu erzählen. »Lina Kirchleitner«, meldete sie sich.

»Lina!« Die Stimme von Charlotte klang so voller Panik, dass sich Linas Arme ganz automatisch mit einer Gänsehaut überzogen. »Ich brauche Ihre Hilfe. Annabelle …«

»Was ist passiert?«, fragte Lina, als die Frau am anderen Ende der Leitung nicht weitersprach, sondern nur zitternd Luft holte.

»Annabelle … sie ist … sie hatte einen Unfall. Im Kindergarten. Sie haben sie ins Krankenhaus gebracht, und mir wurde versichert, dass sie außer einem gebrochenen Arm keine Verletzungen hat, aber … Ich bin nicht in Starnberg!«

Lina spürte, wie Charlotte um Fassung rang und sich bemühte, den kühlen Kopf zu behalten, den sie für ihren Job brauchte. Die Mutter in ihr schien das aber kein bisschen zu begreifen. »Machen Sie sich keine Sorgen«, beruhigte Lina sie deshalb. »Ich kann mich um Annabelle kümmern.«

»Danke.« Noch einmal atmete Charlotte tief durch und wurde langsam ruhiger. »Ich bin heute Morgen nach Hamburg geflogen. Jetzt hänge ich hier fest und bekomme frühestens in drei Stunden einen Flug zurück. Mein Mann ist ebenfalls auf Geschäftsreise, und Eric geht nicht an sein Handy.«

Lina schluckte bei der Erwähnung seines Namens. Sicher hatte er Vorlesung und sein Handy im Büro liegen lassen oder es auf lautlos gestellt. Denn ganz egal, wie sicher er sich war, keine Familie zu wollen, für seine Nichte würde er über glühende Kohlen gehen.

»Ich habe an Sie gedacht, weil Annabelle Sie kennt und mag. Sie hat im Moment sicher furchtbare Angst, und ich möchte, dass jemand bei ihr ist.«

»Kein Problem. Geben Sie mir die Daten durch, die Sie haben, und schicken Sie eine Vollmacht an die Klinik. Ich mache mich sofort auf den Weg«, versprach Lina.

»O Gott! Danke! Sie wissen gar nicht, wie riesig der Stein ist, der mir vom Herzen fällt. Ich kümmere mich sofort um alles. Nochmals vielen Dank!«

»Keine Ursache.« Lina beendete das Gespräch, zog sich in Windeseile an und fuhr zum Klinikum Starnberg, wo sie

Annabelle in der Notaufnahme in einem der Behandlungsräume fand. Evelin, eine der Erzieherinnen aus dem *Zwergenland,* war bei ihr, und beide blickten erleichtert auf, als Lina um die Ecke bog.

»Hallo ihr zwei«, sagte Lina betont fröhlich, auch wenn ihr der Schreck in die Glieder fuhr, als sie Annabelle klein und blass auf der Untersuchungsliege sah. »Was habt ihr denn angestellt?«

»Evelin hat gar nichts gemacht. Sie ist nur mit mir mit dem Krankenwagen hergefahren«, erklärte Annabelle mit ernstem Blick. »Ich bin mit dem Roller hingefallen. Die Frau Doktor sagt, ich bekomme einen Gips.«

»Wow.« Lina warf einen Blick auf die Röntgenaufnahmen auf dem großen Bildschirm an der Wand. Auch ohne Medizinstudium sah das ganz klar nach einem glatten Unterarmbruch aus. »Das ist ja ein ganz schön aufregender Tag.« Sie strich Annabelle die Haare aus der Stirn. »Hast du Schmerzen, Liebes?«, fragte sie.

»Nein. Es tut nicht mehr weh. Die Frau Doktor hat mir eine Spritze gegeben. Und ich habe auch nicht geweint. Nur ein kleines bisschen, stimmts, Evelin?«

Die Betreuerin nickte. »Du warst sehr tapfer.«

»Das ist toll. Annabelle, ich gehe kurz raus und ruf deine Mama an, weil sie sich große Sorgen macht. Sie oder dein Onkel kommen so schnell wie möglich. Bis dahin bleibe ich bei dir, okay?«

»Okay.« Die Kleine schenkte Lina ein Lächeln, das ein wenig in den Mundwinkeln zitterte, und zeigte, dass sie nicht ganz so furchtlos war, wie sie tat, und vermutlich trotz der Medikamente Schmerzen hatte.

Lina machte Annabelles behandelnde Ärztin ausfindig und versicherte Charlotte anschließend, dass ihre Tochter sich eine unkomplizierte Unterarmfraktur zugezogen hatte und nach Hause konnte, sobald ihr ein Gips angelegt worden war. Dann kehrte sie zu Annabelle zurück und löste Evelin ab, die in den Kindergarten zurückmusste.

»Lina, ich bekomme einen Castverband«, erklärte Annabelle ihr mit großen Augen. »Das ist Kunststoff. Wie ein Gips aus Plastik. Und deshalb ist er ganz leicht.«

Lina zog sich einen Stuhl an die Behandlungsliege und warf der Ärztin einen Blick zu, die mit einem Schmunzeln in den Augenwinkeln das Eingipsen vorbereitete. »Hast du der Frau Doktor ein Loch in den Bauch gefragt?«

»Es ist gut, wenn man weiß, was mit einem passiert«, sagte die Ärztin. »Du bist nicht nur ein tapferes Mädchen, Annabelle, sondern auch ein sehr schlaues.«

Eine kleine Pochemuchka, wie Eric sie immer nannte. Linas Herz zog sich zusammen bei dieser Erinnerung. Sie griff nach der unverletzten Hand des Mädchens. »Das schlaueste, das ich kenne«, stimmte sie zu und brachte Annabelle damit zum Lächeln.

»Ich darf mir eine Castfarbe aussuchen«, erklärte Annabelle ihr. »Hilfst du mir dabei, Lina?« Sie zeigte auf die Farbmuster, die die Ärztin neben ihr auf die Liege gelegt hatte.

»Hmm.« Lina machte ein nachdenkliches Gesicht. »Ich wäre ja für Glitzer. Gibt es keinen Glitzergips, Frau Doktor?«

Die Ärztin zwinkerte ihr zu. »Tut mir leid, Glitzergips ist leider aus. Wir hatten einen kleinen Feenunfall. Eine Fee war ein bisschen unaufmerksam und ist gegen einen Baum geflogen. So einen gebrochenen Feenflügel kann man aber eben nur mit Glitzergips heilen.«

Annabelle kicherte, und Lina nickte verständig. »Das glaube ich. Hoffentlich geht es der Fee wieder gut.«

»O ja.« Die Ärztin lächelte. »Sie schwirrt schon wieder herum.«

»Das ist gut. In diesem Fall würde ich dir den pinkfarbenen Gips empfehlen, Annabelle«, sagte Lina nach kurzem Überlegen, weil sie genau wusste, dass das die Lieblingsfarbe des Mädchens war.

»Pink finde ich auch am besten.« Annabelles Augen leuchteten. »Gibt es noch Pink, Frau Doktor?«

»Ja, und das Beste ist: Der pinkfarbene Castverband ist magisch. Damit heilt dein Bruch besonders schnell«, sagte die Ärztin, und Lina war wirklich dankbar, dass die Frau so gut mit Kindern umgehen konnte. »Wir hatten ein Einhorn hier, dessen Bein eingegipst werden musste. Dafür haben wir den pinken Verband genommen. Aber wir haben noch etwas übrig. Das dürfte für deinen Arm reichen.«

»Entschuldigung?«

Lina hätte nicht in Annabelles Gesicht blicken müssen, das plötzlich aufleuchtete, um zu wissen, wer hinter ihr stand. Sie hatte Erics Präsenz in dem Moment gespürt, in dem er den Kopf in den Behandlungsraum gesteckt hatte.

»Onkel Eric!«, rief Annabelle begeistert.

Die Ärztin drehte sich zu ihm um und lächelte Eric an. »Ah, Sie sind der berühmte Onkel. Ihre Nichte hat mir schon alles über Sie erzählt.«

»Tatsächlich?« Er betrat den Raum. »Was denn?«

»Na, dass du Steine liebst«, erklärte Annabelle und verdrehte die Augen.

Lina hob den Kopf. Ihr Blick traf auf Erics, hielt ihn für einen Moment, der sich wie eine Ewigkeit zu ziehen schien. Dann blinzelte er und sah Annabelle an. »Was machst du nur für Sachen, Pochemuchka?«, fragte er sie und warf ihr unter hochgezogenen Augenbrauen einen Blick zu.

»Ich bin Roller gefahren und hingefallen. Dann hat Evelin mich hergefahren. Und Lina ist gekommen. Ich hatte gar keine Angst, und die Ärztin hat gesagt, dass ich sehr tapfer bin und schlau«, fasste sie die Ereignisse zusammen.

Lina nutzte den Moment, in dem das Mädchen Luft holte, um aufzustehen. »Bist du hier, um dich um Annabelle zu kümmern?«, fragte sie Eric. Zum ersten Mal seit dem Ende ihrer Beziehung standen sie sich gegenüber. Sie nahm die Schatten unter seinen Augen wahr, die Müdigkeit in seinem Blick. Ihre Sehnsucht nach ihm war unendlich groß.

Aber er wandte den Blick abermals ab, als Lina ihn ansprach. »Ja. Ich bin sofort hergefahren, nachdem Charlotte mich erreicht hatte«, murmelte er in Richtung des grün gemusterten PVC-Bodens.

Hatte Lina heute Morgen noch gedacht, sie würde Schritt für Schritt über Eric hinwegkommen? Gerade fühlte sie sich, als hätte das Schicksal sie so weit zurückkatapultiert, dass sie den Horizont, an dem alles besser werden würde, gar nicht mehr erkennen konnte. Das Klopfen ihres Herzens fühlte sich an wie der hektische Flügelschlag eines Kolibris. Eric und sie im gleichen Raum … sein gleichgültiges Gesicht … sie ertrug das keinen Moment länger als nötig. »Gut. Dann übergebe ich dir deine Nichte und überlasse dir den Rest.« Lina beugte sich hinunter, strich Annabelle über das Haar und küsste sie auf den Scheitel. Für einen Moment atmete sie den Erdbeerduft ihres Kindershampoos ein, den sie sogar durch den scharfen Krankenhausgeruch wahrnehmen konnte. »Der pinkfarbene Gips wird großartig aussehen«, flüsterte sie ihr zu und richtete sich wieder auf.

»Willst du schon gehen?« Das Mädchen sah sie mit großen Augen an.

»Dein Onkel wird gut auf dich aufpassen und dich nach Hause bringen«, sagte Lina.

»Aber dann siehst du meinen Gips gar nicht.« In den Augen einer Fünfjährigen vermutlich ein Totschlagargument.

»Ich komme dich in den nächsten Tagen besuchen und sehe ihn mir an, versprochen.« Lina richtete sich wieder auf und bedankte sich bei der Ärztin. Dann warf sie Eric einen kühlen Blick zu und verließ den Untersuchungsraum.

Sie schaffte es bis zu ihrem Auto, bevor sich die Tränen, die sie in den vergangenen Tagen im Griff gehabt hatte, nicht mehr zurückhalten ließen.

*

»Und mein Gips … der ist aus Plastik … wird pink. Und er ist magisch. Aber Glitzergips gab es nicht mehr. Vielleicht werde ich Doktor, wenn ich groß bin.« Annabelle plapperte ohne Punkt und Komma.

Eric hätte vermutlich schon unter den besten Bedingungen nur die Hälfte von dem verstanden, was sie ihm erzählte. Aber er hätte vermutlich nachgefragt. Jetzt verblassten die Sätze seiner Nichte zu einem weißen Rauschen. Sein Kopf – und sein Herz – waren immer noch bei Lina. Sie hatte sich so liebevoll von seiner Nichte verabschiedet, nur um ihm im nächsten Moment die kalte Schulter zu zeigen und aus dem Raum zu stürmen. Charlotte hatte ihm gesagt, dass sie hier sein würde, aber offenbar hatte die Zeit, die er gebraucht hatte, um von München ins Klinikum Starnberg zu rasen, nicht ausgereicht, um sich wirklich auf dieses Aufeinandertreffen vorzubereiten. Wie auch? In seinen Gedanken war er die gesamte Zeit mit Annabelle beschäftigt, ihrem Unfall und der Angst, dass ihr etwas Furchtbares zugestoßen war, selbst wenn seine Schwester ihm versichert hatte, dass es seiner Nichte bis auf einen gebrochenen Arm gut ging.

Erst als er all seine Fragen an die Ärztin losgeworden war, hatte er sich ein wenig beruhigt. Das angstvolle Klopfen seines Herzens ließ nach. Annabelle war verletzt. Aber sie würde wieder in Ordnung kommen. Sie konnte bei ihren Freundinnen mit ihrem magischen Einhorngips angeben, und bevor sie sich versah, wären ihre Knochen wieder zusammengewachsen. Und sein Herz? Eric hatte das Gefühl, dass es noch verdammt lange dauern würde, bis das wieder zusammenwuchs.

Nach der Behandlung fuhr Eric seine Nichte nach Hause. Annabelle war weiterhin redselig und wirkte, als ob sie ein wenig high wäre von den Schmerzmitteln. Um sie ein bisschen zur Ruhe zu bekommen, schlug er ihr vor, die Eiskönigin anzusehen. Zum dreimillionsten Mal. Aber immerhin konnten sie sich so zusammen mit Rocky auf die Couch kuscheln. Ehe Eric sich versah, war Annabelle vor Erschöpfung eingeschlafen, den Kopf auf seinen Oberschenkel gebettet, den Kater fest an ihren kleinen Körper gedrückt.

Und während sich Anna durch den Schneesturm kämpfte und mit Kristoff stritt, wurde Eric bewusst, dass Lina recht gehabt hatte. Er liebte seine Nichte. Über alles. Er würde alles für Annabelle tun. Der Anruf seiner Schwester hatte ihn zehn Jahre seines Lebens gekostet. Ganz abgesehen davon, dass Annabelles Unfall ihn in der Zeit zurückkatapultiert hatte. Zurück zu seinem siebenjährigen Ich, das genauso klein und verletzlich in einer Notaufnahme gelegen hatte, nachdem es beim Spielen vom Klettergerüst gefallen war. Platzwunde am Kopf und Verdacht auf eine Gehirnerschütterung, und als einzige Person neben ihm seine zwei Jahre ältere Schwester, die tapfer in der Notaufnahme ausgeharrt hatte, obwohl sie beim Anblick des ganzen Blutes blass geworden war. Eric hatte sich damals nicht so mutig gefühlt wie seine Nichte heute. Er hatte Angst gehabt. Er hatte seine Mama gewollt. Aber seine Eltern hatten es vorgezogen, ihre Geschäftsreise durchzuziehen. Da er die Nacht über zur Beobachtung im Krankenhaus hatte bleiben müssen, war er schließlich gut aufgehoben. Sie hatten dafür gesorgt, dass er nicht auf der Kinderstation untergebracht wurde, wo er wenigstens nicht allein gewesen wäre, sondern in ein schickes Privatzimmer verlegt wurde. Charlotte, die nicht weniger Angst als er zu haben schien, war zu ihm ins Bett gekrochen, und so hatten sie die Nacht verbracht, bis die Haushälterin ihrer Eltern sie am nächsten

Morgen abgeholt hatte. In dieser Nacht war etwas in Eric zerbrochen. Die Einsamkeit und die Angst hatten zusammen mit dem Wissen, dass er seinen Eltern nie genug bedeuten würde, den Weg bestimmt, in den sich sein Leben entwickeln würde.

Mit einer vorsichtigen Bewegung strich er Annabelle eine Haarsträhne hinter das Ohr. Bis heute hatte er nie wirklich darüber nachgedacht, wie viel seine Nichte ihm bedeutete. Aber wenn er ein Kind so lieben konnte, das nicht einmal sein eigenes war, wie wäre es dann, wenn … Er versuchte, den Gedanken zur Seite zu schieben, aber es gelang ihm nicht. Lina hatte vielleicht versucht, ihn über den Tisch zu ziehen. Aber am Ende hatte sie sich nur ihren sehnlichsten Wunsch erfüllen wollen. Und wenn sie ein Kind von ihm erwartete, was er entgegen Bens Behauptung noch immer glaubte, dann würden sie beide ein Baby bekommen. Nicht nur sie. Dann hätte er Verpflichtungen. Verantwortungen. Und Rechte. Lina würde ein Teil seines Lebens werden. Er musste nicht einmal darüber nachdenken, so klar war ihm plötzlich, wie sehr er das wollte. Lina. Eine gemeinsame Zukunft. Seine Eltern hatten alles falsch gemacht. Seine Schwester machte Fehler. Und er würde das vermutlich auch tun. Am laufenden Band. Aber wenn er sich auf das völlig unkalkulierbare Abenteuer einlassen würde, eine Familie zu gründen, wen sollte er dann lieber an seiner Seite haben wollen als Lina? Er war sich sicher, dass dieses Unterfangen eine größere Herausforderung wäre als eine Expedition in die Antarktis. Aber mit der Frau, die er von ganzem Herzen liebte, wäre das möglich.

24

Lina blieb noch einen Moment sitzen, nachdem sie den Motor ausgeschaltet hatte. Durch die Windschutzscheibe betrachtete sie die alte Schule. Elfriede spazierte mit Poldi im Schlepptau durch den Garten. An dem Rosenspalier, das noch vor ein paar Monaten als jämmerlicher Fahrradabstellplatz für Felicias Fahrrad gedient hatte, bogen sich die Ranken unter den üppigen dunkelroten Blüten. Sie dufteten zauberhaft, was Lina genau wusste, weil ihre Wohnung über dieser wundervollen Pflanze lag, die unter Bens Liebe und Fürsorge wieder erblüht war. Genau wie ihre Freundin Felicia, die er mit seiner Liebe aus ihrem Schneckenhaus geholt hatte. Jule hingegen war nie schüchtern gewesen, aber sie hatte den Mann gefunden, der ihr perfekter Sparringspartner war. Der ihr auf Augenhöhe begegnete und mit ihrer Energie mithalten konnte. Und was hatte Lina getan? Sie hatte sich in den Mann verliebt, der die speziellste Art von Beziehungsphobie lebte, die ihr jemals begegnet war.

Dieser Morgen war eine einzige Achterbahn gewesen. Die Sorge um Annabelle. Eric zum ersten Mal wieder persönlich gegenüberzustehen und zu sehen, wie sehr er sich um seine Nichte sorgte, wie sehr er die Kleine liebte, zersplitterte die wenigen Teile ihres Herzens, die noch übrig geblieben waren, komplett. »Es wird wieder aufwärts gehen«, flüsterte sie ihrer erschöpften Reflektion im Rückspiegel zu. Es hatte schon Menschen gegeben, die Papiere, die in den Reißwolf geraten waren, wieder zusammengeklebt hatten. Genau so würde sie es mit ihrem Herzen halten. Stück für Stück würde sie die verlorengegangenen Teile wiederfinden und zusammenfügen. Wie ein großes Puzzle.

»Lina!«

Sie zuckte zusammen, als jemand gegen die Seitenscheibe klopfte.

Ben beugte sich zu ihr herunter. »Alles okay bei dir?«

Lina nickte und öffnete die Tür. »Nur ein kleiner Notfall, um den ich mich kümmern musste«, sagte sie, als sie ausstieg. Sie würde ihm nicht erzählen, dass es sich dabei um Annabelle von Rabenstein gehandelt hatte und sie gerade in der Notaufnahme auf Eric getroffen war. Das würde nur jede Menge Fragen nach sich ziehen, die sie nicht beantworten wollte. Zumindest im Moment nicht.

»Hast du einen Moment Zeit für mich?« Ben hielt ihr das Türchen zum Garten auf. »Ich muss kurz mit dir reden.«

Sie erinnerte sich, dass Ben ihr eine Nachricht geschrieben hatte, die sie über die Sorgen um Annabelle völlig vergessen hatte. »Ja, klar.« Jetzt war genauso gut wie jeder andere Zeitpunkt.

»Lass uns zum See runtergehen«, schlug Ben vor und schlug den Weg zum Steg ein. Poldi kam ihnen entgegengaloppiert, holte sich eine kleine Streicheleinheit ab und kehrte dann zu Elfriede zurück.

Bens Schritte polterten auf den Holzplanken, bis er in der Mitte des Stegs plötzlich stehen blieb und sich zu Lina umdrehte. So als wäre er auf der Suche nach der ultimativen Privatsphäre für dieses Gespräch gewesen. »Bist du schwanger, Lina?«, fragte er so unvermittelt, dass sie erschrocken zurückfuhr.

»Was?« Sie brauchte einen Moment, um zu begreifen, was er da gerade gesagt hatte. »Wie, um Himmels willen, kommst du denn auf so etwas?«

Er zuckte die Schultern. »Manchmal erzählt man den Leuten nichts davon, wenn es noch früh ist, oder?«

Lina nickte. »Das stimmt. Aber ich kann dir ganz sicher sagen, dass ich nicht schwanger bin.«

»Hmm.« Ben rieb sich über den Nacken. »Eric glaubt das.«

»Was?« Das schien zu ihrer Standardfrage zu mutieren. »Schwanger? Von ihm?«

»Davon gehe ich aus. Ich war gestern bei ihm.« Er hob beschwichtigend die Hände, als er sah, wie Lina den Mund öffnete. »Einer musste ihm ja schließlich mal ein paar deutliche Worte sagen. Dich hat er nicht an sich herangelassen. Und ich fühle mich irgendwie … verantwortlich. Ich habe euch schließlich einander vorgestellt. Also ohne Pfütze und so.«

Lina unterdrückte den genervten Ton, der ihr auf der Zunge lag. »Ben, der Kümmerer, der es nicht lassen kann, sich in die Angelegenheiten anderer einzumischen. Danke, dass du für mich da sein willst, aber das zwischen Eric und mir geht niemanden etwas an.«

Er zuckte mit den Schultern. »Aber du wusstest nicht, dass Eric glaubt, du seist schwanger«, er hob den Zeigefinger, »das Kind ist von ihm«, zählte er weiter auf, »und du hast ihn reingelegt, weil du unbedingt eine Familie gründen willst.« Er hob auch den dritten Finger und hielt sie Lina vors Gesicht. »Das ist der Grund, aus dem er Schluss gemacht hat. Du brauchst mir nicht danken. Aber ich dachte, du solltest Bescheid wissen. Ich bin auch nicht davon ausgegangen, dass das stimmt, was Eric sich da zurechtgesponnen hat. Aber ich wollte sichergehen. Jetzt weiß ich, dass mein Gefühl mich nicht getrogen hat. Und du weißt, was für ein Problem Eric hat.«

Lina starrte auf den See hinaus. Fassungslosigkeit setzte sich in ihr fest. Die Gedanken rasten in wildem Zickzack durch ihr Gehirn. Wie kam Eric auf eine dermaßen absurde Idee? Und wieso redete er nicht mit ihr, wenn er glaubte, dass sie ihn reingelegt hatte? Dass sie, verdammt noch mal, ein Kind von ihm bekäme? Wie konnte er nur denken …

Ihr wurde bewusst, dass sie zu lange geschwiegen hatte und Ben sich zum Gehen umwandte. »Warte!« Sie hielt ihn am Arm zurück. »Entschuldige bitte, Ben. Ich habe gerade echt überreagiert. Das tut mir leid.«

Er legte seine Hand auf ihre und drückte sanft. »Das weiß ich doch, Lina. Die Situation ist beschissen. Wir alle finden, dass ihr wunderbar zusammenpasst. Wer weiß, vielleicht könnt ihr das ja aus der Welt räumen und bekommt das mit euch wieder hin.«

Die Fassungslosigkeit wurde langsam von einer gesunden Portion Wut abgelöst. »Keine Sorge, aus der Welt räumen werde ich das.« Ob sich das zwischen Eric und ihr wieder hinbiegen ließ, bezweifelte sie allerdings stark.

Ben zuckte zusammen und zog dann den rechten Mundwinkel nach oben. »Die kleinste Amazone, die ich kenne«, sagte er und zog Lina in eine feste Umarmung. »Viel Glück!«

»Heute Nachmittag rechnet die Familie Kirchleitner ab«, bediente sich Lina ihrer besten Don-Corleone-Imitation.

Ben lachte leise. »Er hat sich wie ein Idiot verhalten. Aber ich glaube, vorsichtshalber werde ich trotzdem für ihn beten.«

Das konnte Eric sicher brauchen, dachte Lina, als sie wieder in ihren Wagen sprang und zu ihm fuhr. Von Minute zu Minute wurde ihr klarer, was Bens Worte bedeuteten. Nicht nur, dass Lina völlig rücksichtslos ihre Ziele verfolgte und sich nicht für die Wünsche anderer interessierte. Es bedeutete auch, dass er glaubte, sie hätte sein Vertrauen missbraucht und ihn benutzt. Dieser Gedanke war der schlimmste von allen. Eric war mit ihr zusammen gewesen. Er hatte sie kennengelernt. Er wusste praktisch alles über sie, sah man davon ab, dass sie ihm – glücklicherweise – nie gesagt hatte, dass sie in ihn verliebt war. Wie konnte er denken, dass sie zu so etwas fähig wäre?

Ihre Wut wuchs mit jedem Kilometer, den sie zurücklegte. Als sie vor seinem Haus aus ihrem Wagen sprang, war sie so in Rage wie noch nie in ihrem Leben. Zornig hob sie die Faust, um gegen seine Tür zu hämmern.

*

Eric hatte keine Ahnung, wie seine Schwester es geschafft hatte, so schnell von Hamburg nach München zu kommen. Aber sie war zurück und musste sich davon überzeugen, dass es ihrer Tochter gut ging. Vielleicht war sie nicht immer eine perfekte Mutter, überlegte er, als er die schlafende Annabelle nach oben trug, aber sie liebte ihr Kind. Das wurde ihm erst jetzt so richtig bewusst. Was das betraf, hatte er sich in Charlotte getäuscht. Sie machte Fehler, aber sie war nicht wie ihre Eltern, die kalt und desinteressiert ihr eigenes Leben geführt und ihre Kinder kaum wahrgenommen hatten.

Er bettete Annabelle auf die Couch, und seine Schwester zog ihre High Heels aus und setzte sich, noch im Businessoutfit, auf den Boden und griff nach der gesunden Hand ihrer Tochter.

»Kann ich noch etwas für dich tun?«, fragte Eric leise.

Charlotte schüttelte den Kopf. »Ich bleib jetzt bei ihr. Vincent hat ebenfalls einen Flug erwischt und dürfte in einer Stunde hier sein. Ich will bei ihr sein, wenn sie das nächste Mal aufwacht.« Sie hob den Blick, und Eric konnte in ihren Augen sehen, dass auch sie sich an ihren schrecklichen Krankenhausaufenthalt vor all den Jahren erinnerte.

»Gut.« Er legte seiner Schwester die Hand auf die Schulter. »Wenn du mich brauchst, ruf an. Aber ich muss jetzt noch mal weg.« Und dringend ein paar Dinge geraderücken. Er konnte nur hoffen, dass es noch nicht zu spät war.

Er lief über die Verbindungstreppe in seine Wohnung hinunter, schnappte sich sein Handy und die Autoschlüssel – und wich im letzten Moment der Faust aus, als er seine Haustür aufriss. »Lina!«, rief er überrascht. Offenbar hatte sie gerade gegen seine Tür hämmern wollen. »Zu dir wollte ich gerade.«

»Du …« Ihre Nasenflügel bebten, und zwischen ihren Augen hatte sich eine steile Falte gebildet. »Du …« Ihr Finger stieß gegen seinen Brustkorb. »Waldschrat!«, fauchte sie ihn an.

»Willst du vielleicht reinkommen?«, fragte er, als sie bereits an ihm vorbeirauschte. Die Aussprache zwischen ihnen würde wohl nicht ganz so friedlich ablaufen, wie er sich das vorgestellt hatte.

»Was ist los mit dir?«, fuhr sie Eric an, kaum dass er die Tür hinter ihr geschlossen hatte. »So wenig hältst du von mir? Du denkst, ich würde dir ein Kind anhängen? Du glaubst, dass ich zu so etwas fähig wäre? Du bist der beste Beweis dafür, dass man einen Doktortitel tragen und trotzdem ein riesiger Idiot sein kann.«

»Ich …«, begann Eric, doch Lina ließ ihn gar nicht zu Wort kommen.

»Das ist so erbärmlich!« Sie begann, auf und ab zu marschieren und bedachte Rocky mit dem gleichen Blick, den sie ihm zugeworfen hatte. So, als ob der Kater sein Komplize wäre. Offenbar witterte der die Gefahr, machte einen Katzenbuckel und zog sich dann in sein Körbchen zurück. Feigling, dachte Eric noch, bevor Lina ihre Tirade fortsetzte. »Ich habe keine Ahnung, wie du überhaupt auf diese absurde Idee kommst. Aber warum, verdammt noch mal, redest du nicht mit mir? Warum hast du mich nicht gefragt?« Mit diesem Satz schien ihr die Puste auszugehen. »Warum, Eric?«

»Ich … Können wir uns setzen?« Als Lina ihn einfach nur anstarrte, hob er die Hand mit seinem Autoschlüssel. »Ich wollte gerade zu dir. Weil … ich bin in Panik geraten, okay? Ich dachte, du hast mich reingelegt. Obwohl ich natürlich weiß, dass du so etwas nie machen würdest. Keine

Ahnung … ich habe diesen Schwangerschaftstest in deiner Wohnung gesehen, und da hat es bei mir einen Schalter umgelegt.«

»Welchen Schwangerschaftstest?«, fuhr sie ihn an. »Ich habe in meinem ganzen Leben weder so einen Test gemacht noch überhaupt einen besessen.«

Eric legte den Autoschlüssel zur Seite und fuhr sich mit den Händen über das Gesicht. Irgendwie war alles schief gelaufen zwischen Lina und ihm. Und jetzt, wo sie so wütend vor ihm stand, wusste er gar nicht mehr, wie das hatte passieren können. »Ich habe diesen Test gesehen, in deiner Wohnung, auf dem Schreibtisch.«

»Aber ich … Moment!« Jetzt ließ sich Lina doch auf die Sofakante sinken. »In einer Apothekentüte?« Als er nickte, stieß sie ein ungläubiges Lachen aus. »Den Test hatte Jule für eine Klientin besorgt und ihn statt der Kopfschmerztabletten, um die ich sie gebeten habe, aus Versehen auf meinen Schreibtisch gelegt. Eric!« Sie schüttelte den Kopf. »Jule hat die Einkäufe verwechselt. Und das hat gereicht, um einfach so unsere Beziehung zu beenden? Nicht mit mir zu reden? Und mich einfach so infrage zu stellen? Wegen eines blöden Missverständnisses?«

»Ich weiß.« Sein Herz raste. »Das war total dumm. Und ich entschuldige mich dafür. Aber in dem Moment habe ich einfach nur reagiert. Falsch reagiert. Ich kann dir nur sagen, dass es mir unglaublich leidtut.«

Lina erhob sich langsam von der Couch. Ihre Augen blickten traurig, als sie auf ihn zutrat und ihre Hand an seine Wange legte. »Als ich nicht verstanden habe, warum das zwischen uns plötzlich vorbei war, hat es mir das Herz gebrochen. Aber zu wissen, dass du einem Missverständnis aufgesessen bist und aufgrund dessen das Schlimmste von mir gedacht hast, ohne dir die Mühe zu machen, mit mir zu reden, das ist unglaublich verletzend. Und das ist keine Basis für eine gemeinsame Zukunft.« Sie lächelte ihn traurig an. »Ich war bereit, darüber nachzudenken. Ich habe mir überlegt, wie wir eine Zukunft gestalten können, ohne Kinder. Weil ich deine Wünsche immer respektieren würde. Ich habe mich in dich verliebt, Eric. Ich wollte nicht mit dir zusammen sein, bis ich irgendwann dem perfekten Vater für meine Kinder über den Weg laufe. Ich wollte einfach nur mit dir zusammen sein.« Sie reckte sich auf die Zehenspitzen und küsste ihn neben den Mundwinkel. »Aber ohne Vertrauen wird das nicht funktionieren. Leb wohl.«

Sie hatte bereits einen Schritt in Richtung Tür gemacht, als die Worte endlich zu Eric durchsickerten, und er begriff, dass Lina gerade mit ihm Schluss gemacht hatte. Obwohl er versuchte, alles wieder hinzubiegen. Obwohl sie ihm gesagt hatte, dass sie sich in ihn verliebt hatte. »Geh nicht!«, sagte er. Er streckte den Arm nach ihr aus, berührte sie aber nicht, weil Lina nicht so wirkte, als wolle sie sich gerade von ihm anfassen lassen. »Bitte, geh nicht, Lina. Hör mir zu. Wenn du danach immer noch der Meinung bist, dass ich dich nicht verdient habe, okay. Aber gib mir eine Chance, dir zu sagen, was ich empfinde.«

Einen Moment zögerte Lina, die Hand bereits auf der Türklinke, dann drehte sie sich um und sah ihn an.

Für Eric war das Aufforderung genug. »Ich habe in den letzten Tagen ein paar Dinge begriffen«, sagte er. »Ganz abgesehen davon, dass ich längst wusste, dass ich mich auch in dich verliebt habe, ist mir inzwischen auch klar, dass ich keinen Tag mehr ohne dich sein möchte. Und ich weiß jetzt, dass du recht hattest, was Annabelle angeht. Ich bin ihr ein guter Onkel. Vielleicht, mit ganz viel Glück, kann ich auch ein akzeptabler Vater sein. Als ich dachte, dass du schwanger bist, bin ich in Panik geraten. In absolute, alles verschlingende Panik.«

»Und hast dich von einem Wissenschaftler mit kühlem Kopf in einen zwölfjährigen Sturkopf verwandelt?«, fragte Lina und warf ihm einen Blick unter hochgezogenen Augenbrauen zu.

Er fuhr sich durch die Haare und stieß einen tiefen Seufzer aus. »Ich kann mich nur immer und immer wieder dafür entschuldigen, dass ich dir diese verdammte WhatsApp geschrieben habe. Du kannst dir gar nicht vorstellen, wie sehr ich das bereue.

Aber nach Annabelles Unfall habe ich darüber nachgedacht, wie wir das mit dem Baby hinbekommen könnten. Ich bin mir sicher, dass wir es geschafft hätten.« Nun trat er doch auf Lina zu und griff nach ihren Händen. Langsam zog er sie an sich. Einen winzigen Augenblick sträubte Lina sich. Dann legte sie die Arme um seine Mitte und, als er sich herunterbeugte, ihre Stirn an seine. »Ich vertraue dir«, sagte er leise. »Natürlich vertraue ich dir. Und ich liebe dich. Ich kann dir nicht garantieren, dass ich nie wieder etwas Dummes tue. Schließlich bin ich nur ein einfacher Waldschrat.« Damit brachte er sie zum Kichern, und Erics Herz wurde ein wenig leichter. »Ich möchte mit dir zusammen sein. Ich möchte eine richtige Beziehung mit dir. Irgendwann, wenn wir so weit sind, werden wir Kinder bekommen.« Er lehnte sich ein wenig zurück und schenkte Lina ein schiefes Grinsen. »Ich werde vermutlich tausend Fehler machen. Aber mit dir an meiner Seite werde ich das hinbekommen.«

Lina schwieg, und Erics Herz begann erneut zu rasen. Wenn sie ihm jetzt einen Korb gab … »Du willst dich darauf einlassen?«, wisperte sie schließlich. »Ich werde dir eine Chance geben, Eric. Aber wenn du es wieder versaust, kommst du nicht so einfach davon.«

»Auf keinen Fall«, stimmte er ihr zu. Sein Herz schlug immer noch wild, jetzt aber vor Aufregung und Vorfreude für das, was vor ihnen lag.

»Ich habe einen echt großen, kräftigen Freund namens Ben, der alles und jeden irgendwo in der Erde verschwinden lassen kann, ohne dass man es oder ihn«, betonte sie, »je wiederfinden wird. Und der hat einen Cousin, der genauso groß und kräftig ist.«

»Klar.«

»Herrn Müller hast du ja kennengelernt. Ein Fingerschnippen von Jule, und …« Sie machte eine Bewegung, als zerbreche sie einen Zweig.

»Völlig logisch.« Eric nickte.

»Und meine Freundin Felicia weiß ganz genau, welches Gift sie in ein Essen mischen kann, ohne dass du etwas schmeckst.«

»Okay. Das reicht.« Eric küsste sie. »Ich weiß, dass die Bewohner der alten Schule immer hinter dir stehen werden. Aber du brauchst gar niemanden, der dich verteidigt. Du kämpfst deine Schlachten wunderbar allein. Und dafür liebe und bewundere ich dich«, flüsterte er an ihren

Lippen. »Ich liebe dich«, sagte er noch einmal und küsste Lina.

»Und ich liebe dich«, gab sie atemlos zurück und erwiderte den Kuss.

Epilog

Lina atmete die kühle, erdige Herbstluft tief ein und rollte die Schultern, um ihre Muskeln ein wenig zu entspannen. Möbel und Kartons aus dem zweiten Stock der alten Schule zu schleppen hatte schnell dafür gesorgt, dass ihre Arme zu zittern angefangen hatten und ihre Beine sich wie Blei anfühlten. Sie stand auf dem Steg und sah zum Haus hinüber. Die Lichterketten in ihrer Wohnung warfen einen sanften Schimmer in die Nacht. Die alte Schule war so schnell zu ihrem Zuhause geworden. Jetzt, im Herbst, mit der Verwandlung des Gartens in ein Kaleidoskop aus Farben, das manchmal noch bunter schien als ihre Röcke und Blusen, war es, als ob sie diesen Ort noch einmal ganz neu entdeckte. Die Verwandlung war atemberaubend.

»So ein Umzug hat es echt in sich.« Jule trat neben sie und rollte die Schultern auf die gleiche Art wie Lina gerade eben.

Lina lehnte sich an die Freundin. »Wie fühlst du dich?«, fragte sie.

Jule seufzte. »Ich bin so glücklich.« Sie legte Lina den Arm um die Schultern. »Und gleichzeitig bin ich wirklich traurig, weil ich euch verlasse. In die alte Schule zu ziehen war die beste Entscheidung meines Lebens. Dieses letzte halbe Jahr …« Ihre Worte verschwammen mit *Lola Montez* von Volbeat, als jemand die Lautstärke der Bluetooth-Box hochdrehte.

Lina wusste genau, was Jule meinte. Der Einzug in die alte Schule war für sie alle ein Segen gewesen. Die Chance, mit ihren jungen Unternehmen richtig durchzustarten und Menschen kennenzulernen, die nicht nur zu Nachbarn und Freunden geworden waren, sondern auch geholfen hatten, ihr Zuhause zu etwas Besonderem zu machen. Sie hatten sich gegenseitig Mut zugesprochen. Sich unter die Arme gegriffen.

»Ich hätte nie gedacht, dass unsere Gemeinschaft schon so bald wieder auseinanderbricht«, fuhr Jule leise fort.

»Aber das tut sie doch gar nicht«, widersprach Lina. Sie blickte zu Sam hinüber, der mit Marie Wolfstetter über sein Handy gebeugt stand. Vermutlich brüteten die beiden über der Playlist und darüber, mit welchem Song sie den Garten der alten Schule als Nächstes beschallen sollten. »Sie bricht nicht auseinander. Sie verändert sich. Und wächst. Es ist nur eine logische Folge all der Ereignisse, die in den letzten Monaten passiert sind. Mach dir keine Sorgen.« Lina legte ihre Hand über Jules. »Mit Chris zusammenzuziehen ist der richtige Schritt.« Sie grinste die Freundin von der Seite an. »Genau genommen sind Licie und Ben ja auch zusammengezogen. Nur dass er sein Zeug einfach nur im gleichen Haus ein Stockwerk nach unten schleppen musste und seine Wohnung noch immer als Büro benutzt. Und du bist noch immer Teil der Schulgang, und es wird auch in Zukunft noch jede Menge Partys geben, die diese alten Mauern erschüttern und bei denen du für die Musik verantwortlich sein und deine fantastischen Drinks mixen wirst. Mach dir da keine Sorgen, Süße. Wirklich weit ist Chris' Bungalow ja nicht entfernt.«

Lina konnte sich gut vorstellen, dass es ihrer Freundin nicht leichtgefallen war, auszuziehen, so sehr sie auch mit Chris zusammenleben wollte. Lina hatte sich bereits ähnliche Gedanken gemacht. Sie blickte zur Tür, die zur *Küchennachhilfe* führte, hinter der Eric und Chris vor ein paar Minuten verschwunden waren, um neue Getränke zu holen. Zwischen Eric und ihr lief es so gut. Ja, das war noch die Phase der ersten Verliebtheit. Aber sie verbrachten bereits die meisten Nächte zusammen. Abwechselnd bei ihm oder ihr. Früher oder später würden sie sich Gedanken über den nächsten Schritt machen. Auch wenn sie sich einig waren, nichts zu überstürzen. Lina war überrascht über sich selbst, wie gut ihr diese Idee gefiel. Es war immer ihr Plan gewesen, schon jung Kinder zu bekommen, wie ihre Schwester. Doch jetzt genoss sie es, all das auf sich zukommen zu lassen und die Freiheit, die Eric und ihr blieb, mit ein paar Abenteuern zu füllen, von denen sie nicht einmal gewusst hatte, dass sie sich nach ihnen sehnte. Einen Abenteurer an ihrer Seite zu haben änderte eben manches.

»Ja.« Jule seufzte noch einmal. »Ich freue mich wirklich darauf. Aber trotzdem fühle ich mich ein bisschen wie eine Verräterin, weil ich euch im Stich lasse.«

Lina gab ein kleines entrüstetes Schnauben von sich. »Sam ist ein kläglicher Ersatz für dich. Aber es ist faszinierend, dass er sich endlich dazu durchgerungen hat, aus der Wohnung über der Garage seiner Eltern auszuziehen und seine Wäsche künftig selbst zu waschen.«

»Hmm.« Jule grinste sie von der Seite an. »Marie scheint es auch ganz gut zu finden, dass er endlich erwachsen wird.«

»Vielleicht war sie sogar die treibende Kraft hinter all dem«, ergänzte Lina.

»Gut möglich. Ah, da kommen unsere Drinks.« Jule nahm den Gin Tonic entgegen, den Chris ihr brachte.

»Sorry, Ladies.« Er griff nach der Hand, die Jule auf Linas Schulter gelegt hatte. »Wir müssen dringend ein bisschen tanzen.« Mit diesen Worten zog er Jule hinter sich her. Im nächsten Moment verwischten ihre Gestalten mit den Schatten des Gartens.

Eric war auf dem Weg zu ihr stehen geblieben und hatte sein Handy aus der Tasche gezogen, während er mit der anderen Hand ihr Weinglas und sein Bier balancierte. Das Licht des Displays beleuchtete sein Gesicht. Er hatte auf ein paar Ergebnisse aus seinem Labor an der Uni gewartet. Lina war sich sicher, dass er sie gerade nicht nur bekommen hatte, sondern dass die Tests seinem Gesichtsausdruck nach zu urteilen auch zu seiner absoluten Zufriedenheit ausgefallen waren. Er war mit großem Erfolg in das neue Studienjahr gestartet, und die Weiterentwicklung seiner Messtechnik ging mit großen Schritten voran.

Mit einem Lächeln schob er das Handy zurück in seine Hosentasche und kam zu Lina herüber. »Bitte schön.« Er reichte ihr den Wein und zog sie in seine Arme.

»Danke.« Lina kuschelte sich an ihn. Nicht nur, um der kühlen Herbstluft zu entkommen. Sondern, weil sie sich, an seinen Körper geschmiegt, einfach am wohlsten fühlte.

Eric presste einen Kuss auf ihren Nacken. »Die Party fängt an zu brodeln«, murmelte er neben ihrem Ohr.

Lina konnte nicht anders. Sie musste lachen, als sie zu ihren Freunden hinübersah. Ben gähnte, während er mit Felicia tanzte, die sich eine rote Rose hinter das Ohr gesteckt hatte. Ben war erst gestern aus Dubai zurückgekehrt, wo er für die norwegische Hotelkette, für die er arbeitete, die Begrünung eines Daches abgesegnet hatte. Felicia hatte inzwischen so viele Anfragen für Kochkurse und Caterings, dass sie ihre Stunden in der Steuerkanzlei noch weiter zurückgeschraubt hatte. Zum Unmut ihrer Chefs. Aber verdammt, Linas Freundin war so glücklich, dass sie regelrecht strahlte.

»Annabelle fragt, ob du morgen Lust hast, mit ihr und mir die *Eiskönigin* anzusehen.« Eric wiegte sich in einem Takt mit ihr, der nicht zu den schnellen Rhythmen passte, die um sie herum vibrierten.

»Wirklich?« Lina grinste. »Ist sie wieder sauer auf deine Schwester?« Abgesehen davon, dass Erics Nichte diesen Film über alles liebte, wollte sie ihn vor allem dann zusammen mit ihrem Onkel und Lina sehen, wenn sie sich über ihre Mama ärgerte.

Eric seufzte. »Annabelle glaubt, dass Charlotte zu viel Anspruch auf Rocky erhebt. Wobei meine Schwester immer noch behauptet, dass sie den Kater nicht leiden kann.«

»Genau wie du behauptest, dass es nicht dein Kater ist«, sagte Lina lachend. Inzwischen bewegte sich das Tier im ganzen Haus frei, und sie ertappten Erics Schwester immer wieder mit verdächtigen Katzenhaaren an der Kleidung, die darauf schließen ließen, dass sie heimlich mehr Zeit mit ihm verbrachte, als sie jemals zugeben würde. Ganz abgesehen davon, dass plötzlich immer wieder neue Katzenspielzeuge und Leckerli in der Villa auftauchten.

»Seit gestern hat dieser Kater ein Halsband, auf dem mit Glitzerbuchstaben *Rocky von Rabenstein* steht«, erzählte Eric. »Jedenfalls besteht Annabelle auf einem Filmnachmittag mit dir.«

Lina hatte keine Ahnung, wie oft Erics Nichte sie inzwischen schon überredet hatte, diesen Film anzusehen. So oft, dass Eric ihr neulich Nacht die Hände über den Kopf geschoben und sie unter sich gefangen gehalten hatte. »Schwöre mir«, hatte er geraunt, »dass wir niemals zulassen, dass unsere Kinder diesen Film zu sehen bekommen und ihm verfallen.«

In diesem Moment war Linas Herz übergelaufen vor all der Liebe, die sie für Eric empfand.

»Ich weiß, das ist ein echtes Opfer«, holte Eric sie wieder an den Steg der alten Schule zurück. »Aber ich konnte ihr das nicht abschlagen.«

»*Liebe ist, die Bedürfnisse von jemand anderem über seine eigenen zu stellen*«, zitierte Lina aus dem Film.

Eric lachte, und dieser Laut brachte ihr Herz zum Beben, auch wenn gerade Chris' verrückte Version von *Down Under* versuchte, dieses wundervolle Geräusch zu schlucken. Lina konnte es hören, spürte das Vibrieren an ihrem Körper.

»*Manche Menschen sind es wert, dass man für sie schmilzt*«, sagte sie ein zweites Zitat aus dem Film auf und verwob ihren Blick mit Erics, damit ihm klar war, dass sie damit nicht nur Annabelle meinte, sondern ihn. Vor allem ihn. Sanft legte sie ihre Lippen auf seine, als der Song endete und von den ersten Tönen von Helene Fischers *Herzbeben* ersetzt wurde.

Eric löste sich aus dem Kuss und lehnte sich ein Stück zurück. »Dreh dich um«, sagte er leise.

Lina kam seiner Aufforderung nach. Am Ende des Stegs saßen Poldi und Elfriede nebeneinander und blickten einträchtig in die Nacht hinaus. Zwei Silhouetten vor dem Mond.

»*Mangata*«, flüsterte Eric und beschrieb mit diesem schwedischen Wort das Mondlicht, das auf dem Wasser eine silberne Straße bildete. Er schob seine Hände um ihre Mitte und zog ihren Rücken an seinen Brustkorb.

Lina spürte das Glücksbauchweh, das unter Erics Hand, die auf ihrem Oberkörper lag, dahinschmolz wie Olaf in der Sonne. Sie legte ihren Kopf an seine Schulter. »Ich liebe dich«, flüsterte sie in die Nacht, nicht sicher, ob er sie über die Musik hinweg überhaupt hören konnte. Aber das musste er auch nicht. Er wusste, was er ihr bedeutete. Genau wie sie sich seiner sicher sein konnte. Der Liebe ihres Waldschrats.

Dank

Liebe Frau Schöbel – beste Agentin – vielen Dank für all die tollen Projekte, die hinter uns liegen. Ich freue mich schon auf die neuen Ideen, aus denen wir Geschichten machen!

Liebe Dr. Nora Haller, danke für deine Unterstützung in den letzten Jahren, und liebe Janina Dyballa, ich freue mich auf unsere Zusammenarbeit!

Meine liebe Dr. Diana Mantel: Ich wiederhole mich am Ende jeden Buches. Aber es ist nun einmal immer das Gleiche. Du bist meine Manuskriptzauberin und hast auch diesmal wieder Glitzer über die Zeilen gestreut. Ich bin so froh, dass du jeden Text noch besser machst! Danke!

Kinderbetreuung ist für mich ein kleines Mysterium, muss ich gestehen. Und die vielen Dinge, die es zu beachten gilt, haben mir manchmal ganz schön den Kopf schwirren lassen. Danke, dass du mich durch dieses Labyrinth gelotst hast, liebe Sandra Anselm. Mit deiner Hilfe ist Linas Nanny-Service die coolste Unterstützung für gestresste Eltern am Starnberger See geworden. ;-) Danke!

Lieber Peter Schreiber, als du als bester Freund meines (kleinen) Bruders noch mein Teenager-Nervenkostüm auf die Probe gestellt hast ;-), hätte ich mir nicht vorstellen können, dass wir uns so viele Jahre später mal in Potsdam die Nacht um die Ohren schlagen und ich dich über Geologie und deine Expeditionen ausquetschen würde. ;-) Danke für die Einblicke in diese unglaublich spannende – und wichtige – Wissenschaft. Am dankbarsten bin ich allerdings für deinen Tipp zur Behandlung von Mückenstichen! Unschlagbar!

Hasengang! Man weiß ja so wenig … aber ich weiß sicher, dass ihr zu den wichtigsten Menschen in meinem Leben gehört. Wer hat schon eine Soulsister, die nicht nur jeden Text streng unter die Lupe nimmt, sondern auch noch bereit ist, gemeinsam auf Bären-, Bison-, und Walabenteuer zu gehen? Die mir immer rät, diese Bluse und jene Stiefel auf jeden Fall zu kaufen, auch wenn wir beide wissen, dass ich nicht einen einzigen Quadratmillimeter Platz im Koffer übrighabe? Das sind die Menschen, die wir in unserem Leben brauchen (auch weil sie meistens noch Platz im Koffer haben) ;-) – Danke, dass du in meinem Leben bist, Leonie Lastella. Lucinde Hutzenlaub, auch wir haben in den letzten spannenden Jahren herausgefunden, dass wir nicht nur fantastische gegenseitige Schreibratgeber sind, sondern auch perfekte Reisebuddys. Ganz egal, ob Überraschungskurztrip, Recherche oder Spontankonzert. Mit dir passiert bei jedem Ausflug etwas Wunderbares, und ich kann es gar nicht erwarten, mich ins nächste Abenteuer zu stürzen! Kristina Günak, was haben wir gelacht! Immer! Zeit mit dir zu verbringen bedeutet nicht nur, immer einen guten Rat zu bekommen, sondern einfach auch sonnige Momente zu erleben. Ich freue mich auf noch viele weitere dieser besonderen Augenblicke.

Auch dir, liebe Nicole Wellemin, vielen Dank für deine Unterstützung. Unser Biergarten-Nachmittag in München ist eine so wunderbare Recherche-Erinnerung.

Meine liebe Sonja, nicht nur danke, dass du jede meiner Geschichten liest. Ich bin froh, dass wir uns das Büro teilen und ich in dir eine so gute Freundin habe. Außerdem bin ich sehr dankbar, dass bei euch (dank Tim) noch leckerer gegrillt wird als in der alten Schule. ;-)

Euch, liebe Leserinnen und Leser, mein größter Dank – von ganzem Herzen. Einen Dreiteiler zu schreiben hat etwas von einer langen Reise. Ich freue mich, dass ihr sie mit mir gegangen seid und der alten Schule die Treue gehalten habt!